白玉兰文学丛书

主 编 王安忆 孙 颙

白玉兰文学丛书

末路贵族

树 棻 著

東方出版中心

序一

听——黄浦江的涛声

上海市作协党组书记　孙　颙

王安忆与东方出版中心商讨出一个很好的设想，那是祝君波先生主持东方出版中心之后的事情，他们商定，为新时期以来上海专业作家的创作，出版一套代表性的丛书。安忆说，想尽量选择各位作家处于创作巅峰期的作品。当然，不是说以后就不再有更好的作品。山外有山，天外有天，假如有超越巅峰之作，肯定是被热烈欢迎的好事。安忆希望，我也关注此事，于是就有了一点感慨。

前些日子，我有事去五原路，那是我小时候居住的地方。忽然童心大发，决定去穿越一条小弄堂。那是从我的老家旁边通往安福路的狭窄的弄堂。让我惊讶不已的，是那条弯曲的窄弄，竟全然不顾外面世界的翻天覆地，甚至淡漠地应对身边的明显的变迁。比如，乌鲁木齐中路与安福路一带建造的众多豪华的大厦，它依然简陋而安静地蜿蜒着，那破旧的墙壁，那杂乱的树木，乃至那废弃的老井，与五十年前我读小学时几乎一样，连呼吸到的潮湿而带点霉味的空气也与半个世纪前的记忆相似，时间在这里好像凝固了。

当我穿过小弄堂，面对安福路沿街高档的建筑群，据说，那是香港地产巨商的得意之作，星空下，亮丽的灯光从众多窗户喷射出来，我才长长地透过气，明白毕竟已经过去了五十个年头，我也早就从一个天真无知的少年，演变为品味过人世沧桑的感叹者。

这套书的作者，有比我年长的，也有年轻几岁的，大体算同代人。听着差不多的黄浦江的涛声成长起来，体味着大同小异的上海人的甘苦走上文坛。上海，有着她的变与不变，我们也有着自己的变与不变。丛书中的小说，记录着各种各样的变，街景的变，风俗的变，时尚的变，乃至人物内心、社会世态的变等等；同样，这些小说还证明着许多的不变，梧桐树、老洋房、石库门之类，是外在的保留，上海人的精神世界，是否也有许多难以改变的基因存在？我想，肯定有不少，上海的文化可以区别于其他地方的，除了特别的方言之外，肯定相当丰富。至于比较优劣长短，那就很难简单说清楚了。文化方面的情况，当然比数学物理的公式要模糊得多。

对于时代和社会的变迁，小说家们的记录，各有侧重不同。程乃珊与王小鹰均从所谓的大户人家走出来，但是，《金融家》与《丹青引》，是主旨、人物、艺术很大不同的作品；沈善增与阮海彪都在反映底层的生活，不过，其角度、思考的差距也是相当大；陈村和孙甘露，在先锋文学方面全有过引领风尚的美誉，但他们的创作特点，也真难归类。正是作家们散漫的观察与书写，把城市的画像丰富起来。作家的个性张扬与社会的前进脚步，在丛书里无意识地和谐起来。

在我的记忆中，有一张照片始终很新鲜，可能是某个西方商人或旅行者拍摄的，那是一百多年前，上海刚开埠的时刻。黄浦江畔，没有高楼大厦，没有马路栏杆，只见沿江排列的帆船和连接船与陆地的长长的木跳板，泛着暗光的江水奔流不息，苦力们扛着沉重的货物艰难地跋涉在那狭窄的木板上……

今天繁华的上海，源于黄浦江上的那些木跳板。我曾经为一百多年前的照片产生灵感，有过写一部小说的冲动。后来因为懒惰而没有动笔。因此我感激这套丛书的作者们记录下来的上海的昨天与前天，由此，我们还能联想到上海的明天。

序二

七月在野，八月在宇

上海市作协主席　王安忆

这套丛书所收的是上海作家协会中，绝大部分写作小说的专业作家的长篇小说，希望能够代表我们的写作。上海作家协会专业作家制度始于一九八五年，那是一个文学的繁荣时期。经过荒芜的十年，又经过百废待兴的几年，其时，停刊的期刊复刊了，关于文学本质的论争突破了最初的关隘，老作家重新拿起笔，新的一代则初露锋芒，文学奖项诞生，批评日益活跃……十年的彻底沉寂，恰形成有力的反弹，不仅释放着十年里压抑着的声色，还将之前十七年里被删节的思想与情绪一并迸发出来。上海作家协会，这所殖民风格的楼房，在它长年失修而斑驳的穹顶与四壁之间，穿梭往来着脚步声、话语声、笑声，年轻狂妄的声音冲击回荡着。那就是我们的声音。

专业作家制度将我们这些分散在各处的写作者纠集于作家协会麾下，以防流失，谁知道呢？方才崭露的那点点征兆，许是脆弱得很，稍不谨慎，略有风吹草动，便销声匿迹，从此不再。在这一支新创的队伍里，大多是初习者，被新时期文学的浪涛推波助澜，登上舞台，同时又承当起新时期文学的主力，振兴高潮，那就是知青作家。所以专业作家制度的建立，不只在于对写作者负责，还是对新时期文学负责。叶辛，竹林，赵长天，王小鹰，陆星儿，沈善增，蒋丽萍，陈村，我，倘要算上后知青时代的阮海彪和孙甘露，在此长篇小说丛书，占到百分之七十以上，可见出知青作家人数之众、比例之高、在文学图景中身影之活跃。

二十世纪七十年代与八十年代交替之际，也是新时期文学发轫之初，叶辛的《我们这一代青年人》和竹林的《生活的路》，可说是领知青文学风骚。如今回过头看，或可看出认识与表现上的浅陋，然而，一场规模巨大的政治运动，终于显现出较为具体的细节。知识青年上山下乡，覆盖在政治意识形态话语之下，其中个体的生活形态及命运，只是流传于坊间巷里，此时，却诉诸文字，以小说的形式，生出另一种叙述，是更为生动、更接近事实的真相，也更包含同情心。这场背景于"文革"大时代，波及全社会的运动，人们的遭际多少具有着普遍性，于是，便在极大范围内引起共鸣。每个人都在小说里找到自己的影子，听到自己想说的话，反应是极其热烈的。在这普遍性底下，更深刻的差异，也就是这场运动所涉及历史、社会、人的复杂性，则要等待之后更长时间的开掘，在此，事情刚刚开头。

这两部作品并没有入我们的丛书，叶辛，选的是他后一部知青题材的长篇《蹉跎岁月》；竹林，则根据她本人的意见，选《女巫》，这又汇入了另一个文学潮流，将在后面谈到。其实，叶辛的写作，基本不出知青生活的领域，我说的"知青生活"，不仅指描写知青自身，还是指插队所在乡村里的人和事。一九八〇年，我与叶辛同学于中国作协第五期文学讲习所，也就是后来的鲁迅文学院，常听他讲述下乡的故事，讲述中有一个情景，一再出现在眼前，那就是他在山村小学上课，教学生们朗读普希金的抒情诗，他读一句：秋风来了！孩子们跟一句：秋风来了！——他一直非常遗憾他教不会他们普通话，他们是用山地话念：秋风来了！一位十九世纪俄国诗人的诗篇的中国译文，被贵州山地话朗朗地吟诵，是经过何种途径传递的启蒙啊！这情景可象征知识青年上山下乡运动最富理想的一面。在最初的伤痛与控诉平静下来以后，我们多少获得了理性，能够较为客观地看待我们的经验，我们的经验随之扩大，面向更为广阔的生活。

《蹉跎岁月》里那一伙上海学生，背负着他们各自的历史，这历史包括父辈遗下的阶级地位、家庭出身，自小生长的城市给予的教化养育，以及“文化大革命”中的遭际，来到了百万大山的腹地，安家落户。主人公柯碧舟的负荷尤为沉重，他的父亲是一名“历史反革命”。这一个污点使他在他们的集体户内当然也受到了歧视，但是却远不如邻大队的上海知青杜见春来得反应强烈，因为杜见春出身于干部家庭，将自己视为革命的正传，社会的主流。尽管对柯碧舟有特殊的好感，也不能使她跨越阶级的隔阂。而对出身于同样阶层的苏道诚，她却本能地趋于认同，并不计较他道德上明显的缺陷。这于柯碧舟无疑是摧毁性的打击，他本来寄希望这个看来不同寻常的姑娘能带给他不同寻常的际遇，事情却并无转机。可是，非常戏剧性地，这一种肤浅的阶级观念很快被接踵而至的厄运质疑了，杜见春的父亲在进一步深化的运动中被逐出革命队伍。于是，她的地位急转直下，处在了社会的负面，原本为理想主义驱动的插队落户，此时变成惩罚。从处境到认识，她的世界分崩离析。先后来拯救这两个沉沦的男女的人是谁呢？是山村姑娘邵玉蓉。在这个偏僻的山村里，固然也有着象征性的阶级斗争，以大队革委会主任左定法为代表，但起主导性作用的依然是质朴的世故人情，即便是阶级斗争，最终还是归为善与恶的对决。邵玉蓉无疑是一个完美的体现，她的人生观——“劳动换来蜜甜的生活”，对柯碧舟、杜见春身处不得已的境遇，不谓不是化被动为主动的良药；她的道德观，其实是最基本的，却被政治斗争搅混了，这时发现还是她最辨是非；她的感情也是最自然，那些城里来的人，不已经不自然了吗？就靠她去伪存真。小说的结尾是杜见春的父亲官复原位，他们一家重新回归社会的正统，可杜见春经历了嬗变，毅然追随柯碧舟，回到贵州山村，“驶向初现春意的大自然中……”

这是一个浪漫的结局，很难用现实去检验它的合理性，事实上，多年后，叶辛又写了《孽债》。那被遗弃在西南乡村，长大了来上海寻找生身父母的孩子中间，不定就有柯碧舟们的儿女。然而，那一份青春热血依然是可纪念的。我并不以为叶辛矫情，我们这些知青作家中，他是最迟归来的，他对异乡异土最为认同。有一回，“收获”笔会，登峨眉山，人们挽袖掖襟，扶杖牵绳，他只在上衣胸袋插一柄牙刷，抱了胳膊对群山说一声：我们贵州有的是！插队的生活在他许是得了柯碧舟们正面的教育，留存下温煦的记忆，也不排除对命运的驯服。相比之下，陈村的知青写作，则要尖锐得多。

陈村最先引起注意的小说，就是描写知青生活的《我曾经在这里生活》。这一个短篇小说在当时知青文学的宏大叙事里，以个人经验的视角呈现独特的面貌。它并不负起对这场运动的价值评定和社会批判，它关心只在其中的人，个别的渺小的人，在他们根本无法知情的历史中，微如草芥的欢喜悲哀，生活的严肃性并不因此放过他们，他们依然面临了爱、生存与死亡的大事情。这是对知青生活的审视中一双别样的目光，它着眼点不大，但是深邃。陈村收入丛书的长篇《从前》，看起来有些像是从《我曾经在这里生活》扩展出来的，无论是哪一种元素：故事，情节，细节，思想，观念，感情，都由小至大，由轻至重，由简至繁，体量的增加最终改变了存在的性质，它的面貌变得庄严和肃穆。我还注意到《我曾经在这里生活》的结尾是凄楚的，留在农村结婚成家的昔日恋人小文死了，“我”在小文墓前发誓：“永远不再踏上这块土地”；而在四年之后写成的《从前》，女生小风最终还活着，与“我”温柔地告了别，

“我”乘船离开曾经生活的地方，心中涌起的感情是悲悯的：“在这块不甚富饶的土地上，生活着千万个后财，他们在这里繁衍生息。”“后财”是“我”插队村庄里的乡人，在这充满怨怼的经历过去多年之后，我们终于可以平静到留意乡人们的生活。我们在那里只是“曾经”，他们却是过去和将来。

《从前》里，所有的人物只分成两类，乡下人和城里人，其他的社会属性都退去了，或者说变得不重要。“我”这个城里人正在向乡下人蜕变，身心都起着抵抗。他经不起一点诱惑，略有提醒便奔回上海，不顾车马劳顿。在上海，他过的是一种知识的生活，一群年轻人，拉帮结伙地，聚集着谈诗论文。这些诗与文，于他目下的处境，其实是轻佻的，可正因为此，才可缓解现实的沉重。还有爱情，也许都谈不上是爱情，只是朦胧的一些儿吸引，也可疏松一下结实的生活。在那个非常时期，这城市谈不上华丽了，可依然是光滑与润泽。柏油马路，掩在灯影里的小楼，嵌着洁白的纤巧的闺房，而他们又还没有走进人生，这城市便以它表面的亮度来蛊惑人心。对照于此，乡下的景象就是灰暗的。贫瘠的田地，泥泞的村路，凌乱的屋舍，狡黠的乡人；劳动是艰苦的，农具似乎从天工开物之始再没有变革过，挑战着文明进化以后的人体；超负荷的承重，水土不服，身上长着疮；没有电，没有娱乐，没有书籍……可是，不期然地，大自然崭露出壮观的景象，那就是田地里的收成——“大地真够奇异的，那一粒粒谷子，居然真的长成了稻子”，他写道：“我向来的大地概念，是用来承载重物。比如房子、汽车、人。”但是这些并不是从大地长出来的，现在他看见大地里长出了稻子。这稻子又不单是自己长出来的，而是经过人的驯化，它们与人“相依为命”。这也是文明，这文明比上海城市里的文明更为本质，更接近起源，也更感性。乡下终于给城里人上了一课，在抗拒中完成，它最终也没有驯化城里人，这一种异质的动物，但是，它裸露出生存的严肃性，还是震撼了城里人。当“我”病重，在公社卫生院暂缓危急，然后送回上海，乡人们前一晚便来到镇上，在黎明时分抬“我”走向码头，打着马灯，“就像一支出殡的队伍”。这个场面无比庄严，带了一种神喻，那就是，生命不可轻薄。

从时间上说，《从前》写作的一九八三年已是在知青文学大潮的余波上，现实中，知识青年多已回城，四散于社会，汇入更广大的人世，继续积累各自的历史。上山下乡的记忆，在我们的生活中，渐渐被新的经验覆盖，同样，在我们的写作中，它也趋于弱化。比如沈善增的《正常人》，这一部自传性质的小说中，知青的经历是作为成长的一个阶段，置于“我”从儿时到成年，再到结婚生子，也就是从人子到人父的过程。和个人经验和性格有关，也和其时文学写作面向开阔有关。在这部小说中，知青的生活并未被着力渲染，在它身前背后，是连绵一片的城市市井的风俗图景，那是生机勃勃、意趣盎然的图景，里面有着一种比任何时期的意识形态都更为长久的价值，它的生动性甚至超过这长篇的成长主旨。在这片图景之下，知青生活不是说褪色，而是融入进日常状态之中，成为人生的一种遭际。市井就是有这种通融的能力，以不变应万变。小说中的阿爷，可说是一名市井英雄。

我很喜欢写阿爷的那一笔，就是阿爷对《浮士德》的评价：“这本书好，这是经，句句都是箴言。”这个老头，出身于宁波小商贩之家，念过私塾，抗战时候跑过单帮，富裕时积攒下全堂红木家具，三年困难时期全部卖光，已经历练得能够融会贯通各路知识和理论，虽然他无法将自己的一生安排得更妥帖一些，他安排儿女的生活也终是事与愿违，可他有信仰呀！他信奉观世音，他相信人到绝处自有救星，天无绝人之路。阿娘呢，就像是阿爷精神的实践者。“我”中学毕业，分配去崇明农场，由于家庭出身问题，被取消领取棉花票补助，大吵一场无果，回到家中诉苦，阿爷嘱咐阿娘陪“我”

去学校说理。阿娘梳头洗脸更衣，隆重出门，走到中途却要求歇脚，坐在台阶上，然后与“我”商量，是不是不去了？意思是阿娘去了，兴许会气倒，反而不划算，留得青山在，不怕没柴烧。于是，祖孙俩又返上归途。这样变通的人生哲学，是小人物的生存之道，多少有一些苟且，可是没有失大节，基本保持精神完好。阿爷的葬礼，很有些象征性，那些琐细的礼数和差错，造成一种滑稽的效果，像是对命运的自嘲。而“我”的母亲，则有一些异数的意思，她不服命，总是在挣，却又挣得不彻底，往往半途而废，反使事情更加糟糕，人受了苦不算，最后还得在父母的荫护下过活。这是市井里失败的人生，也是市井的哀容。“我”呢，出于年轻的心，总是向往外面的大世界，于是，知识青年上山下乡，在某种程度上，成了救赎，将“我”引出逼仄狭隘的市井，使“我”的“正常人”命运里增添了一些未知的变数。

就这样，知青生活渐渐淡出我们的写作，可是这知青的身份，却成了一种宿命，背负在身。赵长天的《不是忏悔》，里面那一个饱受情欲折磨的中年男人，每当欲望受阻，便发出一声喟叹：“我们这一代人！”是指“我们这一代人”的伦理道德观念，还是“我们这一代人”特殊的经历遭遇，作者没有多加解释，似乎是不言而喻。而我们所看见的这个中年人，形貌精神都离“我们这一代人”相距甚远。“我们这一代人”已经定格为风华正茂的面目，而眼前的卞海亮，却是如此疲惫倦怠。他在所任职的工厂，是一个单纯的事务主义者；家里，亦琐事缠身。既没有社会理想，对个人幸福也不存指望。人在中年，虽然谈不上有什么远景，但要打发日子也还很漫长。于是，邂逅叶磊，旁开一个空间，急骤地蓄积起行将殆尽的激情。事实上，激情的储量已经有限，是因为压力而变得汹涌。有一个细节令人动容，就是有一次分手时，叶磊看着人流中卞海亮的背影，恍惚想：“这个挎着过时的旧包，步履缓慢的人，就是刚才和我睡在一起，和我做爱的男人吗？”于是，情欲里生出了哀悯，这哀悯是向着人生和人世的，也因此，就像小说中人物感叹的，本来是为缓解生活的重压，结果呢，又添一份负荷。小说中还有一个情景富于隐喻，两人做爱以后，裸着身体各自给单位里的下属打电话。这是一个游戏，戏谑自己的社会身份，事实上呢，受戏谑的却是对方，领指示的下级职工。游戏的策划者将他们的权力形象换一个形式重新认识一遍，于是很微妙地享用了一回。他们已不是年轻的男女，即便是情欲，也不可能多么纯粹了。他们携着各自的历史，这历史不谓不是成功，可是其中无论人还是事，都已陈旧，灰暗了颜色，令人心生倦意。假如生活从头再来一遍，结果也是如此。因此，“我们这一代人”又不止是“我们这一代人”，更是许多代，甚而可能是每一代必将经过的周期。与赵长天年龄相差一轮，几近后半代的孙甘露的小说《呼吸》里的一代，他们还没有开始生活，在开放的年代里成长，也没有道德的禁锢，可他们并不快乐，也很倦怠，似乎疲惫期提早来临，是周期缩短，抑或变形？这是下一个话题了。总之，“我们这一代人”，在此涉入多事之秋，时代的特性已被更加普遍性的人生遭际同化。与《不是忏悔》形成鲜明对照的，是陆星儿的写作，她坚持“我们这一代人”最富积极意义的特性，她始终抱着知青作家的情怀，面对社会、时代、个人的无常变故，难免陷于困惑，就是因这困惑，她的写作才变得较为复杂。

在这套丛书中，我选陆星儿的是她最近也是最后的长篇《痛》。令人欣慰的是，陆星儿在这部小说中，最大规模地表现了她的复杂性，完成了她的写作和写作中的她的告别演出。陆星儿崇尚英雄，知识青年上山下乡运动可说正是一个英雄的舞台：青春，热情，离乡，受苦，奋斗，牺牲，小我服从大我……相比之下，前一个青年运动——红卫兵运动，有着太多的政治色彩，尤其经历过了潮起潮落，多少带着一些创伤和阴影。而这一回，性质单纯许多，背景则更为宽阔，宽阔到山川大地——就连陈村这样染着虚无的人生观，都不能不注意到大自然的神力，于是，陆星儿的浪漫主义便和历史风云际会。然而，就像方才说的，陆星儿的英雄渐渐走出青春岁月，走出大革命时代，进入平庸的日常人生，昔日里壮阔的幸和不幸，全平均分配成琐细的事务，就是赵长天《不是忏悔》里卞海亮所应对的那些，最能磨蚀英雄气概了。在陆星儿更早的长篇小说《精神科医生》里，那一名野路子出身的精神科医生，为病态人格包围，社会的痼疾被病人们进一步畸化，他的常识都被质疑着，更何况改良社会的雄心，处境颇为尴尬，显得十分滑稽可笑。雨果的《巴黎圣母院》里，那丑陋的卡西摩多，其实是埃及的神祇，沦落在芸芸众生之间，就像圣母院梁壁上的一条爬虫。英雄在俗世里的遭际总是孤独的，他们被逐出人群，处于边缘。而陆星儿的，胚胎于特定历史中青年运动的英雄，和真正古典意义的英雄又不同，他们具有主流阶级社会的属性，这种属性阻碍他们往异体变形，他们终还是现实中人，这就注定陆星儿写作的现实性，她必须关注现实。

《痛》里的主人公邱大风是当代英雄——感谢这一个激变的时代，社会模式还在摸索中，没有最后成形，依然需要由一些个人来承担进步的代价，于是就有了邱大风这样一个角色——社会主义意识形态之下，公有制体制内的企业家，以国家政府的身份，循资本经济规律，创现代化图景。无论理论还是实践，都有着过不去的关节口，就看邱大风如何来变通。说实在，这并不是一个英雄的合适舞台，空间太过逼仄，处处掣肘，不得不屈抑人格，面目变得鄙俗了。就是在这里，陆星儿的浪漫主义遭遇现实主义，这一个挑战，是对观念也是对写作能力。终了，我们看见了什么？我们看见这一位弄潮儿，纵横于各种对立的关系之间，有时玩权，有时弄术，有时攻城，有时攻心，竟然左右逢源，一路披荆斩棘，直逼目的——

将这城市最为经典的沐恩路翻新改造为现代城市消费型大街。这条新街规划体现了邱大风新生资产阶级式的价值观——邱大风，就是一个世界后发展地区的新贵典型，鄙俗却生气勃勃，有着粗野的活力。这个人物的诞生，可视作理想和现实协商的结果，而我宁可理解为相持不让，这符合陆星儿的性格，也是她的愿望之实现。

可以见出，知青文学具体到个人的写作，早已经分流成不同的道路，向着各自方向发展而去。作为一整个文学潮流，它却酝酿成又一场新时期文学史上的革命，就是寻根运动。这场运动，可说东西南北合围，燃起烽火遍地，即成燎原之势。我以为这是上山下乡经历不期然的馈赠。我们这些城市孩子，带着半生不熟的书本知识去到农村，与乡土邂逅，不自觉间，戒除着教条主义。山川河流乡村，藏匿着另一本历史的大书，以隐秘的符号记录，更合乎生命存在的本义。知青文学开发了政治意识形态的地表，掘进到人类文明发生的地质层，那是更接近真相的一层，许多故事从它发端，由它塑造形象，我想，这大约就是寻根文学的来由。比较中原和西部，应承认上海是“寻根”的弱镇，这或许可归因于这城市的地理和历史。上海地处长江三角洲平原，成陆较晚，文明史开端便推迟了，时至四百年前，还只是个荒凉的渔村。一旦开埠，一蹴而就近代都市，省略了自然发展的过程。作为文学创作，难免“寻根”的资源不足，缺乏材料。但这只是从狭义上看，在广义上，“寻根”的影响深远，不是单就题材可以概括。在我私心里认为，多年后“上海”这一写作的惊现，亦和“寻根”的思想精神有关，这又是后面的话题了。现在，我还是来谈与“寻根”关系比较直接的作品，就是竹林的《女巫》。

我原本打算选《生活的路》进丛书，因前面提过的理由，《生活的路》几可说开知青文学先河，在当时引起极大的回响，证明上海作家在新时期文学中的位置不容小视。但竹林本人坚持要选《女巫》，自有她的道理，我最后服从的原因是，《女巫》这部长篇，正可填补“寻根”在丛书中的空缺，体现上海作家在新时期文学版图上占据的面积，纵向上则体现上海作家写作的发展源流。虽然，从时间上说，《女巫》写作的一九九一年，寻根运动已过了高潮期，我亦很难断定竹林是追寻行踪而来，她完全可能有着自己独立的取向。但是，《女巫》又确实表现出寻根文学的特质，那就是它将一个乡村的社会发展史融解在风土民俗的传说之中，使其完全脱离政治意识形态的解释，呈现出某一种不可知力量的神秘定律。

《女巫》为我最重视的是它的体量，在四十五万字的篇幅里，密密匝匝，层层叠叠，扣中扣、套中套，网络着大量民间的传说志异，这就不再是风土性的装饰色彩，而是成为整部作品的结构，以及结构后面的关照世界的方法。小说开头，那一行放学的孩子鼻梁上顶着柳枝，乡俚称作“仙人挑担”，摇摇歌行而来，犹如点灯引路的童子，带入“太虚幻境”。“太虚幻境”有一个特质，就是它虽然在世外，但是决定着世上的事理人情。《红楼梦》里荣宁两府的兴衰起伏都是写在“太虚幻境”的册子里，尘世中人的真实身份也是在这里。当然，《红楼梦》里都是贵人，照民间说法，就是有仙缘的；《水浒传》一百零八将，则是天上有星宿，《女巫》却是草民，演绎的故事要粗粝得多，所来自“太虚幻境”里的前世，也要阴暗得多，不是风月情怨，也不是英雄气概，而是关乎生存繁衍。这冤孽虽不像“石头记”，一演几万年，不过区区数十载，可难也就难在事端的具体靠实：抗战，内战，建国，人民公社合作化，“文化大革命”……竹林将这铁打的事实以虚幻的方式历历写来，一直坚持到底，没有松懈和中断，终于自圆其说，建构了另一部历史。

王小鹰的写作也是从知青文学起步，在知青文学中留下了抒情的笔触。我觉得王小鹰对写作有一种节制的态度，她从不无度放任个人情绪，她的写作几乎不涉入自身经验，难免会损失感性的独到之处，但却有另一般好处，那就是写作面向广阔。王小鹰很早就脱开与自身经验最有关的知青文学，另起章节，这也表明她有能力处理客观性质的题材，我以为《丹青引》就是她写作观念和创造性能力的极优表现。《丹青引》的结构非常奇妙，看似繁复，千头万绪，但其实很单纯，线头一抽，贯彻全局。

《丹青引》的线头我想应是韩此君这个人物，要借陆星儿的英雄观来论的话，韩此君也可算一名英雄，但要是将他和《痛》里的邱大风作比较，就看出邱大风是入世英雄，韩此君则是出世英雄。画圣韩无极被现代旅游业重新开发出来，自此便有无数人攀附：据传韩氏家世早已式微，嫡系里只一名第十代孙女，却已是疯人；于是女婿陈亭北尽占传人风头，眼见得要成无极掌门人；忽然间又冒出一个韩疏林，自称韩无极次子韩细布的后裔，事实上呢，韩无极的正宗后人，长子韩细舟的子息，就是韩此君，默默无闻于市井坊间，由无极门下生出的恩怨情仇都与他无关。韩此君人在小学校做一名教师，他的画却兀自在世上流传，遭遇各种，或被画界泰斗扣下，以防盖己名声；或被画界少壮当参照，取其精华，又别开生面，创出新流派；画商瞿老板瞄准他的是生意眼，低价收购，囤积居奇……无论画坛政治市场经济风起云涌，他一概木知木觉。再说到情爱，也是功名利益的连环套，美协主席魏了峰的情人由美协艺术办公室主任马青城善后为妻子，只得放弃所爱陈良渚；陈良渚本是对韩此君有爱，无奈他不接茬，要知道陈良渚不是别人，正是陈亭北的女儿，被他当作圣女仰慕；韩此君爱的姑娘辛小苦置他于陷阱不说，还投别人怀抱，此人为中国画研究所所长安子巽——真是当爱不爱，不当爱偏爱，如此轰轰烈烈，最后还是女工花木莲伴他的惨淡日月，度柴米人生。要是用《红楼梦》里妙玉说法，韩此君就是位“槛外人”，这位“槛外人”一旦涉入“槛内”，立即祸从天降。他到底经不起世人撺掇，动了凡心，举办个人画展。那画展说来也可怜，借了旧文化馆的遗址；由他任职的小学校和瞿老板的“小蓬莱字画贸易公司”主办；开幕式程序颠倒，七零八落，靠花木莲的小姊妹和街坊邻居充场子；美术界的头面人物倒是送来了花篮，夹在其中，并没有增添庄严感，反显得不伦不类；开幕式结束，已是曲终人散，一片萧条，就在当夜里，一场大火，连人带画，统统烧为灰烬。这也有些像《巴黎圣母院》，地牢门一开，卡西摩多和爱斯美拉达两具搂抱着的尸骨，立刻灰飞烟灭，无形无影。神祇是不能在人世间存身的，韩此君其人其画，本来只应天上有。陈亭北的仕女图，最后的点睛之笔，墨遮笔洇，好比天机不可泄漏。凡此种种，都好像有一双天眼俯瞰，俯瞰人间百丑，活活糟蹋神赐，然后一网打尽，全部收回。

我还觉得有意味的是，韩此君的世外，那一个市井社会，似乎并不全是“小隐隐于野，中隐隐于市”的意思，一条天池街，可说藏污纳垢，却接近生活的实质。当韩此君逝去后，辛小苦来到天池街，看见公用自来水龙头底下，蹲着韩此君的遗孀——花木莲——“两条粗壮的胳膊在搓衣板上使劲搓着衣服，肥皂泡沫白花花地溅了一地，她的脚边还放着菜篮和淘米箩。”此情此景映照下，那些纸上春秋，无论《红粉君子图》、《城春草木深》、《山龟图》，都显得如此苍白，早已淘空了内瓤，众声喧哗也难以掩饰凋敝的事实了。而韩世家九涵妙姑的真迹《观音出道图》，却是在天池街花木莲做工的成衣车间的壁上，那是当年玄黄庵的佛龛。就此看来，最后的大败局并非天意，实是人事。

将丽萍也是一个有效地脱离私人经验的写作者。她同样有着知青的经历，早期也写过一些知青生活的小说，但很快就越行越远。这或许和她曾经从事记者职业有关，使她锻炼成向外的眼光，对客观世界比较关心。更可能是领新时期文学真谛，那就是历史批判和现实批判精神。她的长篇小说《女生·妇人》，与“五四”老人程俊英先生合作，所写是程先生们的故事，与她的时代相距有半个多世纪，人和事都已泯灭在时光的烟云之中，必须有历史的目力，还有对他人生活的想象力，但其实都是出于对恒定意义的认识，那是无论何时何地都不会大改的人世人生的本义。生活再是演绎出多少种戏剧，外形中的内核就是一个。

依蒋丽萍自序中介绍，《女生·妇人》前半部，是将庐隐的《海滨故人》重写一遍，后半部，则是将程先生所写的续《海滨故人》重写。而程先生的续《海滨故人》严格说是本人的回忆录，虽然沿用了《海滨故人》里主人公的名字。《女生·妇人》呢，继续沿用这四个人物的名字。这看起来很像是一场接力赛，一棒传一棒，蒋丽萍当然是最后一棒，她跑到终点，完成全程。但事实上，更像是领了火种，重新开垦一片田地，长出自己的庄稼。无论怎么说，这都是一次有风险的出发，因有着太多的据实的人物和材料，又与自己的经验隔阂着，稍不留心，便会滑入记录性写作，可说走在纪实的边缘，蒋丽萍终于走到彼岸，完成了虚构的旅行。我说它虚构，是因为它的完整性，真实的生活不负责给我们结尾，也不负责提升意义，这就是我们所以需要虚构的理由。

就像方才说的，《女生·妇人》是以《海滨故人》里的人物为故事展开，那是北京高等师范学校的四个女生，人称“四公子”，从这雅号就可看出她们是风流人物。那是在二十世纪初，一个旧到底的中国生出新气象，青年也生出新向往。青年，向往所在总会是爱情和婚姻，这与个人幸福关系最紧密，“个人”和“幸福”的概念都是“五四”启蒙的果实。尤其是女生，这里面就又有男女平权的争取，所以才会有“四公子”的称谓。在“女生”的日子，闺阁和书斋里，革命还处于理论阶段，比如李大钊先生的“伦理课”，她们很大胆地提出将来孩子可不可以从母姓，还提出男性是否也有贞操的问题，各人的恋情也在朦胧的初期。总之，新生活是在务虚中。然而，就是这务虚，为她们勾画了一个新人类的摹本，这摹本在现实中则成为妄想。“四公子”中，露沙是最坚执这妄想的，其他人，或是比她命好，像宗莹，与师旭的师生恋，是新型婚恋，可总归不伤大雅，两人相携相契，妇唱夫随，虽遭子殇，亦是乱世中的寻常事故，终不失为“五四”一段佳话；玲玉的婚姻实际只抄袭了个新式的“外壳”，内里仍然是旧式的陈规，旧式的男人和旧式的性观念，倒是那“外室”柳蝶依有新人类的气息——出身小公务员家庭，职业女性，裸露的情欲，理直气壮地挑战“正室”，有趣的是这新气息并不是来自“五四”，而是来自上海这近代城市的市民阶层；再有云青，她似乎是在家庭中承起了男孩的角色，养家糊口，抚育弟妹，但方法则是嫁个有资财的先生，当然，先生受的是德国教育，有强国思想，这些至少合乎“五四”精神的某些符号。当她们进入现实的命运之后，大时代给予的人生蓝图都变形了，惟有露沙，以一种近乎偏执的坚决，牢牢守着这蓝图，结果是，飞蛾扑火。

回望二十世纪初反封建的男女，女性总是全力以赴，男性呢？颇令人寻味地，他们多是先向封建制度交了差，然后再革命。好像贾宝玉先科考，再出家。甚至于鲁迅，也有朱氏；还有萧军，认识萧红之前也完成了父母之命、媒妁之言。新女性常是处在半妻半妾的位置，多少有些孤军奋战的意思，露沙就是其中一名。她终于争到了梓青，却只是一半，而且名不正言不顺。梓青患结核病早逝，倒使得这段尴尬婚姻获有悲剧的了结，合乎了时代的名义。她的第二段情爱，比第一段更大胆，与年轻自己许多的寄尘相恋，在世人舆论中，难免是不伦的垢病，一旦进入实际生活，则更有无穷的麻烦。露沙和寄尘真是位置颠倒，无论物质还是精神，露沙都承起了男性的角色。她有事业，在社会挣得地位，因而得经济自主，还为寄尘筹谋生计。但这似乎又并不真正意味着男女平等，寄尘虽然样样靠露沙，却依然持有男性的特权。就比如她们在李大钊课上讨论过的，男性应不应有贞操的观念，即便孱弱如寄尘，都可以不遵守贞操。女性独立最终似乎只是更给男性方便，而且这情景一直延续到今天。赵长天《不是忏悔》中，那一对中年邂逅的男女之间有这样一段对话，关于叶磊要不要做全部的女人的讨论。叶磊说："因为你太好了，所以，我不敢在你面前做得完全像个女人。"卞海亮客气了一番，诚邀叶磊放纵她的女性属性，但同时他又肯定了她没有女性的一般弱点，这弱点被他归结为"会使男人有不安全感"，于是，叶磊就有了这样的疑惑："如果我一半是女人，另一半也是女人，你吃得消吗？"从"五四"以来，女性始终没有放弃成长，却使得男性越来越怠惰。然而，强悍如露沙，最终死于难产——萧红也是死于难产，这是积贫积弱的二十世纪初，无论独立不独立的女性共同面临的危难。这一个最具革命性的女性，还是落入了传统的命运窠臼。

现在，我应该提到我们的一位前辈作家，白桦先生。我很感谢白桦加盟上海作家协会专业作家队伍，让我们上海的这批知青作家与前承的关系变得具体和直接。新时期文学是由白桦一代，也就是人称"右派作家"作率先，他们经历了共和国的坎坷，最具批判力——感谢上苍，当政治生活终于进步到正常的时代，他们尚年富力强，而且，没有丧失信心。照理说，他们最有理由不信任生活，可反倒是我们，对诸事生疑，这使得我们在批判中，有时会模糊正面的观念。他们年长于我们，阅历也丰富过我们，伤痛更深于我们，为什么恰恰是他们，保持着积极性？那或许是出于一种性格，我将它称作"共和国性格"，长在新朝开元时候的人格，往往清明开朗。而白桦先生又是一位诗人，我觉得，在白桦先生，"诗"不只意味一种文体，更是世界观，从白桦先生眼睛看出去的，总是有一种光明。经过如许世事艰厉之后，很难说是天真，这更可能是一种辨析力，从氤氲、阴霾、浊尘中辨析出光的穿透。这辨析力也许不是出于唯物史观辩证法科学社会学，而是诗情洋溢。

白桦先生的这部长篇小说《每一颗星都照亮过黑夜》，以第一人称写给儿子的二十二封书信构成。他带着一种诉求，诉求子辈倾听，倾听父辈的历史。事实上，无论听与不听，都是子辈的前承与后传，可说是宿命。你听了，就可能有自觉性；不听，便身陷盲目，这是有责任心的父亲们所不忍的。小说中的第五封信，他写家乡被日本军队占领的日子里，从他家门口经过一小队日本宪兵，押解着一个受伤的青年往城门外行刑，一群小孩呼啸尾随而去，他也夹在其中，忽然间却被街坊王大娘拖出人群，斥道："你起什么哄？你爹被他们活埋才几天？"我想，白桦们要告诉我们的，就是这个！还有，第一封信，也是小说开篇之际，写到与儿子发生的第一次冲突，那是在儿子三岁的时候，儿子要求买一挺玩具机枪，"我"不同意，因为"我"对枪从来没有亲近感，生气的儿子突然挥起小手在父亲脸上掴了一掌，使"我"无比伤心，这又是白桦们要告诉我们的——我知道他说的不是伦常之理，而是有关于"我"是谁，"我们"又是谁的话题。

"我"是谁呢？一个中原古城里开明绅士之家的子孙；还是拒不做汉奸、最终死于日本宪兵屠杀的冤魂之后世；是在天主教堂躲空袭时候，从修女指下的琴键，与舒伯特邂逅的小男孩；是抗日队伍里的少年兵，抗美援朝的志愿军；然后是一名右派；再然后是摘帽右派……"我们"是谁呢？是呵斥"我"不许跟人起哄的豆腐坊王大娘；是卑微地活着又卑微地死去，用死魂灵吓死一个日本鬼子的冯一；是没出息了一世，在"文革"的冬夜，登临废墟疾奏京胡"夜深沉"的柳家大少爷；是"笑话"，一个纨绔、玩世的人生，在急等着点火起炊的日本兵跟前，戏耍地将丁火柴一根根划着，再一根根吹灭，结果脑门吃了子弹，闹了个天大的笑话！还有小蚂蚱、六指儿媳妇、静云寺的妙聪师父……"我"和"我们"又有一个总的命名，就是“诗人”，他们将历史演绎成了诗。在动荡与莫测的世事中，许多正义的观念变得模棱两可，模糊着判断，然而在诗的境界中，边缘却明晰着。“诗”这一个华界，以一种说来虚无其实却肯定的标准鉴别着优劣是非，那就是美和高贵。小说里的“我”，这一个父亲，就这样从昏晦的经验中析出光明，企图开启儿子的知性，他几乎是以谦卑的目光，注视儿子，等待回应。

这是历史讲述中的个人性，不只是经验，还是情感。新时期文学逐渐拓进个人主义领域，白桦先生一代人可说是先行者，为争取个人在公共写作中的合法性，付出了代价。我们都是受益者，他们打开禁地，我们在其间嬉戏，不晓得底下藏着什么样的牺牲。所以我庆幸有白桦在我们的队伍中，他可时常提醒——就像小说中提醒那儿子，我们究竟是什么人。

这样，我就要想到孙甘露。孙甘露大约正是与那儿子同龄，我方才称他作“后知青作家”，是指他的成长正处于知识青年上山下乡运动末潮，而教育体制还未重新建立，因此，他的命运在另一部分与知青汇合，就是中学毕业即走上社会。其时，青年运动早已平定，日常生活也恢复秩序，所以，历史又进入了下一个阶段。在变化的时日，相距五六年就可能划为另一代人。我想，孙甘露开始写作的时间，许多激烈的意识形态纷争基本经纬清浊，白桦们的遭遇倘要写入小说，就是归荒诞派一类，新时期文学已经进步到“先锋”的阶段，开始文本的实验，孙甘露就是在这一节上登场了。

对于先锋文学，我个人以为是一次输入的革命。在离群索居数十年之后，其时敞开了空间，八面来风。外面世界一百年里演变和积攒的思想一夜间涌进，那么多新鲜的概念，充满耳目，我们都来不及攫取。形势难免是混淆的，但是，就是这混淆，酝酿成了本土的又一次文学浪潮，它几乎全面性冲击着汉语言写作的成规。当然，在所难免地，泼洗澡水将澡盆里的婴儿一并泼了出去。在它们企图突破限制的时候，将叙述艺术的形式也取消了；拆除了藩篱，同时失去了自己的领地；破除迷信，将“信”也破除了，这将使以后的进取陷入困境。但是在当下，它如此令人激动，号召着年轻的叛逆心，义无反顾地向前奔腾。屡次文学运动已为它铺平道路：题材的禁区几呈全面性打开，文学有效地脱离意识形态，获有自主权，个人主义不仅合法，还是进步的表征……还有什么可顾忌的呢！由于这一切反传统的特征，先锋文学更像是一场青春文学，它无拘无束，自由自在，轻松上马。

孙甘露是先锋文学的一名翘楚，虽然他写作量并不大，以短篇为主。说实在，你很难想象如他这样，纯粹依赖语言文字自身的逻辑推动叙述，能够充实多少篇幅。孙甘露小说中的人物，面目往往是模糊的，社会身份不明，没有清晰的历史来源，行动也没有一定目的，总之是暧昧。这就是人和事完全脱去意识形态的结果。他将他的人物放在纯粹的语言环境中活动，这在理论上无疑是极有挑战性的实验，但在事实上困难重重。尤其是孙甘露连语言，这人和事惟一的寄存也要颠覆，他要以唯美的方式重新组织叙述。而语言其实是比任何存在都更社会化的物质，它没有一刻能够脱离公共性的叙述活动，在约定俗成中规定和改变形状，不是孙甘露单枪匹马可以推倒重来的。所以，他在颠覆中不断需要作出妥协，就像一场拉锯战。在这拉锯战下，也确实生出一种别致的文体，语言从讲述的事实浮上最表层，你甚至可以放弃叙述的内容，单纯享用语言。这是危险的蛊惑，因为不知觉中，思想消失了，作为小说质地的生活状态也消失了。孙甘露又为什么要执迷于小说，而不是继续做一名诗人——他曾经写过新诗，总归还是小说的某些特性吸引着他，让他舍弃不下，那是什么？我想，还是人和生活。

《呼吸》是孙甘露迄今为止惟一的长篇，字数长达十三万多，对于这么一种纯化了的叙述方式，几乎可看成巨作了。在此，他不得不遵循某些小说的纪律，比如有人物和故事。《呼吸》里的故事主要讲的是罗克的爱情。罗克是谁？一个年轻男人，据称曾在军队短期服役，然后回到城市，不固定地从事橱窗设计工作，这样，罗克就可能社会关系极简，同时解决生计来源问题。这样的人物特别适合孙甘露的文体，或者说是孙甘露的文体适合这样的人物，因为得以赦免社会生活的客观叙述。就这样，孙甘露赦免了罗克的社会生活，放任他独自一人，于是，他镇日相守的就只剩下他自己的身体，而他的身体又是怠惰的，兴奋不起来。与赵长天《不是忏悔》里那中年男人饥渴的身体相反，罗克的身体就像患了厌食症，是被过于丰饶的美食败了胃口。一个一个女性走进他的生活，来不及消化上一个，下一个就已经赶到，而他，并没有因此成长起来，获得什么样的嬗变，因为这些女性的面目也是暧昧的，很难给她们规定意义——这就是罗克的故事，一切戒律消失，意义也消失，在无节度的自由中，没有什么决定我们和谁在一起，又和谁不在一起，结果是，究竟谁和我在一起？当女性们滑溜地穿行过罗克的生活，罗克也在滑溜地穿行过她们的生活。小说中写道："尹楚个人历史上的这场情感大混乱花去大约十年时间。她意识到从出了中学校门到现在几乎没干别的事：'真他妈的不上算。'"要是拿罗克的身体与《死是容易的》里的身体相比，罗克的感官生活是多么奢华啊！需要是剩余需要，满足也是过剩，也因此，陷于虚无。

阮海彪的《死是容易的》，写一个患血友病的孩子，就是小说中的"我"，也叫"弟弟"。身体对于弟弟，是个需要时刻警惕的存在，必须防止碰撞、创伤，甚至于少许的震动，因为一旦出血就很难止住。屡次为止血而做的治疗，已耗尽家中所有的财物，使这个温饱家庭陷入赤贫。因此，出血，发病，不仅给肉体带来苦痛和危险，还危及整个家庭的经济财政，增添了精神的压力。弟弟的身体不像罗克的，是一种附丽，而是巨大的现实，关于身体的疑问：身体究竟是什么？生存究竟是什么？如何维系？究竟又有什么必要维系？对于弟弟是具体的日常生活，对罗克，则是纯精神活动。在《死是容易的》里面，身体的戏剧就是那么残酷，它时时上演着生存和死亡的较量，这种较量又并不完全以力量的强弱优劣为胜败，似乎是有一个更加巨大的意志在操控局面。那相邻的于家伯伯，前一日夜里还推出黄鱼车，让弟弟去医院急诊，隔日晚上回来，他却上吊自尽，死亡如许不期然地降临了。再有那剽悍的“外国人”，主张优胜劣汰，言称像弟弟这样的孱弱者，不值得怜恤，应统统消灭，可是，偏偏是他死于盛年，弟弟却活着。当然，更大量的死亡因循着普遍的规律发生，比如他的病友肖虎，死于酒后脑血管出血。所以说，对于生命，我们既不能放松责任，但也只能尽力而为，至于结果，就听凭上天的选择了。弟弟，以及弟弟的家人，就是在这未知中全力以赴，争取生存。父亲从劳改农场请假归来，将病危的弟弟连夜移出医院，决定自救的一幕，真是无限的惨烈，可说是全书的高潮，那是孤注一掷，背水一战。

弟弟的父亲，有点像沈善增《正常人》里的祖父呢！我想，在上海老城厢，那些旧式的房屋里，住着无数的祖父和父亲。他们来自周边乡镇，宁波或者绍兴，有过短促的发家史，然后在战乱和灾荒中破产，来到新开埠的上海，虽不像传说中遍地黄金，挣一份嚼吃还是有的。他们洞察世事，人情练达，狡黠里藏着乡下人的耿劲。就像《正常人》里的祖父一样，弟弟的父亲想必也读过一些旧书，他的主攻方向在《黄帝内经》。当父亲将弟弟移回家中，自己在阁楼上翻检医书，煎制草药，就像一个古代的炼丹师，这也让我想起《正常人》里祖父读《浮士德》的情景。这大约就是民间和经学的关系，也是上海市井的知识景象。当我写到此处，不禁想起法国作家普鲁斯特的《追忆似水年华》，那一个病人出身于贵族阶层，生活优渥，疾病将他锁在床上，限制了外部行动，迫他在精神中漫游，搜索记忆和思绪，构成空中楼阁，灿烂辉煌。这里的弟弟也是在病痛的禁闭中，可他无法纵容他的精神在虚空中漫游，温饱，治疗，就业，立足社会，都是具体的困难，如何来应对，占据了所有的闲暇。在他的周围，都是同他一样的市民，柴米生涯。这城市里的老住户，物质与精神都已式微，小说写到那天夜里，父亲向医院签下生死状，将弟弟从病房移出，回到家中，“我忽然发觉，我的家竟然这样低矮，破旧，凌乱，潮湿。我闻到了一股蟑螂味，那是从那只没有抽屉的抽屉洞里发出的”。于是，弟弟的病苦似乎不只是病苦，而是象征了整个人世的悲哀。

编这套丛书的时候，我发觉在我们上海作家的写作中，常常有一个绰约的背景，就是市井。比如叶辛的《蹉跎岁月》，在柯碧舟插队的那一个集体户，成员多来自上海中下层市民家庭，从某一方面来说，他们要比那两位主角更显其生动，表现出他们所来自的城市的价值观和性格；陈村的《从前》，也有一个集体户，扁头，阿发，女生小风——她考虑自己的归宿，是否要嫁给乡下人之前，她对上海的男生说：“你们最凶的是张嘴，他最强的是一双手。”这种面对现实的态度，正是华丽的城市表面之下的芯子；前面已经说过，《正常人》是正面表现市民阶层的生活；陆星儿《痛》里的那个邱大风，更是真正出身市井的现代新贵；王小鹰的《丹青引》则有着一条喧喧腾腾的天池街……若干年以后，我们或许会发现，这是与“寻根运动”某种方式的遭遇，又迎来关于上海写作的热潮，在当时却多出于不自觉，但这不自觉也是在新时期文学的开放思想中发生。上海的市井生活，最早多出现在民国小说“鸳鸯蝴蝶派”写作中，到了一九四九年以后，就渐渐淡出，偶尔地，就像阴魂不散，突然在某一隅闪出。比如，二十世纪六十年代有一部话剧改编的电影《小足球队》，里面有一个社会青年，诨号“爷叔”。这个形象何其有趣，都市浮华里的坊间人生，他吸引了一帮小萝卜头在弄堂进出，当然，是作为颓废的代表而遭到社会的唾弃。凡这类人和事，在那时多是以负面的形象登场。胡万春先生的小说《家庭问题》，后来改为电影，其中那一个青工，穿毛料裤，买绸缎被面，受到父亲——一个产业工人家庭的家长的严厉批评。这种日常生活的趣味，来自安居乐业的人生，其实是含有普遍性的人道价值。

胡万春先生属上海二十世纪六十年代崛起的工人作家队伍中的一名，他们多是以描写产业工人的劳动与生活而活跃文坛，然而我觉得，当我们强调他们社会主义写作身份的时候，往往忽略了他们另一个也许更加鲜明的特质，就是他们的本土性。胡万春先生是工人作家中领先的一名，他的短篇小说《骨肉》和《过年》，引起过热情的反应。小说中描写的城市底层生活，在阶级矛盾与阶级斗争的观念之下，人和事都被简化了，但它们依然以人间常情打动了读者。这一回，入丛书的是胡万春先生写于一九八三年的自传体长篇《苦海小舟》，顾名思义，写的是穷人的飘零生涯。小说中这一个穷人的履历却是复杂的，若是按社会各阶层分析的划分，他可先后占据多个阶层。大约从清代算起，他家便是失地农民，到了祖父，则在宁波一带经营小本买卖，渐渐积累资财，成家立业，也有了教育的意识；所以父亲先读私塾，再上公学，接受强国思想，决心做一名海员，学习航海；结果是被骗子卖了猪仔，去到外国轮船做水手，其间参加了一次海上罢工，算是还了革命的夙愿；然后，带了一口洋泾浜英语回到家乡，接下了祖父一个行将倒闭的小百货公司，却无起色，只得将生意盘给舅丈，收拾收拾来到上海；所剩最后的一点资金投进米行生意，还是血本无归，这一回彻底死心，从此息了发家的念头，做杂役糊口，家中一贫如洗，于是，小说中的“我”，这上海城市的无产者降生了——经历逃难，乞讨，跑单帮，打工，学生意，间歇地上小学，读《圣经》，唱圣诗，终于在十六岁时进工厂学徒，走入产业工人队伍——看起来，不怎么合乎共运史中作为革命力量的无产阶级形象，可是，历史却呈现出丰富性。农村萧条，小型经济崩溃，资本型城市崛起……这些政治社会经济概念全演化成具体可感的生活状态。

小说中那个英国人戈尔门先生，是父亲做杂役的爱文义路救火会的职员，应属上层社会，可事实上，却也为生计困扰，他甚至娶不起本国的女人做妻子，也娶不起会说英语的中国妻子，只能娶不会说英语的中国女人。在张爱玲的小说里，我们常能见到这些帝国公民，多是落寞的表情，他们是殖民地占领者，同时呢，也是寄人篱下，身份颇为尴尬。比如《红玫瑰与白玫瑰》，有一日，振保和娇蕊一同上街，遇到艾许太太，张爱玲写道："艾许太太是英国人，嫁了个杂种人，因此处处留心，英国得格外道地。"还有《桂花蒸·阿小悲秋》里那个住公寓的单身外国人，悭吝又落魄，还滥交。当然，戈尔门先生是个好人，是父亲的知交，可自身难保，援助也有限。上海市井的戚色里，也有着异族人的面容。还有那些连环画家们，作坊样的生产方式，小说写到"我"去拜师傅学手艺，来到沪上著名的大师府上，境况竟十分窘迫，不只是贫寒，而且潦倒。作者写道："他们夫妻俩年纪都不大，只能算作年轻人吧！可我却感到他们都很老了。"就是这样黯淡的营生，却发源成日后绘画的一个重要门类，多少可见出海派文化形成过程现象之一斑。我们可以在《苦海小舟》中找到《过年》和《骨肉》的故事轮廓，就像是这两篇小说的素材，显露出感性的面目，过去的生活这一回以私人经验的性质进入胡万春先生的写作，不期然地，展现出更为宽广的社会场景。

程乃珊的《金融家》则面向上海中产阶级社会。说来很有意思，《金融家》中，华行董事长总经理祝景臣也是浙江人氏，出身贫寒，父亲在杭州大户封家当差，封家老爷开恩，让祝景臣、祝景文兄弟在封家开办的洋学堂开蒙读书，这一步便将他们推上事业人生的康庄大道。祝景文考上庚子赔款公费生出洋留学，祝景臣通过封家的交好——华行开山祖魏久煦进华行做练习生，之后一路攀爬，坐到高位。封家则已衰落，后人封静肖，只得在外国人诊所挣月薪，自糊自口，最后给祝家做女婿，多少有些像吃软饭的。与祝景臣同时进华行做练习生的范先生则终身只是个小职员，但儿子范仰之却是才俊，走上另一种人生道路，成长为另一路精英，终于能与祝景臣平起平坐，相辅相成，共渡民族危难。所以，上海这地方其实是英雄不问出身，公平竞争的场所。各人时运不同，资源占有也不同，但终究是以才智心气为决定，不断重新调整划分阶层。在这些跌宕起伏的命运之下，更普遍的还是平凡的人生，就像祝景臣的公子隽人和儿媳芷霜，由父辈们荫护，从战乱中挣出一份安稳且道德的日子。这些保守的人生，经过了危亡的时日，既没有错过生活，也没有损失良心，因循时令开花结果，不由要感慨祝景臣们的栉风沐雨。先是业内倾轧，华行遭遇大挤兑，道高一尺，魔高一丈；再是日本占领军要挟融资华行，逮捕银行职员，一波未平，一波又起；祝景臣几方受制，又要保人，又要保节，几回山重水复，又柳暗花明——在这潮起潮落时节，育秀女塾的女生们，也就是祝景臣们的女儿们，度着她们的娟阁时代。

这群女生使我想起蒋丽萍《女生·妇人》里的“四公子”，“四公子”是她们的先驱。她们显然要轻松得多，没有“四公子”的思想的重任。她们生活在“五四”新思想运动发生的二十年之后，又是在新开埠的上海，领风气之先。对异性的态度相当开放，甚至有几分佻挞。小说里也写了一堂课，题目是“小儿疾病预防”，老师就是那位没落世家的大少爷封静肖，身材颀长，穿一身白夏克斯西装，谈吐活泼，引得她们都不安分了。他在上面讲课，女生在下面传字条，内容关于这一位是不是理想中的“黑漆板凳”。沪语“黑漆板凳”与英语“HUSBAND”谐音，然后就有人在字条上写：“这不是只黑漆板凳，是张沙发，起码要替这张沙发做一套沙发套，还要配上靠垫……太奢侈了。”联想《女生·妇人》里，李大钊给女生们上的“伦理课”，上海和北京多么不同，上海的女生和北京的女生又多么不同，它是现实的人生，缺少庄严感，甚至带几分粗俚，可也是积极的。

《金融家》写于一九九〇年，这个年份对于这部上海题材的小说，很不幸地过于早了，没有人注意到它的地域性。倘若晚上几年，“海派”写作起篷，它是可拔得头筹的。一九九〇年，是探索小说形式的先锋文学热潮时节，贯穿整个新时期文学的批判现实主义继续向深处掘进，这一部在形式上并无新奇，思想上也不以尖锐为胜数的小说，很自然地被忽略了过去。等到上海话题成为时尚，那些充满上海想象的写作且又潮涌，遮蔽了大众的阅读，这部小说依然没有进入潮流。所以我寄希望这套丛书，能让它再次登场亮相，让“海派”写作认识它们的前辈；我还寄希望《金融家》能以它的沉重来改变“海派”的轻佻气质；它所描写中国民族工商业者，从积贫积弱的社会挣扎起来，在这城市的流光溢彩底部，是命运多舛，时事艰厉。

本人写于一九九五年的长篇《长恨歌》，可说迎头赶上风潮，但又带来另一种不幸，它被安在潮流的规限里，完全离开小说的本意。在此，趁作序近水楼台，当为自己辩解几句。我想说的是，小说的第一部应是不尽如人意，小说家陈村曾批评过，这一部里尽是想当然，片厂试镜想当然，“沪上淑媛”想当然，选美胜出想当然，上海小姐当然要被金屋藏娇，藏娇人当然要遇不测……但恰是这一部最为看好，因最合乎大众的上海想象，而这一部我又跨越不过去，大量的交代任务要在这里完成，否则便无法开展故事。重要的情节是发生在第三部，王琦瑶和她的下一辈人邂逅，就如苏青说的，在人家的时代里，就好比寄人篱下。第二部是一个过渡，可是我却自觉得这一部写的最称心，这就和感性有关了。二十世纪六十年代，在我是知觉初醒，人和事渐渐浮向水面，轮廓绰约，气息悠然弥散，无处不至。这一部，一旦开头便从容而下，就像自己会生长一样，枝叶藤蔓盘错。这是写作中最好的状态，所有的人物都在自由活动，主动走向命运。我被自己所感动，在程先生身体落地后的那一节，我至今能背诵出来："你有没有看见过卸去一面墙的房屋，所有的房间都裸着，人都走了，那房间成了一行行的空格子。"故事到这里似已倾向终止，事实上，我的目标还未抵达，于是，重振旗鼓，再向第三部进发，是第三部里的情节决定我写这个小说。女主角的结局十分不堪，损害了她的优雅，也损害了上海的优雅，可是倘没有这结局，故事就将落入伤感主义，要靠结局来拯救，却又力量单薄，所以，略一偏，就偏入浪漫爱情小说，与时尚合流。我选它入丛书，期待的是新一轮的阅读，能归回我的初衷。

孙树棻先生的长篇小说《末路贵族》，大约可称作海派写作的实至名归，它有着奇峻的人物和情节，以及社会风俗风貌。小说所写的是"二战"时期，上海这远东城市，有些像北非的卡萨布兰卡，各国各系的政治军事的力量在此侵入，然后交织。英国、美国、日本的谍报人员，以各种身份为掩饰，围绕着流亡上海的白俄姑娘娜塔莎，演绎出爱恨情仇的戏剧。这多少令人联想起上世纪四十年代徐讦先生的《风萧萧》，记得里面有一个化装舞会的场景，各路间谍在此汇合，面具底下的人究竟是谁？真好比《红楼梦》的玄机："假作真时真亦假，无为有处有还无"。这场面实是华丽，流光溢彩，又扑朔迷离。我想孙树棻先生就是看《风萧萧》长大的一代人，新小说对于他一定有潜移默化的影响。但同时，我又觉得他接受了批判现实主义思想，那应当来自于俄国文学，这也是孙树棻们的时代声音。就在这本《末路贵族》小说中，奇情异志之间，不时浮现起日常景象，透露出了生活的严峻。那位"萨巴罗夫上校"，在犹太人开的酒吧做门童，住就住在弄堂房子中的一间，过着寂寞的生活。他让我想起小时候，与我们家相距一百米的弄堂口，住着的一位白俄，以教授英语为生。父母亲曾经带我们去过他家谈话，想把我和姐姐交给他。他那房间是处于房屋的末端，正是一个尖角，于是，便呈斗状，是真正的“斗室”。屋内家具简陋，临时居住的样子。他站在我们跟前，内心却不知在什么遥远的我们完全不了解的地方。小说详细地描绘着这些被祖国放逐的人，如何谋生计，如何在异国建立起社会关系网络，彼此依赖生存。那个“卡特琳娜·康斯坦诺维奇伯爵夫人”有些让人想起陀思妥耶夫斯基的小说《白痴》里的交际花，她年老色衰，流亡异乡，如《末路贵族》里写道：“在市区北部租下了一幢房子，又搜罗了几个白军军官和士兵的女儿，在那里开设了一家妓院，当起了鸨母来。”由于和萨巴罗夫上校特别的乡谊，她将他的女儿娜塔莎，安排在办公室工作，不让她涉入风尘。为了取得保护，伯爵夫人不得不为日本人提供情报，故事就这样从日常的图景走向传奇，可是依然没有放弃生活的严肃性。日本特务蒙索洛夫——真正的俄国贵族，而不是像“上校”和“伯爵夫人”，这些头衔都是杜撰出来唬人的，命运难料，这位真正的贵族沦落到给日本人当差。他向日本人去领旨，态度卑微，内心想的是：“当你们还在吃奶的时候，老子已经在马背上冲锋陷阵了……”娜塔莎与英国军官劳伦斯的邂逅是好莱坞电影的套路，灰姑娘遇见王子，但其间纠葛着的种种细节，却不再是童话的性质，而是艰难人世的意味。娜塔莎和劳伦斯最终走出危境，所受援助多来自她那个白俄侨民社会：鲍德罗斯基叔叔，马思罗夫先生——他们从各自的经历走来，汇集在这个城市，这也就是上海这个国际化都市隐匿着的世界史。

看起来，我们这批写作者，主要的特征是现实主义，但已含有现代主义的变征。我们前后大约跨越两代，远至“五四”新文学，近到新时期文学，可说是我们共同的养料，我们都怀有对生活和人的关怀。同时，在我们之间，还包含着承继的关系。从一九八五年七月吸纳第一批专业作家，到一九八九年的最后一批，上海作家协会集合起我们。我们的写作，大致可以勾画一个文学时期，这个文学时期，蓬勃兴旺。我们在新时期文学的背景下成长，又汇入进新时期文学的图景，且带着我们自己独有的表情。然后我们一同走入下一个时期，面临着丰富却复杂的新挑战：价值观急剧变化，消费时代起来，市场经济蔓延各个角落，再迅速纳入全球化；文学观念也在变化，经典取消，大众审美上升为主流，文学不再呈运动浪潮式地前进，而是分散为各个局部……而我们渐渐告别激情洋溢的青年时代，我们的队伍不断减员，胡万春，陆星儿，孙树棻，相继离去，情景多少有些凋敝。在这时刻，重新回顾走过的道路，检阅我们的写作，不只是为缅怀，更是振作精神，坚定决心，这就是编辑这套丛书的用意所在。

2007 年 9 月　上海

目录

第 一 部 分

一九四一年十一月

一

萨巴罗夫扳下电闸，装在门外的那个霓虹灯招牌倏然熄灭，隔着那扇磨砂玻璃门透进来的红红绿绿的亮光，也就随之消失了。

现在只剩下一盏暗淡的灯光照着这间空荡荡的店堂。那个管酒吧的姑娘赛琳娜，还在那张长台后面把一些次货威士忌和白兰地，分别灌进那些名牌酒的瓶子里去。这是这家酒吧的老板耍的花招，但他这一手玩得也挺谨慎，每回都只按瓶里所剩真货的数量掺进少量的假货，四分之一或五分之一，绝不多掺。赛琳娜还受到特别嘱咐：只有碰到那些对她色迷迷地动手动脚，或是已经喝得七八成醉的顾客时才能斟这种酒。在这样精心的安排下，一年多来，这兑次酒的花招从没露过馅，至少萨巴罗夫从没听到有哪个顾客为这桩事在店堂里吵嚷过。

萨巴罗大再检视了一下挂在门闩上的那把铁锁，在确定已经锁牢之后，便转身朝店堂里走去。他一路上碰到那些还在地上的椅子，便顺手把它们翻到桌面上去。这本该是酒吧里那几个女侍的活儿，但打烊之后她们都急于更衣回家，因此在清扫店堂的时候，往往会有所疏漏。

他走到店堂中间那张酒吧柜前时，赛琳娜叫住了他，从柜肚里拿出桦叶牌伏特加和一只大号高脚杯，斟了一杯酒推给他说道：“喝了吧，上校。”

“谢谢你，好姑娘。”萨巴罗夫举杯一饮而尽，抬起手抹掉嘴角边的酒沥，伸过手去轻轻拍了拍赛琳娜的脸颊说。赛琳娜是个犹太姑娘，萨巴罗夫很喜欢她，这不仅因为她的身世和遭遇值得同情，还因为萨巴罗夫有着和她同岁的独生女儿——娜嘉，两人的身材和面貌也有点相像，只是赛琳娜是黑发而娜嘉则长着一头棕发罢了。

这家青鸟酒吧的老板尤塞夫·萨诺维奇，此刻正坐在店堂角落里那张收银柜后面计算账目。他打开了那台收银机，把这一天里塞进去的钞票一张张拿出来，小心地按照不同的面额分别叠起——不管是“法币”还是“中储票”，都按照票面理到一块。有少数顾客是用外币付账的，他便不再进行分类，只是把那些美元、英镑、法郎、马克，也不分纸币或硬币，全都丢进旁边一只小铁箱里，留待以后再仔细清点。他在整理那些钞票时，无论从面部表情或手指的动作上，都能看得出他心中那种掩饰不住的喜悦。

萨巴罗夫走过尤塞夫面前时，把那把大门钥匙放到收银柜上，说过一声“再见”，便从后门走出了店堂。

在店堂和酒吧后门之间有一个小间，是用来堆放台布、餐具和各种杂物的。店里的雇员平时也都在那里更换衣服。当萨巴罗夫脱下那顶缀有金辫的制帽和那件钉着金属纽扣的制服上衣，正打算穿上自己那件藏青色暗条茶呢上衣时，忽然听到隔壁的店堂传来尤塞夫的声音，那是在对赛琳娜说话：“你怎么今天又给他喝酒了！照这样下去，他会当作是他分内应得的呢。”

接着，是赛琳娜的声音，并不太响却能听得清楚：“一杯伏特加的成本没多少，上校有风湿痛，喝一杯对他的腰腿是有好处的。”

“上校！你老是叫他‘上校’。”又是尤塞夫的声音，“这是我们在顾客面前帮他吹的牛，你倒信以为真啦，鬼才知道他以前当过什么，也许是个上士，也许只是个勤务兵或者马伕。”

一股怒气从萨巴罗夫胸中升腾起来，他想冲进店堂里去，指着那犹太佬的鼻子将他痛骂一顿，要是他还敢出言不逊，那就让他尝尝自己这个老兵的拳头的滋味，但在考虑了一下之后，又把刚才那种冲动压下去了。砸掉了这只饭碗，到哪里再去找这么个司阍的工作呢？在这里，固然有时候要受这个犹太佬的气，但工作毕竟不算太累，就只要在门前向那些顾客鞠上个躬，再欠身为他们拉开门。要是运气不错，多碰上几个出手阔气的顾客，那么一晚上得到的小费加起来也颇为可观……想到这里，他原来那股火气便逐渐消退下去了，穿好衣服，嘟囔着骂了声：“犹太鬼……阿巴公。”①拉开那扇门走出了酒吧，然后“砰”地一声使劲地把门碰上，这样也多少算出了些憋在胸中的闷气……

这扇后门开在弄堂里，走出弄堂，便到了霞飞路上青鸟酒吧的前门口了。这一段路上的店铺都已经打烊了，只有马路斜对面那家九层楼的伟达饭店门前，霓虹灯广告还亮着，门前停着一排十多部三轮车，那些车伕都聚在门前在大声地谈话。这家旅馆的底层开着一家小型舞厅，此刻已临近散场时分，那些三轮车都是特地赶来招揽乘客的。

---

① 莫里哀名剧《悭吝人》中的犹太放高利贷者。

萨巴罗夫朝西面慢步走去。毕竟已是仲秋时节了，阵阵晚风迎面吹来，不禁使他感到有些凉意。他从上衣口袋里摸出一支雪茄，点着了慢悠悠地吸起来。这支雪茄是今天晚上一位矮胖的中年顾客在门前给他的，上面那只印着牌号的纸箍已掉落了，所以弄不清到底是什么牌子，但凭着感觉判断，这是一种烟味醇和的高级吕宋雪茄，不是“亨白”便是“老美女”，最差也不会低于“克罗那”。

他走到毕勋路口上，正打算朝南拐弯，迎面走过来两个担任夜间巡逻的安南巡捕，倒掮着马枪，沉重的皮靴踩在人行道的水泥板上，发出匀称的节奏。萨巴罗夫由于常年站在青鸟酒吧门前，因此对这两个经常在霞飞路上巡逻的巡捕是认识的，于是，便站住了向他们点头招呼，但那两个巡捕却像根本不认识他似的，只朝他瞟了一眼便擦肩走过去了，其中一个的脸上还现出了轻蔑的冷笑。

萨巴罗夫怔了片晌，转过头望住那两个背影骂了声：“亡国奴！端什么臭架子！”这才拐弯走上了毕勋路。走出了一段路，他把点着的雪茄在路边的电线木杆上揿灭掉，把剩下的那半截小心地放进上衣里袋。这样的好烟一口气抽完太可惜了，应当留下一些在明天午餐之后，再仔细地品味和享受一番。

走完这条毕勋路，向左拐弯便是他住处所在的祈齐路了。在两条路和西面那条蓝思安路的交汇处，原来有一块供行人小憩的街心花园，由于那花园是三角形的，附近的居民便习惯地把那里称作“三角花园”。四年多前，住在附近一带的白俄居民联名上书法租界公董局，请求批准由俄侨自行筹款，在这里建造一座俄罗斯诗人普希金的纪念碑。这项请求获得批准之后，便着手募捐集资、设计、动工，到一九三七年二月才落成。这座纪念碑是一位俄侨雕塑家设计的，碑座用花岗石砌成，周围栽种着小冬青树；碑身是立体式三角形的，三面用中、俄、法三国文字镌刻着亚历山大·普希金的姓名和生卒年月，顶上还有一尊普希金的头像，表情深沉地凝视着前方。萨巴罗夫当时刚从哈尔滨迁来上海，并没有轮到在那份送呈法租界公董局的请求信上签名，但在募集建碑费用时，却也解囊捐献了四十块钱，因此他感到在这座碑上也凝集着自己的一份心意，每回经过这里，总要伫立着朝那尊头像望上一会。他这样做倒并非出于对这位天才诗人的崇敬，说实话，在普希金的作品中，除了《上尉的女儿》那本小说以外，其余的他都没有读过。他这样做的目的，只是为了让自己感受一下和那个也许是永远无法重见的故国的联系——虽然这种联系是显得十分朦胧甚而抽象的。

走过了普希金纪念碑，前面几十米处便是萨巴罗夫所住的那条弄堂了。那条弄堂名叫茂龄别墅，里面有三排共十八幢上海人通常说的“单开间三层楼弄堂房子”，由于里面装有带浴缸的卫生设备，不用像那些住在旧式里弄的居民那样，每天清晨要拎着马桶出来倒粪便，所以这类房子就被划归为“半新式里弄”。萨巴罗夫住在第一排最后一幢房子的二层楼上，楼下住的是一个单身的菲律宾乐师，在静安寺那家有名的百乐门舞厅里吹黑管；楼上住的也是一个白俄家庭：一对夫妻带着一个孩子，男的在一家英国洋行里当汽车司机，女的则在霞飞路上一家咖啡馆里当女侍，一个十二岁的男孩子还在上小学。因此对于占上海居民百分之九十以上的中国人来说，这幢房子里住的都是外国人。不仅如此，在这茂龄别墅的十八幢房子里，住下的外国人不下于三十户，其中大半是萨巴罗夫的同族，还有十来家犹太人和一对中年吉普赛夫妇，那个男吉普赛人在家里开着一家星相馆，专为人家占卜算命。这些人连同住在附近几条弄堂里的另外几十家俄国人、犹太人和吉普赛人，在租界巡捕房的户口登记册上，都属于“无国籍侨民”。

萨巴罗夫走到自家门前，掏出钥匙开了门。虽然现在时间已过了深夜十一点钟，但住在楼下的那个菲律宾乐师，还在舞厅里上班；而三楼那位女主人，也照例才下班到家，因此萨巴罗夫在关门和上楼时，都不用担心会惊醒了谁。他进了自己的房间，才开亮电灯，便知道娜嘉今天回来过了，床上原来挺凌乱的被子折叠得十分整齐，桌上、窗台上和地板上也都经过了一番整理和清扫，房间中间那张方桌上，放着一只装奶粉的铁罐和一瓶酒，瓶下压着一张纸条，上面是娜嘉的字迹：

爸爸：

面包在碗橱里,烧汤的牛肉和土豆也给你带来了,你明天只要买点番茄和卷心菜就行了。明天晚饭我们那里有人要来请客,我要留下帮忙,所以要后天才能回来了。

康司坦诺维奇夫人要我向你问好。

娜　嘉

萨巴罗夫打开那只奶粉罐头，里面装的是满满一罐糖炒栗子。这东西是萨巴罗夫到了哈尔滨之后才头一回尝到的，以后便成了他最爱吃的一种零食，每年秋季栗子上市，总要饱啖好几回。现在这些栗子都已凉了，味道当然不及刚出炉的香糯可口，但也总是聊胜于无，能一快朵颐了。

萨巴罗夫脱下西装和皮鞋，换上睡衣和拖鞋，穿上毛巾布浴袍，打开娜嘉送来的那瓶中国烧酒，斟上一杯，开始剥着栗子喝起酒来。

一整天里，只有这段时间，是他最舒适、最安详，同时也是神经最为放松的，他不用站在酒吧门前紧张地左顾右盼，一面为进出的顾客拉门，一面还得随时准备着抢步上前，为那些坐汽车来的顾客拉开车门伺候他们下车；他也不需要一直绽出笑脸，迎接顾客并且在接受他们赏赐的小费时，深深地鞠下躬去，同时在这些时刻里也可以不再看到尤塞夫那副讨厌的嘴脸了……

凭心而论，除了那吝啬的性格以外，尤塞夫不是个太苛刻的老板，在一般情况下，他对待自己的雇员还是比较和气的。只有在他感到经济利益受到损害的时候，才会变得不近人情起来，刚才他在赛琳娜面前攻讦自己的那些话，便是在这样的情况下面说出来的……

尽管一路走回家来，他对尤塞夫刚才攻讦自己的那些话已逐渐地释怀了，但此刻再想起来时，却仍旧不免有些生气。确实，他并不真的是什么上校，那个头衔只是为了迎合某些顾客的虚荣心理才这样叫出来的。但尤塞夫也该清楚地知道，他——伊万·伊万诺维奇·萨巴罗夫并不是什么上士，更不是什么勤务兵或是马伕，他是个道地的炮兵连长萨巴罗夫上尉，在欧战中由于作战勇敢曾被授予圣尼古拉奖章——这些都是货真价实、不容置疑的……

萨巴罗夫虽出身于平民家庭，但几代都是当兵的，祖父是叶卡捷琳娜女皇禁卫军里的一位中士，退役以后在一位公爵的领地里当管事，专管向佃户收租；萨巴罗夫的父亲二十岁便被征入伍，在远东军团里服役，期满后又转为志愿兵。在一九〇四年的旅顺口战役中被日军炮火击中阵亡，当时他的军职是上士副排长。为了表示对殉难军人的恩恤，根据沙皇的旨意，十岁的萨巴罗夫和另一些殉难军人的子弟，被送进陆军士官学校学习，这样，在几代从戎的萨巴罗夫家族中才出现了第一个军官。一九一四年欧战爆发时，萨巴罗夫已是一个炮兵连的中尉副连长了，两年后，又擢升为上尉连长。大战结束以后，他从匈牙利回到俄国，便参加了邓尼金将军的部队，在斯摩棱斯克同布尔什维克的红军作战。一年多以后，当时的战局使他明白了大势已去，任何想要摧毁布尔什维克政权的做法都是徒劳的，于是便和几个同事一起脱离部队，溜到了符拉迪沃斯托克[①]。在那里耽了一年多，眼看着红军又要追击过来，便又溜到了中国的哈尔滨，在那里开了一家小杂货铺，娶了一个逃亡出来的白俄罗斯小贵族的寡妇做妻子，接着便生下了娜嘉。在女儿四岁那年，他妻子跟一个来自彼得堡的纨袴子弟私奔，跑到欧洲去了。于是就剩下萨巴罗夫和娜嘉两个相依为命地过着日子。又过了几年，发生了“九一八”事变，日本人侵占了中国的东三省，在开头一两年，这里白俄居民的处境同原来相比并无多大变化，因为日本军方同白俄中的大多数人，在敌视布尔什维克统治下的苏联的立场还是一致的，但逐渐地情况起了变化，日本人除了把一部分白俄收罗去当了他们的鹰犬之外，对其余的人在生活和经济上的限制也越来越严，失业的白俄也逐渐增多。随着中国百姓生活的日愈贫困和货源的缺乏，萨巴罗夫的那家小杂货铺也支撑不下去了，只能卸掉买卖，在四年多前带着十七岁的娜嘉南迁到了上海。

到上海之后，首要的问题是要找个职业，这次的搬迁已耗掉了他的大部分积蓄，再加上海滩上较好地段的店面租费都昂贵得惊人。这时，在哈尔滨时就认识的那个妓院老板卡特琳娜·康司坦诺

---

① 即海参崴。

维奇伯爵夫人也搬来上海了，她的交游要比萨巴罗夫广阔得多，于是便设法替他谋到了那家青鸟酒吧里当司阍的职位。就这样，他在那里一直干到现在。

搬来上海之前，娜嘉已经在哈尔滨惟一的那所专为俄侨子女开设的中学里毕了业，来到上海之后，上大学当然是与她无缘，像交通、复旦、暨南那些中国的国立大学里，是概不招收无国籍学生的，想要上震旦、沪江、圣约翰那些贵族化的教会大学，那笔学费也决不是萨巴罗夫负担得起的。在头两年里，娜嘉干过好几种职业：咖啡馆女侍、渔具店售货员、电影院领票女郎……同时还在一家英文夜校里读书。娜嘉的英文学得挺不错，但工作却并不顺利，不是因为反抗某些顾客的非礼行动而丢了饭碗，便是由于店铺倒闭歇业而失去了工作……最后，还是那位妓院老板康司坦诺维奇夫人雇用了她。她提出愿意雇用娜嘉，帮她处理妓院里的一些杂务，如向食品店订购食品，采办各种生活用品，向裁缝店定制姑娘们所穿的各种服装，指挥女佣们清理打扫，等等，同时还要结算一些零星账目。对于这样的建议，萨巴罗夫是颇费了一番踌躇的，虽然康司坦诺维奇夫人向他保证过：绝不把娜嘉当作院里的那些姑娘看待，她纯粹只是自己的一个帮手，自己也决不会让任何客人对她进行侵犯。但萨巴罗夫总觉得在那种地方做事，说出来名声总不大好听，会影响娜嘉日后谋职和婚姻方面的选择。直到康司坦诺维奇夫人对他说过那番话之后，他才逐渐消除了原来的顾虑，同意让娜嘉到那里去帮助她照料杂务。康司坦诺维奇夫人是这样对他说的："……别以为在人家眼里只有我那儿的那些姑娘才是婊子，老实告诉你，在那些英国人、美国人、法国人，还有那些中国人的眼睛里，我们那些在咖啡馆、酒吧间里做事的姑娘也全都是干那一行的，只要给钱，全都肯跟着上床的。这也不能全怪那些人从门缝里瞧人，谁叫我们在这里只是些漂来的浮萍，连个国籍也没有，就连一张最起码的身份证也拿不出呢！对那些连国籍和身份都没有的人，人家还能有什么更好的看法呢？你别以为娜嘉来给我当了助手就会被人家看轻了，说实话，在上海的那些同族人里头，三教九流，都和我那里是有些关系的，日子长了点，人家很快就会弄清楚，在我那里，当姑娘的是当姑娘，当帮手的是当帮手，完全是两码事情，只要在上海的同族人都明白这一点，那些外国人、中国人是什么个看法和什么个议论，和我们的娜嘉有啥关系呢？”

……萨巴罗夫喝了口烧酒，又剥了颗栗子丢进嘴里慢慢地咀嚼着。吃喝着这些东西，他很自然地又想到了娜嘉，但还是那个一直回萦在心上但却没说出口来的老问题：难道就听任娜嘉一直照现在这样过下去吗？到什么时候和用什么办法才能使她有个比现在好一些的命运呢？……

二

卡特琳娜·康司坦诺维奇伯爵夫人正在卧室吃早饭。她穿着那袭心爱的黑丝绒梳妆袍，把头发拢到头顶上挽起个高髻，坐在床前那张椭圆形矮几后面，慢慢地品味着手里那杯波尔多红酒。她每天的早餐挺简单，只是一片薄薄的烤土司和一只煎蛋，但一大杯波尔多红酒却是不可少的，她感到那种在微甜中带着点酸涩的酒味，能使她一天中保持充沛的精力和正常的食欲，甚至还能使她心情愉快。因此，从她脱离了鸨母独立过生活时起，只除掉跟随高尔察克的部队一起行军的那两年里，每天早晨喝上一杯红酒，已成为她生活中的常例，甚至是不可缺少的一部分了。

楼上、楼下，和外面的走廊上，全都是静悄悄的，虽然五斗橱上那只鎏金台钟的指针已指到了十点二十分，但这幢三上三下的大房子里似乎只有她一个人醒着，其余的人都还在沉睡之中。这倒并不奇怪，这里的那些姑娘所过的本来都是夜生活，再加昨天晚上又在这屋里举行过一个宴会，停泊在外滩黄浦江里的那艘意大利巡洋舰“康铁浮第亚号”上的一些年轻军官，为他们的一个同事庆祝生日，约好到这里来举行宴会，一下子拥来了二十多个军官，中年人、壮年人和乳臭未干的小伙子都有，全院十二位姑娘，不论高矮胖瘦全都让他们包了去。喝酒、跳舞、唱歌、拥抱、接吻，还有那桩嫖客和姑娘之间的事儿……一直闹腾到凌晨两点方才离去，底层那间大厅里留下了一片狼藉，到处是空香槟酒瓶和玻璃碎片，糖果纸扔得满地，沙发座垫上沾满蛋糕的奶油，墙角里还有几滩呕吐出来的秽物……看着这幅凌乱景象，真不由得使康司坦诺维奇夫人连连皱眉，但当她回想起刚才在里面闹腾的情景时，又不禁觉得有些好笑，在整间大厅里，意大利话、俄国话、法国话，还夹杂着那些蹩脚英语的中国话，乱成一片，也许谁都不明白也并不想明白对方到底在讲些什么，只是由于兴奋和刺激忍不住要乱嚷一气罢了。但和其中一些年轻人打交道却是挺有趣的，在那个现在还保留着君主制的国家里，各种贵族头衔在普通平民中还是很受尊敬的，她还记得昨天夜里当一个到这里来逛过几回的航海官，把自己郑重地介绍给他的一位年轻同事时，那小伙子先是惊讶地睁大了眼睛，随即脸上出现了似乎是受宠若惊的神情，恭谨地弯下腰去拿起她的指尖，贴在嘴边轻轻地吻了一下，用走了腔的法国话说道："夫人，认识你十分荣幸……"

"伯爵夫人"，院里的姑娘、她的不少朋友，还有那些常来的嫖客都是这样称呼她的，虽然其中不少人都明白她这头衔是自封的，就像有些在马路上摇着八音音乐箱、耍着小狗向行人要钱的老人，也会自称过去是什么伯爵、男爵一样。既然都是无法查对的事情，并且也不会给别人带来什么损害，那又何不把自己的历史涂抹得光彩些呢？

其实非但是头衔，就连她现在的姓氏和名字也都是杜撰的。她受洗时在教区里所登记的名字叫玛露莎，一个很普通的农村姑娘的名字，这和她的身份倒是很符合的，因为她生下来便是一位俄罗斯伯爵名下的农奴，并且和她的父母一样，是在地里干活的农奴。直到十六岁时，由于长得俊俏伶俐，才被召进主人府第去当了一名侍女，也就在这时候，她被那个已年过六旬的男主人破了身，并且受到他的宠爱。主人特地为她布置了一间卧室，又到彼得堡去为她买来不少衣服首饰，还专门拨了两名农奴供她使唤。这样，她便俨然成了伯爵的小老婆和这块领地上的副牌主人。但那个老伯爵却对她留了一手——并没有签署那份答应过她许多回的解放证明书，因此尽管可以戴着从巴黎买来的帽子，坐着马车出入招摇，但她的实际身份却还是一名农奴。所以，当两年后那位伯爵在一次酗酒中中风暴卒以后，长期以来一直强抑着妒火的伯爵夫人，便立即剥夺了她的一切东西，并且通过人贩子把她卖进了明斯克的一家妓院。沦为妓女之后，她过去在伯爵庄院里所过的那两年贵族化生活，却帮了她的大忙，使她的举止谈吐中都带着点贵族气质；再加上那漂亮的容貌和窈窕的身材，她很快便成了名满全城的红妓，每回坐马车“出巡”时，后面往往会跟上几个甚至十几个跨骑骏马、手捧鲜花的本城纨袴子弟。这时，她攒钱为自己赎了身，并且在住宅区里租下了一套豪华公寓，过起了“交际花”的生活。然而好景不长，就在她赎身的第二年，“二月革命”和“十月革命”相继爆发，全国卷入到动荡和内战之中，当布尔什维克的军队占领明斯克时，她几乎是只穿着一套随身衣服仓皇逃出来的。

后来，凭着她的容貌和过去的名声，很快又找到了安身之处。她成了海军上将高尔察克部队几名高级军官的合用情妇。这样的情况一直延续到这支部队被彻底击溃。此后，她也和这支部队里的许多人一样，取道符拉迪沃斯托克到了哈尔滨。这时，她已青春渐逝，美人迟暮，再要想驰骋欢场已属不可能了，好在她手里已攒下了不少珠宝金银，于是便变卖掉其中一部分，在市区北部租下了一幢房子，又搜罗了几个白军军官和士兵的女儿，在那里开设了一家妓院，当起了鸨母来。这时，她给自己改了名字，自称为卡特琳娜·康司坦诺维奇伯爵夫人。由于那些姑娘曾经过她精心挑选和亲自训练，在外形和风度上都要比其他白俄妓院里的姑娘略胜一筹，因此几年来，她那里的“营业”颇为发达，规模也逐步扩大。在妓院附近有一家小杂货铺，她和那家店铺的老板萨巴罗夫在俄国时虽不认识，但却是同乡人，她到那家店里去买东西时，常会坐下来聊上一会，彼此相处得挺不错。萨巴罗夫在迁居上海之前，曾经仔细地向她分析了日本侵占东三省之后的形势，还估计了以后可能出现的局面，劝说她若是想避开日本人的锋芒，惟一的出路只有把妓院搬迁到上海去，在外国租界的庇护之下继续她的“营业”。卡特琳娜权衡了一番利弊得失之后，在萨巴罗夫走后半年，也带着院里一部分姑娘来到了上海。到上海之后，便在法租界的拉都路上租下了现在这幢三层楼花园洋房，又在当地招收进几个俄国姑娘，再向法租界公董局领得了营业执照，这家新妓院便算开张了。她并没有为这家新妓院另起什么名字，只用自己借来的那个姓氏作为这里的名称，但也有一些熟稔的嫖客戏谑地唤做这里为“伯爵夫人府第”或是“康司坦诺维奇爵邸”的。

东三省局势的发展果然证实了萨巴罗夫的那些预言，她搬来上海不久，“七七”卢沟桥事变爆发，大批日本关东军开进中国东北，日满政权对白俄居民在各方面的限制也越来越严，光顾那些白俄妓院的多半是日本官兵，白嫖、白吃、白喝不算，惹恼了他们还会把整所妓院打得落花流水。拿那样的环境同目前在法国三色旗保护下的这个“伯爵夫人府第”相比，确是不可同日而语了。为此，她很感激萨巴罗夫向她提供的那些忠告，因此不但设法替萨巴罗夫谋到了那个职位，还主动提出让娜嘉来当助手，帮助她料理杂务。她这样做的主要目的，是为了能让娜嘉每月都能有一笔较为丰厚的固定收入，这样便能让萨巴罗夫在这个物价一月数涨的日子里，得以维持原来的水平。因为她了解老头儿的脾性，尽管他也很重视钱财，但对于任何施舍形式的赈济，他是决计不肯接受的；另外，对娜嘉的喜爱也是一个原因，这孩子是她从小看着长大的，她很喜欢让她经常在自己的身旁，对她进行培养，不，并不是要把她培养成像自己院里那些姑娘那样，她只是想教会这孩子怎样有更好的风度和教养，并且也学会怎么来对付以后的生活中会出现的那些男人……

——当她喝下杯子里的最后一口波尔多酒时，门上响起了剥啄声，她叫道：“进来！”

推门进来的是娜达莎·萨巴罗夫。她是个挺漂亮的姑娘，身材修长匀称，那头浓密的头发是深棕色的，一张白皙的小圆脸上配着一对深棕色的大眼睛，鼻子和嘴巴都长得挺精巧，在这一点上完全不像萨巴罗夫，据说是从她的母亲那里继承得来的。她走过来把一张纸头放到圆几上说道：“夫人，这是三天来厨娘买菜的账目，我已经核对过了，请你再过目一下。”

卡特琳娜示意娜达莎在对面一张卧榻上坐下，问道：“玛格丽塔昨天夜里到后来昏倒了，今天怎么样啦？”

“我刚才去看过她了。”娜达莎回答道：“玛格丽塔主要是喝多了酒，今天早晨好些了，可头还痛得厉害，我已经给她吃过了药片，要是下午再痛的话，是不是请柯罗连科医生来给她看一下。”

“可以。”卡特琳娜点着头说，“顺便通知他把器械带来，姑娘们到该检查的时候了。”——按照法租界公董局规定：领到执照的公娼要定期由巡捕房的官医进行身体检查，以防止性病的传染。但像“康司坦诺维奇爵邸”这类的高级妓院里，往往都聘有私人开业的医生作为常年医药顾问，他们的职责除掉给妓院里的人治病以外，还负责对那些妓女进行预检，发现染上性病便及时进行治疗。这样既能在巡捕房和嫖客那里保持妓院的名声，同时对于解除姑娘们在心理上的顾虑也是有利的。

“过一会你打个电话给艾德林师傅，让他把给姑娘们做大衣的料子送来让我挑一下。”卡特琳娜把最后一小块烤面包嚼完咽了下去，把空盘子推开了些说道：“天气很快就要冷下来了，该早点给姑娘们做好衣服，我可不能让我的那些姑娘出去的时候老穿着旧衣服，这样不但显得寒酸，而且在一些高贵的客人眼里也会使她们跌落身价的。”

“是。我过一会就打。”娜达莎答应道。

“哦，另外你再打个电话给萨鲁斯基先生，请他明天下午带一些最新的首饰样本来一趟，戒指、耳环、项链都要。我有些东西的式样有点过时了，要重新改镶一下。”

“是。”娜达莎从卧榻上站起来说道，“九点钟的时候，蒙索洛夫伯爵打来过电话，我本来打算来叫您的，可他要我别叫醒夫人，说没有其他事情，只要我告诉夫人他今天晚上八点钟前来拜访。”

“知道了。你去吧，孩子。”卡特琳娜点着头说。

娜达莎退出之后，卡特琳娜站起来，走过去翻了一下梳妆台上的那只台历，轻轻地拍了拍脑袋，自语着说："哦，又是星期三了，我倒是忘了。"说罢，走到房门前面去转动了一下钥匙，把房门锁上，又走回来拉开五斗橱的抽屉，从里面捧出一只小铁箱来放到那张矮几上。那只铁箱是长方形的，约莫有六寸长、一尺宽，墨绿色的喷漆已有些剥落，但从那沉重的分量上看来，这箱子制造得十分结实，决不是用普通的器械能砸得破或撬得开的。里面放的是卡特琳娜的贵重首饰、文书契约以及另外一些她所认为重要的东西。她脱下套在颈脖上的那根细长的白金链，用串在链上的一把精巧的钥匙开了铁箱上的锁，开启箱盖，拿出了一本放在面上的羊皮面小记事本，翻开摊在几上，然后从梳妆台抽屉里拿出一叠信笺和一支铅笔，一面看着记事本，一面往纸上写起字来……

她所写的那些东西，是同今夜来拜访的那个蒙索洛夫有着直接关联的——

亚历克赛·亚历克赛德罗维奇·蒙索洛夫伯爵，是在卡特琳娜·康司坦诺维奇伯爵夫人还叫玛露莎·彼得罗芙娜的时候便相识了。确切地说，是在归高尔察克指挥的那支部队里同她结识的。他当时是个年轻的上尉，比玛露莎还小一岁，指挥着一个哥萨克骑兵连。当时玛露莎在这支部队里是将军和上校们的禁脔，一个小小的上尉照理是没有资格当入幕之宾的，但由于他那副英俊的相貌和那个响亮的贵族头衔，两人也曾有过一段露水姻缘，以后，由于蒙索洛夫被调往前线而分了手。他俩的重逢是在二十年之后，便是前年的秋天，那时在拉都路上的这家妓院开张已有两年多了，那天夜里，院里来了几个嫖客，他们自称是在亚尔培路上那家俄罗斯总会里办事的，卡特琳娜自然知道在那里做事的，都算是上海俄侨中的上层人物，因此便亲自下楼来招待，这样，便意外地在这批贵客中看到了蒙索洛夫。他当然比过去见老多了，两鬓已开始出现了白发，但身骨仍是那样结实，丝毫没有发胖。蒙索洛夫同来的客人各自挽着挑中的姑娘进房间里去的时候，卡特琳娜也给他分配了一个姑娘——全院最娇小和漂亮的玛施露娃，但蒙索洛夫谢绝了，凑到她耳边轻声说道：在找到了当年的玛莎之后，任凭长得天仙般的姑娘也不在他眼里了。卡特琳娜当然明白他这是在向自己灌迷汤，但既然是昔日情人，那么同他重续一下旧情也并不会就此失掉自己的身份，于是便挽着他进了自己的卧室……

从这以后，蒙索洛夫大约平均半个月到这里来上一回，卡特琳娜对他的态度也是不冷不热，若即若离，她过去的那些经历，早已使她不可能对哪个男人发生痴恋了，何况她当年同蒙索洛夫也并无多少恩情可言，而且即使在这回重逢以后，蒙索洛夫在不到自己这里来的那些日子里，也经常在别处寻欢作乐。对于他那种桀骜不驯的性格，卡特琳娜也是很了解的，过去在高尔察克部队里时，曾亲眼看到他在一场极为细微的争执而引起的决斗中，用手枪打穿了一个朋友的心脏，而他也正是为这件事情被派往前线去的。因此卡特琳娜宁愿让自己同他的关系像现在这样半是情人、半是朋友地维持着，惟一要注意的是不能让他摸清自己的财产——包括那些珠宝首饰的底细。

他俩就这样相处了一年多，到今年二月里的一个晚上，蒙索洛夫按照约定的时间来了，两人在房里缠绵过一番之后，蒙索洛夫穿好衣服，忽地现出一副严肃的神情告诉卡特琳娜，要让她办一件事情。卡特琳娜以为他要向自己借钱，便心上打着鼓问他是怎么回事。但蒙索洛夫告诉她，要她以后严密注意到妓院里来的英国和美国嫖客，特别是那些在军队、万国商团和工部局里做事的英、美人，要尽量同他们多接近，设法引导他们多谈自己工作的那个部门的各种情况，然后根据回忆记录下来交给他。至于对于那些到妓院里来的英、美商人，则要把重点放到做军火买卖和经营其他战略物资的人身上，要设法探听出他们在进行交易中的情况，也同样记录下来交给自己。蒙索洛夫还叮嘱她说：这件事情事关重大，决不能假手别人，并且必须严守秘密，不能让这妓院里的任何人知道或者有所觉察。

从他们重逢以后相处的这些日子里，卡特琳娜从没问过蒙索洛夫那些讲究的衣服、那辆海尔门汽车和那些大把的零花钱是从哪里来的，她很明白蒙索洛夫在本职薪金以外，一定另有收入，因为在俄罗斯总会当一名干事的薪金是绝对不够他这样花销的。由于蒙索洛夫在法租界巡捕房里有不少熟人，因此卡特琳娜猜想他必定是在给巡捕房当密探，所以能得到一笔丰厚的津贴来支持他的这些开支。但在听了蒙索洛夫的这番话之后，她知道原来的猜测错了，在蒙索洛夫背后的力量要比那些法国人强大得多，他们是日本人——是包括两个租界在内的这个城市的真正主宰者。在这座城市里，除掉日本人以外，是不会另外有人对英、美人的情况有这么大的兴趣的。卡特琳娜很明白，尽管从整个世界范围来说，同盟国的力量也许会比轴心集团国家的力量更强大些，但在这上海，倘若谁拂逆了日本人的意志，那就非但无法在这里立足，甚至还有性命之虞。因此在经过一番权衡之后，卡特琳娜便把这些任务应承了下来。

从那时候到现在，已有半年多了，蒙索洛夫照例每半个月到这里来同她“欢叙”一次，临走时便把她整理出来的那份材料带走，既不对这些材料的内容加以评论，也从不曾为这些材料付出过报酬——在这一点上，卡特琳娜很明白：他向自己暗示过的那些

“保护”，便算是对自己这些工作所付的报酬了……现在，院里那些姑娘陆续地在起床了，从门外的走廊上，传来了她们的谈笑声，这些声音冲破了原来那静谧的气氛，同时也盖过了卡特琳娜写字时笔尖在纸上划过发出的沙沙声……

三

蒙索洛夫驾着那部一九三四年型的海尔门小轿车，从北四川路向右转弯驶进狄思威路之后，便减小油门，把离合器吃进空档，开始让车轮利用惯性滑行。当他能望见前面横街口上那幢日本式红砖楼房时，便踩下刹车，让汽车停到路边的一条弄堂口。他下了车，锁好车门，不急不慢地朝楼房走去。

那幢楼房的高度虽只有两层，面积却不小，每层朝南有二十多扇窗门。大门门檐上用竹竿挑出一面三尺来长的旗子，白色绸底上绣着四个隶书黑字：井上公馆。敞着的大门前面站着两个壮年男子，虽然身上穿的是西装，但从相貌和神气上都能看出是日本人或至少是“归化”的高丽人。大门里面有一间也是用红砖砌的小小的传达室，坐在里面的那个男人剃了个光头，穿着一袭黑色和服，这便属于道地的日本装束了。

这里便是上海有名的日本特务机关“井上公馆”。它是根据这个特务团体的组织者井上日召起名的。

井上日召原是日本陆军的一名大尉，属于日本军人中出身于陆军士官学校的“少壮派”中的一员。“九一八”事变之后，他便和另一些“少壮派”军人脱离了军队，来到中国东北，成为日本间谍组织“黑龙会”的骨干成员，专门从事各种间谍活动和制造恐怖性挑衅事件。“八一三”事变之前，他又来到上海，混迹在虹口的日侨中间，并且在南京路哈同大楼三楼开设了一家“通原洋行”，以开展日中贸易作为掩护，从日本国内招集了一批黩武主义分子作为骨干，又收买了一批汉奸充当爪牙，专干刺探军事、政治情报，以及绑架、暗杀和破坏等恐怖活动。但当时所干的这些活动，还是在隐蔽情况下进行的。

一九三七年底，上海沦陷以后，井上这伙人的活动便由秘密转为半公开化，他们在狄思威路设立了这所井上公馆，不但在门前设置警卫，还公然在门前打出了旗号。苏州河以北的这个虹口区，虽然也划在公共租界的范围以内，按照英、美、日、意四国领事之间所签订的协定，应当由这四国共管，但由于这里是日本军事机关和侨民的集中地，日本军队便在沿苏州河各处桥口设置了岗哨，公共租界当局畏惧日本在上海的军事力量，对这里的一切行政事务一向不敢过问，对这个直接受大本营操纵的日本“民间”特务组织，当然也采取不闻不问、听之任之的态度了。

蒙索洛夫朝井上公馆的大门里走去，一个警卫人员大概是新来的，正想过来拦住他，但让那坐在传达室里的那人用日本话喝了一声，便又退回，站到了原处。

进得大门，是一片挺大的水泥地坪院子，里面停着四五部汽车，颜色和牌号都各不相同，另外还有两部日本制造的“山崎”牌三轮带斗摩托车。隔着院子，那幢楼房的二楼平台上，站着一个穿西服的男人，两手端着一挺手提式机枪，这是井上公馆设在内部的岗哨，专为防备有人闯进来进行突袭的。蒙索洛夫扬了扬手，朝他打了个招呼，便穿过院子走上了楼梯。

楼上走廊两边有着十多间房间，井上的办公室在中间，门前并没有标志，但蒙索洛夫对这里是熟悉的，他走到门前，抬手叩了两下，听到里面的答应声，便推门走了进去。

里面是一间挺大的房间，陈设却很简单，只在靠墙处放着两张白木长椅，再在长椅对面放着一张办公桌，办公桌后坐着一个壮年男人，他穿着黑色和服，正埋头在一张纸上写字。蒙索洛夫走到桌前说道："是井上先生约我来的。"

那人一面写着字一面说道："现在里面有客人，你先坐下等一会吧。"

蒙索洛夫坐到长椅上等候着。对面那人仍旧低着头在写字。蒙索洛夫认识这人，他名叫塔尾总一郎，是井上的秘书和得力部下，据说也是陆军士官学校的毕业生，以前的军阶是陆军中尉。时间在静谧中慢慢地流过去，在屋里能听到的，只是钢笔尖在道林纸上划过时发出的沙沙声。蒙索洛夫看了一下手表，井上是通知他今天下午三点钟到这里来的，但现在已是三点二十分了，井上办公室里仍毫无动静。在这间候见室里，没有一本书报杂志，那个塔尾也只顾埋头写字，就像根本没有自己这个人似的，但从他偶尔抬头投过来的目光中，蒙索洛夫却看到了流露出来的轻蔑，使他禁不住暗自咒骂着："目中无人的小日本鬼子，当你们还在吃奶的时候，老子已经在马背上冲锋陷阵了……"

这些想法固然是蒙索洛夫在自我解嘲，但亦并非吹牛。确实，二十三年之前，塔尾总一郎大概还刚学会走路，蒙索洛夫则已经跨在马上同布尔什维克的红军作战了，那时他是海军上将高尔察克部队里的一名骑兵连长，他在这职位上一直干到这支部队彻底击溃，这才和许多同伍的残兵败将一起乘轮船逃到了符拉迪沃斯托克。

亚历克赛·亚历克赛德罗维奇·蒙索洛夫的贵族身份，是货真价实的。他的祖先原是波兰的贵族，以后迁徙到乌克兰的基辅，便成了沙皇的臣仆，他的祖父就是一个侯爵，在叶卡捷琳娜王朝当过罗斯托夫省的总督，他的父亲因为是次子，没能继承到爵位，但也在自家领地所在的那个县里当过贵族领袖，蒙索洛夫本人是他父亲的第三个儿子，因此从家族中得到的好处，也只是成年后分得一小块领地和一个贵族身份。他卖掉了那块领地，带着贵族身份搬到了彼得堡去住，不到两年工夫，就把他的卖地得来的钱花得一干二净，在债台高筑的情况下，他才申请从军，被派到驻在乌克兰的一个团队里去当一名准尉见习官。两年后，当他循例升为少尉时，欧战爆发了，他所在的团队调往前线，由于作战勇敢，接连获得擢升，到一九一七年二月彼得堡爆发革命时，他已晋升为上尉，指挥着一个哥萨克骑兵连。十月革命之后，他得到了父亲和大哥被苏维埃政权处决的消息，便带领十几个亲信部下离开了前线，化装潜回到自己家族原来的领地，放火烧掉了苏维埃的办事处，又吊死了村苏维埃主席和一些农会积极分子，然后便在周围一带进行流窜，专事烧杀抢劫，直到红军的正规部队对他们进行围剿时，才带领他在当地拉起的那支游匪队伍，投奔了高尔察克的部队……

他在符拉迪斯沃克住了一年多，便来到中国东北，在张作霖的奉军中当过参谋，以后又到了山东，在山东督军张宗昌的军队里当顾问官，直到张宗昌被北伐军赶下了台，他才脱离了军队来到上海，在法租界亚尔培路上那家俄罗斯总会里当了一名“干事”，充当法租界巡捕房和开设在那区域内的一些白俄烟馆或赌台之间的联系人，暗里还兼干一些贩卖军火的勾当。虽然所贩卖的枪支数量并不很多，每回只是几支旧枪和一二箱子弹，但由于这些走私枪支、子弹都属于紧俏货色，需要的人往往会竞出高价争购，因此他所得的收入很丰厚，使他的生活远比一般的白俄侨民优裕得多。

对于这样一个人物，上海的日军情报部门早已摸清底细，并且打算收进自己的夹袋之中。因此在井上公馆成立不久，井上便把蒙索洛夫找了去，直率地提出要他为日本的侵华战争效力。蒙索洛夫虽然对日本人并无好感，对井上那种倨傲专断的态度甚至有些反感，但他很明白：眼下的上海是日本人的天下，倘若拂逆了他们，便会有性命之虞，尤其是像自己这样的无国籍侨民，既没有领事馆可以依靠，租界当局也不可能出面来替自己保驾，因此在权衡了利害得失之后，便答应了下来。应允之后，井上要蒙索洛夫继续干他的军火买卖，只是把货源从原来的外国轮船上的走私货，改成由井上公馆来提供，买主也只限于同国民党游杂部队毫无关系的单纯土匪队伍；另外，他还要蒙索洛夫通过和他有关系的白俄妓院和赌台，搜集住在上海的英、美侨民的情况和动态，定期向井上公馆报告。这两项任务，前者对蒙索洛夫仍旧有利可图，后者对他来说也并不难办。两年多来，他一直不懈怠地在干着，虽然井上从来没有给他发过什么津贴或是犒赏，但从贩卖军火中得到的好处，却比以前有所增加……

装在塔尾办公桌上的一只电铃“嗞——嗞——”地响了两下，他抬起头朝蒙索洛夫努了一下嘴：“你可以进去了。”

蒙索洛夫推门走进井上的办公室。这个房间的面积同外面那间相仿，只是光线要敞亮些，里面的陈设也十分简单，除掉靠墙放的那排铁柜以外，只在房间中央放着一张办公桌和两把椅子。坐在桌后的井上见蒙索洛夫进来，便指了指对面那把椅子，示意他坐下。

井上日召今年四十一岁，中等身材，从那副白皙而狭长的脸型，以及那头梳理得十分整齐的头发上，看起来似乎是个挺斯文的人，但倘若细心观察，却能从那双闪动着凶残的光亮的小眼睛里，感觉到这是个阴鸷而危险的人物。事实也确是如此，他作为“支那浪人”，到中国来进行活动的近十年里，曾经组织和指挥过无数次绑架、暗杀、破坏等恐怖活动，在他一手建立起来的这个井上公馆里，收罗的都是日本陆、海军里原来的士官，并且都在黑龙会的特务机构里受过严格的专门训练，有一定的文化水平和军事知识，熟谙搜集情报、化装、驾驶、射击、格斗、爆破、暗杀、通讯和制造恐怖事件等各种特务技能，而且大多在中国东北或华北搞过特务活动，熟悉中国社会的民情风俗，并能操一口熟练的北方话或上海话。因此井上曾经对人夸口说，他手下的那六十多个人在发挥作用上，同一个正规的陆军师团相比是毫不逊色的。

蒙索洛夫坐下时，屁股上还能感到前客留下的体温，由此可以知道那人刚从通走廊的另一扇门里走出去，井上便按铃叫他进来了。想到了这点，他心上由于在外面等候了半个多钟头所造成的不快，便觉得消散了些，端坐着等候井上开口说话。

井上虽然不会讲俄语，但却能操一口流利的英语，然而在这样的情况下，他却宁愿用中国话和蒙索洛夫谈话，因此便用他那口带着点上海腔的中国国语向蒙索洛夫问道：“那些东西带来了吗？”

“带来了，请你过目。”蒙索洛夫也用有点生硬的中国话回答，并且从上衣里袋里摸出一只信封递给了井上，这里面是他前天从康司坦诺维奇伯爵夫人和两个开赌场的同胞那里取来的情报。按照规定他应该在明天守候在家里，等井上的联络员来拿这些东西，但昨晚他接到井上打来的电话，要他今天下午到“公馆”来，井上要亲自找他谈话，并且把收集来的那些情报也顺便带去。

井上拆开信封，抽出里面那些纸头匆匆地翻阅了一遍，拉开抽屉放了进去。然后抬起头，两眼直视着蒙索洛夫说："今天我找你来不是为了这些东西，是另外有重要的事情要告诉你。"

"这我明白。"蒙索洛夫点着头说。

井上仰靠到椅背上，慢条斯理地说道："平心而论，这两年来，你为我们干得不错。可我也明白，这并不说明你对我们日本人有特殊的好感。你们是个妄自尊大的民族，在一九〇四年的旅顺和对马战役之前，一直瞧不起我们这伟大的大和民族，直到你们尝到了我们的厉害之后，才开始对我们有所畏惧，但在这畏惧中也包含着仇恨和敌视，不，你听我说下去……"他摆了摆手拦住了打算开口分辩的蒙索洛夫，"是的，包含着仇恨和敌视，这是因为我们比你们强大，比你们先进，但更主要的是因为我们和你们不是同一个种族，我们是黄种人，而你们是白种人。按照你们的本意，宁愿去巴结那些英国人、美国人、法国人，心甘情愿地为你们那些白皮肤同类效力，你们感到这样做了就能维护住你们作为一个白人的尊严，可是你们会发现这念头转错了，你们的那些白皮肤同类实际上并不重视你们，甚至感到你们这些人连利用的价值也并不大，为什么这样呢？道理很简单，就是因为在你们背后并没有一个国家做后盾，你们就连一张能够证明国籍和身份的护照也没有，在西方世界里，一个没有国籍的人在政治意义上来说，是不具备任何价值的，所以……"

说到这里，为了加重语气，他顿住片刻之后又继续说道："所以，对你和你在上海的那些同胞来说，惟一的出路便是丢开对英国人和美国人的幻想，真心实意地投效到大日本圣战的旗帜下面来。注意！我说的是真心实意，而不是三心二意！今天早晨电台广播，德国元首的军队已经攻克了苏俄京城西北面的维亚兹玛，包克将军指挥的装甲兵团，正在向莫斯科挺进；另外，隆美尔元帅也在非洲北部给了英国第八集团军一个十分沉重的打击。在这样的形势下，苏俄是支持不了多久的，最终的结局只有两个，不是无条件投降，就是彻底灭亡。但德国元首要消灭的只是那里的布尔什维克而不是所有的俄国人，而我们大日本帝国和德意志第三帝国是盟友，所以，只要你们在这里为我们出了力，也就是为东京——柏林——罗马轴心立了功。布尔什维克被消灭以后，在那里建立个全新的秩序，一个全新的国家，这就需要一大批人，一大批没有受过布尔什维克毒化而又为轴心国出力的人，这些人就是你和你的那些同胞……”说到这里，他伸出手指点着蒙索洛夫的额头，“这一点你明白了没有？”

“明白了。”蒙索洛夫听完这段长篇大论的演说之后，点头答应着说，但心中却有些不快，讲年纪自己要比井上大上十来岁，论经历也是在各种各样的风浪中滚过来的，井上对这些也是知道得很清楚的，但他却像是教师对一个小学生似地进行着训导。对于这一点，蒙索洛夫当然是不会感到高兴的。

“我相信你对这点是明白的，但光只有你明白还不够，你还应当让所有在上海的同胞都明白，明白只有跟我们合作才是惟一的出路，并且也是符合你们的本身利益的。同时，你还应当选择那些对我们有用的人，把他们组织起来……可要记住，我所要的并不是像你们的那个俄罗斯总会那样的组织，我不要那些只会打牌、喝酒和玩女人的角色，我要的是在需要的时候能听从调遣，密切配合我们行动的人！我想你对我需要怎么样的人，应该是明白的，是不是？”说到这里，他停下来盯视着蒙索洛夫。

“我明白。”蒙索洛夫点着头回答。

“你组织起来的那些人，应当是一支秘密的队伍，我们可以供给你们一些武器，但你们所担负的任务，并不全是在武力方面。目前最主要的是在两个租界里，探听那些外国人，特别是美国人和英国人的各种情况，监视他们的活动，想法收集美国海军和陆战队的情况，只有在得到我指示的情况下，才可以使用武力。今天把你找来主要是让你知道这件事情，并且可以开始物色对象，至于到底该怎么组织和有哪些具体任务，我以后会进一步给你指示，明白了没有？”

“明白了。”蒙索洛夫答应着说，但在想了一下之后又问道，“可是租界公董局方面怎么样呢？我的同胞大多都住在租界里，要是租界当局出面为难的话，我们的处境将会挺尴尬。”

井上轻蔑地笑了笑说道：“从去年六月德国元首的军队占领了法国，一个所谓独立的法国就已经不存在了。上海的法租界在我们大日本强大的陆、海军力量包围之下，只是因为我们容许他们存在才能存在，对这一点，他们是和我们同样清楚的。至于那个公共租界……”他顿住冷笑了一下，“他们也正是我要你们留心注意的对象，英国驻军虽然在前个月撤走了，但工部局和巡捕房里还有不少英国人，他们目前还在那里掌权，他们对我们的态度当然是不友好的，只是由于害怕而不敢触犯我们罢了。在巡捕房里，有许多你的同胞在给他们当差；万国商团里，还有一个俄国队，你在建立那个组织的时候，应该把他们作为主要发展对象，而且要让他们明白，跟着我们走要比替英国人卖力划算得多。只要让你的那些同胞明白了这一点，你们在那个公共租界里的活动，是不应该受到阻挠的。”

“我会遵照你的吩咐去做的。”蒙索洛夫说道，“阁下还有别的吩咐吗？”

“暂时就是这些，以后我还会给你指示的。”井上在椅子里坐直了些说，“我们考虑到，以你现在的身份，要和英、美人中间的一些上层人物往来是不适合的，俄罗斯总会在那些英、美人的印象里，并不是个名声很好的地方，所以你应当尽快离开那里，我们将另外给你安排一个合适的职业，除掉原来在我们之间的那些小买卖以外，我们还准备按月向你支付一笔津贴，作为必要的开支，同时还向你提供一部美国货汽车，总之，要让你完全以一个上流人的身份，出现在上海的侨民社会里。”

听到这些话，蒙索洛夫不禁在惊讶中夹杂着欣喜，他知道，井上公馆虽然是个非官方的秘密组织，但实际上日本军部拨给他们的活动经费是很可观的。蒙索洛夫当然明白：井上的这个慷慨是有目的的，但不管怎样，能有一部美国汽车来更换掉自己那部又老又旧的海尔门，还能有大叠钞票供自己花用，总是一件愉快的事情。想到这里，他脸上露出点笑意说道：“多谢阁下关心，我一定不辜负阁下的期望，竭力完成阁下交付的任务。”

“我愿意相信你是心口如一的。”井上慢吞吞地站起来说道，这动作意味着这场谈话该结束了，“但还是应当提醒你和你的那些朋友：不要有任何企图背叛我们的念头，一丝一毫也不要有。我认为没有必要告诉你，我们是怎样来收拾那些背叛我们的人了，因为我根本不希望会有这样的事情发生。”

尽管蒙索洛夫当年在乌克兰时，曾经亲手一连吊死好几个布尔什维克而不曾眨过一下眼睛，而且在以后的岁月里，也不乏一些惊险的经历，但此刻听着井上用平静的声调说出来的这些话，还是禁不住感到背脊上一阵寒悚……

四

娜达莎走到售票窗洞前面，用中国话问道：“这一场中排的票子还有吗？”

“有。你要哪一排？”里面那位售票女郎问道。

“十四五排都可以，位子要中间一点。”娜达莎一边说着，一边打开手提包，抽出一张十元的钞票递进了窗洞。

售票女郎参看着座位表写了张票子递给娜达莎，她接过以后，到小卖部去买了一包“泡普康”①，才朝场里走去。她有这样的习惯，看电影时总爱吃点零食。

这家国泰电影院雇用的领票女郎，都是俄国姑娘，其中一半是娜达莎认识的，在并未满座的情况下，她可以买上一张前排或后排的票子，让她们带到中排去代为找个位子坐下，康司坦诺维奇伯爵夫人院里的那些姑娘，通常都是这样做的，但娜达莎却不想为了占这两块钱的便宜，让那些领票女郎把自己看成同那些姑娘是类似的身份。此刻同一个站在门口收票的熟人笑着招呼了一下，便进场径

---

① Pop-con 是一种用爆玉米制成的甜零食。

直朝自己的座位走去。

她刚坐下，场里灯光便暗下来了，放过广告幻灯片之后，正片便开映了。今天放映的是美国华纳兄弟公司出品的一部历史文艺片，中文片名叫《忠魂鹃血》，倘若按原版片名直译，则应当是《汉弥尔登夫人》。内容是关于十九世纪英国海军名将奈尔逊，与英属毛里求斯总督汉弥尔登勋爵的妻子的一段恋爱故事；男女主角由好莱坞的两大明星劳伦斯·奥列佛和费雯·丽夫妇担任。从四天前报纸上登出这张影片的广告以后，娜达莎便一直想来看，但一连几天的下午，康司坦诺维奇夫人差遣着她干这干那的，到了晚上当然更不能随便离开，直到今天下午，她才借着康司坦诺维奇夫人差她到霞飞路上去买衣服花边的机会，到这里来看这午后第二场的电影。

这部电影采用的是倒叙手法，一开头便是两名粗暴的警察，把一个在伦敦街头酗酒吵闹而被捕的老妇人押送进牢房，和那些女贼、娼妓、游民等关在一起。在监房里，那个衣衫褴褛、蓬头垢面的老妇人，一面喝着藏在怀里偷带进来的烈酒，一面向同监的难友们诉说她便是二十五年前闻名朝野的汉弥尔登勋爵夫人。这痴人说梦般的自白，招来同监女犯们的哄堂大笑，一个由于在街头拉客被抓进来的妓女，挥动着臂膊大笑着说："你要是汉弥尔登夫人，那我就是维多利亚女王了！……"

看着这些镜头，娜达莎不禁有些感触，虽然在上海的俄国女人中，有不少"伯爵夫人"、"侯爵夫人"属于冒牌货，但其中也有是货真价实的，比如住在她家对门阁楼上的那个老太婆以前便是白俄罗斯的一位伯爵夫人，曾经拥有好几个村子的领地和大批农奴，但现在却靠贩卖旧衣服糊口，稍微挣了一些钱，便去买伏特加把自己灌个烂醉，因此整天都在半醉半醒中生活。她的境遇同影片中的汉弥尔登夫人有着相似之处，不同的只是一方面仅只是个人的沉沦，而另一方面却是整个阶级的衰亡……

娜达莎正这样想着，忽然从侧面亮起了手电筒的亮光，这是领票女郎正在给一个迟到的观众指引座位，接着，有一个男人从两排椅子间挤着走进来，嘴里喃喃着像是在向那些已坐下的观众道歉，当他挤到娜达莎面前时，在姑娘的小腿上绊了一下，把她膝盖上的纸包碰翻到了地上。那人一面喃喃地道着歉，一面伛腰摸起那只纸包，递给了娜达莎，接着便在她右边那张空座里坐了下来。

娜达莎碰上这么一个冒失鬼，心中不免有些生气，便斜过眼睛去朝邻座那人瞟了一眼。正巧那人也侧过脸来看娜达莎，并用英语说了声："很对不起。"

娜达莎也用英语回答道："不要紧，你不必介意。"

于是便继续看电影，这时影片已放映到年轻美丽的汉弥尔登夫人出场了。她邂逅了英俊而活跃的奈尔逊海军上尉，于是在阳台上、月光下、沙滩上开始和完成了他们之间的恋爱……这些都是好莱坞爱情影片中用旧了的程式，但是由这两个艺技精湛的大明星来演，却仍是相当感人……

突然间灯光放亮，银幕上映出用中英文写着"休息"字样的幻灯片。不少观众纷纷离座出去抽烟、上厕、买零食或是干其他事情。娜达莎邻座那个男人站起来对她说道："小姐，刚才实在太抱歉，你能允许我去买包'泡普康'来作为赔偿吗？"

这下娜达莎能看清那人的模样了，他是个白种人，年纪约莫在三十岁上下，眼眸也是棕色的，只是比头发的颜色显得深些，长着一个挺宽展的额头和一个挺有男子气的方下颏，要不是鼻子显得太大一些，这副相貌挺像好莱坞的硬派小生葛伦·福特。他穿得挺讲究，一套深灰色花呢西服熨得很挺，洁白的衬衫上配着一条紫红色斜条领带，手里还拿着一顶眼下时行的宽檐呢帽。从这副穿着来看，很像是哪家英国商行里的高级职员，但说话时却明显地带着美国土音，在这一点上，娜达莎根据自己同欧美人接触的经验，是决不会听错的。她笑了笑说："不用了，我原来就在担心这么大的一包没法吃呢，撒掉点倒正好。"

"要真是这样。"那个男人笑着说，"那就请同意我给你买点冰淇淋吧。"

"冰淇淋！"娜达莎和许多女孩子一样，对于冰淇淋有着特殊的好感，"如果你坚持要这样，那我就先表示感谢了。"

那人朝场外走去，不一会，两手各拿着一只冰淇淋蛋卷走回来，把其中一只递给了娜达莎。娜达莎道过一声谢，便吃了起来。那人坐回到自己座位上，一边吃着冰淇淋，一边看着娜达莎问道："我能有幸知道小姐的姓名吗？"

"才请我吃了只冰淇淋蛋筒，就想知道我的姓名了。"这是娜达莎想要回答他的那句话，但并没有说出口，只是在略顿片刻之后轻声说道："娜斯达西娅①·萨巴罗夫娜。"

那人有些惊讶地说道："你是俄罗斯人？"

"怎么，你感到意外吗？"娜达莎用带点挑衅意味的语气反问道。

"请原谅，我感到有些吃惊的原因是，因为你的英语讲得这样好，简直像个英国人。"

---

① 娜斯达西娅是娜达莎的正式称呼，娜嘉则是昵称。

娜达莎还没想出适当的回答，铃声震响起来，通知离场的观众赶紧归座。灯光重又熄灭，电影继续放映。

接下去的那段时间，娜达莎完全被影片中的情节发展吸引住了……当镜头又转回到那个在牢房里追叙逝去岁月的老妇人，而聚在周围聆听的那些女犯人脸上的表情，已不再是讥笑嘲弄，而是充满着悲戚和同情了……

字幕映出“The End”，灯光放亮，娜达莎怔坐着轻轻地叹出口气，站起来跟着前面的观众朝最近的太平门走去。当她走出了门，踏上那条迈尔西爱路时，听到背后有人在唤着她：“娜斯达西娅小姐。”

她旋转头去，唤她的正是邻座那个男人，便问道：“有什么事吗？”

“我可以陪你一起走一段路吗？”那人微笑着问道。

“为什么不可以呢？”娜达莎也笑着回答。

那人抬起手碰了一下帽檐，自我介绍道：“我叫劳伦斯，劳伦斯·罗斯。是美国人。”

“Youngkee Dodo.”①娜达莎笑着说，那人也跟着笑起来。

两人被裹在散场后的人潮中朝南走去，到霞飞路口上时，劳伦斯抬头望了一下天色，又看了看手表说道：“娜斯达西娅小姐，我能不能请你一起吃顿晚饭……也许我这个邀请太冒昧了点，可我刚来上海不久，对这座城市并不熟悉，不知道哪些饭店是比较好的，想请你给我指引一下。”

娜达莎明白他说的那些全属托辞，并且根据自己的经验，对方

① 其意是“扬基憨大”，是美国人自谑的称呼。

向自己提出吃饭的邀请是在意料之中的，因此也不多加推辞，爽快地答应道：“好，我接受邀请，我确实有点饿了。”

“那太好了。”劳伦斯高兴地笑着说，“那么我们应该上哪家饭店呢？”

他俩此刻正站在霞飞路、迈尔西爱路的转角处，娜达莎知道从这里向西到拉都路口那一段路上，有着不少有名的饭店：供应正宗法国菜的玛克沁姆、喜路易，专卖意大利菜的飞亚克，还有那间交织着欧、亚两洲风味的豪华俄菜馆康司坦丁瑙弗里……此外还有几家犹太人开的菜馆，虽然门面不大，座位不多，但陈设都挺雅致，菜肴也别有风味——可以说，整块法租界上最好的西餐馆，都集中在这段不满一公里的霞飞路上，但到那段路上去吃饭，一则离自己父亲工作的那间酒吧太近，此刻正是酒吧开始营业的时间，自己很可能会在门口碰到他；再则那些饭店里大多数雇有俄国女侍或男侍领班，其中有不少人是自己认识的，甚至还有些是住在同一条弄堂里的邻居，见面后的相互招呼是件麻烦事，尤其没有必要让这个新结识的男人，了解自己的职业和身份。因此，她想了想，朝马路对面扬了扬下颏说：“那就去华盛顿吧，那里的菜也许会适合你的口味。”

那家和美国首任总统同名的饭店，占据着一幢四层楼房的下面两层，底层专卖那种一汤一菜的“公司菜”，楼上则供应点菜和各种饮料，餐厅旁边还有一个并不很大的舞池，晚市顾客可以在这里跳舞，因此这里算是一家兼营夜总会的饭店。娜达莎和劳伦斯上楼之后，侍者招待他们坐进火车座以后，送上了菜单。这里供应的是典型的美国菜，便是那些用猪牛肉禽蛋之类做成的普通菜肴。娜达莎点了一客乡下浓汤和一客铁排鸡，劳伦斯则要了一份华尔道夫色拉和一块天蓬牛排，另外还要了半瓶波尔多红酒。当侍者把酒和色拉送上来之后，劳伦斯便看着娜达莎笑问道："在你们的语言中，娜斯达西娅有没有更随便而亲密一些的简称？"

"娜达莎，或者是娜嘉。"娜达莎回答。

"娜嘉！娜嘉！"劳伦斯念了两遍，笑着说道，"这叫法既好听，又方便。要是你不反对的话，我以后就这样叫你行不行？"

"悉听尊便。"娜达莎嫣笑了一下回答。

"娜嘉小姐一直都住在上海吗？"劳伦斯问道。

"才来了四年。以前我们住在哈尔滨，那是中国北方的一个城市，我的父母离开俄罗斯以后一直就住在那里。"

"我听说过哈尔滨这城市。"劳伦斯说罢，略顿了一下又问道，"那么你的父母也是被……从那里流亡出来的啰？"

娜达莎抿着红酒点了点头。

"是贵族？还是工厂主？"劳伦斯问道。

"为什么每个人都认为从俄国逃出来的人，不是贵族便是工厂主呢？在沙皇俄国里有这么多贵族和工厂主吗？"娜达莎想这样回答，但话冲到唇边时却变成了另外一个样子："有一点领地，但并不很大。父亲以前在军队里服役，军衔是……上校。"

"哦——"劳伦斯脸上现出领悟的表情，"那你父亲和你现在……"

"他在一家犹太人开的商行里做事，我在给一位英国太太当秘书。"

"给一位太太当秘书！那不会引起你那位女雇主的担心吗？"

"担心！为什么？"娜达莎有些惊奇地问。

"家里有一位这样漂亮的女秘书，难道她不担心男主人的目光，会一天天从她身上越移越远吗？”

“多谢你的恭维。”娜达莎笑了笑说，“可我那位主人是位寡妇，丈夫去世已十多年了，现在由她经营丈夫留下的产业。”

这时，侍者送来了娜达莎要的汤和劳伦斯的牛排，娜达莎低头喝了两匙汤，抬起头看着劳伦斯问道：“那么你呢？你还没有谈过自己的情况呢。”

“我的经历讲起来大概比你要乏味些。”劳伦斯用餐刀切着牛排说，“我祖先是爱尔兰人，大约在一百年之前移居到了美国，以后的几辈子孙就都在那里种地，我父亲现在在肯塔基州有个农场，你听说过肯塔基这地方吗？”

“听说过，在美国南部。”娜达莎点头说，“不是有首挺有名的歌是讲那里的吗！”说着，她轻轻地哼起斯蒂文·福斯脱①所作的那首《肯塔基老家》的曲调来。

劳伦斯听着娜达莎哼过那首歌头两句的曲调之后，笑着说道：“你对福斯脱的歌好像挺熟悉。”

“是啊。”娜达莎轻轻地叹了一声说，“我很喜欢他的作品，《故乡的老人》、《主人躺在冰凉的土地上》、《我梦见棕发的杰妮》。请原谅我打断了你的话，你还是接下去说吧。”

“接下去便没有多少好说的了。”劳伦斯说道，“我对农业并没有像我父亲和祖父那样的兴趣，所以就进大学去念商学院。毕业以后进了纽约一家贸易公司当会计，两年前调到设在香港的远东分公司工作，四个月前才调到设在这里的中国分公司来工作。”

---

① 十九世纪美国民歌作曲家。

“你说你是在贸易公司做事的？”娜达莎笑起来说，“可我刚才还以为你是个军人呢。”

“军人！”劳伦斯有些惊讶地问，“你怎么会以为我是个军人呢，我又没有穿军装？”

“我是从你走进屋里没有马上脱掉帽子这点上猜测的。”娜达莎指着劳伦斯放在座位旁边的那顶呢帽说，“另外，我觉得你走路时的姿势也像是过过军营生活的。我不是告诉过你，我的父亲过去是个军官吗，已经二十多年了，可他还保持那种走路的姿势，据他说，那时候在军队里养成的一些习惯，是很难改变的。”

“听起来你很有点当侦探的天才。”劳伦斯笑着说，“要是我当了警察局长，一定聘用你当探长。”

“要是聘我当了探长，你也许会后悔的。”

“为什么呢？”

“既然我会把一个商务人员当成军人，那怎么知道我不会把沙逊爵士①当作小偷抓进去呢！”

劳伦斯来到上海已有好几个月了，当然知道沙逊是何许样人，便笑着说道：“要是这样，那你最好还是到美国去当侦探，在那里，到底是地产商还是小偷，连福尔摩斯也很难分清的。”

娜达莎大笑起来。等她笑停之后，劳伦斯拿起酒瓶一边往娜达莎和自己的酒杯里斟着酒，一边说道：“能够认识你真是件愉快的事情，不知道你的感觉如何？”

娜达莎拿起刀叉，指着刚由侍者送到面前的那盘铁排鸡说道：

① 当时在上海的英籍犹太富豪，由英王授此爵士勋位，在上海拥有大量房地产。

“当我吃着这客大概会由你付账的鸡的时候，还能提出什么异议吗？”

劳伦斯笑着举起了酒杯：“那么就让我们为这个相识干上一杯吧！”

五

劳伦斯让银色公司的出差汽车在江浦路的转角处停下，下车后朝基地司令部门前走去。虽然从这个月的月初起，基地里的校级军官除了他和副司令肯脱中校，全都撤走了，剩下的都是些尉官和军士，但尽管这样，劳伦斯还是感到在休假外出回来时，没有必要过于招摇。

白天里，这个坐落在黄浦江畔的美国海军基地的大门前，有两名海军陆战队员在那里站岗，门里那间传达室里有一名海军士官担任值勤。但此刻已过了晚上九点，那士官早已下班，门岗也减剩了一个，他正扶着挂在胸前的卡宾枪，在门前来回地踱着步。当劳伦斯走到门前时，哨兵站住，一边向他敬礼，一边招呼："晚上好，少校。"

"晚上好。"劳伦斯应过一声后，进入大门，沿着迎门的那条水泥车道朝里走去。他的宿舍在这条车道旁边的最后一幢楼房里，到那里必须经过基地司令部办公室的那幢楼房。此刻，那幢三层的灰白色水泥建筑，静悄悄地矗立在路边，没有半点灯光透出来，就连二楼东部军官俱乐部的几扇窗里，也是黑魆魆的，整幢楼房就像睡熟了似的。但这也不足为怪，原来到这俱乐部里来的，大多是停泊在黄浦江里的舰艇上的军官，在不轮到值更的时候或是休假日，便乘交通艇到这里来吃饭、喝酒、打牌、打台球，或带着女伴来跳舞。可从上月下旬华盛顿发来陆续撤退在华海军的命令之后，停泊在吴淞口和黄浦江上的大部分美军舰艇，便同从汉口、天津开来的军舰一齐会合，由扬子江舰队司令葛拉斯福特海军少将率领，开回马尼拉去了。同时还带走了一大半海军陆战队官兵。这样，留在上海的大型舰艇，只剩了一艘“威克号”炮舰，此外便只有几艘小型的鱼雷攻击艇和登陆艇。基地司令部里的人数，也相应进行了缩减，原来的司令官也离职被召回了珍珠港，只留下了副司令肯脱中校，以及自己这通讯主任和参谋处、军需处的那七八个尉官。在这样的局面下，盛极一时的军官俱乐部当然变得如此门庭冷落了。

劳伦斯走进自己住的那幢宿舍。他的房间在二楼上。由于他是个校级军官，军需处分配给他的是一个套房，包括一间挺宽敞的起居室和一个布置得挺舒服的卧室，只是限于原来的建筑格局，盥洗室要同邻居的一个军官合用。好在两人都是单身汉，因此彼此倒亦并无不便之处。

劳伦斯回到房里，脱掉衣服，进浴室洗过澡，换上睡衣，回进卧室靠在床上，拿过一本《读者文摘》看起来。他的眼睛虽盯在书页上，但思想却飞向了今天邂逅结识的那个姑娘。调来上海之前，舰队里有些在上海耽过的同事告诉过他：上海的俄国姑娘挺迷人，要比美国姑娘“有味”得多，在某些方面，同法国妞儿相比也并不逊色——当然他们说的那些“姑娘”，都是妓女——包括公开和私下的。到上海后，他在虹口的狄思威路那一带，见到过同事们所说的那些女郎，可都是些浓妆艳抹、服装花哨的姑娘，满街摇着肥大的臀部在卖弄风情，即使她们过去是贵族后裔或是天潢贵胄，但在劳伦斯眼里，却同在巴黎、伦敦和汉堡街头拉客的那些妓女已没有什么两样了。以后，他在法租界的霞飞路和另外一些马路上，又看到过另外一些俄国女郎，相貌、身段和服饰都要比在虹口看到的那些姑娘胜过一两筹，但还只是一些搔首弄姿的娘们，同劳伦斯想像中具有贵族风范的女郎还是相去甚远，他无法想像和那些姑娘们同床共枕，能尝到什么特别和隽永的“味儿”。但今天邂逅相逢的那个俄国女郎，却给他留下了挺深刻的印象，她不仅相貌漂亮，谈吐风趣，而且身段也长得比那些俄国姑娘更为迷人。她腰肢纤细，乳房和臀部浑圆丰满，大腿修长结实，看上去全身都迸发出青春的魅力和诱人的性感……“要是能把这小妞勾上手，就是花上点时间或其他代价，看来也是值得的！”劳伦斯目光停在书页上这样想着。

几下叩门声岔断了他的思路，那声音是从浴室门上传过来的，接着有人在浴室里问道：“劳伦斯，你睡下了吗？”

“睡下了，可还没睡着。你进来吗？”劳伦斯放下手里的书应道。

浴室的门被推开，迈克尔·萧走了进来。他是住在劳伦斯隔壁的那个军官，和劳伦斯同年，父亲在美国中部的威斯康星州开一家杂货店，他自己念完中学之后，考进了海军军官学校，毕业后分配到中国扬子江舰队服役，先在“威克号”炮舰上当中尉枪炮长，以后又晋升为上尉，调上岸分配在基地军需处工作。他的脾气很随和，在整个基地司令部里人缘很好，当然和既住在贴邻、又是相同年龄的劳伦斯相处也很融洽了。这时，他坐到劳伦斯对面一张椅子里，问道：“今天你到哪里去玩啦？我刚才来敲过两回门，你都不在。”

“没到哪里去，只是去看了场电影，吃过一顿晚饭就回来了。”

“看电影，吃饭，就一个人吗？”

劳伦斯本来想告诉他在电影院邂逅结识娜嘉的事，可转念想了一下，感到迈克尔很可能会把那个俄国姑娘臆断成一个搭客的暗娼，甚至还会列举出不少例子来证明他这推断是不容置疑的，于是便回答道：“就我一个，还会有谁呢？”

“没找个妞儿吗？”迈克尔窥探着劳伦斯的脸色问。

“没有。”劳伦斯回答道。

迈克尔的手指打响了一个榧子，用惋惜的口气说道：“那不有点可惜吗？一个休假日就这样冷冷清清地浪费了。就算你不爱找姑娘，那还有别的地方可以玩嘛，怎么会落得一个人冷冷清清地去看电影。最近让我发现了个地方，虽然不算太精彩，可在这上海已经算不错了。下回我陪你一起去玩。”

“什么地方？”劳伦斯问道。

“那地方叫‘好莱坞’，当然不是在洛杉矶的那个，那是在这里西边愚园路上的一所游乐场。”

劳伦斯曾经听说过：在上海市区西部的那条愚园路上，开设着好几家游乐场，里面大多设有赌场，另外还能在里面跳舞、吃中西餐、看歌舞表演和玩各种游艺。那些游乐场所起的名字，大多是欧美式的：伊文泰、惠尔登、惠尔康……而那家“好莱坞”，据说是规模最大的一家。但劳伦斯也同时被告知：那片土地属于“越界筑路”，政治情况很复杂，虽然到目前为止，名义上还由公共租界工部局在那里行使警权，但南京的汪精卫政府在那里也设有“沪西特别警察署”，他们的警察也同样在那片土地上维持秩序；日本宪兵队在那里也设立了一个分队部，此外，还有大批汪精卫政权的武装特工，在那里公开活动。本来这些属于日本方面管辖的武装力量，只是为着对付那里的中国居民，但自从美、日两国的关系日趋紧张以来，住在那里的美国侨民，也曾经受到过日军侮辱甚至遭受殴打，尽管华盛顿为此向日本政府提出过抗议，但日本外务省对这类抗议却置之不理，结果都是不了了之。肯脱中校还告诉过他：基地司令部虽然没有明白告诫所属官兵不要进入“越界筑路”，但实际上却希望大家尽量少去那里，免得惹出什么纠葛而增添麻烦。因此，听了迈克尔那些话之后，劳伦斯有点惊讶地问道：“那里不是日本人的势力范围吗？经常到那里去会不会……”

“你这又是受了老肯脱的影响。”迈克尔笑着挥了一下手说，“我在他手下干了这两年多，要比你对他了解得多，他是以胆小怕事出了名的。日本人的势力范围又怎么样？就算外交关系上紧张，可他们并没有向我们开战！就算有人想寻岔子，也只可能到那些平民头上去找麻烦，我们身上这身军装是代表着山姆大叔的，在上海——至少是现在吧，不管走到哪里，都是不可能碰到什么麻烦的。”

六

一道银光沿着转动的圆盘边沿，飞快地旋转着……圆盘转动的速度逐渐减缓下来，现在看清轮盘边沿上红黑相间的方格和标着的阿拉伯数字了，那道银光也变成了一只直径一寸左右的银色小球，但还在继续旋转……

长桌周围所有的目光，都集中在那只旋转的银球上。这几十双眼睛各不相同，其中有男人的，也有女人的；有老年人的，也有年轻人的；有大的，也有小的；有清澈明亮的，也有浑浊不清的，但都一起闪动着同样的光亮。在这些光亮中，交织着贪婪、焦虑、渴望和那种不顾一切的神情。有个到过赌场、又曾在山里居住过的人说过这样的话："要是你留心观察的话，就会发现一个赌徒和一只饿狼的眼睛里所射出的光亮，是完全一样的。"

银球的转速继续减缓，最后跳动了几下，落进了球坑里。这时坐在长桌横首一个穿紫红色丝绒旗袍的女郎，拉长着尖细的嗓音叫了起来："十五点——单——小啦——"

喊声过后，一个专管吃赔赌注的年轻男招待，用一只精致的长木耙把那些吃掉的赌注耙进去，再用长耙把赔注推给那些赢家……

坐在长桌边的迈克尔，懊丧地看着自己的那份赌注被耙了进去，朝手里那张记录今天所开数字的硬卡上看了一会，从面前那叠赌筹中捡出两个绿色筹码，押到最近的一个黑色方格，然后静坐着等候这一盘开出来……

在基地司令部的那些同事里，迈克尔是以喜欢赌博出名的。过去，除掉轮到他值班，每天晚上在军官俱乐部里的牌桌边，总是少不了他的，有时打扑克，有时打“沙蟹”，也有时候是掷骰子，由于他的赌品不算坏，所以每回都会有人邀他入局。但随着基地人员的大批撤离，原来的赌友大多离开上海，牌局凑不起来了，他便只能向外发展，于是便让他“发现”了这个好莱坞游乐场。同原来军官俱乐部里的那些赌局相比，这里确实要丰富多彩和刺激得多，因此这半个多月来，逢到不需要他晚上值班的日子，他便开着吉普车往沪西跑。

在这间大厅里，虽然有着许多赌钱的方式：牌九、押宝、打大小、麻将……等等，但除掉“吃角子老虎”和轮盘以外，都是中国传统的赌博方法，迈克尔对那些赌法并不熟悉，而“吃角子老虎”的赌注又太小，并且是全凭运气，所以对他最有吸引力的，还是摆在大厅中央的轮盘赌台。头一回他到这里来，便在轮盘上赢到了三千多块中国法币，即使照黑市折算也有一百多美元，相等于自己半个月的薪饷；第二回来又赢了一千多法币，以后几回虽有输有赢，但计算起来总是赢多输少，这便越发增加了他的信心。今天下午，他带上五百美元，先到黑市上去换成了中国法币，打算到这里来认认真真地赌上一番。他的希望不很高，只要求把带来的本钱翻上一倍便歇手了。但看来赌博之神今天并没有对他特别看顾，从在轮盘桌边坐下之后，一直出手不利，押“单”偏开“双”，押

“双”又偏开“单”，打“大”则开“小”，打“小”则开“大”。虽然不是每注必输，但却是吃多赔少。这样赌了一个多钟头，他带来的那些现钞都已换成了筹码，而面前那叠筹码也越来越低，计算起来已不到两千元了。

……银球落在坑里。又响起了那拖长着的尖细嗓音的报数声：“八点——双——小啦——”迈克尔的那两只筹码又被长耙耙了去……这使他越发有点心浮气躁。他数了一下剩下的筹码，挑出一只五百元的和两只一百元的，拿起来正在考虑该押到哪一门上，忽然听到背后有人用英语轻声说道：“这回仍旧打‘单’。”

催促赌客们最后下注的铃声响了，迈克尔无暇再多作考虑，把手里的筹码押到了黑色方格上，这才转过头来看那个说话的是何许样人。他看到的是个约莫五十岁上下的男人，身材挺魁梧，金黄色头发和一对灰蓝色眼睛，一套裁剪合身的深色双排纽衣服，翻领上佩着白金镶嵌的菱形蓝宝石别针，里面那件丝衬衫在灯光反射下白得有些眩目。迈克尔正想向他招呼，轮盘里的银球已经转停，这一盘又开了，穿紫红旗袍的女郎报出数来，二十七，果然是单数，长耙把一叠筹码朝迈克尔推来。迈克尔收起筹码，转身向那人伸出手自我介绍道：“迈克尔·萧。美国海军。”

“这点我已经看出来了。还是上尉，是不是？”那人笑着同迈克尔握着手说，“我叫亚历克赛·亚历克赛德罗维奇·蒙索洛夫。你可以叫我蒙索洛夫，这样简单一些。”

刚才一瞥之间，迈克尔曾以为这人大概是个德国人或者北欧哪个国家的人，这是从对方的发色、身材和那口不太纯正的英语上推断出来的。此刻听到对方自报的姓名，才知道是个白俄，不免有些惊讶，因为他见过的白俄不算少，但还未见过穿得这么讲究的。但他没有让这惊讶流露出来，只是笑着说道：“很高兴认识你，感谢你刚才给我带来了好运。”

蒙索洛夫挺有气派地摇了摇右手的食指说：“没什么，我只是从直觉上感到这一盘应该开单了，所以给你提了个建议，但当时我们还没有认识，这样做也许太冒昧了。”

“要是这样冒昧能给我带来一堆筹码的话，那么对于这样的冒昧，我是永远表示欢迎的。”迈克尔笑着说道，“而且现在我们不是已经认识了吗？”

蒙索洛夫轻轻地拍了拍迈克尔的肩膀说道：“挺风趣的年轻人。既然你认为我们已经认识了，那么就一道对它发起进攻吧。”说着，他指了指长桌中央的轮盘。

两人便一道赌起来，虽然每盘的赌注数目不同，但所押的数字却都是由蒙索洛夫决定的。在押过十几盘之后，迈克尔不得不暗自承认蒙索洛夫的经验要比自己丰富得多，虽然不可能每注必赢，但命中率却比自己刚才独自下注高得多。这样，半小时以后，他原来输掉的那些钱已赢回了一大半，而且面前的那堆筹码还在逐渐增高……

蒙索洛夫虽然一面押注一面在同迈克尔闲聊，但两眼却不时留神观察着周围的动静。从他走到迈克尔身后起，他便留心到在斜对面出现了一个矮个子中年男人，穿套黑西装，头发剃得挺短，从相貌上很难辨别出是中国人还是日本人。那人默站在桌边看着，偶或也押上一注，但蒙索洛夫感到那人的目光不时朝自己这边瞟来，在那瞟过来的目光中，似乎在向自己暗示着什么。蒙索洛夫虽然不认识这人，但他却明白此人是何许身份。这时，蒙索洛夫看到那人朝自己注视了四五秒钟，然后收起面前的筹码，转身缓缓离开了桌边。蒙索洛夫明白这暗示中的含义，便轻轻地拍着迈克尔的肩膀说："年轻人，好运总是有个限度的，我们的手气已经开始转风了，还是跟我去喝一杯再说吧。"

迈克尔因为在这之前，已经被连吃了几盘赌注，虽然对蒙索洛夫提出的这个建议没有表示反对，但还多少带着点依恋不舍的心情，跟蒙索洛夫离开了这轮盘赌台。

在这间安放各种赌台的大厅旁边有两间餐厅，一间专门供应粤菜，包括面、糕、粥和各式点心；另一间是附设酒吧的西餐间，供应不太正宗的法式菜肴。赌客们可以凭入场时领取的餐券，到这两个餐厅里按规定额度免费就餐。而那些被场方视为贵宾的赌客，不仅不用券就餐，同时还免费供应各种酒类，不受额度限制，招待也特别周到。凭着蒙索洛夫的那副气派和迈克尔的那身军服，他俩当然是被归入"贵宾"之列的，因此才推门走进那间西餐厅，侍者领班便迎上来殷勤地招呼，又亲自把他们引到一个较僻静的餐桌边坐下，然后恭谨地送上菜单，请他们点菜。

蒙索洛夫是这里的熟客，因此没看菜单就为自己和迈克尔点了几样菜：生菜色拉、金必多浓汤、烤猪腿和焗鸡片，还给自己要了一瓶伏特加，迈克尔则要了杯双份的白马牌威士忌。

冷盘和酒很快送来了。蒙索洛夫为自己斟满一杯伏特加，先把舌尖伸进杯里去品了一下酒味，微微点了点头，仰起脖子把一大杯酒一饮而尽，然后吁出口气说道："虽然及不上用我们顿河水酿造的，可味道也还算纯正。"

迈克尔抿了一口威士忌，笑着说道："即使我们还没有经过相互介绍，看着你这样喝伏特加，也能猜到你是哪个国家的人了。"

"那是圣尼古拉赐给我们的酒量。"蒙索洛夫点着头说，

"那你原来以为我是哪国人呢？"

"我原来还当你是德国人或者斯堪的纳维亚半岛上的人呢。"迈克尔坦率地承认道。

"哈，德国佬！"蒙索洛夫笑着挥了一下手说，"一九一五年在杜伯杜尔[①]，他们在我肋骨里留下了颗子弹，让我在后方医院里躺了半年，可我也没有轻饶了他们。那时候我和你一样，也是个年轻的上尉，指挥着一个骑兵连。"

"那么，一九一七年之前你还在军队里服役吗？"迈克尔问道。

"你是指布尔什维克占领我们国家之前吗？从后方医院出来，我就回彼得堡进了禁卫兵团，当克伦斯基的人占领那里的时候，我是中校营长，是当时沙皇陛下侍从武官里最年轻的一个。"

迈克尔依稀记得在一本翻译的俄国小说里读到过：侍从武官是俄国军队里的一种荣誉头衔，一般只授予有贵族封号的军官，于是便问道："这么说，你是有爵位的啰？"

"蒙索洛夫伯爵和罗道诺夫伯爵，还有阿德斯托诺夫男爵，这些便是我过去拥有的称号，但现在都早已像烟一般地消散了，现在坐在你对面的，就只是安特卫普皇家商行在上海的代理人蒙索洛夫先生，仅此而已。"蒙索洛夫自嘲地淡淡地笑了笑，"说实话，当个珠宝商也没有什么可抱怨的，从可以逍遥自在地寻欢作乐这一点来说，也许比过去当侍从武官的时候还强着点儿呢。"

当两人在餐桌边坐下后，迈克尔就曾注意到蒙索洛夫除掉在上衣翻领上那枚蓝宝石别针以外，左手的小指上还套着一只钻石戒

---

① 匈牙利地名，第一次世界大战中的战场。

指，上面镶嵌的那颗钻石有一颗榛子般大小，并且决不可能是假的，因为当他手掌摆动时，那颗钻石在灯光照耀下折射出红、绿、白等各色光束，这是任何假货都不可能有的。迈克尔曾暗自有些纳闷：面前这白俄到底是干什么的，竟会这样阔气？此刻听说他是个珠宝商，便觉得恍然了。迈克尔虽没去过比利时，但早就听说安特卫普是世界上最大的钻石和珠宝市场，那里有些珠宝店虽然门面古老简朴，瞧上去并不起眼，但里面却能拿得出成盘五六克拉以上或是更大的钻石，供阔佬顾客挑选。既然如此，那么作为某个珠宝巨商在这个国际性都市里的代理商，在各方面显得阔气些也就不足为怪了。接着，作为对这位新交的朋友的报答，迈克尔也向蒙索洛夫介绍了一些自己的情况：哪一年在军校毕业，曾经在哪艘军舰上担任过什么职务，自己的老家在什么地方，家里的人从事哪些职业，等等。只是在讲到自己的家庭时，他把父亲在威斯康星州里开的那家杂货店，说成了一家有相当规模的百货公司；另外，他也没有告诉蒙索洛夫自己现在的职务是军需官，只笼统地说在基地司令部里工作。迈克尔认为：在同一个当过禁卫军中校的人交往时，让他以为自己是个参谋也许会比当军需官更能受到尊重。

他俩就在这娓娓交谈中享用完陆续送上来的菜肴。最后，侍者领班又端上一只装着各种牌子的雪茄烟的银盘，供他们挑选。蒙索洛夫挑了一支荷兰出品的“尼可立多”，迈克尔则要了一支马尼拉出品的“亨白”，一起点上了吸起来。

前几回迈克尔到这“好莱坞”来赌博的时候，虽然也受到了殷勤招待，但同今天所受的待遇相比还是有差别的。迈克尔心里明白：今天他所以能受到这样特殊优待，并非由于自己那身军服和上尉的肩章，主要还是沾了这位新结识的伙伴的光，看起来这位蒙索洛夫还不仅是这里的常客，还是个很受欢迎的豪客……

这时，蒙索洛夫把手中那支还剩下一大截的雪茄，揿灭在烟灰缸里，站起来说道："走吧，找个别的地方溜溜去。"

迈克尔跟随他从另一扇门里走出餐厅，外面是一片挺大的水泥场地，赌客开来的汽车和赌场里专管接送赌客的汽车，都停在这里。停车场对面有着另一座挺大的平房，那里面是"好莱坞"的舞厅和表演场。迈克尔上回来这里的时候，在赌场里尽兴之后，曾经到那里去观看过表演，他觉得由几个瘦弱的中国姑娘表演的草裙舞，和他在夏威夷看过的真正草裙舞相去甚远，魔术表演也不太高明，然而那里面的座位却挺舒服，女侍的招待也挺周到，因此还不失为一个能够排遣时光的去处。他正要穿过停车场朝那里走去，蒙索洛夫一把拉住了他问道："你上哪儿去？"

"去看表演嘛，我们没有舞伴，就只能坐着看看嘛。"

蒙索洛夫挽住迈克尔的臂膊，走到停在前面的他那部新汽车前。这是一部一九三九型的墨绿色别克牌轿车，他拉开车门说道："何必去那里浪费时间呢？我带你到一个地方去，你一定会觉得比这里有意思得多……"

七

劳伦斯走进那间合用的盥洗间，看到迈克尔正在里面对着镜子刮胡子，他收步正想退出，迈克尔唤住他说："我刮好了，你来吧。"说罢走到浴缸边，伛下腰清洗着脸上的肥皂泡沫。

劳伦斯在面盆前面刷过了牙，迈克尔已经把脸洗好了。劳伦斯瞥了一眼他那有些发肿的眼睑，问道："昨天夜里你到哪里去了？怎么到一点多钟才回来？"

迈克尔朝自己卧室里走着说道："你怎么知道我回来的时间？那时候你还醒着吗？"

"早睡着了。可你在走廊上又哼又唱的，弄出这么大的声音，就连一头猪也会被你吵醒的。"劳伦斯用胡刷往脸上涂着肥皂沫说着。

"哦，我喝了点酒，记不大清了。"迈克尔在卧室里换掉睡衣，穿上军服，走回到盥洗室门前，脸上带着诡秘的微笑说道："告诉你一件事，昨天夜里我去了个地方，那里面有一些娘儿们真是妙不可言，听说像那样的娘儿只有到巴黎的圣克莱尔区去才能找得到的。"

“巴黎的圣克莱尔区！”劳伦斯一边用保险剃刀刮着胡子一边问道，“你说的那些是法国娘儿吗？”

“不，不。”迈克尔摇着头说，“在上海哪来这么多法国娘儿，都是俄国人——就是常说的那种白俄女人……可能在法租界公董局领过照会，并不是什么私门子。”——他又补充了这么一句。

“这地方在哪里？”劳伦斯问道。

“在法租界的拉都路上，靠近福履理路，那一段路上很幽静，房子也挺漂亮，是那种典型的法国式楼房。”

“刚才你说那里妙不可言，究竟妙在哪里呢？”劳伦斯刮完胡子，用毛巾擦洗着脸上的肥皂沫问道。

迈克尔穿过盥洗室，走进劳伦斯的卧室，坐到床边那张单人沙发里，点上一支香烟，交叠起腿股，抽着烟说道：“说起来那里面的娘儿并不算多，大概十来个吧，但个个都长得挺漂亮，而且都挺高大结实，可又不肥胖，完全是典型的斯拉夫姑娘，不像那些中国姑娘和犹太姑娘，都是瘦骨嶙峋的，搂上去只有一把骨头。而且她们都是贵族的后代，货真价实的贵族后代，和那些在小酒吧里见过的俄罗斯舞女是不同的，这一点从她们的气质上就能分得出来。她们都受过良好的教育，态度都很大方，英语也讲得挺好，有几个还能讲一口流利的法国话……”

“哦，你是什么时候学会法国话的？我怎么一直不知道呢。”劳伦斯见他为几个白俄妓女讲得眉飞色舞，不禁有些好笑，便岔断了他的话笑问道。这时他已经漱洗完毕，走回到卧室里了。

“你别说挖苦话行不行。”迈克尔说道，“我虽然没学过法语，但至少对有些打招呼的话是能听懂的。”他顿住了片刻，像想起了什么特别有趣的事似地格格地笑着说道，“还有很重要一点，就是她们的服务也是法国式的。”

劳伦斯始而愣了一下，但随即便明白迈克尔所说的“法国式服务”是怎么回事，便哈哈地笑起来说道：“那真是妙不可言了，法国式的服务，加上斯拉夫式的热情，而且向你提供这些的是伯爵、侯爵的小姐，而不是小姐的侍女，那就无怪你要飘飘欲仙了。”

迈克尔听出了劳伦斯语气中所含的讽嘲意味，略微有点生气地在沙发里坐直起来说道：“别老说挖苦话了，不是我为自己夸口，我这点眼力还是有的，你要是不信，下回可以自己看看去。我本来就答应过伯爵夫人下回带一些同事一起去的。”

“伯爵夫人！”劳伦斯问道，“哪个伯爵夫人？”

“康司坦……坦诺维奇伯爵夫人——大概是叫这个名字吧，那种斯拉夫姓氏总是长得记不清，她便是那家妓院的老板，说起来是个老鸨，可也是个很有教养的女人，而且能看得出她年轻时一定很有魅力。”

劳伦斯笑着说：“那你一定吻过她的手，并且鞠着躬对她说：‘夫人，认识你十分荣幸’啰。”

“别开玩笑。”迈克尔略微有些发窘，涨红着脸分辩道，“她现在虽然在妓院里当老鸨，可以前确实是位伯爵夫人，蒙索洛夫说他以前在彼得堡参加宫廷舞会的时候，就不止一次看到过她，那时候她是彼得堡贵族社会里有名的美人。”

“蒙索洛夫！”劳伦斯问道，“怎么又出来了个蒙索洛夫，那是个什么人？”

“是我昨天在‘好莱坞’里认识的一个朋友，一个俄国商人。我刚才说的那个地方就是他带我去的。”

“俄国商人！那他一定也是什么公爵、伯爵或者亲王、总督啰！”

“他是乌克兰的一个伯爵，领地名称就叫蒙索洛夫。”迈克尔说，“另外还有一些封号，可那些名字实在太长，就是想记也记不住。”

“你可真是走运，只一个晚上，沙皇陛下下面的那些伯爵、伯爵夫人都让你碰上了。另外只花上几美元就玩到了以前的伯爵或是侯爵小姐。”劳伦斯交抱起臂膊，用讽嘲的口气说，“不管他以前真是伯爵也好，公爵也好，甚至皇太子也好，可现在却只是个赌场的掮客和给妓女拉皮条的，他先让你在赌场里昏头昏脑地输掉笔钱，然后再带你上那家妓院去，用你的钱睡了小姑娘，也许还能从那位‘在彼得堡就结识的伯爵夫人’那里拿到笔回扣呢。”

“你别再在这里自作聪明了。”虽然平时迈克尔对劳伦斯的话是比较肯听的，但今天一再受到劳伦斯的讥诮，不由得有点生气，便涨红着脸反唇相讥道，“他虽然是个白俄，可是个挺阔气的珠宝商。在伯爵夫人那里的所有花销，包括请全体姑娘喝的那些香槟，全都是他签支票付的账，我连一文钱也没有掏过。至于赌场那边，我原来差不多输光了，就是他帮我赢回来的，这不是吗……”说着，他从上衣口袋里抓出一大把团皱的钞票，扔到沙发旁边的矮几上。

劳伦斯看着那堆钞票，这些都是中国钞票，其中有中国政府在战前发行的“法币”，也有南京汪精卫政权印行的“中储票”，其中有不少是五十元面额的钞票，这在目前流通用的中国货币中，算是面额最大的了。劳伦斯坐到床沿上，想了一会问道：“你说那个叫蒙索什么夫的人是个珠宝商，那么他的店开在哪里呢？”

迈克尔略愣了一下："这，这倒没问过……不过，他说他是安特卫普一家商行在上海的代理人，要是这样，那大概是干批发，不搞零售的……你问这些做什么？还在怀疑他是个拉皮条的吗？"

"听了你刚才的解释，对这一点我现在倒不再怀疑了。"劳伦斯摇着头说，"可说不定他是另有目的的。"

"另有目的！是什么目的呢？"迈克尔问道。

"现在还说不清楚，因为还没有什么证据。对于上海的政治情况，你应当比我更清楚些。现在这里包括两个租界在内，几乎都是日本人的天下了，而目前日本和美国的关系你也是知道的，所以……"

"你是说我碰到的可能是日本间谍吗？"迈克尔岔断了劳伦斯的话问道。

"在没有证据的情况下，当然只能算个猜测罢了。但在目前的局势下，总以小心点为好。"

迈克尔在烟灰缸中揿灭了烟蒂，沉默了半晌，说道："在上海，日本间谍当然是有的，远的且不说，离这儿不远就有井上公馆，是他们公开打出旗号的间谍机关，另外还有不少不公开的特务组织，这些情况我都知道。可我并不是个三岁的小孩子，即使碰上了日本间谍，也不是这么容易能让他们得手的，另外……"说到这里，他顿住了一会，"我对于他们来说，也并没有多大的价值，到上月底，扬子江舰队就已经撤得差不多了，留在上海像样点的军舰，就只有那艘'威克号'，而且就停泊在外滩的黄浦江里，即使不用望远镜，也能把上面所有的火力配置看得一清二楚；剩下的就只有那几艘旧登陆艇，这是连最起码的间谍也不会感兴趣的。现在这基地实际上已成了个空壳，而且说不定什么时候接到道命令，就全部撤走了，你倒是说说看，像这样的人对日本间谍机关来说，能有多少价值？犯得上兴师动众地找到我头上来吗？”

劳伦斯虽然不同意他的观点，但又找不出理由来同他进行争论；另外，自己对那个蒙索洛夫的看法，也只是出于敏感的猜疑，并没有丝毫事实根据，在这问题上继续纠缠下去并无任何意义，因此在说过“可你以后还得多注意点”之后。便结束了刚才这话题……

八

鲍德罗斯基推开虚掩的房门，朝黑洞洞的房间里望了一眼，大声叫道："懒虫，都什么时候啦，还不起床！"

面朝墙壁侧卧着的萨巴罗夫翻过身来，睁开惺忪的睡眼，用带有倦意的声音问道："现在是几点钟？"

鲍德罗斯基走过去拉开那幅破旧的绿色粗呢窗帷，秋日的阳光一下子照射进来，铺满半个房间。他指着地板上的阳光说道："你还问几点钟呢？再不起床，连午饭都要错过了。"

萨巴罗夫掀掉被子，坐到床沿上，动作缓慢地穿着衣服说道："我是做夜工的，要到深更半夜才睡觉，早晨起得晚一点不应该吗。"

"难道就你一个人做夜工？我不也在做夜班吗！干的活也决不比你轻松。"鲍德罗斯基说着从身旁的椅背上拿起萨巴罗夫的长裤扔给了他，"快点穿上吧，别磨蹭了，你看是谁来看你了。"

"谁来了？是马思罗夫吗？"萨巴罗夫一边套着裤子，一边转头朝门口看去。

敞开的房门口出现了一个五十来岁的胖子，长着一张红润的阔脸和一只酒糟鼻，在方格粗呢西服里穿着一件乌克兰式无领衬衫，手里拎着一只沉甸甸的布袋。他走进房里，朝萨巴罗夫弯腰鞠着躬说："正是我，上尉老爷。"

"见鬼。又来这套了，什么老爷不老爷的，我不早告诉过你啦？这里已经没有什么上尉，什么老爷，更没有什么爵爷了，只有乐师鲍德罗斯基和司阍人萨巴罗夫，要是把你算在内，那么还有肉铺老板马思罗夫。我们只有在口袋里有钱上你店里去买火腿的时候，才是你的上帝。这些话我该对你讲过好多遍了吧？"

马思罗夫讪讪地笑着说道："您是给我讲过好几回了，可我，可我……"

"可你出于习惯老是改不过口来，是不是？"鲍德罗斯基岔断了他的话说，"这话我也听你讲过好几回了。其实哪里是真的改不过口，我很明白，你这是存心在讨好我们，想从那些过去的称呼里给我们一点安慰，让我们从那些称呼里回味一下那些失去的地位和荣耀，但你大概还不明白，一个人要是光靠了这些来维持自己尊严的话，那也就太可怜了……"他做个手势拦住了想开口分辩的马思罗夫，"行啦，我们不谈这些了。喂，萨巴罗夫，你别再磨蹭了，还是赶快来看看马思罗夫给我们带来些什么吧。"

这时，萨巴罗夫已经穿好了衣服，过去同马思罗夫握手招呼过了。马思罗夫把手里那只布袋放到桌上，然后伸手进去把里面的东西一件件掏了出来。那是一大段俄罗斯式熏肠，足有一公斤重，一大块也是烟熏过的肥咸肉；一瓶盐渍黄瓜，一瓶伏特加，还有一瓶淡红色的鱼子酱和一只挺大的麸皮面包。

"简直是一场在总督府举行的宴会了！"鲍德罗斯基看着这些食物，高兴地搓着手说。接着又回头向萨巴罗夫解释道："这鬼儿子今天一早就来找我，也是把我从床上拖起来的。他说今天给自己放一天假，把店里的事情交给老婆照看，午饭时候要跟我一起喝上一杯。我看他这袋子里沉甸甸的，装的东西挺不少，就说为什么不去找一下萨巴罗夫那老酒鬼呢，这么些东西反正我们也吃不完，也让他解解馋吧。”

马思罗夫笑着说道：“伯爵大人……不，彼得·彼得罗维奇可不是这么说的。他是说，‘我已经有好久没去看伊万·伊万诺维奇了，你跟我一起去找他喝一杯吧。’这就带着我上您这儿来了。”

鲍德罗斯基撇着嘴说：“又算你会说话，我怎么说的他才不会介意呢，只要有吃有喝就行了。”说着他推了推萨巴罗夫的背脊，“快去洗脸吧，看着这么多好东西，难道你嗓眼里不痒吗？”

萨巴罗夫走出房间，去公用盥洗间进行漱洗。当他洗好了脸回到房间时，发现餐桌已快摆好了，马思罗夫正拿着手纸在擦拭刀叉，鲍德罗斯基则在用暖瓶的水洗涤三只刚从碗橱里找出来的酒杯。

三人在桌边坐下之后，马思罗夫斟上了酒。萨巴罗夫刚要端起杯子，鲍德罗斯基按住他的手说：“别这样猴急，你忘掉我们俄罗斯民族的传统了吗？在宴会开始前应当先一起干杯。”

萨巴罗夫问道：“那我们该为什么而干杯呢？”

马思罗夫说道：“为你们两位的健康干杯吧。”

“不必了。”鲍德罗斯基摇着头说，“我们活着也只是世上多两个不中用的老头子罢了，健康对我们并没有多大意义，祝我们健康，倒还不如祝你自己结实长寿一点，到给我送葬的时候，能把那袋从家乡带出来的泥土，替我放进棺材里去。”

马思罗夫有些动情地说：“别这么说，伯爵大人，让圣母玛丽亚保佑你长命百岁。”

一直没怎么说过话的萨巴罗夫忽然开口提议道：“我们为祝愿俄罗斯免遭苦难而干杯吧。”

他说完以后，屋里出现了一片静穆。半晌，鲍德罗斯基端起酒杯大声说道：“那就为这个干杯吧！布尔什维克把我们赶出了俄罗斯，可德国鬼子比他们更该死。让上帝叫所有吃过俄国人面包的德国鬼子都噎死吧，干！”

三只玻璃杯相碰时发出清脆的响声，三人举杯一饮而尽。再把酒杯斟满之后，萨巴罗夫和鲍德罗斯基便挥动刀叉大嚼起来。马思罗夫吃得很少，除掉喝酒以外，只偶尔切上一段黄瓜送进嘴里慢腾腾地咀嚼着，又不时用带点笑意的眼睛，轮番地望着“上尉老爷”——萨巴罗夫和“伯爵大人”——鲍德罗斯基，似乎他俩的大嚼也使他的胃感到充实似的。

萨巴罗夫和鲍德罗斯基的交情是在匈牙利的战壕里开始的，那是一九一六年，距今正好是四分之一世纪。当时两人的军阶都是上尉，不同的是萨巴罗夫在当炮兵连长，而比他小五岁的鲍德罗斯基则在团部当副官；另一点更大的不同是，萨巴罗夫是从士官生逐级升迁上来的指挥官；而鲍德罗斯基却是在战争爆发后，由后期预备役志愿投效上前线的，在这以前他是鲍德罗斯基伯爵和罗蒙诺索夫男爵，是俄罗斯有名的贵族，在各个省里有十多个村子和上万公顷土地，同时还是莫斯科有名的花花公子，他是带了自己的贴身男仆马思罗夫和大批高级生活用品来参军的，其中包括许多套丝织内衣、法国货化妆品、整箱的高涅克酒和哈瓦那雪茄，还有那只装满了大面额卢布的钱包。正是这些烟酒和那只钱包，使他成了全团军官中最受欢迎的人。但尽管这样，在作战中他也不失为一名勇敢的军人，因此也受到了一些像萨巴罗夫那样出身微贱的军官的尊重，并且和他们中的一些人结成了朋友。

后来，在一九一六年的一次战役中，他们所在的部队受到德军的分割包围，最后不得不缴械投降。萨巴罗夫、鲍德罗斯基和马思罗夫都被送到巴伐利亚，在那里的战俘营里度过了两年多光阴。当欧战结束，他们被遣返回俄国时，鲍德罗斯基已成为一个孑然一身的穷光蛋了，既已没有可以重返的家园，又害怕布尔什维克会向他这个过去的贵族进行清算，于是便拉着同样具有帝俄军官身份的萨巴罗夫，一起投奔了邓尼金的队伍。他那个过去的解放农奴——贴身男仆、勤务兵马思罗夫，也一如既往地跟随着他。但是，那个时候他们作战的对象已不是德国人和奥地利人，而是自己的同胞：工人、农民、布尔什维克、孟什维克……其中包括过去的“弟兄”——士兵、军官，甚至那些同样是贵族出身的军官。鲍德罗斯基在邓尼金的部队里干了一年多，他从自己经历过的战斗中看清了，无论任何人或是任何国家，对那个已经死亡的沙皇俄国都已回天乏术，任何想要推翻苏维埃政权的意图都是徒劳的，于是便说服萨巴罗夫一起脱离军队准备到外国去。萨巴罗夫对布尔什维克本来就没有什么深仇大恨，只是为了无处可去才跟着鲍德罗斯基参加邓尼金部队的，现在要离开那里当然也并无牵挂。于是他俩便带了马思罗夫辗转到了符拉迪斯托克，以后又到了中国的哈尔滨。鲍德罗斯基先在那里开了一家杂货铺，但由于经营不善，不到三年便倒闭出盘了，以后他又换过不少行当：酒吧间经理、推销员、房产掮客……但每种行当他干了不久便又改行了，直到在整个哈尔滨已找不到适合他干的职业时，才决定离开哈尔滨到上海谋生。马思罗夫当时已在哈尔滨娶了妻子，生了个儿子，还在市区里开了家专卖俄国式灌肠的店铺，但由于那里白俄开的这类铺子数量太多，竞争十分激烈，生意一直没有发展，因此也想到上海去试一下运气，于是便携带家眷，跟鲍德罗斯基一起到了上海。到上海以后，他在公共租界上的静安寺路西段开了一家熟食店，出售自制的灌肠、熏腿和腊肉等肉制品。鲍德罗斯基又换过几个职业都并不如意之后，最后依靠年轻时在莫斯科学会的那手钢琴技艺，进亚尔培路上一家意大利人开的夜总会里当了一名乐师。虽然收入微薄，但这回他倒没有再换工作，而是安之若素地在那里干了下去。过了两年，萨巴罗夫在哈尔滨娶的那个白俄罗斯妻子，跟上一个原来的贵族纨袴子弟私奔跑掉了。一年后，萨巴罗夫便带着娜嘉也来到了上海，便由康司坦诺维奇夫人介绍到青鸟酒吧去当了司阍。这时，马思罗夫的那家店号叫“伏尔加”的肉食铺子，开得已很发达，作场里雇了四名中国工人进行操作，他自己则专管指导操作、采办原料和管理经营。这样，他便不像过去那样经常能同鲍德罗斯基和萨巴罗夫相叙了，但每过十天半月，也总会带上点酒菜来找他们一起吃喝上一番，就像今天这样……

三人边吃边喝闲聊着，原来堆满着盘里的熏肠和咸肉逐渐低了下去，一大瓶伏特加也剩下不到一半了。马思罗夫叉了段黄瓜送进嘴里咀嚼着问道：“你们知道蒙索洛夫这人吗？”

“你是说亚历克赛·亚历克赛德维奇·蒙索洛夫，俄罗斯总会里的那个干事？”鲍德罗斯基问道。

“就是他。”马思罗夫点着头说，“可他现在不在那里做事了，他最近领头组织了一个上海俄侨协会，到处在找开店的俄国人捐钱，而且听说还规定了对各种店铺的捐款数目。”

“要是这样，那就不是捐款，等于在摊派了。”鲍德罗斯基问道，“他也找到你头上来了吗？”

“没有，至少目前还没有。可已经有人去找过开服装店的马斯特洛娃和开照相馆的史基浮斯基，听说要他们每家至少捐出一千块钱。”

“一千块钱！”萨巴罗夫问道，“算是入会费吗？”

“不。”马思罗夫摇着头说，“是会费，以后按月都要缴的。”

鲍德罗斯基喝了口酒说道：“我知道蒙索洛夫这家伙，他是个贵族，可也是个无赖，但听说很有办法，他历来都是瞧着哪方面势力大就投靠哪个方面的，过去一直靠着法国人的势力神气活现，现在大概又投靠了日本人，仗着日本人的势力来敲诈自己的同胞了。”

“那是个败类。”萨巴罗夫把酒杯重重地放到桌上，大声说道，“凡是心甘情愿给日本小鬼做事的俄罗斯人，全都是败类！”

鲍德罗斯基问道：“伊万·伊万诺维奇，你为什么总是特别讨厌日本人呢？还是为了他们在旅顺口打死了你的爸爸吗？”

“不，不为这个。”萨巴罗夫摇着头说，“打仗总是要死人的，不是死掉这个，便是死掉那个。所以并没有必要为了哪一场战争，对哪个国家特别地记恨。而且说句实话，要没有我爸爸的为国捐躯，我也永远进不了士官学校，永远当不成军官。我讨厌的是他们干什么事情都是鬼鬼祟祟的，打起仗来也老是搞偷袭，一九〇四年对我们，一九三一年在中国东三省，一九三七年又在北平，全都是偷偷摸摸干起来的，事后，还赖得一干二净，以后说不定什么时候，还会对谁来上这么一手呢。”

鲍德罗斯基淡淡地笑了笑说：“这个就用不着我们来操心了，

现在我们连个国家也没有了，就不用担心受到什么人的偷袭了。”他见萨巴罗夫张着口似乎还打算争辩，便更换了个话题问道：“娜嘉呢？她最近怎么样？”

萨巴罗夫平时是不太愿意别人问到自己的女儿的，因为娜达莎在康司坦诺维奇夫人那里，虽然只是她管理上的助手，并不是妓女，但一个年轻姑娘在那种地方做事，总不是件光彩的事情，所以他平时是绝口不谈娜达莎的工作情况的，惟独对鲍德罗斯基是个例外。因为鲍德罗斯基是娜达莎受洗时的教父，又是眼看着她从一个婴儿长成一个大姑娘的，平时对娜达莎也十分钟爱，因此对他并没有需要避忌的。萨巴罗夫叉了块熏牛舌，送进嘴里咀嚼着说：“前天她回来看过我，给我带来件毛线背心，说是空闲的时候结的。还告诉我她最近认识了个美国人，是在一家公司里当经理的。”

“美国人！”马思罗夫问道，“是在康司坦诺维奇夫人那里认识的吗？”

“怎么会在那里认识的呢！”萨巴罗夫有些嗔怪地朝马思罗夫看了一眼，“到那里的那种人，娜嘉是从来也不同他们多搭讪的。”

鲍德罗斯基见萨巴罗夫似乎有些认真，便赶紧把话头岔开说道：“既然是个当经理的，那么娜嘉能不能进他的公司去做事呢？比如当个秘书或是别的什么职员。”

“我也这样问过她。”萨巴罗夫说，“可她说从目前的情况来说，还没法向他开口。”

“为什么呢？”鲍德罗斯基问道。

“她说第一是还不知道他的那家公司里要不要添人，要是贸然开了口，办不成反而彼此都难堪；更主要的，那个美国人只知道娜嘉是在给一位有钱的英国老太婆当秘书，按照他们的习惯，很可能会要正式的推荐信或者其他证明文件，要是那样，就有点不大好办。”

鲍德罗斯基侧着头想了想，问道：“他们公司要的不就是那个‘英国老太婆’的证明信吗？这点不用担心，只要需要，一封证明小娜嘉品行优良的信件是立刻就能办妥当的，而且保证天衣无缝，绝对找不出半点破绽。”

“你是说造张假证明？”萨巴罗夫问道，“这事情是干得的吗？”

鲍德罗斯基笑了笑说：“这世界上有许多事情本来就是真假难分的。有些事情，大家认为是真的，却偏是假的；相反，大家认为假的却又偏是真的。就比如拿娜嘉的那个老板娘来说吧，有不少人包括法租界公董局的人在内，都知道她是康司坦诺维奇伯爵夫人，过去彼得堡社交界里一个出名的美人，这样弄到后来，恐怕就连她自己也会相信自己真是一个流亡的伯爵夫人，曾经有过不少领地了。前些年在巴黎，不是还出现过一个尼古拉二世的小女儿安娜斯塔西娅公主吗？有人承认她是真公主，可也有人说只是个冒牌货，只是过去的一个普通宫女，这桩公案至今还是各执一词，真假难辨。再拿我自己来说吧，在夜总会里弹钢琴的鲍德罗斯基和鲍德罗斯基伯爵，究竟哪一个是真的呢？也许都是真的，也许都是假的，而只有彼得·彼得罗维奇·鲍德罗斯基才是真正存在的，过去和现在都是真真实实地存在的。所以这世界上的事情，本来都是真真假假，假假真真，你又何必为了一张证明文件的真假这样认真呢？”

萨巴罗夫还没有开口，马思罗夫已抢先说道：“彼得·彼得罗维奇，你的这些话真有点把我搞糊涂了，真的就是真的，假的就是假的，哪里会有你说的那些古怪道理呢？”

“那么你呢？也让我这些话搞糊涂了吗？”鲍德罗斯基转过脸看着萨巴罗夫问道。

萨巴罗夫没有作声，只是摇了摇头，但却没有说明这动作到底是听懂还是没听懂的涵义。

鲍德罗斯基微微地笑了笑说：“看来我讲的那些道理确实有点古怪了。人上了年纪，时常会讲一些莫名其妙的话。我们就别谈这些了吧……伊万·伊万诺维奇，你的那只四弦琴呢，把它拿来吧。”

萨巴罗夫嘟囔着慢腾腾地站起来，伛下腰去向床肚里摸索了一会，抽出一只挺旧的四弦琴来，找了块抹布抹掉了琴身上的灰尘，递给了鲍德罗斯基。

鲍德罗斯基接过四弦琴，调拨了几下琴弦，摇了摇头，沉默了半晌，把琴递给马思罗夫说道：“还是让上等兵马思罗夫来给我们唱上首歌吧。”

马思罗夫接过四弦琴，一边拨动琴弦调着音，一边问道：“我唱首什么歌呢？”

“随你的便，唱什么都行。”萨巴罗夫说道。

马思罗夫低头想了一会说：“那我就唱支《伏尔加船夫曲》吧。”

鲍德罗斯基摇着头说：“别唱那个，你还是唱一下在匈牙利的战壕里常唱的那支《我们穿起军装》吧。”

马思罗夫凝神想了一会，拨动琴弦，用浑厚而有些嘶哑的嗓音开始唱起来：

我们穿起军装，
扛枪奔赴战场，
撇下我们的牛马、土地、教堂，
留下新婚的娘儿——在后方。
……

鲍德罗斯基轻声和唱着那两句副歌。萨巴罗夫手拿酒杯凝神聆听着，当他一转脸，看到顺着鲍德罗斯基腮帮滚流下来的泪珠时，热泪也禁不住从他湿润的眼眶里涌将出来……

歌声还在继续，但已逐渐变了哽塞的呜咽了：

啊，娘儿，让上帝保佑你独守空房，
别让别的男人爬上你的床。
啊，娘儿，让上帝保佑你独守空房，
别让别的男人爬上你的床。
……

这是战壕里的士兵们自己创作的一首歌曲，虽然歌词显得有些俚俗，但萨巴罗夫却一直手拿酒杯凝神聆听着，当他听到马思罗大重复地唱那两句副歌时，泪水已顺着腮帮滚淌下来……

九

虹口华德路上，有家名叫“万岁馆”的旅馆。那是二十多年前一个日本商人投资建造的。这幢日本式的两层青砖建筑，楼上楼下共有百来个房间，专供来沪的日本游客和来探亲的日侨亲属们租住。一九三二年的“一·二八”事变之后，原来的老板回国去了，把这家“万岁馆”盘让给一个日本浪人。嗣后，这家旅馆的性质便逐渐发生了变化，大批日本浪人和高丽浪人取代了原来的那些普通旅客；以后，店主又根据井上日召的指示，把底层的客房全部取消，改建成几间大厅和若干间“雅座”，在里面分别开设了料理屋、中餐厅和茶室，同时还设立了围棋室、弹子房、技击房和歌舞厅等各种活动场所，并且招收了一批艺妓在里面表演歌舞和招待来客。这样便形成了一个颇具规模的俱乐部，并由井上定名为“万岁俱乐部”。

在这个实际上是井上公馆外围组织的俱乐部里，有好几百成员，其中除掉那些归井上直接指挥的特务，大多是日本军队中的谍报人员和公共租界巡捕房里的日籍警探。这些日本警探几乎全是九州鹿儿岛人，调来中国之前大多在国内当过警探或干过特务工作。

这个万岁俱乐部既是他们休憩玩乐的地方，同时也是他们向上级报告工作和接受指示的场所。

此刻，蒙索洛夫把汽车停在不远处的一条僻静马路上，下了车朝“万岁馆”走去。一边走一边把帽檐拉低了些，还不时回头朝后面张望着。虽然这一带的路灯挺昏暗，并且也不是白俄的聚居地段，但他还是怕被熟人看到他进“万岁馆”去而又传了开去，这对他以后进行工作是会有一定影响的。

今天并不是周末或星期日，因此在这“万岁馆”里进出的人并不多，蒙索洛夫才推开那扇弹簧门，便有一个穿黑色西装的年轻侍者迎上来用中国话问道：“请问是井上先生约你来的吗？”

“是的。”蒙索洛夫也用中国话回答。

“请跟我来。”那侍者说罢，引着蒙索洛夫绕过中间那间歌舞厅，又穿过一条挺长的走廊，到尽头处一扇移门前面。动作轻缓地扯开房门说道：“请进去，井上先生就在里面。”

蒙索洛夫脱下身上的司滑罗牌风衣，连同那顶哈脱门呢帽一起交给侍者，又弯腰脱掉皮鞋，这才走进门去。

里面是一间挺宽敞的房间，按照日本的算法足有三十坪。房里布置得颇为雅致，迎门一幅大型壁画是箱根的秋季山水景色，两厢墙壁上挂着的条屏，都是日本著名书法家丰道春海的墨迹。但房里的家具却十分简单，只在中间摆了一只雕花的紫檀长几，井上日召穿着黑色和服，独自跪坐在几后。他看蒙索洛夫进来，抬起手招呼了一下，指着身侧的位置让他也在草垫上跪坐下来。

井上面前放着一瓶日本清酒和一只酒盅，看来在蒙索洛夫进来之前，他正在独斟独酌。这时，进来了两个穿和服的年轻女侍，一个在托盘里放着另一瓶清酒和一只酒盅，另一个的托盘里放着四碟干鲜果品。她俩把托盘放到长几上，又给井上和蒙索洛夫侑好酒，退跪到旁边准备伺候，但井上却挥了挥手教她们退出去。

女侍退出之后，井上端起酒杯抿了一口，慢条斯理地开口说道："你送来的报告我看过了。要是情况真像上面写的那样，那么你在联络那些巡捕房里做事的同胞上，还是有一定收获的……"

"我在报告里写的那些情况都是确实的。"蒙索洛夫感到井上还有点不大相信自己，便赶紧进行说明，"法租界捕房的俄国巡捕和探员，差不多大部分都已经秘密加入了我们那个协会；公共租界捕房的俄国警探加入我们那个协会的也有一半以上。这些人我都可以开列出名单，井上先生可以派人去核实。"

"那说明他们是识时务的，是懂得要给自己留上一条后路的。"井上淡淡地笑了笑说道，"你在报告里说到有一部分商人非但不肯加入你们的协会，而且还有反日情绪，这到底是怎么回事？你详细讲一下吧。"他朝蒙索洛夫看了一眼说，"要是你还没有习惯这样坐法，那就换个姿势吧。"

蒙索洛夫对于这种日本式坐姿确实不太习惯，此刻正觉得腿股发酸，听到井上的话，便改变了坐姿，然后开口回答井上的问题："事情是这样的，我那里有几个人是专同那些在租界上开店的俄罗斯人进行联络的，向他们宣传我们的主张，动员他们参加我们这个协会。当然，那些酒吧、妓院、夜总会都不用动员，他们都是很乐意参加的，另外还有那些大的商店，像霞飞路上那几家菜馆、迈尔西爱路上那些时装店和珠宝店的老板，他们都乐意参加；可也碰到了另外一些人，大多是中小型店铺的店主，里头有开肉铺的，也有开百货店和其他商店的，这些人以前在国内的时候大多是平民，或者只是乡下的小贵族，据说他们对德国元首进攻布尔什维克都有些不满，认为这是在侵略他们的家乡。另外也不知道是从哪方面传开的消息，说我们这个协会是由日本军方操纵着；专为对付租界上的英、美人的，于是他们便拒绝参加，有些人甚至还说了些不中听的话。”

井上听罢，沉默了半晌，抬起头看住了蒙索洛夫问道：“你说的这些都是事实？不是为了你手下那些人在他们那里没要到钱，而这样向我报告吧？”

井上的目光显得缓和了些，慢腾腾地说道：“我并不反对你手下那些人从你的同胞那里得到一些好处，这样能够使他们工作起来更加卖力些，这一点是你我都明白的，但要记住：必须要有个限度，要适可而止。倘若超越限度而影响到我们帝国的声誉和利益，那就应当受到处罚，甚至是严厉的处罚，你明白这一点吗？”

“明白了。”蒙索洛夫点着头答应。

“既然明白，那就应该把这一点告诫你手下的那些人，要他们都记住，并且不要希望违反了我的命令而不会受到惩罚……你的手下对那些不肯合作的人，采取过行动吗？”

“没有。我只是把情况向阁下报告，听候阁下指示。”

“你可以开列一张名单交给我，我派人调查以后会给你指示的。”井上又抿了一口酒，从几上的干果碟里拈起一颗杏仁丢进嘴里咀嚼着说，“对于那些查实了确实是对我们抱有敌意的人，是会有时间让他们后悔的。”

蒙索洛夫没有作声。井上低下头去默默地喝着酒。静谧中，从门外传来隐约的唱歌声。这是个女人嗓音，声音清脆但曲调凄凉，大概是艺妓正在邻近哪个雅座里为客人演唱。盘腿坐上这么些时间之后，蒙索洛夫的两腿有点发麻了，正想再挪动一下换个姿势，井上却又说话了：“听佐佐木①手下的人说，前几天你在他们那里结识了一个美国的海军军官。”

“是的，这件事情我本来打算过一会向阁下报告的。”蒙索洛夫说，“那个人叫迈克尔·萧，是这里美国海军基地里的一名上尉，听起来是在那里当参谋的。”

“你的判断并不正确。”井上举起右手的食指在面前摇动着说，“在你们认识以后，我的部下就着手对他的情况进行了调查。现在我可以把调查的结果提供给你……”说着他拿过放在身旁的一只公文包，从里面拿出一张纸头看着说道：“迈克尔·萧，以前在‘威克号’炮舰上当过枪炮官，一年前调到基地司令部担任军需官，他的父亲在国内只是个普通商人，所以在美国海军里并没有什么特殊背景……”他看到蒙索洛夫脸上现出了懊丧的表情，便微微地笑了笑说道：“但不管怎么样，结识了他总会有用的，即使他本人并没有多大情报价值，但也能帮助我们了解基地里另外一些军官的情况。尤其是根据我们了解，他和基地里的通讯主任，一个名叫劳伦斯·罗斯少校的关系很好，两人在宿舍里又住在隔壁……等一等，我刚才说的这个名字你应该记住。”

蒙索洛夫点着头说：“劳伦斯·罗斯。基地通讯主任。我记住了。”

“劳伦斯·罗斯。”井上接下去说道，“他是半年前从夏威夷调到这里来的。他的伯祖父是一艘战斗舰的舰长，是在美西战

---

① 佐佐木康五郎和井上日召一样，也是一个日本“支那浪人”，是沪西的日本特务头子，也是好莱坞赌场实际上的主人。

争[①]中阵亡的，他的父亲也是海军军官，当过大西洋舰队的参谋长，退役时的军衔是少将，所以这个劳伦斯在美国的海军界里是有相当背景的，可这一点还不是最重要的，更重要的是根据我们的情报，他在调任到夏威夷之前，在华盛顿的海军情报处里工作过，虽然具体做的是什么，目前还没调查清楚，但根据推断，总应当是同他的本行有关系，那么就很可能是编制密码或者是破译我们的密码了，所以这个人对我们来说，可能是具有相当价值的。”

“阁下的意思是要我想法把他弄到手吗？”蒙索洛夫问道。

“也不必操之过急。”井上摇着头说，“他在美国是属于世家子弟，生活条件应当很优越，并不是一般地给上点好处就拉得过来的，再说他又在情报部门里待过，即使不是特工人员，警觉总比较高些，不会像那个迈克尔那样容易对付。你应当先想法通过那个迈克尔·萧和他认识，以后就想法同他接近，从而摸清他的底细，包括性格、爱好和弱点等各方面情况，只有在全面掌握了他的情况之后，才能考虑进一步的对策。明白了没有？”

“明白了。”蒙索洛夫答应道。

“好吧，今天的公事就谈到这里吧。”井上伸展了一下腰板，露出一个笑容说道，“下面该来享受一下啦，你也可以领略一下我们大和民族的优秀文化，这和你们那些野蛮荒唐的西方文化是完全不同的。”说着他抬起双臂，重重地拍了两下手掌。

就像《天方夜谭》故事里那句“芝麻，开门来”的咒语那样，掌声刚落，移门就被拉开，鱼贯着走进来三个年轻女子，都穿

---

① 指一八九八年美国对西班牙的战争。

着色彩鲜艳的和服，从额头直到颈脖下面刷满厚厚一层白粉，配上描得漆黑的眉毛眼圈和抹成猩红的樱唇，使那些脸看上去就像一张张泥塑的面具，以至无法看出这些女人真实的姿色和年龄。这些都是这“万岁馆”准备着专门伺候客人的艺妓。他们袅袅婷婷地走到长几前面，一字排开，用熟练而优美的动作跪倒俯伏着朝井上叩下头去……

十

娜达莎在马路对面就看到人丛中的劳伦斯了。劳伦斯今天穿的是一件方格粗呢运动式上衣，一条灰色法兰绒裤子，他两手插在裤兜里，脸上带着焦灼的神情，正左顾右盼地看着从身旁走过的行人，直到娜达莎穿过马路，站到他面前时，他才怔了一下招呼道："哦，你来了？"

"对，我来了，你等得着急啦？"娜达莎问道。

劳伦斯看了一下手表，笑着说道："说实话，我真有点等急了，怕邮局把信耽误了，你没法及时收到我的信。我一直在懊恼上回忘掉问你的电话号码了。"

"你问了也没有用，因为我住的地方根本没电话，我的那位女主人最讨厌装电话，说这是个自找麻烦的玩意儿。"娜达莎抿嘴笑着问道，"可为什么你只担心邮差误事，却没有想到我会收到了信而不来赴约呢？"

让她这一问，劳伦斯略微有些发窘，略怔了一下，笑着说道："也许我是应该想到这一点的，可重要的是事实，事实是你来了，这使我很高兴，尤其你今天是这样的漂亮，这套衣服的颜色和式样对你真是非常合适。”

“谢谢你的恭维。”娜达莎嫣然地笑了笑说道。为了赴今天这个约会，她确实进行过一番精心的打扮，除掉上午到理发店去做过头发以外，还特地穿上这套新做的淡灰色轧别丁旗袍裙套装，里面衬着粉红色薄羊毛衫，头顶上束着一条粉红缎带，看上去在端庄中带着俏丽。她朝贴在墙上的那幅电影海报瞥了一眼，微笑着问道：“我想你约我出来大概不是想再请我看一遍《忠魂鹃血》吧？”

这时，来看电影的观众已经纷纷进场去了，留在门前的人已经不多，劳伦斯回头看了一下墙上那幅劳伦斯·奥立佛拥着费雯·丽接吻的电影海报，笑起来说：“当然不是，我只是想约在这里见面也许对大家都方便些，至少对我比较方便，因为我对上海的路还不太熟……如果你愿意的话，我们先找个地方去喝杯咖啡吧。”

霞飞路的这一段上，大概是全上海咖啡馆最为集中的地段了，从东面的金神父路口到西面的拉都路口上，在这段不到一公里长的路上，几乎每走上三四十步就能见到一家咖啡馆。DDS、卡夫卡斯、摩卡、老大昌、君士坦丁瑙勃里、美沁……其中有英国式的、法国式的，也有土耳其黑咖啡吸引顾客的。对这些咖啡馆，娜达莎都相当熟稔，以前她和两个同族的小伙子谈恋爱时，是经常到霞飞路上来“孵”咖啡馆的。然而今天她却不想和劳伦斯一起上其中的任何一家去，理由很简单，几乎所有这些咖啡馆里都佣有娜达莎的熟人。过去她和那些同族的小伙子上咖啡馆去，见了面彼此招呼一番，甚至打趣几句，都是丝毫无碍的，但要是和劳伦斯一起上那儿去，那些女侍要是对自己有过分熟稔的态度，很可能会引起他的诧异，倘若他事后再去探听一下，那么对自己的身份和职业是不难弄清楚的。因此，她微笑着摇了摇头说：“这么好的天气，为什么要闷坐到那种地方去呢？”

“你是说我们应该来一次郊游？”劳伦斯领悟地问道。

娜达莎笑起来说道：“你以为这是在你们的国家里吗？这儿是中国，而且正在打仗。到郊外去，就算中国人的游击队不至于会侵犯外国人，我也不想一路上让那些日本哨兵用刺刀指住了胸口进行盘查。”

“那么你是说上公园里玩？”劳伦斯问道。

娜达莎点了点头。劳伦斯有些遗憾地说：“可惜我今天忘了带上架照相机。”

“为什么上公园非得拍照呢！”娜达莎说：“让挺好的风景都缩小到一个取景孔里又有什么意思呢！”

“我同意你的看法。”劳伦斯笑着说道，“那么我们到哪个公园去呢？”

由这里向西约莫半公里处的拉都路口上，有个杜美公园，那是和西邻的那条杜美路一样，都是以第一次世界大战中的一位法国将军的姓氏命名的。但娜达莎却不想提议上那里去，一则那个公园的面积实在太小，比一般的街心公园大不了多少，整个儿绕上一圈也要不了一刻钟，园里也没有什么可供观看的景物，而更主要的是那里的西邻便是那座上海最大的俄国东正教堂，现在虽然不是做弥撒时间，但在教堂门前台阶上念经和祈祷的老妇人还是不少，其中也可能有些人会认识自己，让她们看到自己和一个外国人在一起，回去在邻里中说长道短也是划不来的。因此她略想一下说道：“那就到兆丰公园去吧，那里是上海最大的一个公园。”

“兆丰公园，我听到过这地方，离这儿远不远啊？”

“不算太远，你要是没车，我们可以乘电车去。”娜达莎回答。

美国海军基地里有二十多辆吉普车，但都是漆成白色并且标有U.S. NAVY字样；另外还有几辆福特轿车，虽然不是白色，但也都配装着专用牌照。劳伦斯由于不愿向娜达莎暴露出自己的真实身份，当然不会开着基地里的汽车来赴约，于是便笑了笑说道："我自己没有车，但我们可以坐出租汽车去嘛。"

"那就走吧，前面亚尔培路上就有一家车行，离这儿挺近的。"娜达莎说着挺大方地挽住劳伦斯的臂膊，穿过马路朝西走去。

到了那家祥生出差汽车公司的分行，正好有两部空车停在那里，他俩便上了车，说明了目的地。司机便发动引擎，朝兆丰公园方向开去。

汽车开过了北面的爱多亚路，便进入公共租界了，一直朝西开到极司非而路口，再向北便开出公共租界进入越界筑路地区了，在这里路口上设有公共租界的检查哨卡，一个英国籍警官带着几个印度巡捕和中国巡捕守在这里。从北面进入租界的中国人都要接受检查，一些衣服穿得较差的还要受到搜身。劳伦斯他们的汽车停到哨卡前面，一个印度巡捕过来朝里看了一下，见后座里坐的是两个欧洲人，便挥了下手示意放行。

出差汽车开过静安寺，便向西拐弯沿着愚园路一直开去。这是沪西越界筑路地区里最长和最重要的一条马路，马路两边都是各国建筑风格的花园洋房，住的也是各国侨民和南京汪精卫政权的要人。在路上来回行驶的汽车中，有不少在车厢两边的踏板上都站着穿便衣的彪形大汉，手里还握着张开机头的快慢机，那里面坐的无疑便是那些要人或是他们的眷属了。一路过来，娜达莎还留意到，在路上巡逻的除掉那些印捕和华捕，还有一些套着白色袖箍，拖着军刀的日本宪兵，四五个人排成一行高视阔步地走着。这些情景虽然同娜达莎这个无国籍侨民并无什么相干，但不知怎么的，她看着觉得心里有点不大舒服，并且还有一种不祥的感觉；她很明白：现在谁也无法预料，到底什么时候那些日本宪兵的沉重皮靴，也会踩到租界上和自己家门口的马路上来……

汽车开到兆丰公园门前停下，劳伦斯下车开发掉车钱，买好门票，挽着娜达莎进了公园。他俩先在公园中间那个人工湖边散了一会步，又到公园底处那个动物园里去看了一会猴子和狗熊，再出来找了一张有树荫遮蔽的长椅坐下。娜达莎问道："你觉得这里怎么样？"

"好像太小了点。"劳伦斯回答道。

"还太小！可这已经是上海最大的一座公园了。"娜达莎说道。

"这我知道。"劳伦斯点着头说，"可事实上是太小了点，别说同黄石公园相比，就是同旧金山的金门公园相比也差得很远。"

"那是在你们美国，一个被称为世界上最富有的国家里。"娜达莎对劳伦斯的夸耀口气有些不满，斜睨着他说，"可这里是在古老贫穷国家里的一块小小租界上，做这样的比较有什么意义呢？"

劳伦斯怔了怔，但随即又笑起来说道："我说这些话并没有其他用意，只是想告诉你：以后要是你到了美国，看到我说的那些地方，一定会和我有同感的。"

"我去美国！"娜达莎又乜斜了他一眼，"你是在开玩笑吧？"

“为什么是开玩笑呢？”劳伦斯转脸对着娜达莎，语气也变得热切起来，“美国本身是个移民国家，我的祖先就是因为在爱尔兰日子过不下去才移民到那里去的，现在已经当了好几代美国公民了。你的同胞中不也有许多人移居到那里去的吗？有的在那里开了店，有的办了农场，还有的已经发了财，当了大企业的老板。我在中学里有个要好的同学，姓萨罗斯基，他也是一九一七年之后跟着父亲离开俄国的，前几年已经在哈佛大学得到了博士学位。现在是芝加哥一位有名的律师。你年纪很轻，长得很漂亮，英语又讲得挺好，到那里去是会有前途的。”

劳伦斯的这些话给了娜达莎很大的触动，她感到他确实说得不错，在美国，留给自己的天地确实比这里广阔得多，选择职业的余地也要大得多。侨居在上海的两万多白俄中，除掉极少数人搞政治或依附于黑社会势力而发了财以外，大多数人在选择职业方面是没有多大余地的，男性老年人大多在舞厅、酒吧或是英、美侨民家里当司阍，年轻男人则大多是当侍者、保镖、汽车伕和巡捕；年轻女子的职业范围更为狭窄，绝大多数都是当妓女、舞女、女侍、女仆、店员或是电影院里的领票女郎，只有极少数人才有机会进某家洋行当上一名打字员或其他低级职员，而其结果往往是成了老板、经理的情妇或外室……而在所有的情况中，最为重要的是到了美国之后，熬满一定的年限，便能取得国籍，成为号称世界第一强国——美利坚合众国的公民，受到美国法律的保护，不像在这里永远只是无国籍的侨民——和那些穷犹太人和流浪的吉普赛人处于同样的政治和社会地位……但要是仔细地想一下，自己的这个念头也不是在劳伦斯提出后才产生的。两年前，康司坦诺维奇夫人那里有个叫柳波夫娜的姑娘，和一个在商船上当厨司的美国嫖客真心地好上了，两人到领事馆去办了结婚登记手续，还在教堂里举行了婚礼，随后便移民去美国了。她比自己大一岁，平时相处得挺好，临走前她和自己曾经有过一场个别谈话，在谈话中她建议自己也像她一样设法嫁到美国去，并且还答应在自己丈夫的同事中为娜达莎寻觅一个对象。对这样的建议，娜达莎也曾动过心，并且把这想法告诉了父亲，但却受到了萨巴罗夫的否决。“想去美国还是你一个人去吧，我已经老了，没多少时间好活了，中国虽然不是我的祖国，可这些年来我已经住惯了，不想再挪窝了。要是不能回俄罗斯，就让我死在这块土地上吧。”萨巴罗夫神情凄惶地这样对她说。娜达莎了解父亲的执拗性格，凡是他拿定的主意是极难改变的。她离舍不了多年来相依为命的父亲，于是便暂时打消了这念头。以后，随着时光流逝和这姑娘的音信渺然，也就把这念头逐渐淡忘了，直到刚才劳伦斯提出时方才重新勾起来。但现在的情况是：如果再能有去美国的机会，父亲是否会改变初衷同意一起去呢？要是他仍是固执已见，那么自己该怎么办呢？是撇下他到那块陌生的大陆去闯自己的路呢？还是同他一起厮守在这块战机四伏的土地上……

娜达莎被这个突然的问题弄得有些心烦意乱，下意识地从长椅上站起来，沿着前面那条夹峙在一大片夹竹桃之间的小径信步走去。劳伦斯紧走两步，跟上了她问道：“你在想些什么哟？”

娜达莎又朝前走了几步回答道：“我在想，你刚才说的也许是个不坏的主意。”

“岂止不坏，应当说是个很好的主意。”劳伦斯热切地说，“那样我不但可以陪你玩黄石公园，还可以陪你去看尼亚加拉大瀑布，到火奴鲁鲁去看哇爱开开的落日，还可以一起去看大峡谷……”接下去他又报出了一大串地名，都是美国的名胜和著名风景区。

对于尼亚加拉瀑布，娜达莎在哈尔滨念书时便在课本上读到过，课本上介绍说那是世界上最大的瀑布；哇爱开开海滨的落日景色她也早有所闻，因为有首曲调挺优美的夏威夷民歌，便叫《哇爱开开的落日》，但“大峡谷”和另外几处地名都没有听到过，于是便向劳伦斯提出了询问。劳伦斯便起劲地向她描叙起坐落在科罗拉多州里的那座著名大峡谷的奇险景色，以及他提到的其他那些地方的风光……娜达莎对这些挺有兴趣，笑盈盈地现出专注的神情听着他的讲述，不时插进一两个问题去。

他俩边谈边走，不知不觉地已走完了那条小径，来到一个用太湖石堆砌起的山洞前面。这山洞的深度只有四五米，但由于对面洞口上有两棵大树挡着，因此里面的光线很昏暗。洞里的地面上挺潮湿，娜达莎迟疑地伸出手挽住劳伦斯的臂膊，朝洞里走去。

她虽然步子迈得挺慢挺小心，但没走出几步，高跟皮鞋还是让脚下的青苔滑了一下，她发出一声惊叫，身体向旁歪倒下去，正好扑进了劳伦斯怀里，她定了下神，红着脸说了声“对不起”，刚想站直起来，但两臂却被劳伦斯箍住了，她感到劳伦斯那温热而带点湿润的嘴唇贴上了自己的脸颊，接着又移过来寻找着自己的嘴唇。当自己的嘴唇被对方的压住时，娜达莎又感到牙齿被舔开了，自己的舌头被对方吸过去用劲地吮咂着；同时，劳伦斯的两只手也并不安分，先在自己的两只乳房上揉捏着，接着又腾出另一只手伸进裙子里面，在两条大腿的内侧滑动着向上爬去……

所有这些对娜达莎并不是新鲜事儿。三年前，她十八岁那年，便有过比这更进一步的经验了。她所委身的第一个男人是一个同族的小伙子，名叫谢尔盖，比她大四岁，当时在一家餐馆里当侍者。

两人曾经好过一阵，也干过不少回那种事儿，以后谢尔盖不甘于干伺候人的工作，仗着年轻健壮，攀上关系进一家赌台去当了“抱台脚”，那里有的是年轻漂亮的女招待和摇缸女郎，于是便同娜达莎分了手，但彼此间并未发生过那类争风吃醋的争吵，甚至就连言语龃龉也不曾有过，便这样和和气气地分了手。以后，娜达莎又有过两三个情人，都是同族的小伙子，其中有当侍者领班的，也有在法商电车公司里当“帽花”①的。以后，她进了那家妓院当了管事，按照约定，是不接客的，康司坦诺维奇夫人也从没要她这样做过，但却发生一次例外——这回对她来说是一次“客串”，那是因为那夜那批结伴而来的英国客人中，有一个年轻人长得十分英俊，很像美国电影明星泰伦·鲍华，而且举止也很有绅士风度，这便使她禁不住动了情，来了这么一次“临时客串”，但事后却颇为后悔，因为在进房之后，那个英国人便完全丢开了那种温文尔雅的绅士风度，变得既急色，又粗鲁；上床之后，又一再埋怨娜达莎的床上功夫不到家，对他伺候得不够周到……总之，那位“泰伦·鲍华”的表现，把娜达莎临时编织起来的那块梦幻轻纱撕成了碎片，从这回以后，她便暗自立了誓：以后说什么也不再干这类荒唐事儿了……

当然，眼前劳伦斯这情况和那个英国人不同，他并不了解自己的职业和身份，因此还不可能把自己当作婊子看待，但从第二回见面便对自己采取这些动作来看，也很可能是找个姑娘逢场作戏地取乐一下。当然，他此刻的这些动作还是属于试探性的，如果自己全都接受的话，必定还会有进一步的行动，甚至把自己带到专门为野

---

① 即查票员，因制帽上缀有一条花边而得此称。

鸳鸯提供方便的旅馆里去……不，不能让他这样地占了便宜去，即使自己对他的估计并不正确，也不能让他这样容易得手，容易到手的东西往往会被看作是廉价的，而廉价的东西又往往被认为是低劣的……想到这里，娜达莎便将劳伦斯伸进来的舌头咬了一下。这一下咬得虽然不算重，但已使劳伦斯“哇”地一下叫出声来，非但缩回了舌头，连手上的动作也停住了。娜达莎趁势用轻柔但挺坚决的动作把劳伦斯的身体推开一些，两步走出山洞，低下头轻声说道：“别闹，我不喜欢这样。”说罢，整理了一下被弄乱的头发和衣裙，仍旧挽住劳伦斯的臂膊走出了山洞。

劳伦斯似乎有些发窘，默然地走出一段路才重新开口说话。这回他不再讲关于移民的事情了，只是向娜达莎问着她童年在哈尔滨时的各种情况，同时还讲述了一些自己童年时的事情。他把这事情描述得挺生动，娜达莎往往听得忍不住放声大笑。但尽管她在笑，却并没有让对方讲述中的每个细节从耳朵边疏漏过去。一般说来，在这时候是比较容易探测出对方的家境情况，包括经济状况、社会地位等各方面的情况。但使她感到失望的是：她在劳伦斯的那些讲述中，却什么也没有探测到，连他究竟是出身于一个富有的世家，还是一般的中产或小康家庭也还是模模糊糊的。她对这个刚才热吻过自己的男人，了解仍旧停留在他原来那些自我介绍上……

他俩脚下的那条小径，是弯曲着通向公园中央那个人工湖边的，因此当他们从那条被浓荫遮蔽的小径走出来时，事实上已经把整个兆丰公园都走遍了。劳伦斯见娜达莎并没有表示要小坐休息一会，便挽着她朝公园门外走去。

公园门口拥着不少三轮车伕和黄包车伕，在那里等候着招揽生意。他们见一对男女洋人走出来，便拥上来操着洋泾浜英语招揽生意。刚才走出公园大门时，劳伦斯已经同娜达莎商量好，准备到静安寺路麦特赫司脱路口上的西沙利文去吃点心，于是便挑了一个壮健的中年车伕，由娜达莎讲定了车资，两人便坐上车朝东而去。

刚才来的时候由于是坐在汽车里，马路两边的景物只是在车窗外匆匆闪过，劳伦斯不曾看得很清楚，此刻坐在三轮车上，便能从容地观看了。他有些惊讶地发现，在愚园路西端的这一段路上，竟会聚集着这么多家门前挂着英文招牌的“游乐场”：惠尔康、惠尔登、兆丰总会、伊文泰……门面都装饰得富丽堂皇，有的建造着意大利式拱门，有的则布置成一派热带风光……他还发现迈克尔介绍过的“好莱坞”也在这段路上，它有一排挺高的灰色水泥围墙，中间是一道漆成翠绿色的大门，门檐上安装着“好莱坞”英文花体大字。门前还站着两名穿制服的司阍，由于还没有到营业最兴旺的时间，因此在大门里进出的人并不很多。

过了这家“好莱坞”，路边那些“游乐场”、“夜总会”的招牌便难得看见了，现在排列在马路两边的都是一些高大的花园洋房，前面筑着水泥围墙，有几幢房子的大门是敞开着的，但门前都有穿土黄色军服的卫兵，拄着上了刺刀的步枪，就像在守卫着一座军营。娜达莎告诉劳伦斯，这些洋房里住的多半是南京汪精卫政府里的要人，还指着耸立在前面的一幢用红钢砖砌成的西班牙城堡式的房子说，这是汪精卫的官邸，凡是他来上海的日子，这一段路上便要戒严封锁，一般的行人和车辆都不准通行……

她正在讲述着，突然，“嘎——”地一声，他们所坐的那辆三轮车来了一个急刹车。那车伕跨坐在车垫上，指着前面说了几句中国话，娜达莎也用中国话和他对答着。劳伦斯听不懂他们对话的内容，便问道：“他在说些什么？为什么不朝前踏啦？”

“他说前面被封锁了，车子没法过去，要我们下了车走过去。”娜达莎说着下了车，开发掉车钱，挽着劳伦斯向前走去。

走出了十来步，劳伦斯也看清了，前面路口上横着一排铁丝网拒马架，还站着不少穿制服的人，其中有穿黑色制服的巡捕，也有穿土黄色军服的军人，两个穿警服的，正在对一部墨绿色汽车里的人说话。说了几句，一个巡捕连连向前挥着手，那部汽车便开倒车掉过车头，擦过劳伦斯身边朝西开走了。

劳伦斯和娜达莎走到封锁线前面，一个黄头发、蓝眼珠的外籍巡捕迎上来，向他俩行了个举手礼，刚一开口，娜达莎就听出这是个自己的同族人，便用俄语同他交谈起来。劳伦斯听他俩用陌生语言对答着，一点也弄不清发生了什么事情，心中不禁有点焦躁，当娜达莎和那个白俄巡捕的对话略一停顿时，便岔进去问道：“他在说些什么？怎么我们来的时候还是挺好的，一会儿就戒起严来啦？难道是那个汪精卫突然跑到上海来了吗？”

“不是。”娜达莎回答道，“他说，半小时以前，在前面一个南京政府的大官家里混进了刺客，开枪打死了那个大官和他的秘书，那刺客是个重庆分子，已经逃掉了，但还不可能逃远，所以日本宪兵队通知了巡捕房，把这段马路封锁起来，现在正在挨户搜查，因此任何行人和车辆都不准通过。”

劳伦斯知道，“重庆分子”是指那些受重庆的中国政府派遣、潜入日军占领区里来干暗杀活动的特工人员，他耸了耸肩膀说道：“我俩是外国人，为什么连我们也不让通过呢？难道他们要抓的那个刺客是个外国人吗？”

娜达莎说道：“我已经把这些话对那个警察说过了，可他说没办法，是他的上司的命令，他只能遵照执行。”

这时，一辆带斗的三轮摩托车“突突突”地从封锁线那边开过来，停到铁丝网前面。从车斗里跳出一个佩戴肩章的欧洲籍警官，看到劳伦斯和娜达莎，便走过来用英语问道：“你们两位是谁？发生了什么事情？”

劳伦斯从那口纯正的牛津发音上，判别出这是个英籍警官，便向他通报了自己的姓名，并且把刚才对娜达莎说的那些话再讲了一遍。那英国警官听完后，现出为难的表情说：“我同意你的看法，但是日本方面向我们提出的要求是不准任何人通过，也包括外国侨民在内，所以我也没法做主放你们过去。”

“日本方面的要求！”劳伦斯有些气愤地说，“难道这些地方不归你们工部局管了吗？难道这里一眨眼之间就变成日本租界了吗？”

英国警官现出苦笑，耸了耸肩膀说：“我接到的是新任工部局副总裁渡正监先生下达的命令……这命令是他根据日本宪兵队沪西分队的要求发出的。”

劳伦斯知道和他多磨嘴皮也不会有什么用，在眼前局势下，无论是法租界公董局或是公共租界工部局，对于以强大兵力作后盾的日本当局，都只有俯首听命的份儿。他想了想，又问道：“那就请你告诉我，这封锁到什么时候才解除呢？”

警官又耸了耸肩膀，表示对此无可奉告，但顿了片刻又说道：“那边有个日本宪兵队派来的军曹，让我和他商量一下，看能不能同意放你们过去。”说着便转身朝前走去。

劳伦斯这才注意到，在前面不远的路边树荫下，的确停着一部土黄色的军用敞篷汽车，驾驶座里坐着一名日本兵，还有个佩着军刀的日本兵，倚在车门上抽着香烟。那英国警官走过去同那个佩军刀的日本兵谈了一会，走回来对劳伦斯说道："川岛曹长说：他接到命令，英、美人中除掉外交官和现役军人，一律和中国人同样看待。你要是想过去，可以打电话找你们的领事馆官员来进行交涉。"

这样的答复等于是表示别无商量余地，同时也说明了日本军方对英、美侨民所表现出的敌意。劳伦斯看了一下手表，指针指在五点一刻上，领事馆这时候已经下班了。当然，在上海总领事馆里有位名叫狄盖的副领事，是他中学时的同学和老朋友，劳伦斯随身携带的记事本里，记着他所住公寓的电话号码，但即使找到了他，自己又怎么向他解释必须请他到场的原因呢？就为了不愿在这个结伴同游的白俄女郎面前暴露自己的身份吗？这未免有点荒唐可笑，而且也一定会招来狄盖的埋怨和讪笑……劳伦斯考虑停当之后，便伸手从上衣袋里掏出自己的军官身份证，递给那个警官说："这是我的证件，请你看一下。"

警官打开身份证看了一下，又抬头看着劳伦斯核对了一下照片，用带点埋怨的口气说道："你为什么不早说呢，少校？"

"那现在就请你把这个拿给那位日本曹长去看吧。"劳伦斯换成傲然的口气说道。

"好，请稍等片刻。"英国警官转身朝敞篷车走去。劳伦斯瞧着他把证件递给了日本曹长，又指着自己这边对他说着话。那日本曹长朝手里那张身份证死死地盯了一会，说了一句话，把证件还给了警官。警官便走回来把身份证递还给劳伦斯，说道："请吧，小姐。请吧，少校。"两个巡捕挪开了挡在前面的拒马架，为劳伦斯他们腾出了一条通道。

劳伦斯挽起娜达莎的手向前走去，走近那部敞篷车时，他看到那个矮胖结实的日本宪兵曹长，正两眼直勾勾地瞪着自己，那张扁平的阔脸上毫无表情，但不知是出于礼貌还是出于对军衔比他高的人尊敬，当劳伦斯走到面前时，他忽然抬手行了个军礼。劳伦斯点了点头作为答礼，便走过去了。

走出了三四十步，便到那幢西班牙城堡式的巨宅前面了。这里大门前面的人行道上，站满了穿土黄色军服的“和平军”，全都端着上刺的步枪，一字排开筑成一堵人墙。在东面毗邻的那条弄堂口上，停着好几部汽车，有巡捕房的红色警车，也有土黄色的军用汽车，还有一辆漆着红十字标志的草绿色军用救护车。车旁站着许多穿各种制服和便衣的日本人和中国人。看来半小时之前的那场血案，正是发生在这条弄堂里的。

他俩在这段变得异常静谧的路上走了约莫半公里，来到另一头的封锁口上。这道封锁线设在同愚园路交叉的忆定盘路的十字路口上，照例也由巡捕和日本宪兵守着。劳伦斯向带队的警官说明了身份，出示过证件，并没有受到留难，便带着娜达莎走出了封锁线。跳上前面街沿边一辆空三轮车，叫车伕朝东踏去……

经过那段封锁区的时候，娜达莎一直不曾说话，劳伦斯只感到她挽住自己臂肘的那只手，似乎由于紧张而略微有些僵硬，直到坐到车上才觉得放松了些。劳伦斯侧过脸去看着娜达莎，发现她沉着脸，眼神似乎有些忧郁，便笑着凑过去问道：“怎么，你在想些什么哟？”

娜达莎默然半晌之后才开口说道：“这么说，你是个军官，还是一位少校啰。”

“这个……你刚才不是已经知道了吗！”劳伦斯笑着回答。

“那你为啥一直不肯直说，只说自己是个商人呢？”娜达莎说着，声音有些喑哑起来，“现在我该相信你的哪些话呢？……我怎么能判断你说的哪些是真话，哪些又不是真话呢？”

劳伦斯沉默了半晌，伸过手去轻轻搂住娜达莎的肩头，柔声说道：“别生气，亲爱的，我都会告诉你的……等一会告诉你。”

第 二 部 分

一九四一年十一月

十一

劳伦斯把吉普车停到外滩海关大厦对面的停车场上，下车斜穿过马路，进了美国总会的大门，穿过那间显得挺空旷的大厅，踏上大理石楼梯朝楼上走去。

坐落在外滩汉口路口上的美国总会，是一幢六层的灰白色钢筋水泥建筑，是十二年前将原址上那幢砖木结构的三层楼房拆除后重新翻建的。这幢新厦的顶上两层，租给了几家商行做了写字间，下面那几层才是出租的客房和其他生活和娱乐场所。虽然从建筑规模和建筑艺术格局来看，这里要比南面不远处英国人办的上海总会寒伧得多，但里面的各种设施却要比那里齐全而且新颖，尤其是那些健身锻炼设施更具有吸引力，因此不仅是美国侨民，就连一些在公共租界工部局里做事的英国人，也常到这里来打球或进行体育锻炼。劳伦斯调来上海之后，逢到周末休假时，也常来这里盘桓上一个黄昏，打上一会保龄球，吃上一块七成熟的牛排，饭后再到咖啡室里去闭上眼睛，仰靠在椅背上听上一会轻音乐。这样便挺自在地消磨掉一个一个晚上。

此刻劳伦斯到这里来，不是为了排遣时间而是专程来赴一个约会的。一星期前，他在基地接到一个通过海底电缆从马尼拉打来的电话，发话人是他父亲过去在海军里的同事和他们全家的朋友，现任威克岛海军基地参谋长杰姆斯·麦克唐纳上校。他在电话里告诉劳伦斯：麦迪逊总统号邮轮即将由马尼拉开往上海，任务是把驻扎在中国的最后一批海军陆战队运送回国，他作为海军部委派的代表，将乘坐这艘轮船来上海办理撤军的一些善后事宜。他在上海逗留的时间并不多，但很希望能见到劳伦斯。

昨天上午，麦迪逊号如期驶进了上海港。劳伦斯正好轮到在基地值班，没能到码头去迎接麦克唐纳。下午，他接到麦克唐纳打来的电话，告诉劳伦斯他已经在华懋饭店住下了，并且约劳伦斯明天中午到美国总会的法式餐厅去共进午餐。

美国总会里的法式餐厅设在二楼北部，由于那里的菜价较贵，再加法国式菜肴并不很对劳伦斯的口味，因此调来上海半年多的时间里，他还是头一回去那里。他推开餐厅玻璃门，一个穿白色礼服的中国侍者迎上来接过他脱下的军帽，并且用挺标准的英语问道："少校先生订座了吗？"

劳伦斯朝厅里望去，这里的面积比他常去的那间"扒房"要小得多，但布置却显得讲究和雅致得多，翠绿色的植物盆栽，使人感到仿佛被包围在一片浓荫之中。这时里面的食客并不多，二十来张圆桌，只有三四张桌子有人坐着，而且每张圆桌都只有一两个人。劳伦斯明白：这里生意清淡的原因主要也是受局势的影响，三四个月来一直盛传着的将要撤退在华美军的消息，在一个月前已得到了证实，与此同时，不久将要撤退全部美侨的消息也随之传开，在这种情况下，确实是很难有人有这样的兴致上这里来享受一顿法国式美餐的。

在环顾中，劳伦斯很快看到麦克唐纳上校，他敞开着军服领口，正独坐在里面靠墙的一张桌边看一份报纸。看得似乎很专注，并没有看到劳伦斯走进餐厅。

劳伦斯向侍者做了个手势，绕过几张空桌，走到麦克唐纳的桌前唤道："杰米叔叔。"

麦克唐纳上校抬起头看见劳伦斯，放开报纸，欠起身同他握了一下手。当劳伦斯在旁边的一张空椅上坐下之后，便问道："怎么样，收到过家里来信吗？"

"最近一封是上星期收到的，可他们还是上月中旬寄出的，路上整整走了半个月。"劳伦斯回答道。

"最近的邮件是慢了点，那是从旧金山到马尼拉的航班减少的缘故。"麦克唐纳上校说，"怎么样，我们那位老鲍勃的风湿痛还经常犯吗？"

"信上没有提到。信是妈妈写的，告诉我路易丝快要订婚了，另外她听说日本已准备向我们开战，总统已经准备下令撤退在中国的军队和侨民，她问我能不能趁这机会调回到夏威夷去。"

这时，一名中国侍者走过来送上菜单，并且问先要些什么饮料。麦克唐纳上校为自己和劳伦斯各要了一杯玛悌尼酒。当侍者走开后，他微笑着摇了摇头说道："在国内，对局势的各种传闻确实不少，有些说法也有点过分紧张，好像日本人明天就会向我们开战似的。当然和日本之间的战争是早晚难免的，但也不可能马上爆发，至少不会在近几个月里发生。只要他们能有办法找到其他出路，他们是犯不上冒险对实力强大的美国宣战的。对于这一点，他们新上台的东条内阁，是知道得很清楚的。"

从上月中旬日本近卫内阁倒台，由原任陆相的东条英机取代组阁之后，劳伦斯便经常在同事中听到那些关于局势将渐趋缓和的论调。他们所持的理由是东条历来是北侵政策的有力拥护者，现在既然由他执掌了全国军政大权，那就必定会积极推行北侵政策，向苏联发起军事进攻。这样，太平洋上的战争危机，至少暂时是能得到缓解的。因此有不少人感到松了口气。劳伦斯听着麦克唐纳的这些话，知道他也是那种“缓和论”的赞同者，想了想问道：“既然这样，那为什么还要撤退军队和侨民呢？”

麦克唐纳正要回答，侍者给他们送上酒来，并且问他们要不要现在点菜。麦克唐纳点了一份华尔道夫色拉和一客咖末牛排，还要了一杯亨纳西高涅克，劳伦斯则要了一客黄油鸡卷和一瓶怡和啤酒。等侍者写好菜单走开以后，麦克唐纳才接着被岔断的话茬说道：“这是华盛顿的策略嘛，目的是要让日本人看看，我们并不是没有准备的，要是他们胆敢动手，是讨不了便宜的……从现在的情况看来，这策略还是起到了一定作用的……”他说着拿起放在桌上的报纸，递给劳伦斯说道：“你看，日本人在这方面的反应也并不迟钝，东条已经准备向华盛顿派遣特使了，要是这回能在外交谈判桌上达成某些协议，把这场战争再推迟一年半载，应当是不成问题的。”

劳伦斯接过报纸来看着，这是一份当天出版的《字林西报》。上面以头版头条的位置登载着麦克唐纳所说的这条消息：新任日本首相东条英机，决定派遣日本前驻德大使来栖三郎以特使身份赴美，协助驻美大使野村吉三郎与美国总统罗斯福和国务卿赫尔晤谈两国和平事宜。来栖特使将于近日赴美。——这条消息的电文内容虽然不长，但所用的标题和字号都很醒目。

劳伦斯看完后，放下报纸，端起酒杯喝了一口说道：“但要是这一切都是日本人要弄的诡计呢？日本人是以要弄诡计出名的。一九〇四年，他们在旅顺口对俄国舰队是不宣而战；一九三七年，他们在北平卢沟桥对中国军队也是搞的偷袭，怎么能肯定他们不会也对我们来上这么一手呢？”

推着一张轮桌过来的侍者，再次岔断了他们的谈话，那侍者以训练有素的动作给两人上好菜，斟上酒，又恭谨地问了问还有什么吩咐，然后缓缓地推着轮桌走开。麦克唐纳上校大概有点饿急了，先埋下头像风卷残叶般地把面前那盘色拉扫了个盘底朝天，再一口喝下了大半杯高涅克，这才用餐巾擦了擦嘴，重新拾起了刚才的话茬：“你是说日本人可能搞偷袭？”

“是的。”劳伦斯用刀叉切着盘中的黄油鸡卷回答。

麦克唐纳又喝了一口酒：“不错，日本人确实是惯于搞偷袭的，以前也有过先例，但拿这个办法对付我们，恐怕未必行得通。”

“为什么呢？”劳伦斯问道。

麦克唐纳朝四周环顾了一圈，见近处的桌边都没有人坐着，便欠身朝劳伦斯凑近一些，压低着声音问道：“你不是在海军情报处里干过吗，难道没听说过那个密码的事儿？”

“你说的什么密码？我还没弄明白。”劳伦斯反问道。

麦克唐纳脸上现出了惶惑的神情，侧着头想了一会，抬手搔着光秃秃的头皮，犹疑地说道：“那……那也许是别的部门搞的，可是我过去还一直以为是我们的情报处搞的呢……当然，我并不能肯定，但反正听说是有这回事情。”

“请原谅，杰米叔叔。”劳伦斯微笑着问道，“你说的到底是怎么回事？我到现在还没弄明白呢。”

麦克唐纳上校再向周围瞥了一眼，把声音更压低了些说道：

“你没有听说过吗？我们已经破译了日本人的军用密码，所以对于日本人的所有行动，事实上我们事前都已经了解了，只是为了怕日本人会猜到这一点，在许多情况下不动声色罢了；但要是截到了他们准备发动偷袭的命令，那可是事关重大，决不会再顾虑什么，一定会马上采取对策的。”

“那当然，要是我们真有办法能破译他们的密码，到时候当然会这样做的。”劳伦斯附和着说。但在语气中还带有怀疑的成分，这和脸上所流露的表情是一致的。其实，他对麦克唐纳所传的那个消息，是了如指掌的——

约莫九个月之前，美国军方在情报工作方面取得了一项巨大成功，那便是海军情报处的密码专家威廉·弗里德曼上校和他所领导的那个小组，经过几个月的艰苦努力，终于破译出了日本的外交密码。不仅如此，他们还精心仿制出了一部日本密码编制机，每次日方的密码进行更换，机器的装置可以相应地作必要的改变。并且给这项活动起了个挺形象的代号，叫做“魔法”。使用“魔法”之后，美国方面截获了不少外交和军事方面的情报，其中有些是从东京大本营发给驻美大使馆的指示，在驻美大使野村海军大将读到这些密电的同时，用“魔法”破译出的电文内容，便已送到椭圆形办公室的罗斯福总统桌上了。但这项“魔法”活动是属于绝密级的秘密，除了参加工作的威廉·弗里德曼和他的小组成员以外，知道这事情的只有总统、国务卿、三军最高负责人和为数不多的几个高级情报参谋军官。劳伦斯作为一名技术优秀的通讯军官，一年前曾被选调到海军情报处去参加这小组的工作，直到破译成功之后才调回太平洋舰队，因此他是整个美国和海外属地中，了解这项“魔法”活动的不到二十个人中的一个。但此刻使他暗暗吃惊的是，他的这位杰米叔叔竟然对这件事情也有所知晓。既然一个挺普通的基地上校参谋长能听到这样的传闻，那么还有那些各舰队的司令官、作战处长，还有陆军和空军的那些将军……还有参谋和作战部门的那些中校、少校，甚至是上尉、中尉也都可能听到过类似的传闻。要是这样，那么这消息现在一定已经传进日本军方人物的耳朵里了。可以想像，在目前的局势下，一定到处都是日本的间谍和密探，在这里，在菲律宾、在华盛顿、旧金山、纽约和其他许多州里……他们中间有日本人、高丽人、中国人、菲律宾人，也会有美国人和欧洲各国的人，他们是不会让这些“传闻”轻易地漏过去的。应该把这个情况告诉海军情报处，让他们及早设法弥补。当然，情报部门可能早已了解、并且已经采取了补救措施，但不管怎样，自己还是有责任把这情况告诉他们……

这时，麦克唐纳的主菜——咖末牛排也送上来了，他拿起刀叉切着牛排，有些惊讶地望着对面正在出神的劳伦斯问道：“哎，你在想些什么哟？”

“我在想……要是情况真是这样，那我们也许真的不会遭到偷袭了。”劳伦斯随口敷衍着说。在刚才的一瞬间，他曾经想过要向麦克唐纳陈明其中利害，劝告他别再把这类事继续进行传播。但这想法刚产生，立刻又被他自行否定了，这样做并无任何用处，反而会弄巧成拙。现在他惟一能做的事情便是回到基地，马上用特级密码给华盛顿发份电报，报告这些情况——直接发给弗里德曼上校本人。

还有一件事情也是应该做的，便是通过迈克尔旁敲侧击地了解一下在自己所在的这个基地里，是否也有类似的传闻，要是有的话，也该采取一些补救办法，否则要是在上海出了事，他会被怀疑那个秘密是从他这里泄漏出去的……

十二

劳伦斯和娜达莎乘坐的那部祥生出差汽车停到仙乐斯舞厅门前。劳伦斯没等司机下车为他俩开门，便先开门钻出了车厢，又回手把娜达莎搀扶出来，然后挽着她臂膊走进了这家舞厅。

这家舞厅坐落在静安寺路的中段，是一幢挺大的单层建筑，整座建筑都漆成翠绿色，门前的停车场两边还栽种着冬青树和花草。这里虽是平房，但到夜幕收拢以后，那高耸在屋顶的霓虹灯招牌，却能使站在斜对面两三百米开外的人也能看得十分清楚。

从一九三七年十一月日本军队占领上海以来，在被称为“孤岛”的那两块租界上，各种“娱乐业”也同沪西越界筑路地区一样蓬勃发展起来，除掉公开的赌台还属于租界当局禁例之内，跳舞厅、夜总会、游乐场以至“向导社”、按摩院等各种“娱乐场所”，像一场阵雨过后的蕈子那样，在这片温湿的土壤上成片地滋生出来。仙乐斯舞厅便是在这段时间里开张的。从它的规模和设备来说，在上海的几十家舞厅中也能算得上是第一流的；但同坐落在静安寺愚园路口上的那家百乐门舞厅相比，似乎还略逊一筹，营业情况也要比那里差些。可是，从一九三九年起，百乐门舞厅连续发生了三起血案，好几个到这里来玩乐的汉奸丧生枪下，并且还殃及池鱼，有不少舞客和舞女吃到了流弹，再加那个使人谈虎色变的魔窟极司非而路七十六号又近在咫尺，那里的特工人员经常腰佩手枪到这里来吃白食、跳白舞，惹恼了他们便大打出手，这样便使一些舞客望而却步，于是，坐落在公共租界上的仙乐斯舞厅的营业便日渐好了起来。虽然近些日子来由于国际局势的日趋紧张，营业状况有所下降，但在这周末晚上，几乎还是座无虚席，其中除掉那些靠囤货发财的暴发财主以外，也不乏一些抱着“今朝有酒今朝醉”的想法，到这里来欢娱一宵的富裕市民。

劳伦斯和娜达莎在门厅里寄存掉衣帽，走进舞厅。侍者领班见进来了两个外国人，便亲自迎上来把他俩引到靠墙的空桌边，并且一再地道歉，说由于没有接到他们预订座位的通知，因此靠近乐台和舞池的座位都已经没有了，希望他们下回再来的时候，先打个电话来，他一定为他们留下最好的座位。最后，他又问劳伦斯和娜达莎各要些什么饮料。

虽然这家舞厅的装饰都是西洋式的，伴奏的乐队里也都是外国人，但到这里来的舞客却绝大多数是中国人，因此所供应的饮料也是带有中国民族色彩的。大多数舞客都是要上杯绿茶，像孵茶馆那样边喝边冲开水，直到杯里的水色变成无色的透明液体为止。当然，也有一些阔气的客人不屑于喝这样的清茶，他们会为自己和坐台子的舞女要咖啡、橘汁、各种酒类，甚至是价格昂贵的香槟酒。

劳伦斯并不是到这里来摆阔的，但他和娜达莎都不习惯于喝绿茶，因此劳伦斯便为娜达莎要了杯樱桃酒，自己则要了杯麦退尔白兰地。侍者领班写好单子，满面笑容地鞠着躬退了下去。

不多一会，他俩所要的酒送上来了，劳伦斯端起杯子喝了一口，皱起眉头说道："这是什么麦退尔？糟透了，是那种蹩脚货白兰地，而且还掺了水！"

这时，乐队奏起著名的《妒忌探戈》舞曲来。劳伦斯看着娜达莎说："我们跳一个吧。"

娜达莎挽着劳伦斯翩然地滑入舞池。探戈的舞步较难跳，因此下池的人没有奏其他舞曲时多，这样便有充裕的地方让劳伦斯和娜达莎施展舞技。虽然从认识以来，他俩还是头一回一起跳舞，但彼此配合得很默契，步子协调，动作也挺优美，这样便吸引不少人观看。当他俩随着音乐的节奏跳起旋转的花步时，舞池里有些人便干脆停止跳舞，退站到旁边，欣赏着这对外国男女在舞池中央表演。娜达莎由于跳得有些忘情，直到一曲终了，灯光倏然亮起时，方才意识到自己刚才成了个表演者。她稍微有些发窘，正想走回自己的座位去，一瞥间看到乐队里有个弹钢琴的老人正望着自己在微笑。便转头定睛看了一下，认出那人原来是鲍德罗斯基，他穿着黑礼服，站在那架三角钢琴后面，正笑盈盈地看着自己。她又惊又喜，对劳伦斯说了声："你先回去，我碰到个熟人了。"便快步朝乐台前跑去。

鲍德罗斯基从乐台上迎下来，拉住娜达莎的双手笑着说道："孩子，你的探戈跳得太好了，不愧是我们俄罗斯人的血统。"

"彼得叔叔。"由于刚才跳舞跳得太兴奋，娜达莎说话时还有点发喘，"你怎么会到这儿来的？"

"你是说我怎么会挤进这高级场所里来的。"鲍德罗斯基笑着说道，"很简单，没什么奥秘，这里原来弹钢琴的那个菲律宾人进医院开阑尾炎去了，领班把我邀来当几天临时工。"

"那么你原来那个夜总会里的工作呢？"娜达莎问。

“那也很简单，我也给他们找了个临时工。这样彼此挪动一下，每月增加的收入便够我和你爸爸喝上两回的了。”

这时，那个担任乐队领班的小号手，站起来吹出一个带花腔的长音，灯光开始暗下来，这意味着下一支舞曲即将开始。鲍德罗斯基一边走回到乐台上去，一边转过头对娜达莎说道：“我已经看到你们的座位了，过一会过去看你。”

娜达莎追上两步，凑近鲍德罗斯基低声说道：“彼得叔叔，你来的时候，不要提到我……我在哪里做事。”

“明白。你放心就是，我这老头子不会说漏嘴的。”鲍德罗斯基朝娜达莎眨了眨眼睛，便坐回到钢琴后面去了。

娜达莎走回到原来的座位上，见劳伦斯已经给她要了杯橘汁放在桌上。娜达莎拿起来喝了一大口说道：“谢谢。我倒正好有点渴了。”

“那是因为你刚才跳得太兴奋的缘故。”劳伦斯说道，“那个弹钢琴的是你的熟人吗？”

“那是彼得叔叔，我父亲的一个老朋友，也是军队里的老同事。”

“在国内的时候也是贵族吗？”

“是的。鲍德罗斯基伯爵和沃罗夫男爵，据说他们家族的封号在伊万大帝的时候就有了。”

“怪不得他的钢琴弹得挺不错，听起来很有乐感，能听得出是有古典音乐基础的。”

“钢琴弹得好，同贵族出身也未必有联系。”娜达莎不以为然地说，“公共租界工部局乐团里的第一小提琴手，也是我们的同胞，他就是平民出身，以前在一个贵族的庄园里当私人乐师。”

“我同意你这说法。”劳伦斯笑着说，“对于出过像恰可夫斯基和柯萨柯夫那样的大音乐家的民族，有这么多音乐能手是不足为怪的。”

正说话间，灯光又倏然放亮，一曲又奏完了。照例休息两分钟。当灯光重新暗下时，乐队奏起节奏强劲的桑巴舞曲。这种发源于南美洲的民族舞蹈并不难跳，只同男女间相挽着手走路差不多，因此下池的舞客不少。娜达莎朝乐台方向看去，见鲍德罗斯基正朝这边走来，便举起臂膊向他招了招手。

鲍德罗斯基走到桌前，娜达莎站起来指着劳伦斯说道：“彼得叔叔，给你介绍一下，这是我的朋友劳伦斯。”

“彼得·鲍德罗斯基。”鲍德罗斯基向劳伦斯伸出手说道。

劳伦斯站起来同鲍德罗斯基握着手说：“劳伦斯·罗斯。认识你很高兴。”

“哦，这就是那位当经理的美国朋友？”鲍德罗斯基笑着问娜达莎。

“是的。”娜达莎对这个问题并不感到惊讶，因为她已预料到父亲会把有关自己的情况，都告诉自己这位教父的。

“娜嘉已经介绍过你的情况——我是说向她的父亲。”鲍德罗斯基换了英语对劳伦斯说道，“他说你是一家美国公司在上海的代理人。”

“是的。”劳伦斯一边回答，一边朝娜达莎眨了眨眼睛。

鲍德罗斯基在娜达莎旁边的一张空椅里坐下。劳伦斯说道：“鲍德罗斯基先生，你的英语说得很好，是在俄国学的吗？”

鲍德罗斯基回答道：“我以前念书的那所学校里教的是德语。英语是离开俄国以后才学的。”

“你的钢琴弹得也很好，虽然弹的是爵士音乐，但却能听得出有挺深的音乐造诣。”劳伦斯说。

“谢谢。”鲍德罗斯基说道，“要真有什么造诣的话，那就应当感谢我的母亲，从五岁起，她就从奥地利为我请来了位音乐教师，并且逼着我练琴，每天非得弹四个钟头不准歇手。她大概从小就看准了我不是个骑马打枪的材料，也当不成普希金和莱蒙托夫，所以想让我当李斯特或者门特尔松，可结果，你看——”他举起臂膊指向那座乐台，但随即又笑起来说，“可我还是应当感谢她在天之灵，要不也许我现在只能在马路上摇着音乐盒子要饭了。”

“可刚才娜嘉说你也当过军官，是和他父亲在同一支部队里的。”劳伦斯说道。

鲍德罗斯基笑了笑说：“那是在参谋部里喝酒、下棋、打牌，还有就是陪当地那些土财主的太太、小姐们跳舞。戴了三年多肩章，可连一枪也没放过……当然我只是说自己而已，并不包括萨巴罗夫上尉——便是娜嘉的父亲。”

这时，那支桑巴舞曲已奏完了，但鲍德罗斯基还安坐着同劳伦斯谈话；娜达莎怕他会误了下一支舞曲的演奏，正想提醒他，鲍德罗斯基已经从她的表情上看出她这念头，挥了下手，笑着说道：“不用着急，伙伴们会照顾我，他们会奏那些不需要钢琴的曲子的。”

劳伦斯问道：“鲍德罗斯基先生，能允许我为你要一杯酒吗？”

“请我喝酒！”鲍德罗斯基说：“那就请为我要杯朗姆吧，朗姆加姜汁水。”

劳伦斯招呼侍者过来，为鲍德罗斯基要了酒。当侍者把酒和姜汁水送上来时，乐队又开始演奏了，那是支伦巴舞曲，但其中却有一只电吉他代替了钢琴。鲍德罗斯基拿起那只盛朗姆的酒杯兑进姜汁水里去时，侧过头朝娜达莎眨了眨眼睛，似乎在说：你瞧，我刚才说的怎么样……

劳伦斯瞧着鲍德罗斯基兑好了酒，拿起自己面前的那半杯白兰地说道："为你的健康干杯！"

"谢谢。"鲍德罗斯基同劳伦斯碰了杯，刚把酒杯凑近唇边，却又停住了说，"不，我们还是别为这个干杯吧。"

"为什么？"劳伦斯有些惊讶地问。

"健康意味着长寿，而长寿对我并没有什么意义。"鲍德罗斯基一本正经地说。

"那么该为什么干杯呢？"劳伦斯问道。

"还是为那些把德国人挡住在莫斯科外围的军人们干杯吧，并且祝愿他们早日把德国人全部赶出俄国去。"

鲍德罗斯基为苏联红军干杯的愿望，使劳伦斯感到有些意外，他愣了愣说道："对不起，请恕我冒昧，那些不是……布尔什维克吗？"

"是布尔什维克领导下的军队。"鲍德罗斯基说，"可也是俄国人，我的同胞。"

"那就为你们的那些同胞干杯吧，祝他们早些打败德国人。"劳伦斯示意娜达莎拿起面前那半杯樱桃酒。三只玻璃杯的杯沿相碰时，发出轻微而清脆的声音，接着同时一饮而尽。

这时，那支伦巴舞曲也已结束了，鲍德罗斯基回头看了一下，放下空酒杯说道："我该回去了，要不然他们又得敲桑巴了。"他同劳伦斯握过手，又亲了亲娜达莎的脸颊，便转头匆匆地走了。

劳伦斯目送着鲍德罗斯基的背影说道："你这位彼得叔叔很有意思，对于生活挺乐观的。"

"他们这些老人——包括我父亲也在内，也只能乐观些，要是老是怨天尤人，那就只有一条绳子扔到檩上去见上帝了。"

劳伦斯笑了笑，正要说话，乐队又开始演奏了，那是一支华尔兹，约翰·斯特劳司的《多瑙河之波》。劳伦斯说道："我们再跳一个吧。"

"不，我不想再当大家注目的对象了。"娜达莎摇着头说，"而且我喝了酒，头有点晕，经不起旋转了。"

劳伦斯觉得有点扫兴，沉默片刻之后，说道："既然不想跳舞，那就换个地方去坐坐吧。"

娜达莎表示同意，劳伦斯做个手势招呼侍者结账。他俩在等着侍者送账单来时，一个穿深色三件套西装、身材魁梧，器宇轩昂的男人，面带笑容地走到离劳伦斯他们所坐的桌子还有四五步时，便做着手势招呼道："晚上好啊，娜嘉。"

娜达莎转脸看到了那个人，不由得怔了一下。走过来的原来是蒙索洛夫——卡特琳娜的情夫。娜达莎刚才不愿再下池跳舞的原因，一方面固然为了不想再惹人注目；另一方面刚才与鲍德罗斯基的巧遇也提醒了她：在这家舞厅里说不定还会碰上其他熟人，这样自己一直向劳伦斯隐瞒着的身份，便很可能会露馅。因此，她急于想离开这仙乐斯舞厅到别处去。想不到正在这时，竟冒出了这个熟知自己底细的蒙索洛夫。这使她心里颇为懊丧，但在面上当然不露声色，站起迎上去笑着招呼道："蒙索洛夫先生，你是刚来吗？"

"来了一会了。"蒙索洛夫和娜达莎拉着手说，"刚才看到你们跳的探戈，真是非常精彩，那位是你的男朋友吗？来，给我们介绍一下吧。”说话时，用含笑的目光看着站在娜达莎身后的劳伦斯。

娜达莎本来是想同蒙索洛夫招呼一下便匆匆告别的，此刻听到蒙索洛夫这么说，感到不便马上走开，只能转身用英语为他们介绍道：“这位是罗斯先生，这位是蒙索洛夫先生。”

“罗斯！”蒙索洛夫向劳伦斯伸出手，打趣地问道，“跟那位伟大的贝贝·罗斯①是本家？”

“很遗憾，只是同姓而已。”劳伦斯同蒙索洛夫握着手，“我的名字叫劳伦斯。”

“亚历克赛·蒙索洛夫听候你的吩咐。”蒙索洛夫一边同劳伦斯握手，一边鞠下躬去。

他俩这样彬彬有礼地互相自我介绍，可急坏了站在旁边的娜达莎，她很怕他俩因此会相邀坐下再喝上一杯酒。作为结识的纪念。倘若发生这样的情况，蒙索洛夫是很可能会在谈话中把自己的身份泄漏出来的！但她又不能催促劳伦斯赶快离开这里，这样做也可能会引起他的疑窦。幸得这时侍者正好把账单送来，这样便给她解了围。劳伦斯看了看账单，数出几张钞票扔到银盘里，又同蒙索洛夫握手道了别，然后挽着娜达莎朝舞厅外面走去。

走出舞厅大门，便有一辆等候在停车场上的出差汽车过来招揽生意。娜达莎和劳伦斯上车之后，司机转过头用洋泾浜的英语问道：“先生到哪里去？”

劳伦斯没有回答，娜达莎转脸看着他，见他微蹙着眉头出着

---

① 贝贝·罗斯是美国二十世纪四十年代时的棒球明星。好莱坞摄有他的传记故事影片。

神，似乎没听到司机的问话。娜达莎便用上海话吩咐司机："朝西开吧。"

引擎声响起，车轮开始滚动。劳伦斯脸上还是那副表情，嘴唇微微翕动，似乎正竭力在自己的记忆中搜索着什么事情。当汽车开到仙乐斯舞厅西面的张园游乐场时，劳伦斯脸上才现出微笑，像自语样地说道："对，想起来了！"

"想起什么啦？"娜达莎问道。

劳伦斯说："刚才我听到那个人的姓时，觉得有点耳熟，可一时又想不起来，现在总算记起来了。"

"记起什么啦？"娜达莎知道他所指的是蒙索洛夫，心中又不禁有些紧张，"你以前见过他？"

"没见过。"劳伦斯摇着头说，"可我有个同事说起过他，他们是前些日子在一家赌场里认识的，从认识以后好像常在一起。"

十三

蒙索洛夫感到自己乘坐的汽车，在一片辽阔无垠的田野上行驶。但他的注意力却并不在窗外的景色上，而是在这车厢里面。他弄不清这到底是辆什么牌子和型号的汽车，像这样宽敞的车厢、舒适的座位，还有那同前面驾驶室完全分隔开的玻璃窗，似乎只有那种罗斯 · 罗依斯车里才有，但自己怎么会坐到这辆罗斯 · 罗依斯车里来的呢？车外到底是什么地方呢？上海的郊区难道还有长着零落白桦树的田野吗？……这些都使他觉得有些懵懵懂懂地弄不明白。

还没等他弄明白，汽车已经停到了一幢很大的房子前面，蒙索洛夫下了车，瞧着对面那幢四周攀满常春藤，带有拜占庭风格的建筑，觉得有些眼熟，但一时又记不起曾在哪里见过。他从敞开的雕花橡木大门里走进去，里面是一间挺眼熟的拱顶大厅，厅里没什么家具，只在两边壁上挂着好几幅巨幅油画肖像，但由于厅里光线暗淡，离得又较远，因此无法看清上面画的都是些什么人。蒙索洛夫独自站在这间空荡荡、阴森森的大厅里，不禁有些害怕起来，正想转身退出去，忽然身后响起一个苍老的声音："欢迎爵爷回府。"

蒙索洛夫转过身去，看到前面站着一个穿燕尾服的老人，正欠着身子望着自己。他认出这正是自己家里的庄园管事谢尔盖·米哈依洛维奇。便惊喜地抓住他的双手问道："谢尔盖，你怎么会在这里？"

"回禀爵爷，我一直都在这里。"谢尔盖恭谨地回答，"不但我，还有爵爷你所有的仆从也都在这里，从来没离开过。"说着朝蒙索洛夫身后指了一下。

蒙索洛夫转过身去，不禁诧异自己刚才为什么对这么多人竟会视而不见，正像谢尔盖所说的那样，蒙索洛夫爵邸里的主要仆从都在这里了。他们排成两行，脸上都挂着恭谨的微笑望着蒙索洛夫。蒙索洛夫转脸来问谢尔盖道："可……这里是什么地方？你们怎么会都在这里？"

谢尔盖惊讶地反问道："爵爷今天怎么啦？这儿不正是你的府邸吗？"

由于谢尔盖的提醒，蒙索洛夫这才想起这里便是自己出生的那座宅邸，墙上那两排油画都是自己的祖先——历代蒙索洛夫伯爵。可还有一点使他弄不明白，于是便问谢尔盖道："那么那些布尔什维克呢？他们都到哪里去啦？"

"我不明白爵爷在问什么。"谢尔盖说道，"这里并没有什么布尔什维克，他们从来没来过……你们中间有谁见过爵爷问的那些人吗？"——后面那句话他是对着其他那些仆从说的。

仆从中没人开口，但以一致的动作朝蒙索洛夫摇着头，脸上挂着的都是同样的笑容。但不知怎么的，这些笑容使蒙索洛夫瞧着觉得背脊似乎有些发凉。他想了想，又大声问道："那么那些德国人呢？德国元首的军队，他们又在哪里呢？"

"这里没有德国军队。"谢尔盖回答道，"上天不容，老爵爷最讨厌德国人，你还是轻声点吧，要不让老爵爷听见，又该惹他生气了。”

这回蒙索洛夫真是感到不寒而栗了，大声叫着说：“你是说我的父亲吗？他不是已经死了吗！”

“爵爷怎么能说这样的话呢！”谢尔盖的语气里含着责备的意味，“老爵爷正在楼上睡觉，他已经吩咐道，说等爵爷来了马上叫醒他，现在我该去请他下楼来见你了。”说罢，向蒙索洛夫鞠过了躬，直起腰便朝大厅深处走去。

这下真使蒙索洛夫感到害怕了，倘若说他对这里到底有没有来过布尔什维克或是纳粹的军队，还感到有点模模糊糊的话，但对于父亲的情况，是决不会弄错的。他的父亲在第一次世界大战前两年便已经病死了，这是自己为他合上眼皮和亲自送他下葬的，现在怎么会有楼上睡觉的老爵爷呢？这不是活见鬼吗？他在谢尔盖后面大声喊道：“回来！回来！你这是在捣什么鬼！小心我狠狠地揍你！”

随着这喊声，面前那些人影倏然地消失了，接着，原来就很暗淡的光线也没有了，蒙索洛夫眼前变成了一片黑暗……

蒙索洛夫醒过来了。他刚睁开眼睛，便意识到刚才的那些情景只是梦境，此刻他仍旧躺在白赛仲路那套公寓里的床上……

虽然他很想闭上眼睛再回味一下刚才那个梦境，但又觉得渴得很厉害，口腔里没有一点唾液，舌头快粘住在上颚上了，便慢腾腾地从床上爬起来，走到外面的餐厅里去找一点解渴的东西。

蒙索洛夫住的这幢公寓，坐落在法租界白赛仲路和古神父路的转角处，那是座四层的小型公寓，是专供单身汉或一对夫妻租住而建造的，里面每一套房都不超过三间。蒙索洛夫是三年前搬进这里来的，独住着三楼上两间房间的一套。这居住条件同绝大多数挤住在弄堂房子的同胞相比，要优越得多，因此也算是比上不足，比下有余了。一个多月之前，井上交给他那些新任务之后，曾经拨给了他一笔相当数额的款子，供他添置衣服、首饰等东西，还把那辆海尔门车换了部别克牌汽车，让他在各方面看上去同自称珠宝商的身份相称，但却不同意他另外找个较为高级的公寓去住。“住处好坏和这些任务并无关系，因为按照纪律规定，你是不允许把和这些任务有关的人带回家里去的——无论是男的还是女的。”井上是这样对他说的，于是蒙索洛夫只能仍旧住在原来这套小公寓里。

他走进餐厅，开亮电灯，拿起放在酒柜上面的冷水壶，但里面是空的。他咒骂了一声那个中国女佣，伛下腰开了酒柜，从里面拿出一瓶怡和啤酒，打开瓶盖，满满地斟了一大杯，一仰脖子，咕嘟嘟地喝了个底朝天，这才感到口渴消除了不少，便走回卧室里重新爬上了床。但经过这番来回走动，原来的睡意已经消散了，便仰躺在床上思索起来……

昨天夜里，离开仙乐斯舞厅之后，他又到愚园路上的伊文泰夜总会去，在那里要了一瓶白马牌威士忌，喝下了大半瓶，直到想起还需要自己驾车回家时方才停杯。回到家里，一方面由于喝多了酒，另一方面也由于刚才过于兴奋，才踏进门便觉得倦意阵阵袭来，因此连澡也没洗便匆匆脱衣上床，头一着枕便酣睡起来，一睡睡了四个多小时才在梦中惊醒过来……

使他这样兴奋的主要原因，是找到了劳伦斯·罗斯——井上特别嘱咐要特别注意的那个美国海军基地通讯主任。

从那天井上嘱咐过他之后，他在同迈克尔一起赌钱和到妓院去寻欢时，便好几回装成无意地问及他的一些同事，迈克尔在讲到一些同自己相熟的同事时，也讲到过有位劳伦斯少校在宿舍里和他住在贴邻，平时两人相处得挺不错。蒙索洛夫便顺风扯蓬地提议邀他出来一起游玩，但迈克尔却没有接口。以后蒙索洛夫又找到机会提议过一回，迈克尔才说劳伦斯不喜欢赌钱，对那些欢场上的女人兴趣也不大。蒙索洛夫怕再说下去会引起迈克尔的怀疑，只能暂时不说了，因此直到现在蒙索洛夫还没有机会接触到井上所关注的目标。为此他颇为焦虑，怕会受到井上的斥责，但大概是他命该走运，那个遍处寻找不到的人，竟在一个偶然的机会中让他碰到了……

昨天吃过晚饭，他原想到外滩汇中饭店的酒吧间去喝一点酒，到那里的顾客虽然多数是老派的英国商人，但其中也有不少是碎嘴子和饶舌者，并且对陌生人也并不太存戒心，因此在那里也许会得到一些有用的消息。当他驾车经过静安寺路，望见仙乐斯舞厅的灯标时，忽然想起已有一个多月没去那里了，不知那里有没有新来的漂亮舞女？不妨进去看一下。这样，他便折到这里来了。走进舞厅，正巧看到劳伦斯和娜达莎在跳探戈。他一眼便瞧出娜达莎的舞伴是个英美人，原来打算马上过去招呼他们，但因为看见鲍德罗斯基坐到他们桌边，这才在他们招呼结账时走过去同娜达莎招呼。

当他听到娜达莎介绍男伴的姓氏时，马上想到也许世上真有这样的巧事，对面这个也许正是自己想要寻找的人。为了进一步弄清他到底是英国人还是美国人，蒙索洛夫挺巧妙地提到了贝贝·罗斯。对方的回答证实了他是美国人，而接下去对方自报的那个名字，更是使蒙索洛夫喜出望外，这下他断定面前这个人，虽然没有穿上美国海军少校的军服，但却准是他要寻找的那个人了。因为在上海美国侨民人数急剧锐减的情况下，是极少可能有另一个美国人和这个劳伦斯·罗斯同名同姓的；另外，还有一个有力的佐证，便是蒙索洛夫发现对面这人的年龄、身材和头发的颜色，和井上公馆向他提供的劳伦斯·罗斯的特征是相同的……“踏破铁鞋无觅处，得来全不费功夫。”这正是应了那两句中国俗谚了。

而且从那人对娜达莎的态度来看，两人不像是一般的泛泛之交，娜达莎是受到卡特琳娜宠爱的人，而卡特琳娜又是自己的……要是能按照这样的关系串成一根线的话，那么自己是有希望把那根线头攥到手里的……

这意外得到的重大收获使他兴奋不已，但要马上赶去向井上报告是不行了，像这样的周末夜晚，井上决不会枯坐在办公室里，必定到哪个熟悉的场所去寻欢作乐了。蒙索洛夫的记事本里有井上办公室的直线电话号码，那里昼夜二十四小时都有人值班，但他不想通过电话报告这些情况，一则是不愿让别人成为头一个向井上报告这消息的人；再则井上曾经叮嘱过他：目前上海的电话通讯设备还归美商上海电话公司掌管，在日、美关系日趋紧张的情况下，美国方面也有可能会对日方使用的电话进行监听，因此凡属机密或同美国有关的情报，都不能在电话里向他报告。因此，蒙索洛夫只能把那股兴奋的劲头带到夜总会的酒吧里去了……

他在床上靠坐着思索了一会，又觉得嗓眼里有些发干，不得不又到餐厅去把瓶里剩下的啤酒全都喝了下去。这下他的口渴固然是消除了，但仅剩的一点倦意被驱散了。他走回卧室，点上一支烟，坐到床边的那张小沙发里，开始考虑过一会怎样向井上汇报自己在昨晚的发现——当然不能透露出是个偶然的巧遇，而应当说成是自己经过周密布置以后所取得的成绩，还必须多花些工夫把这故事尽量编得完善些，因为井上并不是个能轻易蒙混过去的人……

十四

虽然按照租界上的规定，凡是马路转角处都不准停车，但井上的司机仍把汽车开到北四川路、天潼路口的转角处停下了。因为在这儿下车要比别处安全些，下车以后只要走上几步，便能踏进新亚大酒店的大门了。虽然虹口不比沪西越界筑路地段，在这里遭受“重庆分子”袭击的可能性要比那儿小得多，但不管怎样，凡事总以谨慎为上。井上不会忘记，在那些替日本人办事的中国人里头，就有公共租界巡捕房的督察长陆连奎、上海特别市直接税局的局长唐嘉生等，就是在下汽车走进饭店的时候，被“重庆分子”射过来的乱枪打死的。

井上一下汽车，便快步朝对面那扇大门里走去。虽然新亚大酒店门前担任守卫的两个日本人得到过指示：即使对于认识的人，也必须验看证件才能放行，但他俩都是万岁俱乐部的成员，是井上的间接下属，当然不会拦住他要求验看证件，还一齐鞠着躬，拉开那扇厚重的玻璃弹簧门让他进去了。

这家新亚大酒店是一幢七层的钢筋水泥建筑，外墙由灰红两色相间，原是一个广东财团开设在上海的一家旅馆，同时兼营餐厅和出租礼堂，这里的粤菜在上海是颇有点儿名气的。“八一三”事变之后，日本军队冲进虹口，这里便被他们霸占去做了军事和特务机关。一九三八年二月，以大汉奸梁鸿志为首的“维新政府”成立以后，曾经把这里的第三、第四两层楼面作为“政府”的办公地点。以后，上海土匪流氓头子常玉清组织起来的那个“皇道会”，也曾设在这里。那是个秉承日本军方旨意组织起来的秘密恐怖组织，主要任务是对各界中的抗日人士进行恫吓、袭击、绑架和暗杀。《大美晚报》经理张似旭和《社会晚报》主笔蔡钓徒等新闻界人士遭到暗杀，便是这伙人干的。“皇道会”还经常用汽车从租界中绑架抗日人士，带到大酒店之后，先进行残酷拷打，再用刀戳死，接着将尸体搬到浴缸中肢解，然后半夜里将斩碎的尸体，用卡车运送到荒郊去悄悄地掩埋掉。因此，对于那些略知内情的市民来说，虹口新亚酒店便是魔窟和杀人场所的同名词。

井上对这里当然是非常熟悉的。他在担任“中华民国维新政府绥靖部顾问官”的时候，在这里的三层楼上有一套专用房间，也经常留宿在这里。以后，虽然那专用房间跟着他那个“顾问官”的头衔和“维新政府”一起撤销了，但他还是经常要到这里来会见一些日本的军政要员，或是向常玉清那伙人发布行动指示。

今天，他到这儿来便是为了会见一个从大本营来的要人。昨天下午他在“公馆”里接到一个电话，通知他说大本营参谋本部的川本总一郎少将，已从东京飞抵上海，住在新亚酒店，将在明天早晨九点钟召见他谈话。于是，井上便按约定的时间来到了这里。

他乘电梯到了五楼，才走出电梯，便有一个佩带陆军大尉肩章的青年军官迎上来招呼他道：“是井上君吗？将军正等着你，请跟我来。”

听着这称呼，井上心中有些不快，因为无论按照资历或是年龄，对方称呼自己一声“阁下”或是“长官”都是毫不为过的，何以只是一个对待平等或甚至是晚辈的“君”字呢？但他知道这小伙子必定是川本的随从副官，因此不好发作，只能跟着那人走到了走廊底处的那扇门前。

那个大尉未经叩门，便把门推开了让井上进去。这是一间套在卧室外面的起居室，面积很宽敞，里面的布置和陈设全部是西式的。川本总一郎正靠坐在沙发里阅读一份文件。他身材矮小精瘦，今年虽只五十二岁，但由于一头头发差不多已全白了，因此看上去要比实际年龄见老得多；他穿着一身质料和做工都很讲究的深灰色狭条花呢西装，配上银灰色丝织领带。这身衣服再加上他那副和善的相貌和那头白发，给人的印象是个大学教授或是位内科医生，而决不像是个军人。

井上创立起来的那个“公馆”是个“民间”的特务机构，并不归川本这个参谋本部的远东课长领导，但川本在“黑龙会”里是井上的前辈；另外在陆军士官学校里还担任过井上的教官。因此，井上见了他是十分恭谨的，走到离沙发还有几步路处，便站住了深深地鞠下躬，嘴里说道：“阁下，我奉命来到了。”

川本指了指对面的沙发说道：“请坐吧，井上君。”

井上在沙发上坐下，按照晚辈谒见长辈的规矩，两手按住膝盖，垂下眼帘看住自己的鼻子。川本的副官送上茶来，井上欠身道过谢，依旧照刚才那样端坐着等候川本开口。

川本放开手里的文件，慢条斯理地说道：“你送来的那些报告我都看过了，根据你在这些报告里的判断，要是我们在上海采取行动的话，美国方面进行激烈抵抗的可能性是很小的。”

“不敢说是判断，只是我的一个推测罢了。”井上仍旧低着头用谦恭的口气说道，“至于做出这样推测的理由，我已经写在那些报告里，阁下想必都看到了。”

“我也看到了。”川本点着头说，“不管是判断还是推测，参谋本部对你的这个意见很重视，因为这关系到帝国海军力量的调配问题，从目前情况来看，我们在太平洋上的舰只数量和吨位，还不及英、美两国加起来的力量，要是上海的问题能主要由陆军来解决，那么就可以从海军方面多抽调些力量来对付南洋那头了。”

井上抬起头，惊喜地问道：“这么说，我们是准备动手啦？”

川本淡淡地笑了笑，仿佛认为井上这惊讶是多余的：“和美国人进行这场较量是我们的既定国策，对华战争已经拖延了四年多，现在还没个结局，要是我们不能把南洋的那些地方从美国人手里拿过来，帝国需要的许多战略物资，像石油、橡胶、粮食和一些矿产原料就没法到手，要是这样，就连这场对华战争也会半途而废，这里就会重新成为英、美人的天下，无数大和民族英烈用鲜血换来的那些地盘，最终也会丢失掉。”

“这个我明白。”井上恭谨地低下头说道，“我只是以为还可能会拖上些时候。因为……因为昨天刚听到广播：首相阁下派遣来栖阁下①到美国去会见罗斯福，并且协助野村阁下②同美国进行和平谈判。所以我以为会迟一点日子才动手。”

川本嘴角现出一个笑容道：“美国人是会有这种感觉的，因为

① 指日本首相东条英机的特使、日本前驻德大使来栖三郎。

② 指当时日本驻美大使海军大将野村吉三郎。

这正适合他们害怕开战的心理……当然，抱有同样想法的人中，还包括来栖三郎在内，这便是首相为什么选择他当特使的一个主要原因。”

井上略想了想，领悟了川本的意思，沉默片刻之后问道：“那么大概选在什么时候动手呢？”

“具体时间要由内阁提请御前会议决定。”川本回答道，“但你们都要积极做好准备，免得临时措手不及。”

“这一点请阁下放心。”井上说道，“别的我不敢担保，可要解决租界上那些巡捕是有绝对把握的。另外，只要开始行动，万国商团里那两个俄国队，马上缴械也是不成问题的。”

“这我知道。”川本点着头说，“你收罗来的那个蒙索洛夫已经控制了那两个队……另外，今天我特地找你来谈的那件事情，也是有关系的。”

“请阁下指示。”井上低下头恭谨地说。

川本说道：“你在送给大本营的报告里提到过：上海美国海军基地里，有两名军官已经被那个蒙索洛夫盯上了。”

井上低着头说道：“是的，一个是军需官，另一个是基地的通讯主任，但真正让蒙索洛夫盯上的，只是那个叫迈克尔·萧的军需官；另外那个叫劳伦斯的通讯军官，只是知道他正在同蒙索洛夫认识的一个俄国姑娘交朋友。”

“对，你报告里是这样写的。”川本点着头说，“劳伦斯·罗斯，这便是那个通讯军官的姓名，对于这个人，你还了解他的其他情况吗？”

“我们对留在上海的美国海军军官的情况都做过调查，发现这个劳伦斯·罗斯以前在他们的海军情报处里呆过，所以吩咐蒙索洛夫对他要特别加以注意，这才发现他同那个俄国姑娘有来往的。”

“做得很对。”川本赞许地点着头说，“可你还知道他的其他情况吗？”

“其他还有什么情况，请阁下指示。”井上说道。

川本在沙发里坐直了些，看着井上缓慢而清楚地说道：“要是你对美国那些世代当职业军人的家族做过研究的话，就会知道罗斯家族在美国是个海军世家，上两代里出过好几个舰长，其中有些还挺有名气。这个劳伦斯的父亲当过大西洋舰队的参谋长，虽然已经退役，可现在的海军部和各个舰队里有不少重要人物，都是他当年的同事或者部下，他的意见对海军参谋部门还是有一定影响的。另外，那个劳伦斯还是海军军官学校通讯专业班的高材生……你听说过弗里德曼上校这名字吗？”

井上有点诧异川本突然把话题跳到了另一个人身上，他想了想问道：“阁下问的是不是美国海军情报处的那个威廉·弗里德曼？”

“正是他。”川本点着头说，“他是有名的密码专家，这一点你应当是知道的。国际间的同行都称誉他是这方面的一个奇才。据我们了解，不但是海军，就连美国陆军和空军所使用的密码，也都是他参加编制的。据情报部门了解，劳伦斯在海军情报处工作的那段时间里，正是同那个弗里德曼在同一个部门里的。”

井上开始有些明白了，抬起头看着川本问道：“阁下是说那个劳伦斯可能会知道美国海军的那些密码？”

川本缓缓地站起身来，反负双手在屋里踱着，边踱边说道：“这样的可能性是有的，但并不大，一般的说，像他那样级别的军官，是不大可能知道最后编定的密码的。另外，美国人尽管在不少事情上挺粗心大意，但也不大可能会把一个掌握军事密码钥匙的军官，派到离本土很远的海外来工作的。”

听着这些话，井上有些不解地望着川本：“那么……”

川本站住了说道：“这几个月来，大本营注意到一个情况：外务省一直都有密电发给野村大使，内容是指示他该怎样同罗斯福和赫尔进行谈判，但据野村阁下向大本营报告，有好几回谈判中，美国方面对谈判的内容似乎都已胸有成竹，有两回把野村阁下弄得挺尴尬。大本营对这些情况进行了研究，认为有可能是美国的战略情报部门，事前已经周密地分析和估计了我们的意图，同时也不能排斥另一方面的可能性，这就是那些情报在谈判之前便泄漏出去让美国人知道了。为了这个，大本营对有关人员进行过一次周密的审查。审查结果表明，这些有关人员都是绝对忠于帝国，决不可能背叛天皇陛下的，所以要是确实在事前泄露消息的话，惟一的可能就是他们已经破译了我们的外交密码，要是事情确是这样，那么就极有可能同那个威廉·弗里德曼有关系。因为根据了解，在去年九月到今年三月的半年时间里，他和部下的几个军官一直在佛罗里达的一座军营里，几乎没露过面，我们的谍报人员也始终无法探明他们到底在从事哪项工作。大本营认为弄清这件事情至关重要，因为要是我们的密码已经被他们破译了的话，那么非但外交密码，连所有军事密码的全部程序，都要重新编制，那也意味着我们至少在最近两个月里，不能利用电台传递所有的秘密指令，这对于日后的战局发展是会有影响的。大本营指定由我负责这件事情的调查。我看到了你的报告，感到那个劳伦斯很可能能成为一把钥匙，来帮助我们解开这个疑团，弄清事实真相……我想你一定明白我的意思了，是不是？”

井上略想了一下说道："我明白了，阁下请放心，我一定把这件事情办好。"他略顿了一下又问道，"但要请示阁下，需要的时候能不能采用强硬的办法，把他弄过来叫他开口？"

川本回答道："在这方面我也得到过专门指示：除非十分必要，不能采取这样的办法。因为要是确实密码已经被破译，而这个劳伦斯又确实同这件事情有关的话，那么他的失踪，就一定会引起美国军事情报部门的敏感反应，这样就会打草惊蛇，对于我们其他方面的情报工作是不利的。"

井上低着头想了一会说："要是这样，那就得请阁下宽限一些日子。因为到现在为止，蒙索洛夫还没有直接接触到这个美国人，总得先想法同他接近之后才能下手。"

川本仰靠在沙发背上想了一会说道："今天是十一月十七日，给你二十天时间把这件事情办妥吧。"

"遵命。"井上俯首大声应道。

"那你就去安排吧。"川本这样吩咐。当井上站起鞠过躬，打算转身退出时，川本又唤住了他说道："还有那个军需官，也不要完全把他撇开。尽管他的工作并不涉及什么重要机密，但他毕竟是个军官，在他们海军里干了也有些年了，从他嘴里也有可能掏出点什么有用的东西的……另外，那个人既然有弱点被你们掌握了，对他的做法可以和对那个叫劳伦斯的不同一些，必要时不妨采用强硬一点的手段。"

十五

卡特琳娜从五斗柜里捧出那只小铁箱，放到梳妆台前，又从颈脖上解下那根白金项链，用串在上面的那把钥匙开了锁，掀起箱盖，挪开放在面上的那叠文书契约，一片珠光宝气便倏地升腾起来。

她把铁箱里那些首饰一一捧出来，摊放在梳妆台上，从西窗里照射进来的阳光，正落在那些东西上，再加上那梳妆镜的反光，把这些金器和钻石愈加反射得使人眼花缭乱。

卡特琳娜用像一个母亲对待自己孩子那样爱抚的目光，朝这些东西看了好一会，然后一件件地拿起来，细心地抚摩和欣赏着。

这只铁箱里放着多少件首饰，她用不着点数便十分清楚，一共三十四件。要是按品种分类，一个女人身上各个部位能戴和能插的都齐全了，项链、胸针、戒指、耳环、手镯、发夹；甚至连踝镯也不缺，所缺的恐怕只有那种印度女人佩戴的鼻环了……那些首饰上镶嵌的东西，也是各种各样的：钻石、珍珠、祖母绿、蓝宝石、红宝石、翡翠、猫眼石……这些东西是卡特琳娜花了三十年时间积聚起来的。对其中的一大半，她每件都能说得出来历并且还能引出一段回忆。比如那只三克拉半的橄榄形独粒钻戒，是她在明斯克过二十岁的命名日那天，由罗斯托夫公爵赠送的；又比如那只镶成花篮形的宝石胸针，是一个来自卡查赫斯坦的商人送的，据说原是土耳其苏丹嫔妃佩戴的饰物，是那个商人用一打上好的英国马枪和四匹骏马才换到手的；再如那根纯绿的翡翠项链，是高尔察克部下一位将军给她的，是那位将军统率的部队，攻占了一个城镇之后掳获的战利品，至于这件战利品究竟获自守城的红军，抑或其他方面，馈赠者未作说明，她当然也不会加以深问……在那些兵荒马乱的岁月里，要保全这些东西真是不易！试想一下，到处是溃兵败卒，人人都杀红了眼和逃昏了头，有时仅仅为一块面包，就会毫不留情地杀死自己并肩作战过的“弟兄”；而那只铁箱又是那样沉重，她的长相又那样惹眼，有好几回她碰上了小股溃兵，而这时她身边已没有长官们专派给她的哥萨克卫兵了，倘若这只随身携带的铁箱被撬开，里面的任何一件东西都可能给她带来杀身之祸。在这样的情况下，她宁愿献出自己的身体，把那些溃兵的注意力从那只铁箱上引开去，这才保住了箱里那些东西……到哈尔滨以后，为了开办妓院，卖掉了里面约莫四分之一宝贝，曾经使她心痛不已，但那些东西毕竟为她创下了那份基业，为她开创了今天这副局面，并且以后她还是把卖掉的那些东西陆续补回了。

首饰，对于一个女人来说，除掉它的财产意义之外，更重要的还在于它们的装饰价值——当然其中也包括了对财富的炫耀。在这一点上，卡特琳娜作为女性中的一员，当然也未能免俗；但在另一方面，她也很理解“财不露白”这句中国古训，尤其在这强盗绑匪到处横行的上海，更要谨慎小心。因此即使她平时也经常佩戴一些首饰，但都是些普通货色，那些最贵重的，像那只苏丹嫔妃的胸针和翡翠项链等东西，都是常年躺在小铁箱里，几乎从来不见天日。今天她把这些东西陈列出来的原因，是打算挑出两只较为普通的戒指，交给首饰店老板萨鲁斯基，请他改镶成眼下时行的式样。当然，趁此机会检阅和欣赏一下自己所拥有的财宝，这也是她生活中的一项重要乐趣。

卡特琳娜把那只橄榄形钻戒和另一只镶成玫瑰花形的钻石戒指套进手指，又拣出一条纯金项链举到胸前。那条项链上坠着一块祖母绿，约莫有一张骨牌大小，四周镶着三四十颗钻石，每颗约莫重十五分，这条项链本身已是十分漂亮，此刻反映在对面的镜子里，更是光彩夺目。卡特琳娜虽然从来不曾把这件东西拿出来估过价，但前些日子她在迈尔西爱路上一家法国人开的珠宝店里，看到过模样相似的一条项链，中间那块祖母绿还不及自己这块大，标价是五万"法币"或是"中储票"。五万"法币"，按照当前的黑市计算等于一千五百美元，也就是三十多两黄金……

卡特琳娜正在镜子前面比试着，忽然，房门"咔嗒"一声，有人推门进来。卡特琳娜给这妓院里的人下过命令：任何人未经叩门和未得到允许，不准进入她的卧室，正因为这样，她刚才向自己展览那些珠宝时，才没有特地把门锁上，此刻听到有人冒失地闯进来，她又惊又怒，慌忙几把抓起面前那些首饰丢进铁箱，"砰"地关上箱盖，满脸愠色地转过身来，但所看到的却是笑盈盈地站在面前的蒙索洛夫。卡特琳娜神色有点慌张地问道："你、你现在怎么会来的？"

"想到要看你就来了。"蒙索洛夫微笑着说，"怎么，不欢迎吗？"

"不，不，哪儿的话。"卡特琳娜已经镇定下来了，"我只是想你过去每回要来都是事前约好的……另外，你突然推门进来把我吓了一跳。”

“很抱歉，这是我失礼了。”蒙索洛夫朝那只铁箱瞟了一眼，笑着说道：“其实，你摆弄这些东西的时候是应该把门锁上的。”

这时，卡特琳娜已经恢复了镇定，笑着说道：“其实我也没有什么东西，有些还是假货。真正能值点钱的只有这些东西，你以前不是都看见过的吗？”说着，她把两只套上了戒指的手指伸到蒙索洛夫面前。

蒙索洛夫拿起那两只手指交替地吻了一下说：“你说错了，真正有价值的是这两只手，而不是套在上面的那些玩意儿。”

“你倒挺会灌迷汤。”卡特琳娜嫣然地笑了笑说，“现在就谈谈你突然来找我的原因吧，我想你大概不会真是心血来潮想到要来看我吧。”

“你大概是说对了，今天我确实有点事情要找你——是一件急事。”蒙索洛夫说着，退到梳妆台对面一张路易十四式的靠椅里坐下，又从旁边几上那只茄立克牌香烟罐里拿出一支烟点上，重重地吸了一口，然后徐徐地喷吐出烟雾说道：“娜达莎最近交了个男朋友。”

“你是说我们的娜嘉？”卡特琳娜不解地问道，“那又怎么样，难道她不能交男朋友？”

“当然可以。”蒙索洛夫慢条斯理地说道，“她的这个男朋友是个美国海军军官。”

“哦，你是怎么知道的？”卡特琳娜问道。

“大前天晚上我在仙乐斯见到了他们，是娜达莎为我们介绍的。”

卡特琳娜想了想，耸了耸肩膀说：“那又有什么好奇怪的？只要罗斯福总统还没有下命令全部撤退，那些美国的丘八大爷在上海总会有的……你就是特地来告诉我这件事情的吗？”

“也可以这么说，因为那个美国军官不是个一般人物。”

“是那艘威克号炮舰上的军官？”卡特琳娜开始有点明白了。

“不，比这还重要一点，他是基地司令部里的一个通讯军官。”蒙索洛夫回答。

“这件事情和娜嘉……还有你，有什么关系呢？”卡特琳娜问道。

“和我的关系，不说你也该明白。”蒙索洛夫揿灭手中的烟蒂，挪动了一下身子让自己坐得更舒服些，“至于同娜达莎的关系，我目前还无法判断他们已经到了何种程度，但从我看到的情形来推测，好像挺密切。但不管他们到底是什么样的关系，都得让娜达莎紧紧地拉住他，绝对不能让他飞掉。”

“为什么？这人对你们有用处？”卡特琳娜问道。

蒙索洛夫淡淡地笑了笑，似乎表示卡特琳娜提出的是个多余的问题。卡特琳娜也点了一支烟，吸着在房间里踱了半圈，站住了说道：“可是我不想让娜嘉卷到这类事情里来。你知道，我很喜欢这孩子，总想能让她过上个安定的生活，不要过像我年轻时那种老是担惊受怕的日子。再说，我还向萨巴罗夫担保过一定要照顾好她的。”

蒙索洛夫站起来，走到靠墙那只小酒柜前面，拿出一只玻璃杯，给自己斟了半杯亨纳西白兰地，走回来一边抿着酒一边慢腾腾地说道：“亲爱的卡嘉，你说的这些我都理解，可现在并不是哪个人想和不想的问题。眼前上海的局势你也看到了，英国军队几个月前已经撤走，美国的海军陆战队也撤得只剩几百个人了，现在英、美两国在上海的力量就只是巡捕房里的那几杆手枪，还有万国商团里那两个队，可那都是些乌合之众，吓唬吓唬中国老百姓也许还行，真要上起阵来是不堪一击的。至于法租界那些人……”说到这里，他轻蔑地耸了耸肩膀，“完全可以预见，要不了多少日子，这上海就将完全成为日本人的天下，现在除非谁有办法能马上跑到美国去，否则……”他顿住话头，举杯喝了一大口酒，又沉默了半晌才继续说下去，“你大概知道，日本人的气量一向很小，记仇心又特别强，要是……要是你在他们认为很重要的问题上，违拗了他们的旨意，那么到了那一天……恐怕连我也没法给你帮忙了。”

虽然卡特琳娜早就知道，蒙索洛夫为之效力的主子是日本人，但却还是头一回听到他这样说出来；虽然他说话时声调挺平静，但其中所包含的威胁意味却十分明显。然而，卡特琳娜也不得不承认他所说的那些话也确是事实，倘若得罪了日本人，别说是“到以后”，眼前便可能会有祸事临头！虽然自己的妓院开在法租界上，并且按月向公董局缴纳“花捐”和向巡捕房里的人送“保护费”，但从维希政府向纳粹德国投降以来，法租界当局一直都是完全仰承日本人的鼻息办事的，只要日本人授意，由租界当局出面来找一个开妓院的无国籍女人的麻烦，是再容易不过了……经过一番盘算之后，卡特琳娜明白，实际上自己是并无选择余地的，于是便说道：“好吧，那我就找娜嘉谈一下吧，这孩子平时还是肯听我的话的。”

“不，不行。”蒙索洛夫把右手的食指举到鼻子前面，摇了两摇说道，“你可以想法安排一下，还是由我来找她谈，这样效果会理想一些。”

“你找她谈？”卡特琳娜惊讶地看着蒙索洛夫，又犹疑地说道，“这样不大妥当吧，她会感到很突然，而且还可能把你我同这些事情的关系……暴露出来……另外，你也知道，萨巴罗夫对日本人一向是没什么好感的。”

“有些情况光靠你是没法讲清的。”蒙索洛夫走到酒柜前又给自己斟了半杯酒，转过身来微笑着说，“你尽管放心，我们的部署决不会给娜达莎带来任何损害，不管怎么样，她总是我们同族的姑娘，是不是？至于萨巴罗夫那倔老头儿，让他知道了那些不应知道的事情，对他并没什么好处。对于这一点，我相信那位挺聪明的姑娘也会明白的，看来并没有什么需要担心的……所以我们还是来商量一下怎么找她谈吧。”

十六

此刻，娜达莎正在楼下的洗衣房里帮着中国女佣张妈干活。

这间洗衣房在大房子的西侧，原来是汽车间，在这所“康司坦诺维奇爵邸”里，除掉娜达莎以外，还雇着一个犹太女佣和两个中国女佣，那个犹太女佣算是高级女侍，只伺候卡特琳娜老板和院里几个最红的姑娘。一个中国女佣专门负责打扫和收拾这幢楼里所有房间，那个中年女佣张妈则是粗活娘姨，她的职司只是洗涤所有东西。这职司看起来很单纯，但活儿却又多又重，尤其是那些床单，根据卡特琳娜的规定，凡有客人留宿过的姑娘房里，第二天都必须换上干净床单，即使没有客人留宿至多三天也要把床单换掉。这样，张妈便要一天到晚地忙着洗、晾、收和折叠，碰到阴雨天气，还得把来不及晾干的东西放到电炉边烘干。有时娜达莎看她实在忙得不可开交，便主动到洗衣房里来帮她干掉一些较轻便的活儿。逢到这样情况，张妈总是谢不绝口，还一迭声地管娜达莎叫“好心的小姐”。

娜达莎一边帮张妈把晾干的被单折叠起来，一边操着生硬的上海话同她谈天说地，忽地听到外面有卡特琳娜叫唤自己的声音。她放下手里的活，正想走出去，卡特琳娜已走进来了，一见娜达莎便说：“哦，你原来在这儿，倒叫我好找。”

“夫人有什么吩咐吗？”娜达莎问道。

“你跟我来一下。”卡特琳娜一边说着，一边转身走出了洗衣房。

娜达莎跟随她上了楼，走到卡特琳娜卧室隔壁那间供女老板专用的小会客室门前，卡特琳娜指了指关着的房门说：“亚历克赛·亚历克赛德罗维奇在里面等你，他有些事情要找你谈一下。”

“他有什么事情要找我呢，夫人？”娜达莎有点惊讶地问。

“这个他自己会告诉你的。可你放心，孩子，这些事情对你决不会有什么损害，你只要照他告诉你的去做就行了。”卡特琳娜说罢，便推门走进了自己卧室，随手带上了房门。

娜达莎站在门前迟疑了片刻，旋转门把手，推门走进了房里。蒙索洛夫交叠起腿股坐在单人沙发上抽着雪茄，看到娜达莎进来，挪动一下屁股，指着对面那张沙发叫她坐下。娜达莎坐下后问道：“伯爵先生找我有什么事情吗？”

“没什么要紧事情，只是找你聊聊。”蒙索洛夫摆了摆手，略顿了一会问道，“那天你们后来上哪儿去啦？玩得痛快吗？”

娜达莎知道他是指四天前在仙乐斯舞厅碰到自己和劳伦斯的那一回，便从容地回答道：“从仙乐斯出来，我们又到喜临门去喝了点东西，坐了一会就离开了。”

“哦，喜临门的环境确实挺幽雅。”蒙索洛夫微笑着说，“我能问一问吗，我们的娜嘉和那位英俊的美国小伙子是怎么会认识的呢？”

娜达莎感到这问话中已带有些盘诘的味道了，虽然心中不太高兴，但还是把自己同劳伦斯在电影院里邂逅相遇的经过告诉了蒙索洛夫。蒙索洛夫毕竟老奸巨猾，听完之后，便从娜达莎叙述中把握住了其中的要害，含笑说道："这么说，那个小伙子并不知道你是在这里——在卡特琳娜这里做事的啰。"

娜达莎未置可否地沉默着。蒙索洛夫重重地吸了一口雪茄，又徐徐地喷吐出烟雾，然后用同情的口吻说道："你做得很对，没有必要让他知道，对于我们这些沙皇臣民的处境，并不是每个人都能理解的——尤其是那些英、美人……可那个小伙子自己是干什么的，这一点你总问过了吧？"

娜达莎迟疑了一下，一种直觉使她感到不宜对蒙索洛夫说实话，于是便回答道："他说在一家贸易公司里做事。"

"是哪家贸易公司？担任什么职位？"蒙索洛夫问道。

"这些他没细说，可我猜想应当是个比较高级的职位。"

蒙索洛夫没有说话，只是默默地吸着雪茄，又徐徐把烟雾喷吐出来。娜达莎感到那两道挺锐利的目光，透过迷漫的烟雾在打量着自己，似乎想从她的脸色上来窥测刚才所说的那些是否是实话。这样沉默了足有三四分钟，蒙索洛夫欠起身，把那根还剩下大半截的雪茄揿灭在面前的烟灰缸里，朝娜达莎淡淡地笑了笑说道："你的那位朋友并没有对你说实话，他不是什么公司职员，也不是商人，他是个军官——美国军官！"

"美国军官！你没弄错吗？"娜达莎装出一副惊讶的表情问道。这会儿她开始有点明白蒙索洛夫找她谈话的意图，以及这场谈话的背景了。

"怎么会弄错呢！"蒙索洛夫语气肯定地说，脸色也变得严肃起来，"劳伦斯 · 罗斯。美国肯塔基州人。美国上海海军基地通讯主任，军衔是少校。”——他在最后那些职务和军阶上特地加重了语气。

娜达莎装出在惊讶中带着委屈的神情说道：“既然这样，那他为什么不对我说实话呢？”

“这倒并不奇怪。”蒙索洛夫原来有些绷紧着的面部肌肉，重又松弛开来，仰靠到沙发背上，用仿佛颇为感慨的语气说道，“美国人嘛，在感情问题上一向都挺随便，何况又是个当兵的，哪天来了道命令，说走就得走，平时无非是逢场作戏，当然不会把真实身份告诉女人啰！这样到撒手走路的时候，能省掉不少麻烦。”

对蒙索洛夫的这番话，娜达莎拿不准该表现出怎样的表情最为恰当：是对此表示气愤，还是感到伤心？抑或是表示无所谓……因此一时间竟呆瞪瞪地怔住在那里。娜达莎这样的神情，正好符合了蒙索洛夫对她和劳伦斯之间关系的揣测，他窥探了一下娜达莎的脸色，站起来走到她身旁，伛下腰说道：“犯不上为这点事情不高兴，既然他能用哄骗手段玩弄你的感情，难道我们就不能以牙还牙，用同样的办法来对付他吗！”

娜达莎转过一点脸问道：“怎么样对他以牙还牙呢？”

蒙索洛夫慢慢直起腰，当娜达莎仰起脸看着他时，发现原来的笑容已从他脸上消失了，代之的是一种在严肃中带些阴沉的神情，连说话时那平缓的语调也比刚才要沉重得多：“办法当然是有的，可要看你是否愿意同我们合作了。”

“怎么样合作呢？……”娜达莎顿了顿，接着又问，“还有你说的那个‘我们’到底是谁呢？”

“在回答你的第一个问题之前，我可以把第二个问题的答案先告诉你。”蒙索洛夫走回到娜达莎对面的沙发前坐下来说道，“我所说的这个‘我们’，就是这座城市的真正主人，这座城市里的所有居民——包括你我在内的命运，都是由他们主宰着的。你是个聪明孩子，我这样说了，你总该明白了吧？”

一段时间以来——大约已有近一年吧，娜达莎便隐隐约约地感到老板的那位情夫，是在替日本占领军效劳的，这是她从自己接触到的一些微末细节上得出的推论；最近一段时间，蒙索洛夫又多次带着一些英、美人光顾这家妓院，有两回还陪着一个穿美国海军制服的年轻人一起来。娜达莎便敏感地意识到，蒙索洛夫的这些活动可能不属于一般的“拉皮条”性质，很可能同日本的特务机关的活动有关系。但不管日本人也好，英、美人也好，都和她并不相干，她只是个没有国籍的女孩子，只是寄居在这座城市里的一个“白俄”，所有那些强国之间的纷争，都同她无关……但现在，她，一个涉世未深的女孩子，也将被卷进一场可能属于国际性的阴谋里去了——虽然她还根本无法了解这场阴谋的内容和目的是什么。她定了定神，尽量装出平静的脸色说道：“我明白了，可你们要我做些什么呢？”

“并没有什么要你做的。”蒙索洛夫那严肃的神情逐渐消退下去，脸上又现出了笑容，“目前你要做的只是继续和他……交朋友，而且同过去一样，只装作对他的真实身份并没有丝毫了解，这一点非常重要，你必须牢牢记住。当然，你们之间的关系还可以发展得更密切些，对于有些事情也不必过于……当然，你已经是个不小的姑娘了，这方面的事情也用不着给你细讲了。总之，要让他对你不存戒心，你待他就应当像那些在热恋中的年轻姑娘一样。”

想到在兆丰公园山洞里那一幕，以及后来又发生过的几回拥抱和热吻的亲热情景，娜达莎的脸颊禁不住微微有些发红，沉默了片刻，问道："要我做的就只这些？"

"目前就这些。"蒙索洛夫说道，"以后还需要做些什么，到时候我会告诉你的，但也决不会是使你为难的事情，也绝对不会给你带来危险和损害……非但如此，只要能保守住秘密，对你的那位美国朋友也不会带来任何损害。当然，对于你的合作，是决不会没有报偿的，在这方面，我们……或者说是他们吧，一向都是很大方的。"

"在这一点上我倒是相信的。"娜达莎看着蒙索洛夫那套质料和做工都很讲究的衣服，还有领带上那只蓝宝石别针这样想着，但她并没有把这些话说出来，只是站起来说道："伯爵先生要是没有其他吩咐，我就告辞了，楼下还有事情等着我去做呢。"

"没有其他事情了。"蒙索洛夫也站了起来，但是略顿了一会，又看住了娜达莎，慢腾腾地说道，"也许是多余的，可我想还是应当提醒你一下，他们是很慷慨的——这一点你很快就会明白的，可同时也很……很严厉，上海现在实际上已经是他们的天下了，所以任何想要违拗他们的念头和做法，都是非常危险的。你是个聪明的姑娘，对这点一定是明白的。好吧，你请便吧。见到你父亲请代我向他问候，希望他生活得愉快，而且……也很平安。"

蒙索洛夫这些话虽是用很平静的声调说出来的，但其中的内涵却十分明显，就连对萨巴罗夫的那句"问候"，也并非是随口敷衍之词——娜达莎这样感觉到。

十七

劳伦斯挽着娜达莎走进美国总会底层的那间咖啡室，便看到坐在靠墙边的一张桌上有个男人在向他招手示意，便笑起来说道："这家伙倒已经先来了。"

当他们走到那张圆桌边时，那个男人已经站起迎上来了，那是个瘦高个儿，年龄同劳伦斯相仿，长着一张挺长的马脸和一头亚麻色卷发，他穿着一套灰色法兰绒西装，胸前那根领带红得有些刺目。劳伦斯同他握过手，为娜达莎介绍道："这是我的老同学狄基——狄基·汤姆逊。这位是娜达莎·萨巴罗夫小姐，我的朋友。"

娜达莎和那人握过手，照例说了些"认识你很高兴"等客套话，便在桌边坐下。侍者过来询问要什么饮料，劳伦斯因为刚才和娜达莎在楼上吃午饭时已经喝过酒，所以只为娜达莎和自己各要了一杯咖啡。

那个叫狄基的人朝坐在对面的娜达莎打量了一会，转过脸朝劳伦斯笑着说道："确实很可爱，怪不得连我们这位唐璜①也被迷

---

① 西欧古典文学中的人物，被当作专门玩弄女性的花花公子的典型。

上了。”

“别胡说。”劳伦斯笑着说，又转过脸向娜达莎解释道，“别听他胡说，狄基一向说话没个正经，他在中学里念书的时候就是个出名的油嘴。”

“你说我在胡说。”狄基调皮地笑着说，眼睛斜睨着娜达莎，“到底胡说了些什么呢？是说你是唐璜呢，还是说萨巴罗夫小姐长得可爱？我刚才那句话可是包含着两方面内容的，你究竟在说哪一方面呢？还说我说话一向没个正经，那你今天找我出来到底要谈些什么没正经的事情呢？”

听着这些话，娜达莎禁不住“噗嗤”地笑了出来。劳伦斯三天前跟她约好到美国总会来吃午饭的，但在刚才见面之后，他突然告诉娜达莎：自己已约好一位在上海当副领事的朋友，过一会在这里见面，一起商量办理娜达莎和她的父亲移民去美国的问题。听到这消息，娜达莎既高兴，又担心。高兴的是想不到劳伦斯真会把自己移民的事放在心上，并不像自己原来猜测的那样只是随口敷衍一下罢了；但同时她那担心的程度却不亚于心中那份高兴，因为很有可能那位副领事曾经到“康司坦诺维奇爵邸”里来过，并且见到过自己，倘若发生这样的情况，那么全部事情都将变得一团糟，即使劳伦斯真是思想比较开通和钟情于自己，但在自己一直对他隐瞒真实身份这一点上，也是不会给予原宥的……因此，在刚才的午餐桌上，尽管她也装出兴高采烈的模样，吃下了劳伦斯为她要的那些菜肴和点心，并且还喝了一杯雪梨酒，但实际上却是食而不知其味。刚才走进咖啡室的时候，她更是忐忑得感到两腿有些发软，生怕一见面对方就会叫出来：“啊，原来是你？”但这样的情况终于没有发生，她所见到的是个陌生人，并且一见面便用欣赏的目光打量着自己，这一切都预示着一个挺好的兆头，因此便又恢复了平时的自如，在笑过之后看着狄基说道：“我不知道他是不是真像那位西班牙的唐璜，可我还是要感谢你对我的恭维。”

“哦！”狄基做出夸张的表情说道，“这位小姐的英语说得真棒，简直比我还强！”

“怎么会不比你强呢！你说的是美国中部乡下的土话，怎么能同标准的牛津发音相比呢！”这下轮到劳伦斯在取笑对方了。

“对，对，你说过，她是在一位英国老太太那里当……当秘书的。”狄基点着头说，“那我们就来谈谈她去美国的事情吧，你约我出来不就为了谈这件事情吗？”

“终于盼到你想起要谈正经事情了。”劳伦斯说道，“情况都给你讲过了，可再让她也听一遍吧，也许她还会有些补充。”于是他便开始讲起来，从娜达莎的身世、职业、到上海的时间，一直讲到自己是怎么动员她离开上海，申请向美国移民的……

娜达莎在旁听着劳伦斯那些挺有条理的叙述，心中不免有些感动，因为她虽然同劳伦斯交往已有一个多月了，但实际上却从未系统地向他谈过自己的情况。此刻，劳伦斯所讲的这些情况，都是从她平时的谈话中归纳得出的，有些甚至还是从随口的闲聊中记住的，这便足以证明他平时嘴上虽然不说，但对于自己的情况确实是挺关注的。可在觉得感动的同时，她心上也升起了一丝内疚，因为在劳伦斯所叙述的这些情况里，有不少是自己信口向他编造的，但劳伦斯却作为事实，一本正经地向狄基讲述了。劳伦斯讲述完了，看着娜达莎问道：“情况是这样吗？还有什么要补充的没有？”

“没有了。”娜达莎摇着头说，“你都讲清楚了。”

狄基听完后，半晌没作声，只是一面用指节交替地轻叩着桌面，一面低着头思索着。当他重新抬起头时，娜达莎发现原来那种调皮的表情从他脸上消失了，代替的是一副挺严肃的神情，语气也比刚才显得正经得多：“这件事情要是在一年前或甚至几个月之前办理的话，就要比现在容易得多。美国本身是个移民国家，只要不是会给社会造成危害的人，我们总是愿意接纳的。可眼前的情况却发生了困难，虽然白宫正式撤侨的命令还没有传到上海，但有不少商行，像美孚石油公司、太平洋保险公司等等，都已经开始结束业务，抛售房产，准备回国。昨天大通银行也已经通知各家存户：对存款不再负安全责任。这样就愈加造成人心惶惶，到领事馆来登记船票的侨民，从早到晚络绎不绝。在这些登记船票的名单中，除掉美国公民和他们的眷属以外，还有不少是没有……没有国籍的，也就是娜达莎小姐的同胞和一些犹太人，大多是女性，她们中间有不少人已经在美国人开的公司和商行里工作了好几年，这回都是由公司出面来为她们申请移民签证。前两天我们做过一个统计，像这样情况的人有六十多个，要是都发给签证的话，非但船上的舱位有困难，本土的移民局恐怕也不会同意。所以最后由总领事决定：除掉能够证明确实同美国公民有近亲或者血缘关系的人以外，一律不予办理。要是现在我接受了萨巴罗夫小姐的申请，那几家大公司不会不知道，很可能会闹到总领事那里去，这样就反而会弄巧成拙。”

劳伦斯有些不满地问道：“可上回我找你商量的时候，你不是说过能办成的吗？”

狄基耸了耸肩膀，摊了下双手说道：“不错，当时我是这样说过，可……那是在四天之前，而总领事的决定是前天中午作出的。”

劳伦斯的脸色阴沉了下来，娜达莎脸上也现出了失望的表情。这样沉默了足有一分钟，狄基忽然抬起头轮番地看着劳伦斯和娜达莎，然后笑着问道："怎么样？就此绝望了吗？"

"你还有其他办法吗？"劳伦斯睁大眼睛问道。

"办法嘛，是靠人想的。"狄基仰靠到椅背上，脸上又现出了调皮的表情，"你不认为让我的喉咙滋润一下，对于帮助大脑思维会有点好处吗？"

"你说吧，要喝点什么？"劳伦斯问道。

"那就来杯威士忌梳打吧，歇弗斯·里格的——要是你不嫌太贵的话。"

劳伦斯招呼侍者过来，按照狄基的要求要了酒，又为自己和娜达莎各要了一杯白葡萄酒，然后对狄基说道："我想你的大脑思维大概不至于要看到我付掉了账，才能活动起来吧？"

"不，不，当然不用。"狄基说道，"现在我就觉得大脑已经开始在活动了……刚才我讲到哪里啦？哦，讲到按照这样条件申请的人，一律停止办理。可这只是对在上海的申请者说的，倘若有哪家开设在国内的企业，需要在上海聘请某一位职员，那么他们可以通过自己的律师直接向华盛顿提出申请，只要能得到移民局的批准，发电报通知上海领事馆，那么这样的情况既不在那项规定之内，而且领事馆也无权拒绝发给签证！"

劳伦斯想了想，问道："你的意思是说，只要国内有哪家公司肯向娜达莎发出聘书……"

"当然是要一家殷实而有相当名望的企业。"狄基岔断了他的话说，"你一定也明白，一家企业的实力和声誉对移民局来说，并不是无所谓的。"

“当然明白。”劳伦斯说道，“我的舅舅在达拉斯开了一家服装厂，有一千多工人，他们的产品还销到加拿大、墨西哥、阿根廷和巴西，我就让他那里发聘书怎么样？”

狄基说道：“另外我还有点小小的建议，要是你把萨巴罗夫小姐的职业说成服装设计师，也许在移民局里更容易通过些。”

“好主意！”劳伦斯高兴地说道，“我回去马上给达拉斯发电报，我舅舅一向喜欢我，一定会答应的。另外，我父亲在华盛顿的移民局里也有朋友，也许能帮得上忙。”

这时，侍者把他们所要的饮料送来了。狄基把威士忌对进梳打水里，端起杯子喝了一大口说：“现在你该看到我的这些主意不止值这一杯威士忌梳打了吧。”

“等办成以后我会送你一整箱威士忌。”劳伦斯想了想又说道，“可现在已经开始在撤侨了，这样来回地打电报，还得向华盛顿办理申请，最快也得一个来月，要是到那个时候……”

“你是担心会爆发战争吗？”狄基说道，“从整个世界局势来看，我们和日本之间的那场战争是早晚难免的，但要是说马上就会爆发战争，那也未必如此，尤其是三个月前近卫倒台换了东条当首相之后……”

“你认为东条英机会比那个近卫文麿爱好和平一些吗？”劳伦斯岔断了狄基的话问道。

“我并不这样认为，东条是日本陆军军人中有名的好战分子，这一点是众所周知的，可同时也应该看到：这家伙一向是北侵计划的积极支持者，现在他上了台，很可能会把他一向拥护的那个计划付诸实施，便是把中国的东北作为基地，向苏联发起进攻，配合德国军队来个前后夹攻。要是这样，他们当然就腾不出力量来对付我们，那么我们和他们之间的那场战争，就会拖延下来到日后再见分晓了。”

“那是国务院和你们这些外交官要考虑的事情。”劳伦斯指着娜达莎说道，“可现在我们谈的是有关她的问题。就算事情像你推测的那样，战争还不至于马上爆发，可过些时候，等撤侨的事情办完，从这里通向外面的民用交通线就会被切断，到那个时候，就是移民局批准了怕也走不成了。”

“这一点你不用担心。”狄基说道，“就算上海的侨民全部撤走了——何况现在还有不少人根本不想离开，总还会有一两条船在这里和马尼拉之间来往的。再退一步说，即使那时候商船停开了，也可以乘其他国家的船到香港去。只要到了香港，再要到火奴鲁鲁或是旧金山就都不成问题了。”

“要真照你说的那样，我就放心了。”劳伦斯说道，“那么我回去就给舅舅发电报了。”

在劳伦斯和狄基对话时，娜达莎坐在旁边，一边呷着咖啡，一边默默地听着。她觉得眼前这情景简直就像个梦境，一个月前——不，甚至只是在半个月之前，她即使在梦中，也不曾想到自己除了嫁上一个水手或混血儿厨司以外，还会有机会移民到美国去。然而眼前却有两个美国人，正一本正经地在讨论着自己移民的问题，而且这两个都属于美国的上流人士。要不是自己已经从各方面证实了劳伦斯的身份，她简直会怀疑自己碰上的这个好运到底是否是真实的了。

但在欣喜之余，一丝忧虑也在她心中逐渐地扩大开来，那并不是原来所担心的会遭到父亲的反对，因为她已经下了决心，这回必须要说服他答应这件事情，要是父亲仍旧固执己见，她也决不放弃这机会，宁可自己先去美国，等以后再设法回来接父亲到那里去。使她感到忧虑的是，前天下午蒙索洛夫找她的那番谈话，蒙索洛夫所交代的那个“任务”，在她的心上蒙上了一层难以抹去的阴影……

关于娜达莎移民去美国的问题，似乎没有更多的内容可讨论了，狄基看了一下手表，说领事馆里还有事要办，喝干了杯中的酒，便起身告辞了。劳伦斯向娜达莎打了个招呼，站起来送狄基走出了咖啡室。娜达莎等了一会，见劳伦斯和狄基还在外面的走廊上谈话，她无法看清他俩的表情，只能看到狄基说话时，时而耸动着肩膀，时而又摊开双手，似乎在对什么事情感到为难似的。这场谈话持续了足有十来分钟，劳伦斯才走回来，向娜达莎道过歉，便坐下招呼侍者过来，给自己要了份威士忌梳打，给娜达莎要了杯“天使之吻”鸡尾酒。当酒送来以后，他俩便慢慢地呷着闲谈。虽然劳伦斯的话并不比平时少，但娜达莎却感到他似乎有些心神不宁。喝完了酒，娜达莎提议到外滩去散一会步，劳伦斯便签掉了账，挽着她走出了美国总会。

出得美国总会大门，穿过马路，便是黄浦江边。隔江望去，对面浦东那几座码头边停泊着不少船舰，另外还有好几艘大型船舰系靠在江心的浮筒上，那些船只的尾桅上扯着各个国家的旗子，有日本的太阳旗，有拖根黄带的“中国旗”，也有荷兰旗、意大利旗、高丽旗……听过狄基刚才那番话以后，娜达莎特意留心观察了一下，过去在黄浦江里几乎举目皆是的英国米字旗，现在却一面也看不到；过去也经常能看到的美国星条旗，今天在这整条江面上也剩下了一面，便是扯在那艘美国炮舰威克号主桅上的那一面。久居上海的人对这艘排水量七千五百吨的美国军舰是较为熟悉的，好几年来，她和另外几艘驱逐舰和鱼雷艇所组成的那支混合舰队，一直作为美国海军力量的标志，耀武扬威地依次停泊在黄浦江这段最繁忙的航道边，然而此刻只剩下她孤零零地泊在汇丰银行对面的江心里，尽管前后甲板上的那些大炮仍旧挺神气地昂着炮口，但在失去了周围那些舰艇护持的情况下，望上去就像是一个孤立无助的老人，在苟延残喘了……

他俩待在江边那道铁索栏杆前眺望了一会，便转身朝北面走去。走出了一段路，快到那幢沙逊大厦时，娜达莎说道："今天晚上我就给爸爸讲这件事情，可还不能一下全告诉他，得分上两三回讲，要让他逐步地接受这件事情。"

"为什么呢？"劳伦斯问道。

"上了年纪的人往往容易安于现状。这些年来，他感到已经在中国住惯了，从没想到会离开这里到别的国家去，所以应当让他逐步地有个思想准备。"

劳伦斯收住脚步，脸上现出尴尬的神情，欲言又止地嗫嚅了一会，才开口说道："娜嘉，亲爱的。有件事情我想告诉你……"

娜达莎从劳伦斯的表情上看出了他想说的话，睁大了眼睛问道："你是说我爸爸不能去美国？"

"很抱歉。"劳伦斯用懊丧的口气说，"刚才我在走廊上同狄基谈的就是这件事情，他过去不了解你的家庭情况，我也没有和他谈过。他告诉我说，如果按照过去的常规，作为……作为难民申请移居，只要条件符合，领事馆同意发签证，可现在情况发生了变化，申请移民已经不可能，如果作为聘用人员，除掉夫妻和孩子，其他亲属都不能接纳，这样、这样……"说到这里，他顿住了不再往下说了。

“可爸爸只有我一个直系亲属，而且这些年来我们一直相依为命，难道在这一点上就不能通融一下吗？”娜达莎问道。

劳伦斯耸了耸肩膀说：“这一点我也给狄基讲过了，可他说领事馆的许多工作也得服从于法律的有关条款，所以实在没法可想，至少目前没法可想。”

“你说目前没法可想，那以后能有什么办法呢？”娜达莎问道。

“以后……等你成了美国公民，或者不一定要等到入籍，只要接受成为美国的永久居民，那时候你的父亲便可以按照亲属关系办理移民申请了。”

“那要等多少时间？”娜达莎语气有些焦躁地说，“要是过些日子日本和美国打了起来，那时候还能有办法离开上海吗？”

劳伦斯没有回答，只是两手插在裤兜里，低下头默默地向前踱去。娜达莎和他并肩走出一段路，轻声地说道：“请原谅我刚才说话的态度，我应当很感激你，你已经尽了最大的努力。只是因为我过去从没想到过会和爸爸分开，所以一下子感到难以接受，这点希望你能理解。”

“我能理解。”劳伦斯点着头说，“以前我也没想到这方面会存在问题，也和你一样缺乏思想准备。”

娜达莎说：“既然出现了这种情况，那我还得要认真考虑一下，能不能离开父亲，这一点也希望你能理解。”

“我理解。”劳伦斯说，“我可以等你两天再决定给不给舅舅发电报，可我还是希望你能早一点拿定主意，虽然现在有些人对日本和美国之间的关系还抱着乐观的态度，认为双方都只是在虚张声势。但事实上这并不是虚张声势，而是真正的剑拔弩张，战争危机非但没有消弭，而且越来越严重，随时可能一触即发，要是突然爆发了战争，那时候就是想走也走不掉了。”

“谢谢你，我明白这一点，”娜达莎说，“我会认真地同爸爸商量的。”

在谈话间，他俩不知不觉地已走到外滩公园门前了。劳伦斯和娜达莎走上公园旁边那顶横架在苏州河口上的外白渡桥，抬头望去：过了这座铁桥，便是虹口地区，日本军队在所有横架在苏州河上的桥梁北堍，都设有岗哨，对来往的车辆行人进行检查，并且还订下规定：凡是中国人过桥，一律要向桥头上的日本哨兵鞠躬行礼，稍有懈怠，就会挨到耳光。劳伦斯挽着娜达莎走下桥面，正好有一部英商电车公司的1路有轨电车从后面驶来。它在桥堍边停下，前面头等车厢和后面三等拖车里的中国乘客全都下了车，三四十人排起长队等候日军哨卡检查放行。这哨卡上的日本兵并不多，只有一个挎龟背匣子的军曹和两名背大枪的士兵。“检查”也只能虚应故事罢了，一般的男性乘客和上点年纪的妇女，只是向那曹长弯腰鞠个躬便算被准许放行了，但其中几个年轻妇女，除了照例鞠躬以外，还被拦住进行“检查”，“检查”时那三个日本兵缠住那些妇女乱摸乱捏，边捏边还咧开嘴嘻嘻地笑着。那些妇女不敢反抗，只能涨红着脸向后躲闪……看到这幅情景，劳伦斯皱了皱眉头，挽着娜达莎的臂膊朝哨卡前面走去，边走边还注视着那些日本兵。他希望自己和娜达莎的出现，能使那些日本兵的放肆行为有所收敛。然而这一招并未收效，即使当劳伦斯站住了朝他们注视时，那些日本兵也并未停止他们的动作，相反地对那些中国妇女“检查”得越发放肆，那军曹还冷笑着用挑衅的目光看着劳伦斯，似乎在说：“我们就是这么干，你打算怎么样？”

这些乘客终于经过了“检查”，有轨电车“当、当、当”地响着铃铛开走了。劳伦斯转头看了一下站在旁边的娜达莎，见她脸上并没有什么表情，但在那双睁大着的眼睛里却流露出气愤和忧戚的神情。劳伦斯挽着她沿着苏州河朝西走去，娜达莎一直低头默默地走着，此刻正是黄浦江的涨潮时分，从那条绿黑色的苏州河河面上泛起阵阵臭气，但娜达莎并没有拿出手帕来掩鼻，只是低垂着头默默地走着，劳伦斯也并不吭声。这样走出了二三百米，快到了公共租界工部局办的那所公济医院门前时，娜达莎才摇了摇头，像是自语样地低声说道：“看来这上海真是挺难耽下去了。”

劳伦斯也轻声说道：“那你就应该和你父亲好好地谈谈，要是他真爱你的话，一定会赞成你先去美国的。”

娜达莎没有作声，但心里却承认劳伦斯的话不无道理。无论从劳伦斯，从蒙索洛夫或是另外一些人谈过的话来判断，日本人占领租界只是早晚间的事。他们占领租界之后，也许会有一些俄国人能得到比现在更大的好处，但那只是蒙索洛夫那类人，而决不可能是娜达莎和她父亲这样的人。只要自己能让父亲看到并且相信这一点，他是决不会要求女儿留在身边陪伴自己的。可还剩下的问题是，自己是否忍心撇下这孤独的老爸爸呢……

他俩又走出了一段路，快到前面那座四川路桥的桥堍时，劳伦斯忽然问道：“前回在仙乐斯碰到的那位蒙索……蒙索洛夫先生，你对他的情况熟悉吗？”

娜达莎正在出神的思索着，骤然听到这句话，不禁吃了一惊。这句问话在她头脑里反射出的第一个念头，便是劳伦斯是否已经知道蒙索洛夫交给自己的那个“任务”了？便侧过脸去偷觑了一下劳伦斯的脸色，但从他脸上似乎看不出有什么异样的表情，于是便回答道："我和他并不熟悉，只是在父亲的一个朋友家见过两面。你干吗要问这个哟？"

"没什么，只是偶尔想起的……"劳伦斯顿了一会又说道，"他和我前回说起的那个同事的关系好像挺密切，经常一起上赌场，还一起去过……去过那种……有姑娘的地方。"

听着这些话，娜达莎相信劳伦斯刚才的问题确实是偶尔想起的，同蒙索洛夫交给自己的"任务"并无关连，但她还是禁不住脸上一阵发热，因为她能推测得出，劳伦斯说的那个"有姑娘的地方"，正是她本人在那里工作的那家妓院。近两个月来，蒙索洛夫经常带着一些英国或美国人到"康司坦诺维奇爵邸"来，院里有个姑娘说：最近有个穿海军军官制服的美国人，曾经跟蒙索洛夫来过好几回，那个"杨基佬"长得挺英俊，就是在床上还嫩着点儿。娜达莎虽没见过那个美国人，但她现在几乎能肯定他准是劳伦斯说的那个同事了。这样，对于自己在劳伦斯面前暴露真实身份便增加了一层威胁……但现在她不暇去多想这个问题，只是定了一下神，从容地笑了笑说道："那并不奇怪，男人嘛，总是赌钱，玩女人，还有喝酒。"

"我倒并不是不赞成他们这样，我是怕那个蒙索洛夫会别有什么意图。"劳伦斯顿了顿又问道，"他过去也是个贵族吗？"

"我说过对他并不熟悉，可听说是外省的一个伯爵，以前也当过军官。"娜达莎回答道。

"迈克尔也说他过去是伯爵，现在是珠宝商，买卖的规模还挺不小呢。"劳伦斯边走边说道。

娜达莎弄不清蒙索洛夫到底是以什么身份在外面活动，所以对劳伦斯的话只能随口漫应着，她正在思索自己眼前的处境。刚才同那个美国副领事的会面，给了她对生活和前途的希望，但尽管这样，也并没有抹掉她的职业和蒙索洛夫的那个“任务”罩在心上的那片阴影。确实，从她眼前的处境来看，且不说为了追求一个新的生活前景，即使只是为了躲开日本人和摆脱掉蒙索洛夫，惟一的办法也只有远远地跑到美国去。到目前为止，劳伦斯在这方面很肯出力，事实也已经证明了这一点。但要是让他知道了自己的职业和身份，甚至再进而了解了蒙索洛夫和自己的关系以及交付给自己的那个“任务”之后，他还能像现在这样出力吗……

十八

萨巴罗夫是在娜达莎正揭开锅盖、往那锅煮好的红菜汤里加芫荽叶的时候回家来的。当她听到那沉重的脚步声踩上楼梯时，便赶紧合上锅盖，再把那扇虚掩着的厨房门推上，这样菜汤的香气便不至透漏出去而泄露秘密了。

今天是星期日，娜达莎原来打算昨天中午回家看望父亲，但在星期五却接到了劳伦斯的来信，约她第二天到美国总会午餐。这样，她便只能改到星期日回家了。她知道父亲最爱吃那种被上海人称为“罗宋汤”的俄国红菜汤。但由于道地俄罗斯风味的红菜汤用料复杂和制作麻烦，即使在那些俄国侨民开设的餐馆里也无法吃到，惟一的办法只有靠自己动手在家里烹制。因此今天一早，她就上菜场去买了牛肉、土豆、卷心菜、番茄、洋葱、芹菜和其它配料，另外再到霞飞路上去买了一只麸皮面包、一大块俄国干酪和一段猪肉灌肠，这些也都是萨巴罗夫爱吃的东西。但当她兴冲冲地回到家里，却发现父亲不在家，摸一下桌上那只茶炊还有点微温，可见才出去不久。她便开始动手打扫房间，可打扫完毕还不见萨巴罗夫回来，她便估计父亲必定是到鲍德罗斯基或是其他朋友家里串门去了，于是便进厨房去煮牛肉，削土豆，煎洋葱，着手做起红菜汤来。

当她把所有汤料都切好，丢进锅里开始用文火烧煮时，手表上的时针已指到十一点半了，但萨巴罗夫还没有回来。娜达莎忽地想起同父亲开上一个玩笑，便走进卧室拿过纸笔写了张字条："爸爸：我有事情不能等你，过两天有了空再回来。"把字条压到桌上的烟灰缸下面，她重又回到厨房里，准备当萨巴罗夫回来看到这张字条而满怀懊丧时，再跳出来给他一个惊喜……

娜达莎听到父亲的脚步声进了卧室，便轻轻地从厨房里出来，掩在卧室门外朝里窥探着。她看到父亲进屋之后，并没有注意到桌上那张挺显眼的字条，却是一屁股坐进床前那张破沙发里，胸口一起一伏地出着粗气，脸上满布着怒气。这情形使娜达莎吃了一惊，再也顾不得要给父亲一个惊喜了，走进房里声气紧张地问道："你碰到什么事情啦，爸爸？"

"没什么。"萨巴罗夫看到女儿，原来脸上的愤懑之色逐渐变成了苦笑，摇了摇头说道，"是被几条狗……噢，还不是狗，是猪，是被几只猪咬了一口。"

娜达莎这时才看到萨巴罗夫右颊上有块青紫的伤痕，看来是被拳头揍出来的，她赶紧走过去，蹲到萨巴罗夫身边问道："到底是怎么回事，你和谁打架啦？"

萨巴罗夫又现出一个苦笑说道："我倒是想跟他们打上一架，可我们——我是说我和马思罗夫都已经过了拼命的年纪了，鲍德罗斯基更不用说了，那样我们就只能听任那几只畜生猖狂了。"

娜达莎听他提到马思罗夫和鲍德罗斯基，便问道："到底发生了什么事情？是你们碰到暴徒了吗？"

“对，对，是暴徒，说他们是暴徒再恰当不过了。”萨巴罗夫点着头说，但随即又现出伤心的表情摇着头说，“是暴徒，可又是我们的同胞，是那些和我们一样既没有护照，又没有国籍的人……”萨巴罗夫在重重地吁出了一口长气之后，便把刚才所发生的事情告诉了娜达莎。

今天上午，萨巴罗夫原是想在家里等候女儿的，但刚吃过早饭，鲍德罗斯基就来了，说听说马思罗夫这两天生病躺在家里，所以特地来邀了萨巴罗夫一起去看望他。萨巴罗夫当然同意，两人便买了一些水果一起步行到了静安寺。马思罗夫的家就在他开的那家肉食铺上面，到他家去必须穿过店堂才能上楼。往日萨巴罗夫在星期日到这里来，店堂里生意总是十分忙碌，但今天的情况却迥然不同，店堂里几乎看不到顾客，柜台里也只放着一些灌肠和圆扎腿，作为这家店里有名的特色熏排、熏牛舌都看不到了。萨巴罗夫还注意到有两只货柜上的玻璃，是被敲碎后用橡皮胶布粘合起来的。从这幅情景看来，在这里必定是发生过什么事情了，于是便和鲍德罗斯基赶紧上楼去。进得卧室，看到马思罗夫躺在床上，面色萎黄，人也像瘦了不少。他看到鲍德罗斯基他们，便撑坐起来要下床，但被客人们抢上前按住了。

看到他这副模样，鲍德罗斯基和萨巴罗夫便问他发生了什么事情。马思罗夫费力地撑起来靠坐在床上后，喘着气把事情的原委告诉了鲍德罗斯基他们……

约莫半个月前，有两个同族的男人到肉食铺里来找马思罗夫，说上海新成立了一个俄侨协会，是专为俄国侨民谋取福利的团体，邀请马思罗夫参加。说着还把一份铅印的协会章程和一份会员登记表交给了他。

马思罗夫看着那份章程，上面无非是成立这个协会的缘起、宗旨和入会的手续，以及会员的权利义务等例行内容。最后又列一长串干事名单，全都是在上海的俄侨，其中有些姓名是知道的，也有不知道的。那些他所知道的姓名中，大多是流亡贵族和过去的白军将校，但也有几个是大商店的业主。最后一个姓名是协会的总干事亚历克赛·亚历克赛德罗维奇·蒙索洛夫。这姓名对马思罗夫来说并不陌生，知道他是俄罗斯总会里的干事，同法租界巡捕房的关系挺密切，在上海的俄国人中，名声一向不太好。

在马思罗夫看那份章程时，那两个来人在旁一搭一档地敲着边鼓，所说的这些话中，也含有一些恫吓的味道，但也都是较为隐晦而并不十分显露。

马思罗夫当然明白这个"协会"只是个"打秋风"的名堂，但既然自己开着这个店铺，对这帮人确也得罪不起，于是只能勉强地答应加入这个协会，并预缴了三个月的会费三千元中国法币，当场换回一张油印的收条。当那两个人告辞出店时，马思罗夫认为这件事情便算过去了，即使再会见面，那也至少是在三个月之后了……

但他的这个估计却错了。

两天之前，那两个人又来了，同来的还有两名彪形大汉，一进门，其中一个人便拿出一张铅印的纸头递给马思罗夫，说协会的干事会议讨论决定，要在法租界上买块空地，在那里盖一幢三层的楼房作为会址，买地建屋的款项由会员分摊，根据伏尔加肉食店的规模应当分摊法币两万元，如果手头现钞不便，可以开即期支票支付。

听到那人用命令式口气说出的这一番话，真把马思罗夫气得两眼发直，前回拿出那三千元钱，已使他肉疼了好一阵，无非因为知道那帮人都是无赖之徒，图个财去身安，想不到他们竟会如此贪得无厌，没过上几天便再上门来想大敲一记竹杠。气愤之下，他也顾不得店里还有顾客，指着店门叫那几个人赶快出去。其中一个脸颊上有条刀疤的壮年人，像是这些人中间领头的，他只是朝马思罗夫冷笑了一下，便朝同来的那几个努了努嘴，那三个人便一齐动手，在店堂里乱砸乱扔起来。这样便把店里的顾客全都吓跑了，有一个中国伙计想要阻拦这些人，还被他们揍了几拳。临走时，那个脸上有刀疤的人扔下一句话："我们过两天来拿支票，希望到那时候你会比今天聪明一些……"

听完马思罗夫的叙述，萨巴罗夫问道："那你也挨到他们的揍啦？"

"没有。"马思罗夫疲乏地摇着头回答，"看到他们动手砸店铺，我刚想扑上去，可这时心脏病就发作，眼前发黑，手脚发软，蹲下去动也动不了。这帮家伙走了以后，还是我老婆和伙计们把我扶上楼的，这两天就躺着没起来过。"

"那么那些巡捕呢？"萨巴罗夫气愤地大声问道，"马路斜对面不就有个巡捕岗亭吗？巡捕房也离得不远，他们不出来管一下吗？"

马思罗夫苦笑着摇了摇头。鲍德罗斯基站起来摆了一下手说："不用提了，蒙索洛夫那帮人一向都跟巡捕房有来往，听说那个俄侨协会里也有巡捕房里的人，要是他们后面真有日本人在撑腰，巡捕房就更缩着脖子不敢过问了。"

萨巴罗夫怔了一会，问道："那么难道就咽下这口气，白受他们一顿欺负吗？"

马思罗夫神色沮丧地说道：“现在还不只是受一顿欺负的问题，他们临走时说了过两天还要来，看样子他们不拿到那笔钱是不肯罢休的。两万块钱不能算个大数目，我真要拿也拿得出，可露西娅说满足了他们一回，就会被他们看作软弱可欺，以后敲诈勒索的花样就会更多了。”

露西娅是马思罗夫妻子的教名，鲍德罗斯基听到马思罗夫提到时，才想起今天还没有见到过她，便问道：“露西娅呢？她到哪里去啦？”

“她刚才出去找那些黑社会里的中国流氓了。”马思罗夫回答。

“找中国流氓！找他们做什么？”萨巴罗夫问道。

“她说，宁愿把钱花在别处，也不愿意送给那帮无赖。我店里有个伙计——就是前天挨了揍的那个，他说认识北面赫德路上的一个流氓的老头子，他们跟巡捕房也有关系，不会怕那些无赖，所以就建议我们去找他，送上一笔钱，请求他们派人保护。刚才他带了露西娅去见那个老头子了。”

鲍德罗斯基低头沉吟了一会，说道：“这当然不能算是个好办法，可要是你不肯向那帮无赖屈服，目前也只能这样办了。那些本地流氓人多势众，又是地头蛇，只要他们肯出力，要对付那帮无赖应当是能行的。可我担心的是你不要前门赶走了狼，后门却放进了老虎，那就……”

从下面传来一阵砰嘭声，岔断了鲍德罗斯基的谈话，这声音像是用木器猛击着那些硬木柜台所发出的。在这敲击声中，还夹杂着一个粗厉的声音，虽然听不清在讲些什么，却能分辨得出说的是俄国话。马思罗夫神色紧张地说道：“这帮人又来了，可露西娅还没有回来，怎么办呢？”

萨巴罗夫一下子站起来说道：“别慌，我下去看看他们到底想干什么！这真是欺人太甚了！”

马思罗夫翻身从床上爬起，扯住萨巴罗夫的衣袖说道：“你别去，伊万·伊万诺维奇，你的性子火爆，那帮人又不讲理，要是动起手来伤着了你，我就更过意不去了。”

“放心，我又不去同他们打架，只是要问问他们这样欺负自己的同胞，到底还像不像话。”萨巴罗夫说着轻轻掰开了马思罗夫的手，噔噔噔地朝楼下走去。

走到楼梯口，他看到下面的店堂里站着三个人，身体都很壮实，两个人戴着宽檐呢帽，只有一个右颊上有条挺长刀疤的人光着脑袋。那有刀疤的人，正揪住一个中国伙计的领子在大声说话，由于语言不通，那伙计只是瞪着一对充满惊恐的眼睛看着他。而他说的那些话萨巴罗夫却是都能听懂的。“……快说，老板在哪里？躲起来了吗？我们不是说好今天再要来找他的吗？”

“放开他！”萨巴罗夫喝了一声，走下楼梯，站到那个有刀疤的人面前，大声问道，“你们这是干什么？”

看到突然从楼上走下来这么一个陌生人，那个脸上有刀疤的人愣了一下，朝萨巴罗夫上下打量了一眼，反问道：“你是什么人？”

“我是什么人和你们不相干。”萨巴罗夫说道，“你们是来要钱的，这个我知道。可这里是公共租界，这里的老板是纳税人，是受到法律保护的。你们再来纠缠，我就要去报巡捕房了。”

那刀疤脸再上下打量着萨巴罗夫，从面前这老头儿的穿着来看，并无什么惊人之处，但口气却很强硬，这就无法确定他到底是什么身份，因此一时间愣在那里无法对答。同来的那两个打手中有一个是认得萨巴罗夫的，见头儿这副模样，便凑到他耳边低声说了几句话。那刀疤脸边听着边现出了狞笑，听完后重重地哼了一声，指着萨巴罗夫说道："一个臭看门的来充什么好汉，就仗着你有个女儿在当婊子吗？赶快夹着尾巴滚开，是你的便宜，要不今天老子要你的好看！"

虽然娜达莎并不是那个家伙所说的"婊子"，但女儿在"康司坦诺维奇爵邸"里做工这件事，一直都是萨巴罗夫的一块心病，此刻听到那些带污辱性的话，更使他气往上冲，便踏前一步，指着对方声音颤抖着质问道："你……你……怎么开口骂人……"

"骂你还是好的，还要揍你呢。"刀疤脸说着做了一个手势，旁边那两个人抢上前对萨巴罗夫脸上掴了一掌，接着又扭住萨巴罗夫拳打脚踢起来。萨巴罗夫在招架时也出手还击，但毕竟上了年纪，手脚不及对方灵活，再加双拳难敌四手，片刻间，脸部和身上已挨了好几拳。这时忽然传来了喊声："警察先生，警察先生，这里有人打架，快来啊！快来啊！"这是鲍德罗斯基的声音。原来他看到下面动起了手，知道自己下楼去也帮不了忙，只有白白挨揍的份儿，情急智生，便走过去推开窗子，朝着下面喊叫起来。

这楼窗下面便是静安寺路，行人听到喊声，有些爱看热闹的便拥到门前朝里观看。那几个敲诈者虽然不怕巡捕房的干预，但在这样的情势下，也觉得不宜久留，因此在那个刀疤脸一声命令之后，两个打手便停了手，走出店门，推开拥在门前的行人，扬长地去了。

那帮人离开之后，鲍德罗斯基把萨巴罗夫扶上了楼。萨巴罗夫虽然挨了好几拳，但仗着身骨结实，除了脸颊上的两处外伤有些麻辣辣地发痛以外，其他地方倒也没觉得什么。他和鲍德罗斯基又待了一会，还不见露西娅回来，这时萨巴罗夫才想起娜达莎今天要回家，便在马思罗夫一再表示歉疚的送别之下，和鲍德罗斯基离开了伏尔加肉食品店，回到了家里……

娜达莎听完了父亲的这些叙述，默默地站起来走进厨房，端出那锅红菜汤来放到桌上，又摆好餐具和熏肉、酸菜及面包等食品。然后舀好一盆汤放到萨巴罗夫面前，把汤匙塞到他手里说道："吃饭吧，爸爸。犯不着为这些无赖生气，为这类家伙气坏了身子那才真是划不来呢。"

萨巴罗夫沉默了半晌，悲哀地摇着头说："我并不是生气，我是心里难受，英国人、法国人甚至连中国人都瞧不起我们，说我们是'无国籍游民'、'罗宋瘪三'。那是因为我们没有护照，没有国籍，也没有大使馆和领事馆保护我们，可这样还不算，现在就连自己人也欺负起自己人来了，这怎么能教我不难受呢。"

娜达莎缓慢地抚摩着父亲的肩膀，轻声说道："吃饭吧，爸爸，别再去想这些了，世界上的人原来就不可能是一样的，中国人里头不是也有不少汉奸，现在在俄国不也有许多人正在替德国人出力，残害自己的同胞吗！要是你对所有这些人都要生气的话，那简直就不用过日子了。还是喝汤吧，这是我特地一早赶回来为你做的。"

萨巴罗夫叹出口长气，低下头开始喝起汤来，娜达莎切着面包，在面包片上铺上切成片的干酪递给父亲。萨巴罗夫喝了几口汤，吃下了半块面包，忽然抬起头问道："咦，你怎么自己不吃？"

“我过一会再吃。”娜达莎看着父亲喝完了汤，便收掉空盆，把一盘切好的冷猪肉和熏肠端到萨巴罗夫面前，又给他斟上一杯伏特加，然后手掌托着脸腮看着他吃喝着。这时，萨巴罗夫胸中那股气已消散掉一大半了，津津有味地就着那些冷肉喝着伏特加。娜达莎看他的脸色已平和下来，便开口问道：“爸爸，要是我离开你的话，你会舍得吗？”

萨巴罗夫正把酒杯举到唇边，听到这话，停止动作，瞪出眼睛看着女儿反问道：“离开我！你这是什么意思，我的孩子？”

“没什么意思。我只是随便问问……或者说……打个比方罢了。”娜达莎看到父亲这吃惊的表情，忽然不忍心把已经酝酿了两整天的那些话一下子说出口来。

萨巴罗夫放下酒杯，慢慢地摇了摇头说道：“不，孩子，你不是在随便问问，更不是什么比方，你心里一定有了个打算，还是爽快点说吧，当女儿的有什么话不能对爸爸说呢？你说，孩子，你心里有个打算了吗？”

娜达莎沉默了几秒钟，点了点头，低声地承认道：“是的，爸爸。”

“打算去哪里？”萨巴罗夫问道。

“美国。”娜达莎仍是轻声地回答。

“是你那个当经理的美国朋友给你办理的吗？”

“是的，可他不是个经理，是个军官。”

“一个美国大兵！”萨巴罗夫皱起了眉头。

娜达莎急忙解释道：“爸爸，他可不是你在酒吧里看到的那些美国大兵，他是个正派的军官，海军少校，是军校毕业的，家里也是个殷实正派人家……从认识以后，他一直对我很……很有礼貌。”

萨巴罗夫脸色和霁了些，又问道：“那他原来为什么不对你说实话呢……”他还没等娜达莎回答，忽地又像突然想起什么似的换了个问题，“你没告诉他你是……是在哪里做事的吧？”

“没有——现在还没有，可我以后会告诉他的，要是到了美国我们还会一起相处的话。”

“‘以后还会一起相处’！这是什么意思？难道他不想同你结婚吗？”

娜达莎笑了笑说道：“我去美国的事情同结婚并没有关系，劳伦斯——这就是那个美国朋友的名字，纯粹是出于帮忙性质……”接着，她便把自己同劳伦斯从相识到交往，再到对方主动愿意帮助自己去美国的过程，简要地讲给萨巴罗夫听了，其中当然也包括前天下午，在美国总会里同狄基副领事的谈话情况，以及他对这件事情的意见。

萨巴罗夫默默地听完了这些话，问道：“那你是怎么回答他们——我是说你的那个朋友和那个副领事的呢？”

“在同你商量之前，我什么也没法回答——我就是这样告诉劳伦斯的。”娜达莎回答道。

萨巴罗夫垂下眼睑望着面前的空菜盘，在接下来的时间里，房间里的空气就像突然冻住了似的，只从开着的楼窗外面传进来两个女人对话的声音。

这沉默延续了足有三四分钟，萨巴罗夫抬起头望住娜达莎，用沉缓的语气说道：“你去吧，孩子，别放过这机会。这些日子我已经想过了：既然我不能给你什么，那至少就不该做个既自私又顽固的老爸爸，妨碍你寻求自己的幸福。既然有这么个机会，那就千万别放过。你应该尽快到美国去，上海这地方已经越来越难呆了……可也不用为我担心，不管怎么样，我在这里总是能太太平平地过下去的，我已经是个老头子了，不比你这年轻姑娘，没有人会对我发生任何兴趣的。”

十九

迈克尔从沉睡中醒过来了。

睁开眼睛，他的第一个念头便是自己的眼睛已不知在什么时候瞎掉了，因为躺在他寝室的那张床上，即使在夜间拉拢了窗帷，对面瞭望塔上那盏弧光灯的亮光，还是会从窗外透进来的。然而现在他眼前一片漆黑，就像被装进了严实的桶里或是关进箱子里似的。

他大吃一惊，急忙撑坐起来，由于这个动作，他才意识到自己身下并不是宿舍里的那张钢丝床，而是一片冰凉而略带点潮湿的水泥地，由此推断，这里也不是自己在基地司令部里的那间卧室……

既然不是自己的卧室，那又是个什么地方呢？他一骨碌爬起来，先在周围摸索了一下，并没有摸到任何家具，再向前挪了三四步，才摸到了一堵墙，墙上有着一层挺厚的潮湿的尘土。他沿着墙壁摸索过去，一路上没碰到什么挡道的家具。直摸到第三面的墙上时，手指才触摸到一扇关上的门，他推了一下，门是从外面闩上的，他举起拳头使劲地捶着门。连捶了几十下，屋里发出急促而空洞的回音，但却没人理睬。迈克尔已捶得两手发痛，并且感到脑袋里痛得厉害，太阳穴里像有一柄铁锤在敲击似的。他便蹲下来靠坐到墙边，两手抱着头思索起来……

他是被囚禁在一个陌生的地方，这一点已毋庸置疑了。但这到底是个什么地方？囚禁他的是些什么人？为什么要这样对待他？……这一连串疑问都是他无法解答的。非但如此，就连眼前这情况到底是怎么发生的，他还一点也弄不清楚，还需要从头回忆起才能理出个头绪来……

昨天是周末，下午五点钟值勤结束之后，他便离开基地司令部，雇了一部出差汽车，去静安寺路上的大来饭店同蒙索洛夫会面，那是两天前他俩分手时约定的。他们在那里大吃了一顿德式风味菜——汉堡牛排和酸菜咸猪脚，喝了几杯生黑啤，便坐上蒙索洛夫的那辆别克车到了"好莱坞"，在轮盘赌台边玩了两个钟头，他赢到了二千多元中国法币。这时，蒙索洛夫便提议去"看看姑娘们"，于是又驱车到了已去过几回的那个"康司坦诺维奇爵邸"。到了那里，自己原想挑那位曾同自己有过几度欢娱的姑娘玛施露娃，但蒙索洛夫却竭力推荐另一个名叫玛丽安娜的姑娘，那是个皮肤黝黑的小美人，长着浅灰色的眼睛和一只尖尖的大鼻子，看上去挺像法国人。跟她进房之后，他按照惯例要了瓶香槟，和玛丽安娜各喝了一大杯，完事以后，又和那娘儿把剩下的半瓶香槟喝了个干净……

尽管迈克尔竭力回忆，但他的记忆到此便中断了，以后便是一片空白——或者说是一片漆黑，怎么也无法续上，因此尽管他想起了昨夜，或是前夜甚至是大前夜里发生的那些事情，但还是无法解开那些疑团，尤其是那个最大的疑团：囚禁他的到底是些什么人？他们为什么要这样做？

那些人是强盗吗？要是这样，又何必把自己囚禁起来，何况他刚才已摸过自己的口袋，那只挺鼓囊的钱包还在原处……

那么便是绑票勒赎了！这种事情在上海是常有发生的，在报上也经常能看到，但所有的绑票对象都是本地的中国财主，截止目前，还不曾听说有哪个外国人被绑架的。

在排除了抢劫和绑票勒赎的可能性之后，剩下的惟一解释便是出于政治原因了。但就连这一点也难以理解，有哪个国际间谍组织会对自己这个上尉军需官发生兴趣呢？当间谍的决不会不知道自己所属的这个海军基地实际上已成了空壳，难道他们会对躺在仓库里的那些旧铜烂铁、旧枪械、废械器感兴趣吗？……

那么到底是怎么回事呢？是怎么回事呢？……

他再也按耐不住，一骨碌爬起来摸到那扇门前，举起一对拳头交替着使劲地擂起来。这擂门声在这间空屋里，激起的回音震得他耳膜有些发痛，但他顾不得这些，决心一直这样擂下去，直到有人答应为止……

大约擂了百多下之后，果然招来了反应。隔着门，他依稀听到了脚步声，接着又是一阵开锁拔闩的声响，门被推开，随着一盏马灯的光亮，鱼贯着走进来四个人，那个提马灯的人把灯挂到墙上的一根木榫上。随着这昏暗的光亮，迈克尔现在能看清这间屋子了。这间屋子的面积约莫有三十平方米，高度大约有五六米，在大约四米以上的墙上有几扇木板气窗。从这副格局来看，这里大概是一座空仓库。这时，那四个人一字排开站到了迈克尔的对面，其中一个戴宽檐呢帽的开口问道："这一夜睡得好不好啊，萧先生？"

听着对方那带着明显卷舌音的英语，迈克尔便知道这是个斯拉夫民族的人，虽然由于那人背朝着灯光，无法看清他的面貌，但声音和身材都是陌生的。迈克尔定了定神，大声地质问道："你们是什么人？为什么把我关在这里？”

“这些问题你很快就会清楚的。”那人朝身旁的人摆了摆头，用中国话吩咐道，“去搬两张凳子来，我和萧先生坐了好谈话。”

那个穿黑布褂的中年汉子走出屋去搬回来两张板凳，放到屋子中央，刚才说话的那人做个手势让迈克尔坐下，自己又坐到了他的对面。大概为了能看清迈克尔表情上的反应，那人做个手势吩咐把那盏马灯移挂到两人中间的墙上，并且把灯芯捻高了些。这样，迈克尔能看清对面这人的相貌了，那是个身材魁梧的中年人，亚麻色的头发剪得很短，一张扁平的阔脸和大蒜鼻显示了斯拉夫民族的特征，倘若没有脸颊上那道伤疤的话，这只面孔看上去便是挺憨厚的。那道紫黑的伤疤像条蜈蚣似地斜爬在他右边脸颊上，并且使他的颧骨也凹陷下一块，这大概是被马刀挥砍时留下的纪念。这条可怕的刀疤破坏了他整个面孔，使这人的相貌变得狰狞凶狠。站在他后面的三个人中，有一个也是白俄，另外两个则是中国人，三人都把两臂交抱在胸前，叉开腿站在那里。迈克尔看着那个刀疤脸，嗫嚅着问道：“你……你们和蒙索洛夫是一伙的？”

“你算猜对了。”刀疤脸扯着嘴角笑了笑说道，“现在你该明白为什么把你请到这里来了吧。”

“不，我完全不明白。”迈克尔摇着头说，“我对你们有什么用呢？既没有钱，也没有地位，又……又不掌握什么秘密。你们把我弄来有什么用呢？”

“上尉先生太谦虚了。”那刀疤脸阴冷地笑了笑说道，“要是你真对我们毫无价值，我们会在你身上花下这么多本钱吗？”

“花本钱？”迈克尔惊讶地问，“我不明白你的意思，你们在我身上花了什么本钱啦？”

“话说得这么清楚还不明白吗？”刀疤脸说道，“你不妨回忆一下，这一个多月来你吃的、喝的、花的、还有玩姑娘花的钱，都是靠你那点可怜的军饷吗？幸好我们还不像你这样健忘，专门为你开列了一张账单，你可以核对一下有没有遗漏的。”说着，他从上衣里袋里掏出一张折叠起的纸头，递给了迈克尔。

迈克尔展开那张纸头，凑近眼睛在微弱的灯光下看起来。那倒确实像份账单，在一张裁去笺头的道林纸信笺上，打着许多行英文字，每行字后面分别打着阿拉伯数字，从上面开列的那些名目来看，其中有同蒙索洛夫一起在“康司坦诺维奇爵邸”里举行几次“夜宴”的费用，也有他在那里同姑娘缠绵之后由蒙索洛夫代付的夜度资，就连他和蒙索洛夫有几回白天带上姑娘到饭店去吃饭的费用，也没有遗漏掉……所有这些，过去都被他认为是蒙索洛夫慷慨豪爽的好客的表现，可现在却……当看到那页账单上开列的最后几项时，不由得吃惊地从板凳上直立起来，原来那上面记录的是他几回上“好莱坞”去所赢得的钱数，几项加起来有四五万元，占了这份账单上总数的百分之七十以上。迈克尔指着纸头，激动得有点结巴地问道：“这……这些钱是我自己赢……赢来的，怎么……怎么……”

“你大概是太天真了。”刀疤脸冷冷地打断了他的话说，“你不仔细想想，凭你这点赌钱的本领，要不是我们存心送钱给你，你在赌台上能有赢钱的可能吗？”

迈克尔重新坐了下来，现在他已经明白，眼前这伙人对自己的觊觎是处心积虑、已非一日了，极可能当蒙索洛夫在“好莱坞”同自己搭讪的那一刻起，那张无形的网已经开始罩向自己了，而隐藏在蒙索洛夫和这伙人背后的人物，也是十分明显的，那便是日本人在上海的间谍机关……但他心中还存有着一丝希冀，因此定了定神说道："那么就算我承认欠你们这么笔钱，我可以写张借据，我以名誉担保回去以后马上偿付，决不食言。"

"你不觉得这是在同我们开玩笑吗？"刀疤脸用讥诮的口气说，"我们花了这么多时间和精力，就为了区区这点小数吗？"

"那你们想得到点什么呢？"迈克尔问道。

"得到你的合作——愉快的合作。当然，你会继续得到好处，而且还能大大地超过以前得到的那些。"

迈克尔垂着头沉默了半晌，问道："你说要我合作，可到底是跟谁合作呢？"

刀疤脸重重地哼了一声说："你这是在明知故问，在眼下的上海，只有哪些人才会需要你的合作，这一点难道你还会不明白吗？"

迈克尔现出畏缩的表情，嗫嚅着说道："这……这不行，以后……事情暴露了，是……是要上军事法庭的。"

"那么你现在就能不上军事法庭吗？"刀疤脸狞笑了一下，又从上衣里袋中掏出一只挺厚实的信封，扔到迈克尔膝盖上说道，"你看过以后自己来估计一下吧，当这些东西作为证据在军事法庭上出示的时候，坐在上面的那些军法官将会有怎么样的想法吧。"

迈克尔用颤抖的手指打开信封，里面是一大叠照片和几页打满了英文的纸头。当他翻看着那些照片时，不由得吃了一惊，这十几张照片都是为自己照的，照片的背景是多种多样的，有"好莱坞"赌场，有在饭店里，还有在康司坦诺维奇夫人那间陈设豪华的客厅里……使迈克尔感到吃惊的是，在好几张照片上，在自己的身旁或近处都站着或坐着一个东方人，穿的是深色西装，鼻子下面蓄着一撮唇髭，从模样来看像是个日本人，那人和自己同样咧开着嘴，看着照相机镜头，似乎都在和那个拍照的人招呼。迈克尔想了一会，那个日本人确实有点面熟，在赌场的大厅和餐室里好像是见到过的，但当时只以为是赌客，根本未加注意，却想不到竟会被拍到了同一张照片里，而且还给观看照片的人造成了这么个感觉，便是两人之间是相当熟稔的……另外，迈克尔还注意到一点：在所有的照片上都看不到蒙索洛夫，由此可以推断，这些照片正是由他拍摄的。但在自己同他交往的过程中，却从不曾见他携带过照相机，可见他使用的必定是那种只在传闻中听到过的微型照相机。据说那种照相机可以镶嵌在一只男式手表里，而且在极为微弱的光线下也能照出相当清晰的照片；由此可以推断，那个自称为蒙索洛夫的"珠宝商"，是一名受雇于日本人的职业间谍，也许还是一名挺高级的间谍……想到这里，迈克尔的额头沁出了冷汗；但当他放开那些照片，把那几页打满了英文的纸头拿过来仔细地阅读时，冷汗禁不住从背脊上冒出来。过去，他同蒙索洛夫相处时，蒙索洛夫经常谈到他参加过的那些战役——欧战中的和对布尔什维克军队的，也谈到自己的珠宝生意和有关钻石珠宝的常识；于是作为回报，自己也谈了一些美国海军里的情况：某些将领的秘闻轶事、基地里和自己工作过的那些舰艇上的情况、海军界上层间的一些倾轧和争斗等等。这些都只是闲聊时的话题，而且在当时似乎并没有引起蒙索洛夫的特殊关注，但在面前这几页纸上，却被整理成挺有条理的文字，并且还按照内容性质分列了门类，在那些有关舰艇火力装备的项目下面，还用阿拉伯数字记录着各种数据。这样便使这份东西看起来更像是一份特意收集起来的军事和政治情报。看着这些东西，迈克尔更明白自己确实落进一个间谍老手的手里了。尽管这样，他还想竭力挣扎一下，因此在默然了一两分钟之后，装出并不在乎的模样，把照片和那些纸头递还给刀疤脸说道："也没啥了不起的，只要较为详细地解释一下，任何人都能分辨得出，这些东西都特意制造出来对我进行诬陷的。"

"'诬陷'！上尉先生这用词有些欠妥吧。"刀疤脸蓦然冷笑了一下问道："你说的那个'任何人'，也包括你们的军法官和情报局人员吗？"

想到自己将会面对那些审讯人员铁板的面孔，迈克尔的背脊上禁不住一阵发冷，但他还是硬着头皮回答道："只要他们能听完我的解释，当然也会相信的。"

刀疤脸点了点头说："也许会相信，特别是你们那些干情报工作的人员，他们在这些方面也许比军法官聪明一些……"说到这里，他顿住了一会，脸色突然沉了下来，这样便使他的那条刀疤看起来显得更长了些，因此相貌也愈显得阴森可怖，"但要这样做，还必须有个条件——一个很重要的条件，就是你能够活着向他们当面进行解释。"

"你这话是什么意思？"迈克尔惊惶地看住了对方问道，"难道你们……"

"意思很明白。"刀疤脸狞笑着说，"要是上尉先生拒绝合作，我们也无法勉强，只能认输算数——把那些钱、时间和精力都白扔掉。但我们也决不会让你活着从这儿出去到处张扬！至于'手术'嘛，上尉先生可以放心，我们的这位朋友是使用绳圈的专家，他会干得十分利索，决不会让你有丝毫痛苦的。"说着，他朝旁边努了努嘴。

刀疤脸所指的是站在他身旁的那个白俄同伴，那人从进屋之后，一直站在刀疤脸身旁没开过口，以至当迈克尔同刀疤脸对话时已经忘掉了这人的存在，但当这时仰脸向他看去时，却发现那人长着一张十足恶棍样的面孔，一双布满血丝的暴眼紧盯住自己，两手正玩弄着一根两尺来长、小指粗细的纱绳。当他的目光同迈克尔相碰时，他举起手里的绳子朝迈克尔扬了扬，同时奉赠了一个令人毛骨悚然的笑容。迈克尔虽然明白刀疤脸所说的那些话并不是恫吓，他们是真有可能会干出杀人的勾当的；但尽管心里害怕，他却还是想挣扎一下，特别是自己的身份，也许对这些亡命之徒能够起到一些震慑作用，于是便装出高傲的口气说道："你大概忘掉我的身份了吧，那我就再提醒你一下，我是个美国公民，而且还是个现役军官，任何对我进行侵犯——不管是身体上还是精神上的行为，都会引起严重的国际纠纷，到那个时候，非但是你们，就连在背后指挥你们的那些人，也是逃不了惩罚的。"

刀疤脸听完后，忽然仰脸大笑起来，笑停之后，身子凑前了一些，紧盯着迈克尔的眼睛说道："上尉先生大概把自己估计得过高了吧。要是放在一年之前，一位美国军官的失踪也许会引起一场追查——当然，也只是追查，结果还是不了了之。可请上尉先生再想一下，在现在的上海，你们还有这个'引起严重国际纠纷'的力量吗？而且即使要闹点什么纠纷，至少要在发现了尸体的情况下才有可能，但是我可以向上尉先生保证：你的尸体决不会很快就被发现，即使有可能发现的一天，至少也是一两年之后了。到那时候，上海又是另外一副局面了。"

听着刀疤脸用平静而沉缓的声调说出的这番话，迈克尔不由得感到一阵阵寒噤，像是一桶冷水顺着颈脖浇灌下来似的。他明白在目前这局势下，租界当局自身的处境也已是危若累卵，是决不可能为自己的失踪而兴师动众地大事搜寻的，而且即使能找到自己，那时候自己也许真已经成了一具尸体，对自己又能有什么作用呢……他正在思索着该怎样回答对方的这些话，忽然看到刀疤脸抬手做了一个幅度不大的动作，他身旁的那个白俄便一个腾步跳到了自己身后，接着自己的脖子就被一根绳子勒住了。他刚想挣扎，那两个中国人便跳过来抓住了他的臂膊……

一瞬间，迈克尔只觉得眼前陡然升起一阵灰雾，并且很快由灰转黑，遮没了眼前的一切，胸膛里也闷胀得像马上要爆裂似的。他张着嘴拼命喊叫，但听到的只是像轮船汽笛那样的声音，像是要震破鼓膜似的……惟一存留在他头脑里的意识只是“我要死了，难道我就这样死了……”

骤然间他觉得胸口一阵轻松，耳边的鸣叫减弱下去，眼前的黑雾也逐渐消散，重又出现了那条刀疤和那双紧盯住自己的眼睛。他本能地抬手摸摸自己的颈脖，那根绳子还在那里，但已经松开了。由于刚才那一阵窒息，他剧烈地咳呛起来。

刀疤脸拍着迈克尔的背脊，凑近他耳边说道：“我不是向你介绍过我这伙伴的手艺吗！你的灵魂一定会很快升入天国，决不会有丝毫痛苦的。”

迈克尔咳呛完了，两手抚摩着颈脖，出着粗气问道：“你们……到底……要我……干些……什么？”

“好哇，上尉先生终于变得懂事了。”刀疤脸挥了一下手，示意站在迈克尔背后的白俄收掉绳子，然后从上衣口袋里掏出一只信封，放在迈克尔的膝盖上说道，“其实要你做的事情并不多，第一件事情是请你收下这些东西，接下去的事情我们再细谈。”

迈克尔用哆嗦着的手拿起那只没封口的信封，从里面掏出一叠钞票，是一百元面额的美钞，大约有十来张，全都正面向上摊平着。他当然明白这些钱里的含义。看着这些花花绿绿的印刷品，迈克尔觉得中间那个弗兰克林慈祥的面容，也倏地变得苦涩了起来……

二十

响起了两下叩门声，劳伦斯应了声“请进”之后，一个在报务室里值勤的上士便推门进来，向劳伦斯敬过礼，把一卷纸带放到劳伦斯的办公桌上说道：“报告长官，这是刚从华盛顿发来的电报，是指定由你收的。”

上士退出之后，劳伦斯拿起电文纸带看着，上面除了收报人姓名之外，其余的都是未经译出的密码字组。劳伦斯看着第一个电码组，便知道这是弗里德曼上校从海军情报处发给自己的。他起身走过去锁上房门，走回来蹲到墙角边那只专门存放机要文件的保险柜前，先拨好号码锁，再掏出钥匙开了柜门，又用另一把钥匙打开了里面一只小铁柜，从里面拿出一本黑羊皮面的记事本，坐回到桌边，开始翻译起那份电文来。

弗里德曼上校这份电报用的是专用密码，是当时弗里德曼领导的那个破译小组自行编制的，知道这密码的除掉小组成员以外，只有海军情报处长和海军部极少数几个高级军官。不多一会，劳伦斯便根据自己抄录的记事本上的译码方法把那电文译出来了。

那份电文如下：

收到你来电后即向最高当局报告现经周密调查发现国内确有日方间谍在探听魔法事项现据海军部长决定为保障魔法安全拟将原小组成员全部集中命令已发到太平洋舰队司令部特此告知 WF

劳伦斯把译出的电文再细看了一遍，然后擦着火柴把那卷纸带烧为灰烬，再把那记事本放回保险柜里，重新锁好，坐回到办公桌后思索起来。

这份电报并没有使劳伦斯特别吃惊，他在二十多天前向弗里德曼上校发出那封密电时，便料到调查的结果会是这样的。目前至少还有一点是能庆幸的，便是日本人虽然正在千方百计地探听这方面的情况，但还没能证实是否有这种密码破译方法的存在。这一点是可以从弗里德曼这封来电推测出来的，因为倘若日本人已确凿地了解了“魔法”的存在，那么把原来那个破译小组的成员全部召回去集中起来，已完全没有必要了。但这封电报也给劳伦斯带来了懊丧，他很明白回到美国之后将会受到怎样的待遇，除掉不准自由行动以外，还会受到没完没了的考察、盘问和审讯，同事之间不准交谈和往来，所看到的尽是情报部门特工人员的冷冰冰的嘴脸。像这样的待遇，可能要延续相当一段日子，或者甚至一直要延续到同日本开战……而更使他感到懊丧的是，倘若要回国去进行集中，自己就得马上离开上海，离开娜达莎……开头的时候，他只是抱着逢场作戏的态度同娜达莎进行交往的，他感到反正自己在上海也没有很多事情要干，那么留下一段风流韵事作为以后的纪念倒也不错！可在经过连续几次约会之后，他感到除了那张俊俏的面孔以外，在那个俄国姑娘身上，似乎还有一种无法说清的气质吸引着自己，当没有约她见面的时候，自己竟会不由自主地想念起她来。正因为这样，他才去找了狄基，要他帮忙让娜达莎移居到美国去；虽然自己还没想到在以后要和她结婚，但却可以肯定，她不会是自己生活中瞬息即逝的女人……想到这里，劳伦斯记起前天下午同娜达莎分手时，曾约定今天夜里八点钟在静安寺路上的皇家咖啡馆里见面，准备和她商量一下，她到达美国之后的生活安排，可现在该怎么对她说呢？是告诉她实话：自己由于突然调动工作，可能在最近几天之内就要离开上海，有关她应聘去美国的手续，只能交托给狄基去办了。但这样的说法她是否会深信不疑？会不会认为这是自己改变了主意，胡编出来的搪塞之词呢……

劳伦斯正这样想着，桌上那架内线电话机的铃声响了起来，他拿起听筒，从里面传来的是代理基地司令官肯脱中校的声音："罗斯少校吗？"

"是我，先生。"劳伦斯答应道，"你有何吩咐？"

"请你到我这儿来一趟，请马上来。"

劳伦斯搁下听筒，走出了办公室，司令官办公室在他办公室的楼上，他到门前时站住，扯了一下衣襟才举手叩门，当听到"请进"的应声之后，便推门走了进去。

詹姆斯·肯脱中校是个矮胖子，腰部就像啤酒桶一样，他今年五十二岁，在海军里服役已快三十年了，和他同届从海军学校毕业的同学中，已有好几个人当上了中将，更多的也已当了少将和准将，担任了舰队正副司令或是参谋长，可他十多年来却一直停留在中校基地副司令的位置上，直到半年前原来的基地司令调走以后，才被任命为代理司令官。但是，他接任不到三个月，日、美两国之间的关系日趋紧张，为了躲避日本人在上海的锋芒，华盛顿发来的命令：在上海的美军舰艇开始向菲律宾转移，陆战队也分批陆续撤退，这个曾经盛极一时的海军基地，成了一个装点门面的空壳，他这个代理司令官实际上也是个可有可无的职位了。

劳伦斯的军衔虽只比肯脱低一级，但他很懂得那些在宦途上不甚得意的长官的心理，有时过分的亲昵和熟稔会被认为是对他们的漠视，因此进门之后，便按照操典规定向肯脱作了正式报告，并且在得到对方允许之后，才在办公桌对面那张空椅里坐下。

肯脱把桌上的雪茄烟盒打开后推向劳伦斯，忽地又想起劳伦斯并不吸烟，便又将烟盒拉了回来，自己取了一支，点上后吸了一口，说道："今天早上我接到从珍珠港发来的一份电报，说要把你调回舰队司令部另有任用。"

"这件事情我已经知道了。"劳伦斯说道。刚才听到肯脱找他的时候，便料到十有八九是和他谈工作调动问题。走到楼梯上时，他考虑了一下，作为基地司令官，肯脱迟早会知道有一份密电是从华盛顿海军部直接发给自己的，于其到以后可能惹起不必要的猜疑，倒还不如自己先告诉了他为好。

"你是怎么知道的？"肯脱有些惊讶地问道。

"我刚才接到海军部发来的电报，告诉了我这件事情。"

"噢——"肯脱仰靠在椅背上，脸上现出了个"原来如此"的神情。

瞧着肯脱的这个表情，劳伦斯知道他是误解了，以为自己害怕会陷进战火里去，因此便利用自己家族在海军部里的关系和影响，把他调回到远离前线的美国本土去，于是便解释道："我调到舰队以前，在情报处里干过一段时间，这回大概是那里把我要回去的。"

肯脱低着头想了一会，点着头说："这也很可能，说实话，从扬子江舰队撤离以后，这里的通讯部门也没有多少工作要做了，把你留在这里是埋没人才……那你打算什么时候离职呢？"

"舰队发来的命令中没有说明吗？"劳伦斯问道。

"没有。"肯脱拉开办公桌抽斗，拿出电文纸带看着说道："只是说'立即办妥离职手续，回舰队司令部报到'。今天是十月三十一日，今天早上总统公司的戈登将军号，已经载了七百多个侨民开往马尼拉了，下一班来接侨民的船应当是克斯特将军号，现在还在马尼拉没有启碇；大概要过一星期才能到上海，要是你等不及的话，大后天荷兰轮船公司的芝沙辣克号要开往香港，你可以乘这条船去，到了那里再转船去火奴鲁鲁。"

劳伦斯摇着头说："不，不，我并不急于要走，可以等克斯特将军号来了跟侨民们一起走。"

"听你的便。"肯脱说着翻阅了一下台历上的记录，"克斯特将军号是十二月六日在这里进港，停靠两天，八日早晨出发去马尼拉……让我再问一句，十二月八日启程对你不会太迟吗？"

"不，不。不会太迟……"劳伦斯顿了一下，自己也不知道为什么又添上了句，"八日那天正合适。"

肯脱欠身在烟灰缸里揿灭了雪茄烟蒂说："好吧，那你就去准备移交工作吧，在舰队司令部另行任命以前，你这部门的工作先由琼斯中尉接替代理。"

"是。"劳伦斯站起来向肯脱敬过礼，转身走出了办公室。

娜达莎推开那扇玻璃弹簧门，走进了皇家咖啡馆。

和不少用"皇家"作为名称的场所一样，这家坐落在静安寺路麦特赫司脱路转角处的咖啡馆的规模和陈设，远不及店名来得威风和堂皇，且不说在两个租界上，即使在这条静安寺路上，也只算得上是二流的咖啡馆。娜达莎约劳伦斯来这里见面的理由是，因店堂里放着一台能自行选曲的飞歌牌电唱机，这在当时的上海还是一件新鲜玩意儿，而里面又装着不少她喜爱的歌曲唱片。但这些其实都只是个托辞，真实的原因还是因为这里的女招待都是中国人，另外到这里来碰到熟人的机会比较少。

娜达莎才踏进门，便看到了劳伦斯独坐在近门的一个火车座里在看报，娜达莎走到面前时，劳伦斯抬头看到她，便放下报纸招呼道："你来了！"

娜达莎在他对面坐下。女招待过来询问用些什么，她要了杯热巧克力，劳伦斯则再要了杯热牛奶，女招待走开之后，娜达莎拿起劳伦斯搁下的那份报纸瞟了一眼，这是份刚出版的《大美晚报》，便问道："今天报上有什么新闻吗？"

"你是指国际局势方面的？"劳伦斯反问道。

"当然啰，汪精卫手下那些特工杀人、扔炸弹已经算不得什么新闻了，差不多每天都有发生的。"

"要是这样的话，除了这上面登的来栖三郎和赫尔在会谈中向记者发表谈话以外，就没有什么其他新闻了。"

"他们都讲了些什么呢？"娜达莎问道。

"都是差不多的内容，认为要维持日、美两国之间的和平相处是完全可能的。"劳伦斯回答道。

"这不是个挺重要的消息吗——至少对你们国家和你们国家的人民来说？"娜达莎问道。

"也许是吧。"劳伦斯耸了耸肩膀，顿住了片刻说道，"可我大概是个悲观主义者，我觉得那些政治家的外交辞令，总有点靠不住的味道，他们有时可以用许多美妙动听的语言把自己说成是个圣徒，但在下一分钟里却可能会现出撒旦的嘴脸，这也许并不能责备他们，因为这是他们职业上的需要……”说着，他指了指端着托盘走过来的那个女招待说道，“正像在酒吧和咖啡馆里当招待的人，必须经常脸上挂着个职业性的微笑一样。”

女招待把饮料送给他们之后便走开了。娜达莎端着杯子喝了口巧克力，说道：“前天我已经把那件事情和父亲谈过了。”

“哦，”劳伦斯愣了愣，但马上领悟她说的是关于受聘去美国的事情，便问道，“他是什么态度呢？”

“他当然舍不得我离开，这一点他嘴上虽然没有说，但我心里很明白。可他也知道这里是越来越难以呆下去了，对我来说更是这样，所以他同意我到美国去。”

“这说明你父亲确实很爱你，能真正地为你着想。”劳伦斯说过这些话之后，觉得接下来应当把自己调动工作的情况告诉娜达莎，但又感到一时有些难以措辞，低头沉思了片刻才说，“可现在的情况稍微有了些变化。”

“变化！”娜达莎敏感地问道，“是什么变化？”

“不，不，并不是你去美国的事情出了问题，你还是能去那儿的。”劳伦斯从娜达莎的眼神里看出她的想法，便赶紧这样解释，“我说的变化只是指我最近可能要离开上海。”

“离开上海！为什么？”娜达莎问道。

劳伦斯耸了耸肩膀说：“虽然你一直看到我穿着便服，可你也知道我是个现役军官；这便是对你提出的问题的全部回答了。”

娜达莎低下头沉默了好一会，抬起头看着劳伦斯问道：“你什么时候走？到那里去？这些能告诉我吗？”

劳伦斯刚才已经考虑过，还是告诉她实话好，于是便回答道："下个月八日先乘船到马尼拉，然后再换飞机回美国。"

"八日！"娜达莎在吃惊中带点懊丧地说，"今天已经是月底了，那么你在上海只有一个多星期好呆了。"

劳伦斯伸过手去盖住了娜达莎搁在桌上的那只手："可毕竟还有八九天时间呢，这总比战争时期接到命令就要开拔好多了。关于你去美国的事情，前几天我已经给舅舅发了电报，即使在我离开上海之前没法把手续全部办好，我也会交托给狄基的，到时候你尽管去找他好了……"他顿了顿，又接着说道，"你尽管放心，你去美国应当是不成问题的，这次我回去了还能帮你办得更快一些呢。"

娜达莎捧着巧克力杯子，一小口一小口默默地啜喝着，听到劳伦斯即将回国的消息之后，她在心理上很矛盾，一方面觉得依恋不舍；因为从这一个多月来的相处中，她已经意识到劳伦斯对自己的感情是真挚诚恳的，并不是那种把女人弄到手玩弄过后就随便丢开的GI[①]丘八大爷，因此自己从原来的"不妨大家玩玩"，逐步演变成把他看作可以终身相伴的目标了。现在骤然间听到即将与他分开的消息，不免有些黯然神伤；但从另一方面看，她也有些盼望劳伦斯早些离开上海，这里有着两层原因，一层是和劳伦斯相处过久了，难保不让他发现自己的真实身份，要是这样，他肯定会认为自己一直都在对他存心欺骗；而更重要的那一层是她现在还承受着蒙索洛夫交付的那个"任务"，虽然蒙索洛夫目前还没有提出更多的要求，只是要她绊住劳伦斯不让他"脱缰"，但可以预料，蒙索

① GI是指美国兵。

洛夫的“任务”决不可能到此为止，过些日子，他一定还会提出其他要求，到时候，无论执行与否，对自己都将是个极大的难题。要是劳伦斯在近期内由于工作调动而离开了上海，蒙索洛夫也就不能认为自己并不尽力了。从这个意义上来看，劳伦斯突然调离上海，对自己和对他本人应当是有利的……

劳伦斯见娜达莎一直沉默着不作声，便问道：“你在想什么？是认为我刚才说的那些话靠不住吗？”

“不，不是。”娜达莎笑了笑说道，“我只是在想，你在离开上海之前我们还能见面吗？”

“为什么不能呢？”劳伦斯有些诧异地问道。

“你还有一个多星期就要离开上海了，这段时间里你也许还有许多事情要办的。”

劳伦斯笑了笑说道：“应该说等我办好离职交接手续之后，空闲的时间就更多了。倒是你的那位女主人，她能同意放你两天假让我俩在一起好好地玩玩吗？”

娜达莎摇了摇头说：“请假怕办不到，我那位女主人不赞成我到外面去交际；另外最近天气开始冷了，她的哮喘病又在发作。她发病的时候就像小孩子那样，经常要我在旁边照料的。”

“既然这样，那我们就只能按照原来约定的办法见面了。”劳伦斯有些沮丧地说。接着他掏出钱包，抽出两张钞票丢在桌子上，站起来说道，“那我们现在就到仙乐斯去跳一会舞吧，或者到别处也行，总之挑你喜欢的地方去。”

在得知不久便将同劳伦斯离别之后，娜达莎也很希望能和他在一起多盘桓些时间，但今天夜里有十多个意大利海员约定要到“康司坦诺维奇爵邸”里来跳舞和宵夜。逢到这类场面，娜达莎都要在厨房里监督烹调和照料上菜，此刻她是趁着客人到来之前的空隙溜出来的，因此便向劳伦斯推说自己还要照料女主人服药，必须及早赶回去。听了这样的理由，劳伦斯当然无法勉强，于是便送娜达莎回家去。

皇家咖啡馆西面毗邻处，便是银色公司的一个出差汽车站，虽然由于汽油越来越紧缺，这家公司的不少汽车已经停驶，但由于看到来雇车的是两个外国人，估计小费不会少，于是便有司机迎上来揽下了这笔生意，让劳伦斯和娜达莎上了车朝西面开去。

娜达莎过去告诉过劳伦斯，她那位女主人家住在法租界汶林路上，劳伦斯每回送她回去也都是送到那儿的路口上才分手。他俩乘坐的出差汽车沿着静安寺路向西开去，经过静安寺的时候，娜达莎朝窗外望了下，马思罗夫开的那家肉食店平时要到晚上九点过后才打烊，但此刻才只八点多，排门已上得紧紧的了，也许从那天父亲和彼得叔叔离开之后，蒙索洛夫手下那帮歹徒又去那里滋扰过了。想到蒙索洛夫手下的那帮家伙，以及他对劳伦斯表现出的关注，便禁不住有些为劳伦斯的安全感到担心，很想提醒他在这方面多加注意，可又怕会引起他的怀疑而进行追问。正在犹疑间，汽车已开到大西路口上公共租界和法租界交界处那个检查哨卡前面了。往常汽车经过这里时，都只是例行公事地朝里张望一下便放行了，但今天却检查得十分严紧，汽车、三轮车、黄包车和行人分别排成队，候在不同的卡口外接受检查。当劳伦斯他们乘坐的那部汽车开到铁丝网前时，先是一名中国巡捕扬着手让汽车刹住，然后是一名印度巡捕上前一下把后厢的车门拉开，同时把手里那支左轮枪的枪口朝着里面。这时，司机开亮了车厢顶灯，那印度巡捕看到车里坐的是两个外国侨民，愣了愣，赶紧收起手枪，用发音不纯的英语连声地道着歉。

劳伦斯到上海虽只才半年多，但已经有好多回看到过那些印度巡捕的嘴脸了，那些人见了欧美人、日本人和上司，十足一副卑躬屈膝、奴颜婢色的模样，但对待中国人的黄包车伕、三轮车夫和苦力，却是十分粗暴，动辄便抡起警棍夹头夹脑地打去，因此他对这些印度巡捕一向并无好感，所以并不理睬他的道歉。他正想拉上车门，娜达莎却用英语向那个巡捕问道："发生了什么事情，弄得这样紧张？"

那印度巡捕正为刚才对他们表现得无礼而感到不安，听到娜达莎问他，便殷勤地回答道："两小时前在地丰路上发生了件凶杀案，有两个人被手枪打死了，现在正在追捕凶手……"他顿了顿，又添上一句，"那又是那些中国人在自相残杀，同我们外国人是不相干的。"

娜达莎向那个巡捕道过谢，劳伦斯拉上车门，司机挂上排挡，松开离合器，汽车便开过哨卡口子进入了法租界。铁丝网那边虽也有法籍警官带着几名安南巡捕守在那里，但由于公共租界那边已经进行过检查，因此连看也没朝车里看一下便挥手放行了。

汽车开到善钟路赵主教路口向西转弯时，劳伦斯颇为感慨地说道："现在的上海简直成了枪杆子的天下了，随便哪个人拿上杆枪，就可以为所欲为！"

娜达莎感到这正是劝告他注意自身安全的一个机会，便接过话茬说道："那你在出来的时候也应该带上支手枪嘛。"

"我带手枪？"劳伦斯有点惊讶地问道，随即又笑起来说，"我不在基地里担任警卫工作，哪来的手枪？"

"你是个军官，难道还弄不到一支手枪吗？"娜达莎问道。

劳伦斯想了想说道：“真要弄支枪当然也不成问题，可我要手枪有什么用呢？上海目前的社会治安固然很差，可总还不至于差到有人对我抢劫或者暗杀吧！”

娜达莎很想对劳伦斯发出更明白些的警告，但她又理智地告诉自己：必须约束住自己的感情和管住自己的舌头，否则必定会引起劳伦斯的怀疑而惹来一连串查问，这样，有些事情就难免会露馅，这对于自己、父亲甚至劳伦斯本人都会带来不利……

第 三 部 分

一九四一年十一月

二十一

迈克尔走到亨利路、甘世东路转角处那家酒吧门前，仰脸看一下门上的招牌，由于年深日久，那块招牌上的油漆约有三分之一已经剥落了，但还能看得出上面原来漆的是花体俄国字，由此便认定这儿正是蒙索洛夫约他来会面的地方。他推门进去，里面的店堂并不大，除掉一张酒吧柜和一排酒吧凳以外，旁边只有三副火车座。午后正是营业最清淡的时间，里面没有顾客，只有一个留小胡子的侍者，在长柜后面整理着酒杯。他看到迈克尔进来，先用俄语招呼一声，见迈克尔听不懂，便又换成英语招呼道："午安，先生。"

"午安。"迈克尔一面回答着，一面坐上了酒吧凳。

"你要喝点什么？"那侍者问道。

"给我杯威士忌，白马牌的，要纯的。"迈克尔回答道，当侍者给他斟好了酒，又说道，"我要找蒙索洛夫先生。"

"蒙索洛夫！"那侍者掀了一下眉毛问道，"你是跟他约好的吗？"

"当然。是他约我到这里来的。"迈克尔回答。

“好，那请你等一会。”侍者说罢，走出酒吧柜，推开店堂后面的一扇小门走了出去。约莫过了四五分钟他回来了，朝迈克尔做了个“跟我来”的手势，引着迈克尔走出后面小门，又走上一部黑洞洞的楼梯，到了楼上的一扇房门前，推开房门，做着手势叫迈克尔进去。

迈克尔走进房里。这是一间摆设成会客室的房间，里面的家具都挺讲究，蒙索洛夫独自斜靠在正中那张长沙发上吸着雪茄，看到迈克尔，举手向他打了个招呼，指着旁边一张单人沙发示意他坐下。

迈克尔坐下后，看到面前矮几上的烟灰缸里有一大堆烟蒂，房间里也是烟雾弥漫，可以推想这房间刚才一定有着好几个人，都是那侍者通报自己来到之后特地避出去的。他再转脸看着蒙索洛夫，三天前收下了刀疤脸交给他的那叠美钞之后，蒙索洛夫接着便露面了，他对迈克尔只字不提以前的那些交往和刚才所发生的事情，只是沉着脸像对待一名下属似地向迈克尔交代了第一件任务，并且规定了完成的时间和会面地点，然后便吩咐刀疤脸和另一个白俄把迈克尔送出囚室，再给他雇上一部三轮车让他回基地去。此刻，迈克尔便是按照那天蒙索洛夫所指定的时间和地点到这家酒吧来的。斜靠在沙发上的蒙索洛夫的脸色，似乎比三天前显得和蔼了些，但还俨然是一副上司对待下属的面孔，他重重地吸进口烟，又撮起嘴唇吐出一个挺大挺浓的烟圈，看着那只烟圈在空气中散尽之后，开口问道：“那些东西你都带来了？”

“带来了。”迈克尔从上衣里袋里掏出一只信封，递给蒙索洛夫，当蒙索洛夫从里面拿出几张纸头阅看时，他在旁解释道，“这是这个月上半个月基地各部门的值班名单，这是十二月份基地司令部和威克号之间对讲无线电台的频率和呼号，这是目前基地库存弹药的数量……”

蒙索洛夫把那些纸头掷到旁边，问道，“那么密码呢？你们和舰队司令之间的密码在哪里？”

迈克尔面呈难色地回答：“密码不归我管，按照军事条令，除掉主管首长和通讯人员，其他人都不准接触军事密码，我要是想法去打听，反而会惹起怀疑。”

“那么那个姓罗斯的通讯主任呢？不是告诉过你要从他那里探听有关密码的情况吗？”蒙索洛夫冷冷地问道。

“我还没候到机会，劳伦斯这人挺敏感，操之过急反而会坏事。”迈克尔顿住了一会又说道，“而且……而且他马上就要离开上海了。”

“离开上海！”蒙索洛夫一下子坐直起来，注意地问道，“到哪里去？”

“现在还不清楚，只听说要调他回国，到底是到夏威夷还是华盛顿不清楚。”

“这消息你能肯定吗？”

“当然能，是他本人亲口对我说的，肯脱中校前天已经接到电报了。”

“他什么时候离开上海？”

“这个月八日乘克斯特将军号启程。”

蒙索洛夫默然了片晌，屈起指头计算着说：“今天是二日，那还有六天时间。”说罢，低下头沉思起来。

迈克尔等了三四分钟，见蒙索洛夫一直沉默着不说话，便忍不住问道：“你们到底想在劳伦斯那里探听些什么呢？要是能明白告诉我，也许能好办一点，不像现在这样不着边际地东探西问，还得提防着他会起疑心……”

“这些事情不用你操心，你只要照我说的去做就行了。”蒙索洛夫厉声岔断了迈克尔的话说。此刻，他心里有点烦躁，要是在那个罗斯少校身上一无所获，他在井上面前是无法交账的，但他也不能照实地告诉迈克尔。又沉默了一两分钟，蒙索洛夫意识到自己刚才说话的口气有些生硬，便用较为缓和的语气说道：“这问题到时候我会告诉你的，现在你只要注意好他的动静，随时把他的行踪告诉我。”

迈克尔想了想，有些惊惶地问道：“你们也想把他……对我一样吗？”

蒙索洛夫从迈克尔的脸色上看出他心中的疑虑，淡淡地笑了笑说：“你尽管放心，我们会按不同对象采取不同的方法，决不会轻率从事的，只要他能识相一些，我们决不会对他带来任何损害，而且也决不会牵累到你头上的，这一点你完全不用担心……”说着他朝迈克尔挥了挥手，“现在你可以去了，可别忘了每天用电话把他的行踪报告给我。”

迈克尔站起来走出了房间，在下楼的时候，他想起从自己坐下之后，蒙索洛夫既没有向他递过烟，也没有问过他要不要喝点什么，蒙索洛夫对待自己的态度，就像对一个雇用的小伙计或是一条养驯了的狗那样，召之即来，挥之即去……“总有一天，我也会让你这个连国籍也没有的畜生瞧瞧颜色的。”他这样恨恨地想着。但这“总有一天”到底是什么时候，并且用什么办法让蒙索洛夫“瞧瞧颜色”，却又是他无法找到答案的问题……

在卡特琳娜·康司坦诺维奇夫人的客厅里，此刻正是每年一度最热闹的时候。

十二月二日是卡特琳娜的命名日，从前她在俄国的时候，对这个日子是不甚重视的，只是邀上几个相好的朋友来吃顿饭，喝上瓶酒，便算是庆祝了，有些年甚至还完全忘记了这个日子。但自从离开俄国之后，她却突然对命名日重视起来，不管在哈尔滨或是来上海之后，逢到这一天，总要好好庆祝一番，在这一天里，所有的姑娘都放假一天，一整天停止接客；到了晚上，在一顿丰盛的晚餐之后，还要举行舞会，除了卡特琳娜自己邀请的那些客人以外，各个姑娘都可以把自己相好的小伙子邀来做舞伴，大家在留声机放送的乐曲声中相拥着跳舞，还不断地喝伏特加、香槟和品尝各种糕点，就这样尽情欢乐直到午夜。曾经有人问过卡特琳娜：为什么肯花上这么多钱来庆贺一个命名日？她是这样回答的："一年里就只这么一天，让我感到自己又像回到了年轻时候，回到了俄罗斯。为了这些，再多花点我也是心甘情愿的。"

此刻，留声机上正放着慢华尔兹乐曲唱片，偌大间客厅里，只开着两盏光线暗弱的烛形壁灯，姑娘们有的同自己的相好相拥着在跳舞，有的正坐在靠墙的座位上喝香槟或吃糖果。卡特琳娜因为刚才一连跳了好几支舞，感到有些累乏，正斜靠在一张长沙发里同比埃尔先生聊天。比埃尔先生是位律师，是十多年前从法国到上海来开业的。从卡特琳娜经营的这家妓院开张以来，一直受聘担任她的法律顾问，同时也是她和法租界巡捕房之间的牵线人物，"康司坦诺维奇爵邸"按月给捕房首脑的孝敬费，都是由他送去的，倘若遇到什么麻烦也都由他出面去解决。他既是卡特琳娜的朋友和代理人，又是这里的嫖客，院里的姑娘中有一半以上都和他睡过觉。此刻他正用夹杂着一些俄语和英语单词的法国话在向卡特琳娜解释，为什么她应当及早把上海的不动产脱手卖掉，换成瑞士和其他中立国家的工业股票。说话时，他还用两手的大幅度动作，辅助着语气。卡特琳娜在俄国当妓女的时候，为了追求时尚和便于接待那些贵族嫖客，也曾向一位法国教师学过两年法语，所以此刻她饶有兴味地听着比埃尔的讲述。这时，一个白俄罗斯姑娘从厅外走进来，走到卡特琳娜背后，凑近她耳边说道："蒙索洛夫伯爵来了，要我传话告诉你他等在外面。"

卡特琳娜怔了一下，她今天并没有邀请蒙索洛夫，而且蒙索洛夫过去从不曾参加过自己的命名日宴会，因此他肯定不是为了向自己祝贺命名日而来的，她想了想，吩咐那姑娘道："你请他到楼上小客厅里坐，告诉他我马上就来。"

那姑娘遵命走了出去。卡特琳娜向比埃尔道了一声歉，又站起到几位应邀来的贵客那里去稍稍周旋了一下，便拎起自己那件宝蓝色礼服长裙，姗姗地走出了客厅。

当她推门走进自己那间专用的小会客室时，看到蒙索洛夫正交叠起腿股坐着在吸烟，他一见卡特琳娜，便扔掉手里的雪茄，跳起来搂住卡特琳娜的肩膀，在她脸颊上吻了一下，又把她推远了些，用赞赏的目光瞧着她说道："你真漂亮，亲爱的，简直就像我头一回见到你的时候一模一样。"

"谢谢你。"卡特琳娜说道。蒙索洛夫这些献媚的话是挺动听的，尤其是对一位已届迟暮的女人更是如此，但不知什么缘故，从他嘴里吐出的这些话，却并没有使卡特琳娜感到欣喜。从一年多前蒙索洛夫要她从那些英、美嫖客那里搜集情报时起，她便开始对他存下了一份戒心，尽管表面上对他的态度仍同往昔，但在心里却总对他提防着一分，尤其前几天发生了那件事情之后，便更从原来的戒心转为对他的畏惧。那天，蒙索洛夫带了一个来过好多回的美国海军军官到院里来，她原以为蒙索洛夫只是和过去一样带着他来玩姑娘的，哪知以后竟在昏睡中被蒙索洛夫手下的人用汽车装走了，至今不知是死是活，倘若以后法租界当局迫于美方压力，不得不进行追查的话，捕房里的那些人虽然不敢惹动日本人，但对于推出一个开妓院的白俄女人来当替罪羊，却是不会有丝毫迟疑的。总之，卡特琳娜在隐隐中感到，自己已被卷进了一个还弄不清内容的阴谋里了，而现在对她来说，最迫切需要知道的是那个美国军官的情况，于是便问道，“那个小伙子呢？他现在怎么样啦？”

“你问的哪个小伙子啊？”蒙索洛夫抬了一下眉毛反问道。

“你知道我问的是谁。”卡特琳娜对蒙索洛夫这种装佯的态度有些不满，“就是你们带走的那个美国军官，你把他怎么样啦？”

“哦，问的是他。”蒙索洛夫微笑着说，“他早就回自己的基地去了，并且生活得很愉快，大概比你我还更愉快一些……你怎么想起要问他的情况啦？是惦记这小白脸吗？要是这样，我是会妒忌的。”

“别开玩笑。”卡特琳娜微嗔着横了他一眼说，“我是怕你们会胡来一气，这样会给我惹出麻烦的。”

“惹出麻烦！”蒙索洛夫摇了摇头说，“不，现在，在这里，会给你带来麻烦的只可能是日本人，这当然只是指在不愿意同他们合作的情况之下。对于这一点，我不是已经给你讲过好多遍了吗？”

这些话虽然是蒙索洛夫面带微笑说的，但其中包含的威胁意味却十分明显，因此卡特琳娜有点慌张地看着蒙索洛夫说道：“可……

可这一年多来，我不是都帮着你……帮着他们做事的吗？”

蒙索洛夫点着头说：“不错，你确实帮他们做过点事情，这一点他们是了解的，可有时候他们往往会把同你有关的人的表现，也算到你的账上，这样的计算方法也许不太合理，但却是他们的习惯，是我们无法加以改变的。”

卡特琳娜愣着想了半晌，领悟地问道：“你是在说娜嘉吧？她怎么啦？”

蒙索洛夫说道：“以后我会告诉你的，现在我先得找她谈一下，劳你驾把她叫到这里来。她来了你就可以去招待客人了。”

卡特琳娜答应了，便走出会客室去叫娜达莎了。

此刻，娜达莎正在厨房里，正帮着一位从康司坦丁瑙弗里俄菜馆请来的调酒师调制鸡尾酒。这位调酒师年已七十开外，过去是彼得堡凯撒大饭店的首席调酒师，曾好几次为王室举行的酒会调过酒。他能调制出近百种鸡尾酒，即使流亡到了上海，他的调酒本领在上海的西菜业和欧美侨民中，也是很有名气的。娜达莎一边给他当助手，一边留心地看着他配酒的程序和方法。她很明白，自己这回要是能去美国，以后的生活道路便完全得靠自己去闯了，她没有什么专业技术和工作经验，到了那里即使当名普通公司职员，也未必能够胜任；现在要是能学会点调酒技术，那么以后就是进一家普通餐馆去当一名调酒师，总要比端盘子强些。所以她此刻正专心致志地干着，同时还装成有意无意的模样，向那位调酒师讨教着调酒中的一些诀窍，正在这时，卡特琳娜进来把她叫出厨房了，告诉他蒙索洛夫要找她，叫她自己上楼去见他。

娜达莎回厨房去匆匆地洗过手，解下围裙，上楼走到小会客室门前轻叩了两下，听到房里应声之后，便推门走了进去。

才踏进门，她便意识到今天也许会有一场风暴降临到自己头上。蒙索洛夫端坐在沙发里，紧抿嘴唇，脸色阴沉，见到娜达莎只是扬了扬下颏，让她在对面坐下，然后一言不发直勾勾地盯视着她。

娜达莎被蒙索洛夫盯得似乎有些芒刺在背，但又不便先开口问话，只能装出一副自若的模样端坐着。这样过了足有四五分钟，蒙索洛夫才慢悠悠地开口说道："我记得曾经提醒过你，亲爱的娜斯达西娅，要想把事情对我们隐瞒起来，对你是不会有什么好处的，是不是这样？"

"是的，你提醒过我。"娜达莎虽然心中十分忐忑，但语气和表情仍旧显得挺镇静，"可我不太明白，伯爵先生说这些话的意思，难道我有什么事情瞒着你吗？"

"有，你有事情瞒着我。"蒙索洛夫肯定地点着头说，"你的那位美国朋友很快就要离开上海了，可你并没有把这件事情告诉我。"

娜达莎暗自吃了一惊，据劳伦斯那天告诉自己时说：这件事情他本人也只是当天下午才知道。到今天才隔了三天，怎么蒙索洛夫却已经知道了？但她立刻又想到劳伦斯曾经说过，他有个同事是蒙索洛夫的赌友，那么这消息想必是从那人那里透露过去的！她迅速地考虑了一下，装出惊讶的表情问道："你得到的这个消息可靠吗？怎么他一点也没有向我提到过。"

"没向你提过？"蒙索洛夫扯着嘴角冷笑了一下，突然问道，"最近一段时间你们见面了好几回吧？"

"是的。"娜达莎点着头承认，"不是你要我……"

"见过几回，去了哪些地方？"蒙索洛夫突然岔断了她的话问道。

听着这问话，娜达莎忽然意识到，自己的行踪极可能是受到监视的，劳伦斯寄来约自己出去会面的那些信，也很可能被偷拆过，因此还是据实回答来得有利，于是便屈着指头喃喃地计算着说道："上星期三在金谷饭店吃过顿午饭，再到大光明看了场电影，是爱洛·弗林的《海上英雄传》；星期六中午他带我到外滩的美国总会去吃午饭，饭后散了会步，本来他要我晚上陪他去跳舞，可我因为晚上卡特琳娜夫人这里还有事情，没有同意，就回来了；大前天我跟他是在静安寺路上的皇家咖啡馆里见面的，那天也因为这里有人请客，所以不多一会就回来了。从那回你跟我谈过之后，我和他就只见过这三回，可他从来也没有说过就要离开上海的话。"

这下轮到蒙索洛夫有些困惑了，娜达莎叙述那些约会时的态度，十分从容坦然，不像在撒谎；另外她所叙述的那些约会时间和地点，也同自己得到的报告是一致的，在这样的情况下，就很难判断她究竟说的是实话还是在扯谎，或是其中有多少是实话，又有多少是谎话。蒙索洛夫想了想，又问道："你们见面的次数这样频繁，所谈的难道就只有男女之间的谈情说爱吗？"

听到这问话，娜达莎知道蒙索洛夫只是知道了自己的行踪，对于劳伦斯准备把自己弄到美国去的情况并不了解，因此觉得安心了些，便耸了耸肩膀回答道："当然还有些其他内容，电影、音乐、小说和他在美国的生活等等。反正什么都谈，当然也谈到对局势的看法和对日本人的不满情绪。"

"那么他从来没有向你透露过自己是干什么的吗？"蒙索洛夫问道。

"没有。"娜达莎不假思索地回答，"他一直告诉我，他是一家美国公司里的高级职员，听起来像是经理或副经理这类职位。因为你告诉过我，只要想法同他继续交往，对于他的职业不要多问，以免引起他的怀疑，所以我一直装着根本不知道他是个军官。”

虽然蒙索洛夫感到娜达沙并没有真正对自己说实话，至少是有些事情是瞒住自己的，但对她的这些回答却又感到无懈可击，因为迄今为止，除了要她绊住劳伦斯不让他飞走以外，自己也确实并没有向她布置过什么具体任务。因此在沉默了两三分钟之后，他的面色便显得和蔼了些，问道：“你刚才说的都是实话吗？”

“当然。我为什么要说谎呢？伯爵先生前回教导我的那些道理，我记得很牢，我和父亲还要在这里生活下去，欺骗你……或者说是欺骗那些日本人对我们决不会有好处，这一点我是很明白的。”

蒙索洛夫两眼定定地注视着娜达莎，从她脸上却看不出有丝毫慌乱或是畏惧的神情。蒙索洛夫收回目光，沉思了一会，问道：“那你和他约在什么时候再见面？”

“后天。后天下午在静安寺路飞达咖啡馆见面。”

“好吧。”蒙索洛夫说道，“那你后天上午就在这里等着我，我会给你指示的。”

娜达莎答应过后，站起来说道：“要是没别的事情，那我就走了。”

蒙索洛夫点了点头说道：“劳驾你请卡特琳娜到这儿来一趟，我还有话对她说。”

二十二

“好吧，我看！”坐在刀疤脸对面的那个小伙子，盯住摊在桌上的那两副牌，看了足有四五分钟，最后下定了决心，一边把自己面前那堆钞票推向圆桌中央，一边大声地说道。

刀疤脸冷笑了一下，把自己那张底牌翻过来说：“顶头K一对，怎么样，你当我在偷鸡吗！”说罢，伸出双手把牌桌中央的钞票全部拢到了自己面前。

那输了钱的小伙子满脸沮丧地嘟囔着，又要向口袋里掏钱，但搜遍了所有衣袋，只掏出了几张皱巴巴的十元面额钞票。他看着刀疤脸说道：“借我二百元钱吧，过一会就还你。”

“去你的，想借了我的钱来翻本，想得倒挺美。”刀疤脸讪笑着说，转过脸吩咐坐在旁边的另一个赌友，“发牌吧，还等什么！”

那人刚打算分发，房门被推开，楼下酒吧里那个留小胡子的侍者，探头进来说道：“鲁柯夫的电话，头儿打来的。”

刀疤脸把面前的钞票胡乱地塞进衣袋，站起走出房门，噔噔噔地跑下楼去。这样，牌桌边便只剩了四个人，再加又走开了一个大赢家，因此虽然那“沙蟹”牌局还在继续，但却打得无精打采，并没有出现什么紧张场面。

过了足有十来分钟，随着楼梯上一阵脚步声，鲁柯夫推门进来，桌边一个赌友招呼道：“快来吧，都等着你这个大赢家呢。”

鲁柯夫摇着头说：“收场吧，都别来了。”

那个叫谢尔盖的小伙子有些不满地说：“怎么，赢了就歇手啦，我还要翻本呢。”

“少废话！”鲁柯夫乜斜了他一眼说，“刚才头儿来电话，说有活儿要干。谢尔盖，你下去把萨罗斯基和基米洛夫也叫来，大伙一起听一下。”

听到蒙索洛夫布置下了任务，他们不得不歇手了。谢尔盖下楼去把正在喝酒的同伙叫了上来。这样，连鲁柯夫在内，这间并不很大的房间里，便有了七个人。鲁柯夫站在中间，把蒙索洛夫刚才在电话里向他布置的任务，尽量详细地讲了一遍。最后说道：“头儿要我告诉大家，这件事情十分要紧，从今天起，连那些暂时没有派到任务的人也都不能回去，全都住在这里，准备随时出动执行命令。总之，这件事情要能办好，那边给的赏金是不会少的；可是弄糟了，日本人是不会答应的。到时候连头儿带我们，都不会有好果子吃。大家明白了没有？……现在大家看看还有什么问题，有问题就先提出来，免得到时弄成手忙脚乱坏了事。”

那个刚从下面酒吧里被叫上楼来的基米洛夫说道：“那么到底打算在哪里下手，在租界上还是在虹口？这个你还没讲清呢？”

“这个还用得着问吗？”鲁柯夫轻蔑地朝他瞟了一眼，“要是他们能在虹口下手，那还用得着我们这些人吗？”

“在租界上下手，要是惊动了巡捕房那该怎么办？那家伙毕竟不是个中国人，事情真闹大了，巡捕房也不会袖手旁观的。”还是那个基米洛夫问道。

“这不用担心。”鲁柯夫轻蔑地笑了笑说道，“只要我们不是在南京路、霞飞路或者在巡捕房门前动手，就不会有谁来找麻烦的。”

众人会意地一齐笑起来，笑声停住之后，谢尔盖开口问道：“你刚才说，那个美国佬是个军官？”

“是的，是个当军官的，那又怎么样？”鲁柯夫反问道。

“那他出门的时候身上会不会带着这个？”谢尔盖伸出拇指和食指比拟一个手枪的形状。

鲁柯夫怔了怔，随即哼了一声说：“怎么，害怕啦？你没见过手枪吗？……”说着，他伸手从后面裤袋里，抽出一支零点三二口径的勃朗宁自动手枪，食指伸在扳机护圈里灵巧地把枪身转了一圈，再一下子抓住枪把说道，“我们不是靠着这玩意儿吃饭的吗！怎么倒会害怕起这个来啦……”说罢这些，他瞧着其他人脸上也现出迟疑神色，便笑了笑说道，“那家伙虽然是当兵的，可是个摆弄电台的军官，身上从来不带枪。这一点头儿早就摸清了底细，你尽管放宽点心就是了。”

听到他们准备袭击的对象不可能携带武器，原来有点紧张的脸色都松弛下来，屋里的气氛也显得活跃了些，只有谢尔盖还在讪讪地嘟囔着。鲁柯夫把手枪插回裤袋里，扬了扬手说道：“头儿有事叫我去一趟，你们都别走开，有谁要去找娘儿们，也得留下个地方，不要到时找不到人……干完一趟就回来，别让那些骚娘们把你们榨成了块烂抹布。”

最后那几句话招来一阵哄笑，鲁柯夫从衣袋里抓出一把钞票，从里面捡出几张大面额的，捏成一团，扔给谢尔盖说道："给你做本钱，好好的翻一下本吧。"接着，走出房间，往楼下走去。

鲁柯夫从后门走出了青鸟酒吧，在后门口停着一部机器脚踏车。他掏出钥匙开了电门，踩了十几下启动杆才点上火发动起来，他跨上车，推进排挡，松开离合器，把车开出了弄堂，朝南面开去。

要是按出身和成分来划分，鲁柯夫本来是不应当在这流亡的一群里的。他出身于顿河边一个贫穷的哥萨克家庭，是二十世纪的同龄人。十八岁那年上，他参加了红军骑兵队，曾经挥舞着马刀驰骋在草原上，同马赫诺匪帮作战，还不止一次地立下了战功，但以后被一股流窜的匪帮俘虏了去，于是便投降入了伙，跟随他们一起打家劫舍。他所过的游匪生活是十分惊险的，奸淫烧杀，还拿着马刀和毛瑟枪同过去的同志们拼死厮杀。他脸颊上的那道伤疤，便是那时候由一柄红军骑兵的马刀留下的，而他的毛瑟枪里的子弹则射穿了那个骑兵的胸膛。到一九二一年秋天，顿河草原上的各股游匪已被基本肃清，已没有地方再能供他流窜了，他便化装成退伍军人，设法越过边境到了波兰，后又罄其所有买了一张统舱票从但泽①乘轮船来到了上海。

当时，在上海的两个租界上，流亡来的俄国人是不难找到糊口的生计的，在国内握过枪杆的人大多考进捕房当了巡捕，或者招收进了万国商团，也有当了私人保镖或公司警卫，那些不擅舞刀要枪的大多当了司阍或侍者，还有靠着磨刀剪、卖肥皂或是当其他小贩

① 但泽即今之革但斯克市，为波兰的重要港口城市。

来糊口谋生。鲁柯夫是不屑于干那些伺候人的职业的，于是便到捕房报考巡捕，但不知什么原因，巡捕房没有收纳他；以后再投考商团也没被录取，就连私人保镖也没人雇他。正当他落到不当小贩便无法生活的境地时，意外地遇到了过去在顿河草原上的同伙，那人现在是上海白俄黑社会集团中的一个小头目，于是便把他引进了黑社会集团，开头只是在法租界的地下赌台里当“抱台脚”，以后由于在几场殴斗中表现勇敢，被头脑看中调去当了私运军火中的保镖。从这时起，他便同蒙索洛夫发生了联系。蒙索洛夫也很看中他的心狠手辣和那手准确的枪法，因此当井上授意他建立可供驱策的白俄侨民组织时，他便把鲁柯夫和他手下那伙人拉进来当了打手，发给他们比原来加倍的津贴，给他们配备了一部旧汽车和两辆机器脚踏车，还给了他们以“俄侨协会”名义，向其他同胞进行敲诈勒索的权利，而更重要的是向他们做出了许诺：日本人占领租界之后，他们在上海，能享有同汪精卫“七十六号”特工人员同样的待遇和特权……

增加的那些津贴对鲁柯夫这伙人，固然具有相当的吸引力，但更大的诱惑却还是在蒙索洛夫最末的这项许诺上。“七十六号”的特工人员在越界筑路地区所表现的威风，是有目共睹的。他们可以穿着便衣，却公然露械出入于各种公共场所，无论赌台、舞厅、饭店、戏院，“派司”一亮便昂然直入，还有那些仿佛是取之不尽、用之不竭的外快可供挥霍……到那时，不管是中国人还是英国人、美国人，只要自己看不顺眼便能抡起巴掌照脸掴去，也让那些一直瞧不起自己的人，瞧瞧“罗宋瘪三”的威风……但所有这一切的获得，都取决于能否圆满地完成日本人眼前交下的这个任务！虽然自己根本不知道（也许永远也不会知道），日本人到底为什么要把那个叫劳伦斯的美国军官弄到手，但从眼前这副架势来推断，那必定是个重要人物，只要能逮住他，便是在日本人跟前立下一件大功，日后便能受到他们的青睐；反之，要是让这条大鱼漏了网，那就必定会惹起日本人的恼怒，非但原来的企望会成为泡影，就连现有的那些待遇怕也保不住……

“嘎——”地一声，汽车轮胎同柏油马路摩擦时发出的尖鸣，使他吃了一惊，原来他已经开到贝当路、高恩路口上了，由于一路上都在想着那些事情，根本没想到应当减速，仍是按四十公里的时速冲过了路口，吓得从右边横路上开过来的一部汽车，来了个急刹车，车前的保险杠和机器脚踏车相距不到一米。那开汽车的人从车窗里探出身子，挥摇着拳头，大声骂道：“猪猡，眼睛瞎掉了吗！”

鲁柯夫听到那开汽车的人说的是英语，正想停住同他吵上一架，甚至把那家伙揍上一顿，让那些平日里趾高气扬的英、美人也尝尝俄罗斯拳头的厉害。但当他捏拢了离合器把手，刚打算踩下刹车踏板时，一眼瞥见一个在路口上指挥交通的华捕正快步朝这边跑来。他知道按自己目前的身份，在巡捕面前同一个开汽车的英、美人发生争执，是占不了便宜的，于是便松开离合器把手，加大油门，让机器脚踏车向前冲去，同时暗自想着：“瞧着吧，会有你们哭的时候的！”

二十三

“你要什么酒，少校？”军官食堂里的值勤中士问劳伦斯道。

“今天有哪些酒？”劳伦斯反问道。

“除了啤酒，还有苹果酒、白葡萄酒和波尔多红酒。”

“那就给我来杯波尔多吧。”

一个专司斟酒的上等兵，就给劳伦斯斟了一大杯红酒。劳伦斯端着放着酒菜和面包的托盘，向座位上走去。基地司令部里的军官食堂地方不大，总共才三十来个座位。劳伦斯刚调来上海时，逢到舰艇上的军官上岸来开会，这里往往会挤得满满的，来迟了便找不到座位。可在那时候，这里的气氛挺热烈，招呼、寒暄、谈笑，各种声音此起彼落，一派热闹景象。但从前个月起，随着扬子江舰队的撤离和基地人员的缩减，这里便逐渐变得冷落起来，经常显得空荡荡的，但相应地饭菜的质量却在提高，连酒类供应也比以前充足，像过去只有周末才供应的法国波尔多酒，现在随时也能喝到了。

劳伦斯找了一张靠窗的空桌坐下。他今天所要的午餐是一盘蔬菜汤、一块天篷牛排和印度式咖喱米饭。他先喝下了半杯红酒，剩下半杯准备就着牛排喝，然后喝下了那盘汤，正拿起刀叉准备向那块牛排进攻，迈克尔端着托盘走过来，朝劳伦斯招呼一声，便在对面坐下。

迈克尔要的也是牛排和咖喱饭，另外还有杯黑啤。他就着牛排喝下了啤酒之后，开口说道："你倒挺走运，正好这时候离开这个鬼地方了。"

"鬼地方！你是指上海吗？"劳伦斯问道。

"当然，还能指别的地方吗？"迈克尔带点怨气地回答。

劳伦斯定睛朝迈克尔看了一会，笑起来说道："我倒没想到过你会把这里看作鬼地方，我一直以为你在这里过得挺快活呢，有赌场，有酒吧和夜总会，也能找女人，你还有啥不满意的呢？"

"满意点什么！"迈克尔摇着头说，"这里碰来碰去都是些亚洲人，不是日本人便是中国人，都是些阴险奸刁的家伙，就是那些白俄女人，说起来算是欧洲人，可都已经被那些日本人和中国人睡滥掉了，就连那些肮脏的印度人，只要肯花钱也能够爬在她们身上……"说到这里，他自觉失言地抬手掩了一下嘴，"哦，很抱歉，我忘了你有位俄国女朋友，可你一定明白，我刚才说的跟她丝毫没有什么关系，我决不是……"

"没什么。"劳伦斯宽厚地笑了笑说道，"其实说起来这类事情跟国籍并没有什么关系，在我们的国家里，从事那种最古老职业的女人决不会比别处更少一点，只要嫖客花钱，不管是秘鲁人、波多黎各人，还是黑人，还不照样让他们爬上身去。"

"那倒也是。"迈克尔低头切着盘里剩下的牛排说道，"顺便问一下，你和你那位女朋友进展得怎么样啦，把她带上床了吗？"

劳伦斯沉默了片刻，慢腾腾地说道："没有……还没有。她是个挺正经的女孩子……可能正经得有点古板了。"

"那就怪不得你舍不得离开这鬼地方了。"迈克尔笑着说道，"你是在恋爱之中，而且还没有把她弄到手，'世界上最好的东西便是没得到的东西。'不是有这么句话吗？……"他顿住了，现出狡谲的笑容说道，"那你应该想法在这几天里把她带上床，要不就来不及了。"

"你说的来不及是什么意思？"劳伦斯笑嘻嘻地问道。

迈克尔说："你这是在装佯，你当然明白我的意思。要是你不把她干掉，等你离开了上海，那么以前所有的功夫都白费了。"

除了狄基·汤姆逊以外，劳伦斯过去并没有把准备将娜达莎弄到美国去的事情告诉过其他人，这倒并非他认为这件事情应当向朋友保密，而是觉得尚无把握的事情，还是不要张扬为好，但在今天早晨他收到了舅舅从达拉斯发来的电报，告诉他聘请娜达莎到美国工作的申请，已送到华盛顿的移民局了，估计不会有什么问题，不久上海的美国领事馆就能收到移民局的通知。劳伦斯知道这情况后，当然颇为高兴，所以此刻便含笑说道："为什么不能在一个地方播种而到另一个地方收获呢？"他见迈克尔愕然地望着自己，知道他还没有明白自己的意思，便又添上一句，"比如在美国收获。"

"你要带她去美国吗？"迈克尔吃惊地问道，"你打算和她……结婚吗？"

劳伦斯装作没注意到迈克尔的语气，笑了笑回答道："难道除掉结婚就没有其他途径去美国了吗？"

"其他途径！不是听说领事馆已经停止办理签证了吗！"迈克

尔问道。

“领事馆是停止办理签证了，但是，还可以有其他办法……”劳伦斯接着把狄基为他出的主意、自己办理的经过告诉了迈克尔。

“这么说来，等你回到美国不久，你和她就能在那里团聚？”迈克尔若有所思地问道。

“大概是这样吧……要是一切都能办得顺利的话。”劳伦斯回答道。

尽管娜达莎坐的那部三轮车踏得已不算慢了，但一路上，她还是不断地踩着踏板催促那个车伕：“快点！快点踏！”

她是十分钟之前雇到这部三轮车的，在这以前，她正在“康司坦诺维奇爵邸”的厨房里帮着厨娘准备宵夜的点心。近几天来，由于局势紧张，人们寻欢作乐的兴致大为减弱，因此一连几夜妓院里的生意都挺清淡，卡特琳娜也老是唉声叹气的。可今夜九点多钟时，却突然拥进来八九个客人，都带着点醉意，他们是一艘荷兰货船上的船员。领头的是船上的大副，留着金黄色大胡子，身材十分魁梧，长相挺像美国电影里的十八世纪海盗。他操着一口生硬的英语告诉下楼来招待他们的卡特琳娜：他和他的同伴刚从霞飞路上一家俄国妓院里出来，因为听说在这里能找到沙皇时代的贵族小姐，因此慕名而来。他们在把姑娘带进房间之前，先要跳上会舞，喝上点酒，痛痛快快地乐上一番。说着他掏出了一大叠盾①票，交给了卡特琳娜。对于这样的要求，卡特琳娜当然欢迎不迭。一面立即通知所有没有客人的姑娘，马上打扮好到楼下客厅里来，一面又

① 盾是荷兰的货币单位。

吩咐娜达莎和厨娘立刻调酒和准备丰盛的宵夜。

从那帮嫖客到来之后起，娜达莎一直在厨房里忙个不停，先是做色拉，配冷盆和调鸡尾酒，干完这些，又帮着厨娘做白脱鸡卷、煎牛排和鹅肝馅饼。这样手脚不停地忙了一个多钟头，当她把做好的那盘馅饼推进了烘箱，这才能坐下来喘上口气。这时，一个姑娘进厨房来告诉娜达莎：有人打电话给她。娜达莎惊奇地跟着那姑娘走进门厅，拿起电话，听筒里传出的是个苍老的陌生男人的声音，在蹩脚的英语中，像是带着点德国腔。他告诉娜达莎说，自己是清鸟酒吧的老板尤塞夫·萨诺维奇，一小时前，萨巴罗夫在为顾客拉门时，突然泻滑到地上，不省人事，送到隔壁的虹桥疗养院诊治为脑溢血，但那家医院里没有空余床位，因此叫了救命车转送到福开森路上的世界医院去了。他要娜达莎马上就到那里去，到那里只消问一下刚由救命车送来的病人便能找到的。

娜达莎搁下电话，奔进楼上自己的卧房，拿了条围巾，也来不及去告诉卡特琳娜了，只是托在楼梯口碰到的一个姑娘带个口信给她，说自己有急事必须回家一趟，也许今夜不回来住。说罢便匆匆奔出大门，拦住一部踏过的空三轮车，也不讨价还价，跳上去便叫车伕赶快朝西面踏……

——三轮车已踏完了那条西爱咸斯路，向北转入了居尔典路。这一带是法租界的高等住宅区，马路两边都是被围在高墙里面的花园洋房，这时路上没有行人，也看不到其他车辆，所能看到的只是路边那些桠枝光秃的法国梧桐，路灯的间隔距离也越来越远。娜达莎坐在车上，禁不住有些害怕起来，这里虽然不是沪西的那片“歹土”，但根据《大美晚报》前几天报道：在法租界和公共租界的一些冷静马路上，也连续发生了夜间路劫案件。想到这些，娜达莎的神经更是感到紧张，似乎在每棵树干后面都隐藏着一个歹徒，随时都可能窜出来扑向自己。但这样的情况并没有发生，她坐的那部三轮车还是安然地踏上了福开森路，快到那家世界医院门前了。

世界医院院址在近劳利育路口的福开森路南段，那是一家由法国天主教会办的中型医院，里面的护理人员都是天主教会的嬷嬷，那里有收费高昂的病房，也有免费门诊和住院床位。娜达莎过去陪父亲到这里来看过病，因此对这里也是熟悉的。此刻医院的两扇大铁门紧闭着，只有门前那盏光线微弱的门灯开亮着。娜达莎下了车，开发掉车钱，过去推了一下门，铁门纹丝不动，原来已闩上了。她正仰起头寻找门铃装在什么地方，忽地在一瞥间，看到有两个黑黝黝的人影，从人行道两头朝着自己的方向走来。她不禁觉得有些诧异，刚才坐车过来时，在附近并没有看到任何行人，此刻却突然出现了这两人，那么刚才必定是掩藏在树干后面或是墙影里的，一个不祥的念头从她的心上升起。她又突然想起，刚才电话里那个人说的那口生硬的英语里，并不是德国腔调而像是俄国腔，这是从几个带点卷舌的尾音中能分辨得出的，而父亲曾经说过，尤塞夫是不会讲俄语的，但当时自己在急切中并没有想到这一点。想到这里，她更觉情况不妙，朝两边望一下，那两个人已越走越近，和自己相距都不满十米了，她希望这响声会惊动医院里的人出来观看，也许能把这两个人惊走，但才擂了几下，便听到那穿皮鞋的脚步声已到了身后，接着眼前一黑，自己的头被套进了一只布袋里，两条臂膀也被扭到背后，头颈被箍住了跌跌撞撞地向前拖去……

娜达莎觉着自己被拖出了一段路，又被塞进一部汽车里，引擎便马上发动起来向前开去。她感到自己被夹坐在两个人中间，那两个人的衣服上都散发出强烈的烟草气味，她还能感到右边贴近自己身体的那条臂膀上，肌肉十分坚硬，就像一段树桩一样。那两个人连同前面那开车的人，始终不曾开过口，她所能听到的只是车窗外面呼呼的风声，另外还有一些灯光从套在头上的布袋外面透进来，时亮时暗。凭着这些依稀的光亮，是无法判断汽车所开的路线的。

这样开了好一会，汽车停了，坐在旁边的那两个人把娜达莎推下车，挟住她两胁朝前走去。这回没人箍住她头颈了，但娜达莎知道呼救不会有任何用处，因此便乖乖地跟着他们走进了一条铺上石块的小路，又进了一道门，当她被挟进第二道门时，觉得眼前亮了一些，接着头上的布袋被取下，当她的眼睛能适应刺目的灯光之后，便发现自己站在一间像是仓库样的空屋的中央，面前摆着一张破旧的方桌，桌后和横首各坐着一个男人，另外还有两个男人站在他们后面。这样，加上把自己挟进来的那两个人，这间屋里便有了六个男人，从相貌来看，其中四个应当是俄国人，另外两个脸型和五官上有着东方人的特征，可能是欧亚混血儿或是卡查赫斯坦那一带的人。坐在桌后的那个人做着手势叫娜达莎走过去。她便遵命走到了方桌前面。那人又指着一张板凳教她坐下。

娜达莎坐下后，朝对面那人打量了一眼，不由得暗自一阵寒悚，那家伙右边脸颊上有一道显眼的紫黑色伤疤，像条蜈蚣似的偃卧在那里。她知道这准是父亲在马思罗夫的肉食铺里遇到过的那个人，是蒙索洛夫手下的人物。但在颤栗的同时，她也开始明白这些人为什么把自己劫持到这里来了，便迅速地盘算着应付的办法。

鲁柯夫朝娜达莎盯了一会，咧着嘴笑了笑，开口问道：“你知道为什么把你弄来吗，妞儿？”

“不知道。”娜达莎回答道，“不是说我爸爸生病送了医院吗！”

鲁柯夫站起来，绕过桌子走到娜达莎面前，伸出手捏住她下巴，让她的脸仰起来，说道，“别再自作聪明了，妞儿。你干了些什么，自己还能不清楚吗？”

“我干了些什么啦？”娜达莎竭力装出镇静的神情反问道。她虽然想到可能是劳伦斯为自己办理去美国的事情已经暴露了，但心中还存在着希冀，希望这伙人是为了其他原因把自己弄到这里来的。

鲁柯夫嘿嘿地笑了两声，松开捏住娜达莎下巴的手，说道：“看不出你还挺会装佯。我问你，交给你任务的时候，是怎么对你说的？”

“我连你们到底是谁都不知道，怎么知道是什么任务和怎么对我说的呢！”娜达莎说道。

“还要装佯。”鲁柯夫冷笑着说，“给你点一下吧，你倒是说说看，头儿是要你怎么样来对那个美国佬军官的。”

“你是说那个姓罗斯的美国人吗？”娜达莎说道，“你们和蒙索洛夫伯爵是一起的吧？他吩咐我要同那个美国人保持交往，不要拒绝他的约会。”

“还有呢？”

“还有……还有就是把他的情况向伯爵先生报告。就只有这些，没有别的了。”

“那么你报告了没有呢？”

娜达莎迟疑了一两秒钟，立即决定继续坚持下去：“我报告了，这一点蒙索洛夫先生能够证明的。”

鲁柯夫蓦地沉下脸，伸手一把抓住了娜达莎的头发，把她的头拉得向后仰去：“都报告了！也包括他替你办理去美国那件事儿吗？”

听到这问话，娜达莎吃了一惊，对方的这一下正击在要害处，这正是她最害怕暴露的问题。她弄不明白，这件只有极少几个人知道的事情，怎么会让蒙索洛夫探听到的？但此刻已无暇去细想这个问题，现在亟需考虑的是怎样来应付眼前这局面。

情况已摆得十分明白，要想矢口否认已不可能了，那么该怎样来进行辩解呢？在急切中她想不出什么可作辩解的理由；而且她也明白，即使自己能想出什么听起来挺完满的解释，这帮人也决不会相信的……那么该怎么办呢？能给他们讲实话，把事实真相都告诉他们吗？倘若这样，带给自己的后果将是严重的，即使蒙索洛夫会“宽宥”自己，自己再想去美国是绝不可能了，并且同劳伦斯之间的关系也将就此完结；另外还可能会带来其他后果……在这样的情况下，惟一的办法只有保持沉默，于是她便闭拢眼睛，紧抿着嘴唇一声不吭。

鲁柯夫见娜达莎不开口，揪住她头发的那只手使了下劲，娜达莎头皮上一阵剧痛，忍不住“哇”地叫出声来。鲁柯夫手指上再加了点劲，凑近娜达莎面前狞笑着问道：“怎么样，还是不打算开口吗？”

娜达莎竭力忍着疼痛回答道：“我……我……不……不……知道。”

“不知道什么？”鲁柯夫把手松开了点问道。

“不知道……不知道怎么回答……回答你的问题。”

鲁柯夫把娜达莎的头重重地一甩，直起腰，沉默片刻之后嘿嘿地笑起来说话：“你倒真有点像那句中国谚语说的那样：‘不见棺材不掉泪’。你以为你不说我们就不会知道吗？把你弄到这里来，只是考虑到你可能是让那个美国佬的花言巧语迷昏了头，给你个机会清醒一下头脑，可你却不领情，想把我们当小孩子耍。好哇……”他抬起臂膊向周围划了半圈，“你看见我的这些弟兄吗？对于像你这样一个漂亮妞儿，他们当然不会拒绝的，要是你还不想开口，我可以马上走开，就把你交给他们来处置，我想他们也一定十分乐意的。”

听到这话，娜达莎感到心脏一阵抽紧，她畏缩地偷觑了一下站在自己周围的那几个男人，那些人虽然都铁沉着脸，但那些紧盯住自己的目光里，却流露出掩饰不了的淫猥和贪婪。她仿佛感到自己已被扒光了衣服，一丝不挂地暴露在那些人面前，便不由得紧抱住臂膊尽量把身子蜷缩起来。

鲁柯夫当然没有忽略娜达莎的这些反应，他再冷笑了一声，从衣袋里掏出一只装药水的玻璃瓶，揭开瓶塞，把瓶口凑到娜达莎鼻子底下，一股强烈的酸味刺激得娜达莎睁不开眼睛，她听到鲁柯夫在她耳边用平静但使人颤栗的声调说道：“别以为这样就算完事，他们挨个儿把你玩够之后，还要把这瓶硫酸倒到你的这张俏脸蛋上——放心，决不会弄瞎你的眼睛，那还要留着让你照看镜子，能看到自己这张鬼脸呢。到那时候，瞧那美国佬见了你会不会吓得自己转身就逃吧……怎么样，到底开不开口？再给你一分钟时间考虑。”

二十四

“好，那就依你，八点钟在那儿见吧。”劳伦斯说罢，听到娜达莎把电话挂上之后，才把听筒搁回到电话机上。

“是女朋友吗，少校？”站在办公桌旁的杰克逊中士眨了眨眼睛问道。他是身材魁梧的黑人，今天轮到在通讯处办公室里值勤，刚才这电话便是他接到之后，到宿舍里去叫劳伦斯来听的。

劳伦斯漫应了一声，从桌后站起来。杰克逊又笑着问道：“是位英国小姐吗？”

“为什么是英国人呢？”劳伦斯有点诧异地反问道。

“哦，没什么。”杰克逊有点忸怩地回答，“我是听她那个口音，发音挺清楚，和我们的话不同。”

“不。”劳伦斯朝门口走去说道，“她是俄罗斯人……”略顿了顿，又添上了一句，“她原来是个贵族小姐，现在在给一位有钱的英国老太太当秘书。”

劳伦斯走出办公室，当他沿着走廊往前走去时，这才意识到自己刚才添上的那句话，实际上也是虚荣心的反应，他是怕杰克逊听说打电话来的是个白俄，会以为她是个妓女……但这类情况在回到美国之后不用再担心了，那里的邻居、朋友、亲戚包括自己的家属中，是极少有人会理会娜达莎原是属于哪个民族，和以前是干什么职业的，这大概也是美国的一个可爱之处吧……想到不久就能回到自己的祖国和家乡，总是一件愉快事情，上海对于自己并无什么可留恋的，只有在想到同娜达莎分开相当一段时期时，才会隐隐地感到一丝怅惘……

今天已是十二月六日了，即使以后每天能同娜达莎见面，和她相处也只剩下两天了。而这两天里能否每天同她见面还无法确定，就像今天晚上，原来跟她约定一起盘桓一整个晚上，先到格路希路上的碧萝饭店吃晚饭，饭后到近处的圣乔其夜总会跳舞。但刚才她却打来电话，说因为家里有事，今夜的约会改到饭后八点钟在贝当路、汶林路口上的威尼斯咖啡馆门前见面，然后再一起去别的地方游玩。

对于娜达莎提出的这个时间和地点，劳伦斯当然并无异议，因此这约会便这样改定了。劳伦斯没去过那家咖啡馆，但贝当路却是去过的，在他的印象里，那条马路在向西过了高恩路以后就十分僻静，除掉几幢高级公寓大楼，全都是大花园洋房，那里也没有公共汽车或电车的行驶路线，因为那一带的住户大多都有汽车代步。可以推想，开设在那里的咖啡馆必定是个挺安静而幽雅的场所，但为什么娜达莎忽然想起挑这么一个地方呢？她是有什么正经话要同自己谈吗？或者她是想在离别前找个幽静的环境，同自己温存一番……

劳伦斯这样思忖着走下楼梯，二楼近楼梯转角处是基地军需处的办公室，此刻房门半掩着，从里面传出谈话的声音，那是迈克尔和军需处的另一个上尉鲍勃·威尔斯。劳伦斯忽然想起娜达莎前回向他提出带上手枪的建议。虽然他当时感到这建议显得有些多虑，但再仔细想一下，在眼下的上海，随身带上手枪，除掉衣袋里会增加点分量以外，似乎也并无什么坏处。他记得迈克尔有一支零点三八口径的考而脱牌自动手枪，一向放在宿舍里的床头柜抽斗里，那何不就向他借用一下呢？于是，他便推门走进了办公室。

迈克尔正和鲍勃对坐在双人办公桌后，各自把腿跷到桌面上在谈话，看到劳伦斯进来，两人便一齐把脚从桌上拿下了同他招呼。劳伦斯问道："你们在谈些什么哟？听起来挺热烈嘛。"

"我们在讨论对日本的态度问题。"鲍勃回答道，"我认为对那些日本小鬼的态度就应当强硬些，日本人一向都是虚张声势，欺软怕硬。可迈克尔却认为在目前的情况下，必须谨慎从事，决不能过分地刺激他们，要是总统再向日本方面发出像前几天那样内容的照会①，说不定会把日本人逼急了狗急跳墙的。"

迈克尔刚张口要说话，劳伦斯做个手势拦住了他，笑着说："这些都是最高决策者考虑的事情，不管是错是对，我们这些小人物都是无能为力的……别谈这些了，迈克尔，我想向你借样东西。"

"借样什么东西？"迈克尔问道。

"把你那支自动手枪借给我用一下。"

"借手枪！"迈克尔惊讶地问道，"你要手枪有什么用啊？"

"防身嘛，不是说现在上海的社会秩序有点乱吗，出门时带上

---

① 指一九四一年十一月二十六日赫尔代表美国国务院向野村和来栖递交的照会，其内容是建议日本在远东自愿恢复到一九三一年九月十八日以前的状态，从中国撤军。

支枪看来不会有什么坏处吧。”

“当然不会有坏处……”迈克尔有些犹疑地说，“可我的那支枪并没有租界巡捕房发的执照，你带着它出基地会不会惹出什么麻烦啊。”

劳伦斯还没说话。鲍勃却抢先开口说道：“我们是美国军官，当军官的当然有佩带手枪的权利，巡捕房哪有资格来管我们。”

迈克尔迟疑了片刻，站起来说道：“那好，你跟我去拿吧。”他走出了两步，忽地又站住了说道，“哦，想起来了，我那支枪的撞针坏了，前几天想送军械科去修理，可一直都忘了。”

听到这么说，劳伦斯正想开口说算了，鲍勃却拉开办公桌抽屉，从里面拿出一支手枪扔到桌上说道：“那就把我这支带上吧，这支家伙使起来挺趁手的，就是分量沉了些，要是穿便服的话，记住别放在上衣里袋里，否则在拥抱的时候会把女朋友的肋骨碰痛的。”

劳伦斯拿起了那把枪，这是支零点三八口径司密斯·韦尔生牌的左轮手枪，成色还挺新，枪身上的烧蓝闪发出晦暗的光亮。他打开那只转轮弹仓看了一下，按照常例，六个弹仓里只嵌着五颗子弹，留下的那个空弹仓是用作保险的。鲍勃从抽屉里抓出一把约莫七八颗子弹扔到桌上说道：“要是子弹不够，你就把这些带上吧。”

劳伦斯笑起来说道：“我又不是去打仗，或是去抓强盗，要带这么多子弹做什么。”说着他把那支左轮枪放进衣袋，谢过鲍勃，便走出了办公室……

劳伦斯离开之后，迈克尔和鲍勃谈了几分钟的话，便站起走出了办公室。他必须立即打电话给蒙索洛夫，使用基地的电话当然不行，即使到附近那家酒吧里去打也不安全，那家酒吧的中国老板懂点英语；另外基地里有些官兵，也常会到那里去喝上一杯，所以还必须走远些，找个稳妥的地方才能打这个电话……

迈克尔很不愿意打这么一个电话，因为无论如何，劳伦斯总是自己的朋友，但他又不能不打这个电话，倘若不把劳伦斯随身带着手枪的情况通知蒙索洛夫，那就极可能发生一些意料之外的情况，到那时候是极有可能会牵累到自己的……

娜达莎撑着雨伞伫立在贝当路、汶林路的转角上。深秋过后的这段时间，照例是上海的阴雨季节，天气也开始转入寒冷，然而今年的气候有点反常，从十一月上旬以来，将近一个月没下过一滴雨，直到今天黄昏时候，才淅淅沥沥地下起了小雨，同时气温也明显下降，以致她比昨天增加了一件轧别丁风衣，还觉得有些瑟瑟发抖。这件米色轧别丁风衣，是鲁柯夫拿来教她穿上的，虽然不太合身，但几乎还是全新的。鲁柯夫给她这件风衣的目的，不仅为了御寒，更重要的，是要把娜达莎身上那套被揉皱和弄脏了的衣服遮掩起来。

她身后五六米处，便是她在电话里同劳伦斯约定见面的威尼斯咖啡馆。那是一家一开间门面的小咖啡馆，门前并没装霓虹灯，夜间只在门檐下吊着一盏欧洲式古典挂灯作为标志，只是把原来的煤油盏换成了电灯泡。娜达莎从没来过这家咖啡馆，只是听说里面布置得挺幽雅，灯光挺暗，咖啡也煮得不错，但饮料价格却很昂贵，因此那里的顾客经常并不很多。

冬夜的贝当路上确是十分静谧，几乎看不到行人，也难得有三轮车踏过，倒是不断能看到汽车驶过，车灯所照之处，那些雨丝组成了一片银白色的雨幕。但对眼前的这些景物，娜达莎都似乎视而不见，她此刻是心乱如麻，正处于严重的惊惶、矛盾和尴尬之中。

今天下午她打电话给劳伦斯，改变了今夜约会的时间和地点，打电话的时候，鲁柯夫一直坐在对面从分机里监听着，并且在她讲完了那些事前规定的话之后，便立即揿断了电话。

打罢电话，她仍旧一直在鲁柯夫那帮人的手里，所不同的只是对她态度比刚才稍为和蔼了些，到吃晚饭的时候，给她端来了一盘半凉的肉丝蛋炒饭，一碗同样是半凉的猪肝菠菜汤。瞧着她吃了下去，鲁柯夫便把那件不知从哪里弄来的风衣叫她穿上，然后把她带上汽车开到了这里。这一回没再蒙上她的眼睛，因此她能从车窗里看到外面的景物，从沿途开过的那些路线看起来，自己昨夜被关在里面的那间仓库，在上海市区的北部，离苏州河不远，周围大多是棚户和旧式平房，但由于娜达莎对这些地方并不熟悉，所以也弄不清到底是在什么路上。

汽车开到汶林路、姚主教路口上，在那里的路边停了约莫半个钟头，到离约定的时间还剩十分钟时，鲁柯夫才吩咐娜达莎下车走到约会的地点去等候。那部汽车也关了灯掉头开走了。

娜达莎在这街角上等候已有十来分钟了，虽然环顾四周，看不到任何人影，但她很明白，在对面、身后和旁边那些法国梧桐后面，一定都掩藏着蒙索洛夫手下的喽啰们……此刻她真是心乱如麻，不知道究竟该怎么才好——

由于害怕遭到轮奸和毁容，她被迫答应作为诱饵把劳伦斯诓骗到这里来，但这伙人和在他们幕后指挥的那些日本人，到底要把劳伦斯怎么样呢？想对他进行暗杀吗？看来并不像，倘若只是想杀掉他，那也用不着这样兴师动众，大动干戈，只消派上杀手躲在暗处打一发冷枪便行了，那么看起来是打算将他绑架，至于绑去后是作为人质同美方谈判条件，还是想从他嘴里榨出什么秘密，那自己便无从揣测了。

自己打给劳伦斯的那个电话，已经给他造成了危险，等于在牵着他走向一口陷阱，但那是在轮奸和毁容的胁迫下才打的，可现在还能不能设法补救呢？比如在劳伦斯下车的那一刻，喊叫着向他发出警报(在这样的雨夜里，他十有八九是会坐出差汽车前来赴约的)，教他马上回进汽车驶离开这里……但这显然是行不通的，且不说劳伦斯是否来得及及时逃开，即使能够逃脱，自己却绝对逃不出那些在暗中监视人的手掌的，那么自己就将受到比原来所威胁的加倍的凌辱和残害，那伙亡命之徒是说得出做得出的，这一点从那个刀疤脸险恶的眼神，就能得到证明了……

那该怎么办呢？怎么办呢？怎么办呢……

正当娜达莎惶急无计的时候，一部黄绿两色的祥生出差汽车从东面的贝当路上驶过来，缓缓地停到对面街角上。汽车尾灯倏然熄灭，车厢里的灯开亮起来。过了几秒钟，汽车后厢的门打开，有一个人钻出了车厢。虽然隔条马路，又是在雨夜里，但娜达莎从那熟悉的身影上，立刻辨认出这正是劳伦斯。他没撑雨伞，身上穿件浅色雨衣，两手插在衣袋里，穿过马路朝这边走来……

虽然相隔十几米距离，而且劳伦斯的脚步迈得挺大，但这一瞬间在娜达莎的感觉中，却像是漫长得永无终止似的。她想要喊叫，但理性方面的警告却又抑制住这个冲动，只能眼睁睁地等待着那些掩藏在附近的家伙冲出来扑向劳伦斯，她只能在心中哀号：“完了！完了！我再也见不到他！也再也做不成去美国的美梦了……”

但出乎意料，她所预料的那些情况并没有发生，劳伦斯已经走到她面前，伸出手搂住她亲了一下她的脸额，问道：“你等了好久了吗，亲爱的？”

“不，不……没等多久。刚等了一会你就来了。”娜达莎一面回答，目光一面向周围搜索着，但四周却静谧如前，并没看到什么异样动静。这意外的情况倒使她有点诧异起来。

劳伦斯注意到了娜达莎的异样神情，瞧着她问道：“发生什么事情啦？娜嘉？”

“没……没什么，我只是有点……冷。”娜达莎颤声回答道。

劳伦斯握了一下娜达莎的手，确是冰凉彻骨，他吃了一惊，搂住娜达莎的腰肢朝咖啡馆前走去，边走边说道：“那就赶快进去暖和一下吧。”

娜达莎还来不及考虑是否应当跟他进去，劳伦斯已经挽着她推开弹簧门走进咖啡馆里了。这家咖啡馆的店堂不大，只有七八张圆桌，三十来个座位，还有一张有十来个座位的酒柜。此刻，那些圆桌边大多空着，只有酒吧柜前，有四五个酒客高踞在圆凳上喝酒。劳伦斯挽着娜达莎在近门的一张桌边坐下。一个身材修长的葡萄牙女招待，扭摆着腰肢走过来把饮料单递给他们。劳伦斯看了一下，为娜达莎要了一杯爱尔兰咖啡①，自己则要了杯清威士忌。女招待记好单子便走开了。在等候饮料的时候，娜达莎悄悄转动目光，打量着咖啡馆里的其他顾客，想观察一下有没有蒙索洛夫事前安排在这里的人。

坐在圆桌旁的除掉自己这对以外，只有靠里面墙角处坐着一对衣着挺讲究的中国年轻男女，两个脑袋正凑在一起喁喁低语，看样

① 一种掺入烈性酒的咖啡。

子不会是蒙索洛夫那一伙的；除此而外，便只有高踞在酒吧凳上的那些人了，一共有五个男人，从背影来看全是欧美人，其中两个正用意大利话在大声交谈，另外三个则在默默地喝酒，因此看不出他们是否是一道的，也无法推测其中到底有没有蒙索洛夫手下的人。

女招待送来了饮料。这时，劳伦斯盯住娜达莎看了一会，问道："你今天看起来有点憔悴，面色也有点苍白，是身体不舒服吗？"

娜达莎当然知道自己的脸色挺憔悴，虽然从昨夜她表示屈服之后，那个刀疤脸和他的手下没再折磨她，并且还扔给了她一条毯子叫她睡觉，他们自己则都离开了那间空屋。娜达莎裹着毯子独自蜷缩在屋角里；虽然并不太冷，但由于提心吊胆和心情沉重，一整夜没合过眼。今天吃晚饭前，刀疤脸叫人端来热水让她洗了脸，又拿来梳子、面霜、唇膏叫她化妆了一番，但娜达莎明白：这些化妆品，是无法遮掩掉由于焦虑和失眠而造成的憔悴的。但她无法把这些事实和原因告诉劳伦斯，因此只能笑着说道："我从昨天起就害了感冒，面色当然不会好看啰。"

"哦，怪不得。"劳伦斯说道，"我想，前天我们约好今天去吃晚饭和跳舞的时候，你还是兴致勃勃的，怎么今天就变了卦了。原来是生病了。"

"也谈不上生病，只是有点感冒罢了。"娜达莎没话找话地搭讪着，头脑里却在紧张地思索着：这到底是怎么回事呢？那个刀疤脸只是吩咐她站在外面的街角上等候劳伦斯，其他话都没再对她说，这意味着这伙人认为劳伦斯和自己的会面，到此便该为止了。但情况却有点出乎意料，现在劳伦斯和自己已坐在这家咖啡馆。要是他们打算绑架劳伦斯，那么在门外肯定要比在这里方便得多，那么是不是自己原来的估计错了，或者他们临时改变了计划，要不就是突然出现了什么情况，干扰了他们原定的计划……

可那会是个什么样的情况呢？是附近有巡逻的巡捕？或者是有人在暗中对劳伦斯进行保护……

娜达莎正这样思索着，劳伦斯的那件雨衣从椅背上泻滑下来，掉落到地板上时发出一个沉重的响声。劳伦斯欠身过去捡起雨衣，在搭回到椅背上时，从衣袋里拿出一件黑魆魆的东西，迅速塞进了上衣口袋。娜达莎问道："这是什么？"

"没什么。一支手枪。"劳伦斯回答道。

"手枪！"娜达莎有点惊讶地问道，"你怎么会想起带手枪啦？"

劳伦斯略愣了一下，笑着回答道："接受你的建议不好吗？你不是说上海的社会秩序有点乱，带上支手枪能防身。"

这下娜达莎恍然了：使情况发生变化的原因便在这支手枪上！对一个赤手空拳的人和对一个带上手枪的人进行绑架，是完全不同的两码事，尤其这里是法租界，日本人虽然能在政治上左右着租界当局，但毕竟还控制不了所有那些法国、中国和安南巡捕，要是在这里发生了枪战，枪声还是会把近处巡逻的巡捕和警车召唤来的，法租界的善钟路捕房离这里只有两里之遥，从那里开出的警车，几分钟之内便能把这里所有的通路全部封锁起来。要是发生这样的局面，在日本人不便出面干预的情况下，蒙索洛夫手下的那帮人，无疑是会落进尴尬的困境的。

这是事情的一个方面，在这情况中还存在着另一面，原来是由一伙带上武器的人来对付一个赤手空拳者，那当然占着绝对的优势，可说是稳操胜券，但要是那个被袭击的对象身上也带着手枪，即使人数上有差别，那些袭击者也要担冒起遭受伤亡的风险；倘若这次行动的目的是为了抓到一个活人，而不是为了得到一具尸体的话，那么就更不得不谨慎从事了……

看来，劳伦斯带上手枪的情况，是他们临时才得知的，甚至可能是在命令自己下车之后，才得到这个消息的，否则他们不可能把自己送到这里来“赴约”。可他们怎么知道劳伦斯身上带着手枪呢？但此刻已无暇去寻找答案了，现在需要考虑的是能否利用这机会，让劳伦斯脱险，同时自己也能从那伙歹徒手里脱身出来……

可用个什么办法呢？

当然自己可以把全部情况都告诉劳伦斯，然后要求他把自己带到一个安全的所在去，一直躲到能离开上海去美国为止。倘若自己这样做了，劳伦斯无疑会相信自己的话，也会按照自己的要求去做的，但同时他也必定会向自己追问：怎么会认识这一帮歹徒和受到他们控制的？在这样的情况下，再想对他隐瞒自己的职业恐怕就难以办到了。当他把自己同那个“康司坦诺维奇爵邸”联系起来之后，再要让他相信自己其实并不是个妓女，那就更会难上加难了。那样，自己的爱情连同那个去美国的希望，都将成为泡影；要是他因为自己一直对他隐瞒身份生了气，从而对自己弃之不顾，那么自己就会重新落入那帮人手里！为了泄愤，那个刀疤脸肯定会对自己实施那些恫吓的。在娜达莎的眼前，又出现了那些充满淫欲的眼睛，鼻子里也似乎嗅到了那股强烈的酸味……

怎么办呢？……怎么办呢？何去何从，必须迅速进行抉择，一支突然出现的手枪，能够延迟门外那些家伙的行动，但还不足以吓退他们，他们还会有新的对策和新的行动的……

二十五

一部黑色福特V八型轿车正沿着福开森路由北向南驶来，到居尔典路口上时，缓缓停了下来，前后四盏车灯也倏然熄灭。从汽车后厢里走出一个穿深色大衣的人，举起臂膊挥摇了两下。一直掩在对面树影里等候着的蒙索洛夫，便快步穿过马路迎上去，但到临近时，才借着昏暗的路灯光亮认出来者并不是井上日召，而是经常坐在外面那间办公室里的塔尾总一郎。

“头儿有事不能来，”塔尾的俄语发音挺准确，但却一下子便能听出这是个日本人在说俄国话，“你刚才打给他的电话我都知道了，还有什么情况你就说吧。”

虽然蒙索洛夫对面前这人的傲慢语气感到不快，但他明白塔尾是在告诉自己：他是代表井上到这里来担任现场指挥的，因此必须对他绝对服从。蒙索洛夫回头看了一下，身后正是一幢西班牙式洋房的门廊，里面黑魆魆，进里面去谈话既可以避开行人耳目，又能躲避风雨，于是便示意塔尾跟他走进门廊，轻声说道：“我临时接到那个美国军需官送来的消息，说那个家伙随身带着手枪，而且还是支左轮，要是上前动手的话，他很可能会开枪，所以就……”

“这些我已经知道了。”塔尾不耐烦地打断了他，“我要知道的是那个家伙现在怎么样啦。”

“他带着那个女的进了那家咖啡馆，快半个多钟头了，还没出来。”

“你在那家咖啡馆里布置人了吗？”塔尾问道。

蒙索洛夫答话时略微有些尴尬：“事前没有布置，因为……因为没估计到临时不能下手，可在一刻钟前，我已经派人进去察看情况，现在还没回来。”

塔尾不满地哼了一声，顿了片刻，又乜斜着蒙索洛夫问道：“那么根据你的估计，会出现什么情况呢？”

蒙索洛夫耸了耸肩膀说道：“现在还很难说，有可能他们在咖啡馆里面待上一会便分手了，要是那样，我们就可能找机会对那个美国佬下手……但也有可能……”

“也有可能那个俄罗斯婊子把事情都告诉给那个美国佬听。”塔尾岔断蒙索洛夫的话说，“然后便跟着他一起溜走，是不是？”

蒙索洛夫点着头承认：“当然也有这可能。”

“可你不是说已经把那个婊子抓到手心里，并且还能利用她的父亲来对她控制吗？”塔尾问道。

“当时情况确实是这样……”蒙索洛夫又耸着肩膀回答，“可女人嘛……谁也摸不准她们的心思，也弄不清她们突然会干出点什么事情来。”

“那么你是说，她有可能会出卖我们？”塔尾问道。

蒙索洛夫没有说话，只是点了点头。

“那不行。”塔尾厉声说道，“这样的事情决不允许发生，必须把那个美国佬弄到手，而且必须在今天，即使时间晚一点，也一定要把他在今天弄到手。给你们的命令是很明确的。”

虽然这种含带着训斥的口气使蒙索洛夫有些反感，但他明白自己是无法也无力违拗的，他想了想说道：“那就等他们过了苏州河再动手，我可以让手下的人埋伏在他经过的路上，你也通知你们的人封锁桥头，加强盘查，到时候给他们来个迅雷不及掩耳。”

“不行。”塔尾摇着头说，“要是我们能够动手，那还要你们做什么！这样干了要是泄漏出去，会引起外交纠纷，而且还会惊动了美国人。再说也决不能到虹口再下手，那里离他们的基地司令部太近，要是让他溜了进去，难道我们还能冲进去把他掏出来？”

蒙索洛夫低头沉吟了一会说：“可这里是法租界，我们在这里没有公开的合法身份，再说离公共租界又近，要是让他跑了过去就前功尽弃了。”

“我不管这些。”塔尾厉声说道，“我得到的命令是要你们抓住这家伙，而且必须是能说话的活人，同时绝对不准惊动那些英、美人。要是办糟了，就得由你们负责，这是东京方面的命令……”他略顿了一下，又把语气放缓和了些说，“至于我们那头，在不公开出面的原则下，会尽量同你们配合行动的。”

娜达莎从眼角里瞥到一个穿大方格花呢上衣的人，从酒吧柜前站起来，两手插在裤袋里，悠闲地踱出了门之后，她突然暗自决定：必须尽快把目前的真实处境告诉劳伦斯，不能再拖延时间了。

劳伦斯和娜达莎进了这家咖啡馆已有半个多小时了。在来赴约的途中，劳伦斯曾考虑在见面之后带娜达莎到哪家舞厅去跳舞，可在见面后得知娜达莎身体不适，便打消了原来的主意，而在进了这家咖啡馆之后，觉得这里的布置和环境都挺不错，因此也就安坐下来喝酒了。在这段时间里，他已经喝下了两份纯威士忌，边喝边凑近娜达莎轻声地说着话，所说的内容大多是在娜达莎到达美国之后，自己将带她到哪些地方去观光游览，他讲得津津有味，娜达莎也强装出笑容“嗯、嗯”地漫应着，间或还接口搭上几句，但实际连自己究竟在说些什么也弄不清楚，在她那纷乱的头脑里，只盘旋着一个问题：怎么办？……怎么办？……自己该怎么办才好？

约莫十分钟之前，有个人推门走进了咖啡馆，那是个中年的瘦高个儿，穿件大方格厚花呢上衣和一条粗呢裤子，脖子上缠条花绸围巾，踱到酒吧柜前，要了杯啤酒慢腾腾地喝着。

虽然那人的穿着有点像个犹太人，并且除掉要酒以外一直没开过口，但娜达莎却凭直觉认定这是自己的一位同胞，并且还是蒙索洛夫的部下，这趟进来正是在察看动静的。她一边同劳伦斯搭着腔，一边斜过眼睛去偷觑着那人。只见他斜倚在酒吧柜上，慢悠悠地喝着酒，目光始终不曾朝自己这边瞟过来，那副模样就像个路过这里拐进来喝上一杯的酒客。但尽管这样，娜达莎还是断定这人准是蒙索洛夫的手下，过一会他就会离开这里去向蒙索洛夫报告情况。

此刻，那人已在朝咖啡馆门外走去，虽然神态显得挺悠闲，但娜达莎却能推想到他踏出这扇门，马上就会快步奔到等候在近处的蒙索洛夫或是那个刀疤脸那里去，把在咖啡馆里看到的情况向他们报告。他的那些头儿便会根据他的报告研究对策，决定下一步的行动。

这样看来，自己已没有更多的时间可供犹疑了，必须把目前的处境告诉劳伦斯，让他继续蒙在鼓里对他和自己都更加危险——瞧着那人的背影消失在门外，娜达莎便这样作出了决定。

根据眼前的形势，已不允许自己把事情的来龙去脉都讲给劳伦斯听了，只能挑最紧要的情况告诉他……想到这里，她岔断了正滔滔不绝地讲述密西西比河风光的劳伦斯的话，问道：“对不起，我要问你一句话。”

“问我句话！”劳伦斯有些惊讶地说，“是什么话？你说吧。”

“对于你现在所干的工作，会有人——比如就说日本人吧——特别感到兴趣吗？”

“感到兴趣！”劳伦斯吃惊地反问，“你是说日本人？”

“我只是说假定这样，现在你该回答这问题了。”

“不。”劳伦斯急促地说道，“你得先把情况告诉我，到底是什么人，又为什么对我的工作感到兴趣？这些事情你是从哪里知道的？”

娜达莎把手指举到唇边要劳伦斯放轻声些，然后说道：“你的这些问题我没法回答，因为我知道得很少，甚至可以说根本不知道什么，我只知道有人对你所干的工作很有兴趣，而且你的行动——包括你在基地里的行动一直都处在他们的监视之下。”

“你说所有的行动？”劳伦斯问道，“包括我们俩的约会？”

娜达莎默默地点了点头。劳伦斯脸色沉了下来，问道：“那么，这一切都是预先设下的圈套？”

“不。”娜达莎回答道，“只有改变今天的见面时间是个圈套。我是被逼着给你打电话的……我希望你能理解，这是在上海，并不是在你们的国家。”

劳伦斯的脸色和霁了些，右手伸进衣袋里去握住了枪柄，环顾着周围轻声问道：“这里面也有他们的人？”

“大概没有。”娜达莎回答道，“但外面路上有他们的人，这点是可以肯定的。”

“都是你的同胞？”劳伦斯问道。

娜达莎点了点头说：“是的，但也许会有其他人，日本人、中国人。”

“他们打算拿我怎么样呢？”劳伦斯又问道。

娜达莎摇了摇头：“我不知道，估计是准备对你绑架。”

“绑架！在这里，在法租界上？”

“上海实际上已经是日本人的势力范围，这一点你也是明白的。只要不惊动巡捕房，法国人是不会出面干涉的，何况捕房里还有不少他们的人。”

劳伦斯看住了娜达莎问道：“你对这些事情怎么知道得这样详细？是原来就跟他们是一伙的吗？”

“不是。”娜达莎有点感到委屈地回答，“我不是他们的同伙，有些事情我是被逼着干的。可这些情况一时也没法讲清楚，以后我全部告诉你，丝毫也不隐瞒地告诉你的。可现在希望你能相信我的话，要不然对你我眼前的处境都更加危险。”

听到娜达莎刚才突如其来的这番表白，劳伦斯当然十分吃惊，他心里明白这一切都是为了那个“魔法”。即使只是为了证实有这么个密码破译方法的存在，日本军事间谍也是会不遗余力地进行侦查的。同时，他也隐隐约约地意识到，娜达莎所说的日本间谍机关安插在基地里的内线可能是什么人……但这些现在都已无暇顾及了，眼前亟需考虑和确定的是，娜达莎所表现出的这些态度是否是真实的，自己到底能不能再相信她……劳伦斯定睛看着娜达莎，瞧着她那副在焦灼中流露出愧疚的神情，暗自想道，要是她现在还是在扯谎的话，那真是个十分出色的演员了。这样的凝视持续了约有一分多钟，劳伦斯才收回目光，开口说道："我愿意相信你，那你说我们该怎么办吧。"

"从你们基地司令部到这里要多少时间？"娜达莎问道。

"汽车开快点大约四十五分钟能赶到。"劳伦斯问道，"你的意思是把情况报告司令部？"

"是的。"娜达莎朝酒吧柜那边扬了扬下颏说道，"马上给他们打电话，只要立刻出发，是很可能在那帮家伙行动之前赶到这里的。"

娜达莎的话提醒了劳伦斯，是啊，其实自己早该想到的，这里毕竟还是上海市区，有着电话这种现代化的通讯设备，而且在那张酒吧柜上正放着一架，自己非但可以打电话向司令部求援，甚至还能要司令部值班室向法租界捕房报案。尽管法租界警方一向都仰承日本军方的鼻息办事，但对于美国海军基地司令部的正式报案，还不至于会置之不理。那样，不到一刻钟，呼啸而至的警车，便能把自己和娜达莎从目前这困境中解脱出来。想到这里，他站起来走到酒吧柜前，拿起了电话听筒。同时伸进衣袋里的右手握住了手枪，食指伸进扳机护圈，目光注视着门口，以便在发生什么突变时开枪射击，或者至少鸣枪示警。

这家咖啡馆里装的是一架人工接线电话机，劳伦斯拿起听筒听了足有半分钟，没听到女接线员问号的声音，他焦躁地连敲了几下电话键簧，仍旧毫无反应，又向话筒里使劲地吹了几口气，仍是这样。他才明白这架电话的线路已经被人从外面剪断了。这便使他更加意识到情况的严重性，搁下话筒，走回来在桌边坐下，娜达莎轻声问道："怎么，电话线被剪断了？"

劳伦斯点了点头。娜达莎又问道："那你打算怎么办呢？"

"你说呢？"劳伦斯反问道。

娜达莎略想了想说："既然这样，那就得赶快离开这里，要是能想法到了人多热闹的路上，危险就能减轻得多。"

劳伦斯迅速地考虑了一下，在目前情况下，惟一可行也只有这个办法了。但在想了想之后又问道："可是他们会不会在门口就下手？"

"大概不会。他们不会希望在这里发生枪战，这样会把附近的巡捕都惊动了赶过来的。"

劳伦斯想了想，站起来穿上雨衣，又把手枪从上衣口袋换回到雨衣口袋里，然后掏出钱包，抽出一张十元面额的美钞扔到桌上，对娜达莎说道："我们走吧。"

鲁柯夫快步跑到停在路边的那部福特车旁，朝后厢里张望了一下，说道："头儿，已经按照你的吩咐布置好了，谢苗诺夫和谢尔盖他们守在巨福路口上，凡是从东面开过来的出差汽车都被拦回去了。"

坐在车厢里的蒙索洛夫问道："那么那些路灯呢？也安排好了吗？"

"不成问题，到时候都会灭掉的，布克鲁斯基是个神枪手，你尽管放心。"

蒙索洛夫打开车门钻出车厢，从吊在腋下的枪套里，抽出随身佩带的那支零点三二勃朗宁手枪，拉动枪栓，让子弹上了顶火，重又插回枪套里，回头对从汽车里跟出来的塔尾说道："我去那边看看，你是不是也一起去？"

二十六

劳伦斯和娜达莎走出威尼斯咖啡馆。

在出门之前，他俩迅速商定了出门后走的方向和路线。这家咖啡馆坐落在一个丁字路口上，东、西、北三面都是马路，朝北去是汶林路，那里马路僻静，路灯稀疏，沿途尽是些高耸的围墙和紧扃上的铁门，要在那样的环境里抵御袭击是较为困难的；从这家咖啡馆出门向西也还是贝当路，不远处便是徐家汇土山湾，那儿是法租界西区的尽头，是天主教南中国教区机构的集中地区，那里除掉那座大教堂和主教府、修道院、育婴堂等被包围在高墙里的那些建筑，四周全是坟冢荒丘，几乎没什么居民，要在这样的夜里去擂开修道院或是主教府的大门，然后向那些神甫和嬷嬷请求庇护，这想法是不现实也是可笑的……在排除了朝西、北两个方向躲避的可能性之后，惟一剩下的方向便只有朝东了，从这里到霞飞路口虽然有着四五里路，但这条贝当路上几乎全都是花园洋房和高级公寓，住在这里的人大半都是用汽车代步的，要是他俩能拦住一部迎面开来的空出差车，那么那些打算跟踪袭击他们的人，便无计可施了；即使拦不到汽车，只要能走到蓝思安路口上，也大致可以无虞了，那里有一座巡捕岗亭，在横路上来往的车辆和行人也比较多。一般的说来，那帮歹徒不敢在那里贸然动手的。

——出得咖啡馆的弹簧门，劳伦斯先背靠着墙壁向周围环顾了一圈，目光所及之处看不到任何人影，只有一辆拉起了雨篷的三轮车在前面踏过，是从东面过来朝徐家汇方向去的。天上还下着雨，但比刚才已小得多，只是牛毛细雨了，娜达莎没把伞撑开，只是扯下绸围巾裹住了头发，挽住劳伦斯的左臂朝东走去。

劳伦斯能感觉到那个紧偎着自己的身体在瑟瑟地哆嗦，他知道这并不是因为寒冷，而是由于紧张造成的。这也难怪，他自己的神经也是十分紧张，那只插在雨衣袋里的右手非但紧握住左轮枪柄，食指还扣住了扳机。他刚才已经暗自盘算停当：要是暴徒从对面扑过来进行袭击，他便隔着衣袋朝他们开枪。当然，这样做了可能会给基地司令部惹来麻烦，甚至还可能引起外交纠纷，仰承日本人鼻息的法租界当局，很可能把这说成是“酒后开枪袭击行人”，但为了不致落进日本间谍机关手里，这些后果也都顾不上去考虑了……但在准备随时开枪的同时，他也在提醒自己：自己的手枪只装着五颗子弹，必须节省着用，决不能一下打光……想到这里，他不禁有点后悔当时没有向鲍勃上尉多要上些备用子弹……

他俩迈着不大不小的步子朝前走去，不时一齐回头看看后面有没有人跟踪，劳伦斯已经盘算好：只要有人——不管是中国人还是其他国家的人，也不管是男是女，只要走到离他背后十米处，他便马上掏出枪来喝令那人站住。

但这样的情况并没有发生，虽然这片濛濛的雨幕使能见度大为降低，然而在他俩背后目力所及的地方，并没有任何可疑人影；偶或有个行人从对面过来，但都是些单身的中国人，打着伞匆匆地走过，看来同那伙袭击者并无关系，因此劳伦斯只是在他们走近时，稍稍放慢些脚步和握紧点手枪，并没有采取其他行动。

他俩走过了贝当路上最高的那幢毕卡第公寓，由于英、美侨民纷纷撤离，这幢大楼只有不多几个窗口里透出灯光。过了这幢公寓，前面是一长排花园洋房的水泥围墙，马路对面则是一些三层或四层的小型公寓。此刻路上十分宁静，无论前后左右，都看不到有向他们进行袭击的迹象，但尽管如此，娜达莎却感到在周围那些树干后面和墙影里，似有无数道目光正盯着自己和劳伦斯。她紧张地注视着迎面开过来的每一部汽车，虽然是在雨夜里，要是有黄绿两色的祥生出差车或是银色的银色公司出差车开过来，还是能在相距较远处便辨认出来的，这样，她就可以挡到前面去挥手招呼汽车停下。可是，虽然不断有汽车开亮着大光灯从身边开过，却始终没看到其中有一部是出差汽车……

劳伦斯心里也很紧张，但在同时，心上存着的那一大串疑问也把他梗得十分难受。在这不到一个钟头的时间里，所发生的事情弄得他有点晕头转向，尤其是娜达莎的形象的突变，更使他觉得难以接受；他感到有些问题是自己急于要弄清的，因此一边留心着周围的动静，一边轻声地问娜达莎："既然你知道他们是什么人，那知不知道他们为什么要绑架我呢？"

"这个我不知道。"娜达莎回答道，"但猜想起来准是跟什么情报有关系，因为在我还当你真是个商人的时候，他们就已经知道你的真实身份了。"

劳伦斯略想了想，问道："这么说，你并不是根据他们的计划来和我……交往的？"

"当然不是。"娜达莎有点生气地回答，"有些事情过去确实没对你说实话。可我不是间谍，跟任何间谍机关都没沾边，这是句实话，反正信不信由你。”

“这一点我相信。”劳伦斯朝后瞥了一眼说道，“可我还是想知道你到底是个什么样的人。”

“到底是个什么样的人！……”娜达莎顿住了下，压低了点声音说，“我到底是什么样的人，这问题到现在还有意义吗？”

“有意义。”劳伦斯用肯定的语气回答，“不但有意义，而且还很重要……该怎么说呢，我相信你跟间谍机关没有关系，也相信你是真心实意要帮助我脱离危险，可还有一点，对我对你也许都挺重要，那便是我还相信你过去对我表达的那些感情并不是假装出来的。”

在劳伦斯说这些话的时候，娜达莎感到自己的肩膀被他搂紧了些，这样，原来一直在瑟缩战颤着的身子也觉得暖和了些。她沉默了片刻，轻声说道：“要是你想听的话，我会把全部事情都告诉你的，一点也不漏掉，但当然不是现在，现在最要紧的是想法早点到达安全地带。”

说话之间，他俩已经走过了高恩路，走在那所美童公学的红砖围墙外面了。这儿的对面便是上海有名的国际礼拜堂。娜达莎过去常在黄昏时到贝当路上来散步。因此对这里周围的环境挺熟悉，她知道在那座礼拜堂东面百来米处有一条弄堂，叫做西爱咸斯别墅，这条弄堂足有两三百米长，里面全是一式的半独立式小花园洋房，弄堂的另一端一直通到南面的西爱咸斯路上。娜达莎心上想：穿越过这条弄堂，也许是个脱身的途径！一则蒙索洛夫和刀疤脸那伙人纵然狡猾，也决不可能在离这里挺远的西爱咸斯路上预先设下埋伏，再则从那一端穿出之后，东面不远处便是祈齐路，那一带住着不少俄国侨民，其中有不少是自己的熟人。只要能设法甩掉后面的“尾巴”，到了那里，不管是呼救求援或是想法躲藏起来，都要比在这条宽阔而又冷清的贝当路上容易得多……

娜达莎向前看去，不由得愣了一下，他俩一路走来时，沿途的路灯虽然排列稀疏，光线昏暗，但路上的各种情况还是能看得清楚的，但在霎眼之间，前面从巨福路向东那一长排路灯竟倏然熄灭了，变成了一片暗沉，连路面和人行道上的那些梧桐树也无法看清。这个突如其来的变化，倘若在平时，也许还会以为是这一段路灯的电路发生故障。但眼前的情况决不是这样，那些路灯准是那伙袭击者设法弄灭的，以便他们在黑暗的掩蔽下发起袭击……

这时，劳伦斯也已领悟过来是怎么回事了，握住左轮枪的手从雨衣袋里抽出来，勾了下扳机让弹轮转到顶火的位置上，伸出左手拉住娜达莎，背脊靠到旁边那堵水泥墙上，朝两边观看着。这时，在马路对面传来“啪”的一下响声，离他们最近的那盏路灯也灭掉了。紧接着，前面和后面又各有一盏路灯熄掉，他们的周围顿时成了一片黑暗世界。这下劳伦斯明白了：这些路灯都是对方用汽枪打灭的，对于一个受过训练的射手来说，在三四十米以外用汽枪打灭一只亮着的灯泡并不是件难事。可现在自己该怎么办呢？是带着娜达莎朝前面那片黑暗里冲去？还是赶紧退回到还亮着路灯的那段路上？或者干脆站在原处朝天鸣枪报警，希望枪声会惊动在最近的巡捕赶来看个究竟……

劳伦斯正在考虑着，忽然感到娜达莎抓紧自己的臂膊，轻声说道：“快！跟我穿过马路！”

“过马路！到哪里去？”劳伦斯问道。

“对面有条弄堂，穿过去可以到另一条路上。可在过马路的时候要多加小心。”娜达莎说罢便拉着劳伦斯朝马路对面跑去。由于那条西爱咸斯别墅里的路灯还亮着，因此劳伦斯能依稀地看到那里的弄口和里面那些房屋的轮廓。

但就在他俩穿过了马路，走到这条弄堂时，那场一直提防着的袭击却发生了。劳伦斯没看到有人扑来，只是感到脑后有一阵凉风，便本能地侧身闪避了一下，右肩膀上便挨到了挺沉重的一下。他从感觉上知道，对方所用的是那种被称为“Black Jack”的包橡皮的钢丝棍，这一下要是敲在脑勺上，能把他打得昏厥过去，此刻虽是打偏了，也使他痛得忍不住叫出声来。他忍着疼痛把右肘使劲地向后撞去，坚硬的肘骨碰到挺软的部位，大概是那个袭击者的胃部，那人发出一声痛嗥，大概被这一下撞得直不起腰了。劳伦斯正拉着娜达莎朝弄堂里奔跑，从斜刺里又扑过来一个黑影，先一把抓住劳伦斯握枪的那只右手的手腕，接着又伸过臂膊箍住了他的颈脖，还在劳伦斯耳边叫喊着。劳伦斯不懂俄语，但听起来像在喊叫同伙赶快过来帮忙。

劳伦斯感到抓住自己的那个人的膂力挺大，非但自己手腕像是被铁钳钳住样的感到一阵剧痛，颈脖也被箍得透不过气来，眼前金星乱迸，像马上要窒息昏厥过去似的。在挣扎中他的嘴唇碰到了对方柔软的毛，他意识到这是那家伙手背上的汗毛，便张嘴一口咬将下去。那家伙“哇”地痛叫一声，两只手松了开来，劳伦斯拉住娜达莎的手正要继续奔跑，从左面扑过来的一个黑影抓住了娜达莎，她抡起手里的雨伞朝那人夹头夹脸地打击，但那人非但没有松手，还腾出一只手来叉住了娜达莎的喉咙。这时，刚才那个护痛松手的家伙又从背后搂住了劳伦斯，把他双脚离地抱了起来。在这样的情况下，劳伦斯已无暇多作考虑，掉转手中的枪口，抵住那人的身体勾动了扳机……

“砰！”黑暗中响起的枪声，似乎格外响亮，劳伦斯被摔倒在地上，那个中枪的身体向下泻滑下去。纠缠着娜达莎的那个人撇下了她赶紧逃开。劳伦斯一骨碌爬起来，在暗里摸到娜达莎的衣襟，扯着她朝前奔。奔出几十步，才放慢脚步喘上口气，同时听了一下后面的动静，但没有听到有脚步声追赶上来，显然那些袭击者都被刚才那一枪震慑住了，不敢再贸然地进行追赶……

劳伦斯也弄不清到底奔跑了多少路才到达这条弄堂的另一端的，他只是被娜达莎拉着向前狂奔，两只皮鞋踩在水泥路上发出空洞的响声，直到走上了西爱咸斯路时，娜达莎才把脚步放慢下来换上一口气，这里有路灯，有行人，还有来往的汽车和三轮车，可能附近还会有巡逻的巡捕，因此虽还不能说已经到了安全地带，但危险的程度总比刚才减轻了些。劳伦斯对法租界的路并不熟悉，不知道这条马路的路名，但看到这里灯光和房屋都远较贝当路上密集，也就稍稍放心了些，但接踵而来的是为刚才开的那一枪担忧起来。

劳伦斯虽然参加军队已有几十年了，但除掉在军校里进行过射击训练以外，平时从没摆弄过枪支，当然更不用说对着一个活人开枪了。因此，他虽然在告诉自己：刚才那一枪完全是出于自卫需要，倘若不开那一枪，自己和娜达莎此刻都已落到那伙暴徒手里了；但尽管这样，刚才开的那一枪仍旧萦绕在他心上，就只由于自己的手指勾了一下，一个大活人可能便成了一具尸体，这总叫人感到不是个滋味；另外，在这个法租界上，在对方并未使用足以致命的武器向自己袭击的情况下，便先行开枪杀人，无论向法租界当局或是自己的上级解释起来都挺麻烦，再加那人的背景又是日本间谍机关，那就更可能引起一场复杂的纠葛……他想同娜达莎讨论一下那一枪会造成的后果，以及那个中枪的人是否还有活命的可能，但从娜达莎的神情上看，似乎并没有关注这件事情，只是神色紧张地朝前走着，边走边左顾右盼地张望着，于是便忍住了没有开口。

确实，娜达莎的神经仍旧保持着高度紧张的状态，因为她明白，虽然暂时脱离了虎口，但还没有脱离险境，那帮家伙虽然由于畏惧劳伦斯的手枪而不敢继续追赶，但他们对这一带的地形和自己同样熟悉，因此极可能分散绕道守住这儿四周的通路，掩藏在暗处等候着自己和劳伦斯经过。虽然日本人可能下过禁令：不准把劳伦斯打死，必须将他活捉，但在一个同伙已被打死或被打成重伤的情况下，那伙歹徒复仇心切，也许会不再顾及那条禁令了。要是这样，那帮家伙身上都带着枪，再加躲在暗里，因此自己和劳伦斯就愈加危险……

那该怎么办呢？劳伦斯对这一带的地形并不熟悉，对眼前的处境也未必了解得很清楚，因此应当是自己把他带领到安全的地方！可在这样的形势下，到底选择哪一条路较为安全呢？……

娜达莎正这样边走边想着，忽然听到对面有人在唤她："娜嘉！"她吃了一惊，定睛看去，站在对面的原来是鲍德罗斯基，他身上裹着麻袋呢料子的长大衣，围着挺大挺厚的羊毛围巾，打着一把挺大的雨伞。他打量着娜达莎被雨丝沾湿的头发和衣服，惊讶地问道："咦，是怎么回事？你怎么会这副模样？"

娜达莎一见鲍德罗斯基，像迷路的孩子见到了亲人，抓住老人双手带着哭腔叫道："彼得叔叔！"

鲍德罗斯基一边握住娜达莎冰凉的手搓捏着，一边像哄小孩样地说道："别哭，孩子，告诉彼得叔叔这是怎么回事……"说着朝站在娜达莎身旁的劳伦斯瞟了眼，"是他在欺负你吗？"

“不。”娜达莎已经恢复了镇定，回头瞥了一眼说道，“有人在追我们，是一群暴徒！”

“暴徒！”鲍德罗斯基吓了一跳，顺手把娜达莎拉进了旁边一个弄堂的过街楼下面，问道，“是强盗吗？”

“不是。是蒙索洛夫那伙人——是他的手下。”

“蒙索洛夫？又是那个蒙索洛夫，那你们为什么不去报警呢？前面亚尔培路口上就有座岗亭，现在巡捕大概还没有下班。”

“我们到不了那里，那帮家伙会在前面等着我们。不但在那里，在前面台拉斯脱路口上和祈齐路口上，也可能会有他们的人埋伏在那里。”

“那就有点麻烦了。”鲍德罗斯基抬起手搔着头皮说道，“要是这样，他们真有点大动干戈了……这是怎么回事？是冲着他来的吗？”说着他指了指站在对面的劳伦斯。

“是的。可现在一时也说不清楚。”娜达莎恳求着说，“彼得叔叔，你能不能想法帮我们过去，只要能走上辣斐德路事情就好办得多了。”

鲍德罗斯基侧着头想了想，面呈难色地说：“要真是都有人守着话，那就很难办……”他顿了顿指着前面说道，“那为什么不先到我那里去歇一会，让我先去探听一下动静再说呢？”

娜达莎虽从没到鲍德罗斯基的住处去过，但却知道他住在附近的那条名叫建业里的弄堂里，那是条挺大的弄堂，里面排列着好几十幢半中半西的旧式石库门房子，里面的居民大多是中国人，但也有一些俄国人和其他无国籍侨民。娜达莎问道：“彼得叔叔，你不是住在建业里的吗？”

“是的。这儿有一条小弄堂可以通到那里。近两年，这儿的一些弄堂都打通了，有时候从外面来的人就像走进了迷魂阵似的。”鲍德罗斯基扯了扯娜达莎的衣袖说，“快走吧，你们不是怕有人追上来吗！老站在这里总不是办法。”

其实从娜达莎刚才第一眼看到鲍德罗斯基时起，就曾想到先到鲍德罗斯基的住处去躲避一阵，然后再相机行事，但由于怕鲍德罗斯基会害怕受到牵累而不敢贸然开口，此刻他既然主动提出，当然不必再假意推让。她答应了一声，便拉上劳伦斯跟着鲍德罗斯基朝弄堂深处走去……

劳伦斯虽然不懂俄语，但从两人对话的神情和语气来判断，是娜达莎在向老人求助。劳伦斯和鲍德罗斯基虽只见过一面，但对他的印象挺不错，感到他是个乐天安命的没落贵族的典型，这类人在欧洲不少国家里都能见到，但他却不想让鲍德罗斯基来庇护自己和娜达莎，因为事实已经证明：袭击自己的那些人是一帮穷凶极恶的亡命之徒，而且背后还有日本人在操纵，所以没必要把这老人也牵扯到这件危险的事情里去。但在他俩对话时，他一直插不进嘴去，这时见鲍德罗斯基已领着娜达莎朝弄堂里走去，正想开口阻拦，却已被娜达莎拉得脚步踉跄地跟着她走去……

二十七

“这就是全部经过？”鲍德罗斯基坐在床沿上，听完坐在对面破藤椅的娜达莎的叙述，这样问道。

“是的。这就是全部经过。”娜达莎点着头回答。她已经把这两天来发生在自己身上的事情，都告诉了鲍德罗斯基，但在讲述中却略去了一个重要情节，便是劳伦斯对歹徒开的那一枪。这是她藏掖起的一点私心，是怕鲍德罗斯基知道发生了命案，吓得不敢再给他们帮忙。

“这么说，蒙索洛夫始终没露过面？”鲍德罗斯基问道。

“是的。出面的一直是那个脸上有刀疤的家伙，就是那天在伏尔加肉食铺里揍了爸爸的那个人，看样子是蒙索洛夫的得力部下。”娜达莎回答道。

“我已经打听到那家伙的姓名，他叫鲁柯夫，鲁柯夫·谢苗诺维奇，住在公共租界上。在投靠蒙索洛夫之前，一向靠着敲诈勒索过日子。”鲍德罗斯基说话时抚摩着自己的肋部，“那天就为我在楼窗上喊了声救人，他们怀恨在心，打听到我在那家夜总会里弹琴，过两天等我下班时，在门口把我打了一顿，幸好有人路过，才没有被打成重伤，可肋骨处挨了两拳，连透气也觉得发痛，琴也不能弹，这才向老板请了几天假。要不然，你们今天也不会在路上碰到我呢……”说到这里，他突然换了英语问劳伦斯道，“那帮人为什么要绑架你？因为你是个美国军官吗？”

“当然有一定关系，但也并不完全为了这个。”

“那么是为了什么呢？总不会是为女人吧？”鲍德罗斯基说着朝娜达莎瞥了一眼。

劳伦斯沉默了片刻，说道：“因为我了解的某些军事秘密，是日本人想要知道的。”

鲍德罗斯基轻轻地吹了声口哨：“是个间谍事件，其实我早该料到的，这类事情过去也并不少，就像半夜里摸到对方战壕里去抓个‘舌头’什么的……你们先在这里歇着吧，我去给你们弄点吃的来，再带点喝的，你要是喝不惯伏特加，前面街角上那个犹太佬开的酒店里，也有威士忌和朗姆卖的。”说着他围上了那条大围巾，从墙角边拎起一只草织提包，准备出门去。

劳伦斯迅速地考虑了一下，觉得眼前这位老人还是可靠的，至少不会出卖自己，便问道：“鲍德罗斯基先生，我想请你帮个忙行不行？”

“你说嘛，要帮什么忙？”

劳伦斯掏出笔记本和自来水笔，在本子上写了一个电话号码，撕下那页纸递给鲍德罗斯基说道：“这是我们基地司令部值班室的电话号码，请你找个妥当地方给他们挂个电话，告诉他们我现在在哪里，请他们马上派一部汽车来接我，但不必把这件事情通知法租界当局。”

鲍德罗斯基看了看那片纸头，把它折叠起来放进衣袋里说道：

“那你们就等着吧，我很快就回来。”说罢，走出房间，随手带上房门，便下楼去了。

鲍德罗斯基离开之后，娜达莎便自己动手找到了两条干毛巾，一条扔给了劳伦斯，另一条留给自己，擦着各自被雨水沾湿的头发；接着她又从鲍德罗斯基堆在屋角里的那一堆衣服中，找出一件厚毛线衣来罩在自己那套连衣裙外面，又找出一件旧人字呢短大衣，给劳伦斯罩在西装外面。这样，即使在这间无法生火取暖的斗室里，他们也感到比进来时候暖和得多了。

鲍德罗斯基住的是一间亭子间，面积约莫有十四五平方米，里面的家具十分简单：一张床、一张圆桌、四把椅子和一对床头柜，仅此而已。由于没有衣柜，在床底下那只皮箱里盛放不下的衣服，便折叠起来堆放在屋角里。且所有这些家具都是鲍德罗斯基从寄售店里买来的旧货，式样各不相同，就以四把椅子而论，其中有那种圆背的法国路易十四式的，也有高背的英国维多利亚式的；还有两把则是中国的旧式交椅，且式样和质料也各不相同，一把是红木嵌云石的，另一把则是山榉木的。再加上那些式样、质料各不相同的桌柜床架，简直使这间斗室变成了一间古旧家具陈列室，但看起来倒也别有一番情趣。

劳伦斯穿好了衣服，正想向娜达莎询问事情的全部经过，只见娜达莎搬了张椅子坐到窗边，撩开窗帘一角朝下面弄堂里窥视着，脸上仍旧显露出不安的神情。劳伦斯知道她的紧张情绪仍未消除，于是便暂不发问，只是默坐等候鲍德罗斯基回来。

不多一会，娜达莎轻轻地叫了声：“回来了！”接着，楼梯上传来脚步声，鲍德罗斯基推门进来，关上房门，从拎包里拿出一瓶伏特加、一大段灌肠和一只圆罗宋面包放到桌上说道：“这点东西还是绕到拉都路上才买到的。也不知道是怎么回事，祈齐路口上忽然封锁了起来，来了不少巡捕，进出的人都要查问。怎么样，这会跟你们的事情有关系吗？”他这样问娜达莎。

娜达莎明白这必定是劳伦斯刚才开的那一枪出事了，不是蒙索洛夫他们向捕房报了案，便是捕房人员闻声赶来发现了情况。前者的可能性也是存在的，蒙索洛夫既然有日本人撑腰，有恃无恐，是完全有可能借助捕房的力量，来对劳伦斯和自己进行搜索的。但她为了怕引起鲍德罗斯基的惊惶，并没有把巡捕封锁盘查的原因告诉老人，只是问道：“那么那个电话呢？打通了没有？”

“哦，对了，那个电话。”鲍德罗斯基改用英语说道，“打通了，我就在那家食品店里借打的，接电话的是个值班的军官，他说情况已经知道了，可今天夜里没法来接你，明天白天一定派车来。”

“什么？”劳伦斯瞪出眼睛问道，“他说今夜不能来！你没听错吗？”

“怎么会听错！”鲍德罗斯基有些不快，“接电话的那个人就是这么说的，我再想问他些话，他已经把电话挂断了。”

劳伦斯紧皱起眉头想了一会，困惑地说道：“这是怎么回事？连向肯脱中校报告的话也没说就挂断了？这岂不是有点奇怪吗？”

娜达莎向他劝解着说：“也许他们听到是个陌生口音，以为这是个什么圈套，所以不肯夜里出来，也可能以为你只是在哪里喝醉了，所以不肯夜里来接。好在到明天就能弄清楚的，你就不必为这个多操心了……”她略顿了下，又把刚才鲍德罗斯基看到巡捕在路上盘查行人的情况讲给他听了，讲完后朝他眨了眨眼睛说，“当然，这些事情同你没什么关系，但那又何必非得要在今天夜里赶回去呢……另外，你不是还有不少话要问我吗？”她顿住了没再说下去。

劳伦斯明白她这是示意自己不要出去冒险乱闯，便不再作声了。鲍德罗斯基拔开了伏特加的瓶塞，拿出三只酒杯和两副刀叉，放到圆桌上说道：“还是先喝杯暖暖身子吧。没有酸黄瓜，就这些东西，将就一下吧。”

从在世界医院门前遭到劫持时起，娜达莎已经历了连续四十多小时的惊吓和折磨，直到躲进了鲍德罗斯基这住处之后，情绪才开始安静下来，这时竟然觉得肚子有点饿了，于是便同劳伦斯和鲍德罗斯基一起吃喝起来。不多一会，三人便风卷残叶般地把那段灌肠和那只面包消灭掉了。其中鲍德罗斯基吃得不多，但喝得不少，被喝掉的大半瓶伏特加中，约莫有三分之二是他喝掉的。吃喝完毕，墙上那架木框旧式挂钟的时针已指到十点多了，鲍德罗斯基匆匆地收拾好桌上的杯盘刀叉，过去从墙角那堆衣服里抽出一条粗呢毛毯，挟在肋下说道：“吃饱喝足，你们就早点睡吧。安心点睡上一觉，到明天一觉醒来，什么惊吓全都过去了。”

娜达莎略微有点发窘地问道：“彼得叔叔，你不睡在这里吗？”

鲍德罗斯基朝那张四尺的法国式雕花旧床努了努嘴说：“这上面躺得下三个人吗？这屋里也没有长沙发。杜克洛夫斯基就住在后面弄堂里，他那里有张空床，是专门招待去喝酒的朋友的，我只要带上条毯子就都解决了。”

劳伦斯嗫嚅着说道：“既然有这么个地方，或者……或者我可以睡到那里去。”

鲍德罗斯基朝劳伦斯端详了一眼，爽朗地笑起来说道：“你这个‘GI’，怎么对我假惺惺地搞起这套啦！你以为当过贵族的人都是些老古板吗！那只是写在书上的事儿，而且还是些英国佬写的玩意儿。”说着，他拍了拍劳伦斯的肩膀，又探头过去吻了下娜达莎的脸颊，朝她眨了眨眼睛，便挟着毯子走出了房门。

鲍德罗斯基走出之后，娜达莎便过去插上了门锁，又走到窗前去撩起窗帘朝外面张望了一下，这才朝劳伦斯嫣然地笑了笑说道：“这回——至少今天夜里，这儿就是我们两个人的世界了。”

“那伙人不会追踪到这里来吗？”劳伦斯问道。

“不会。”娜达莎摇着头说，“这条弄堂里同样式样的房子有好几十幢，从外面来的人是很难找的，何况又是在夜里。”

劳伦斯想了想，在床沿上坐下，坐下时从衣袋里摸出手枪放到枕头边，拍了拍床沿对娜达莎说道：“坐这儿吧，还是这里最舒服些。”

娜达莎坐到劳伦斯身边，劳伦斯伸出臂膊把她搂进自己怀里说道：“娜嘉，亲爱的。现在可以把所有的事情都告诉我了……要是你愿意的话。”

娜达莎轻轻挣脱出来，坐直了些说道：“我会讲给你听的——全部事情，从我开始懂事的时候讲起。”

……

“这就是事情的全部经过，我都告诉你了。”娜达莎讲完后，朝墙上那只挂钟瞟了一眼，时针指在十一点一刻上，这意味着她刚才向劳伦斯叙述的那些身世，差不多花了有一个小时的时间。

劳伦斯沉默了半晌，抬起头凝视着娜达莎问道：“这些事情你为什么不早一点告诉我呢？”

娜达莎苦笑了一下说：“说来也许有点可笑，无非是想让自己编织的那个美梦迟点醒来罢了。”

劳伦斯微蹙起眉头问道：“你这话是什么意思？我不太明白。”

娜达莎淡淡地笑了笑说：“这有什么不好明白的？早说了，不早就结束了吗！”

劳伦斯问道：“你凭什么这样认为呢？就因为你在那个……那个地方工作吗？”

娜达莎说道：“并不是我的认为，而是大多数人——大多数男人都会这样认为的。”

劳伦斯伸出臂膊，轻轻地把娜达莎搂进怀里，凑近她耳边说道：“我不知道大多数男人怎么想法，在这方面你也许比我了解得更多些。但不管怎么样，我对‘大多数男人’的这种想法并没有兴趣。不管你在什么地方工作，你还是我的娜嘉——娜斯达西亚，要是我有什么应当责怪你的，那就是不该不早点把这些事情告诉我。”

娜达莎惊喜地看着劳伦斯的眼睛，嗫嚅着：“你……是说你并不在乎……”

“我应当在乎什么呢？”劳伦斯微笑着说，“是在乎你为那位卡特琳娜夫人工作，还是在乎你傻乎乎地老不肯说实话，而且还要虚构出一个英国老处女来吓唬我呢？”

“那么你……你也不计较蒙索洛夫……让我做的那些事情吗？”娜达莎问道。

“你刚才不都讲清楚了吗！所有这些都是在暴力威胁之下干的，凭你这么个弱女子，能有力量对抗那么一伙人吗？何况你根本没给我带来什么损害，倒是在关键时刻站到了我身边，而且直到现在还站在这里。”

虽然隔着几层不算很薄的衣服，但娜达莎却能清楚地感到，有一股暖流通过劳伦斯搂住自己的手掌，向自己传递过来，并且像一道电流一样传遍全身，迅速地驱散了这两天来所经受的惊吓和累乏。她从大脑到全身都出现了一种十分疲乏的感觉，但并不是那种筋疲力尽、四肢瘫软的感觉，而像是那种经历过长途跋涉躺回到自己的被窝里，既慵懒又舒服的感觉。她感到劳伦斯轻柔的声音在耳边喁喁地细语，但却懒得去细辨内容，她也感到劳伦斯略带点颤抖的手指正在解自己身上的那些纽扣：外衣上的、衬衫上的、胸罩上和裙腰间的……她下意识地感到自己应当帮助他，但两条臂膊却瘫软得抬不起来。“是的，不管他这些话是真情还是假意，我都应该给他了……其实早该给他了。”这便是她在那盏台灯被关熄前所转的惟一的念头……

二十八

娜达莎是在酣睡中被一阵碌碌的响声惊醒的，睁开眼睛，看到从窗帘罅缝中透进来的那几缕晨曦，一时间竟弄不清自己究竟在什么地方，但她又立刻辨认出从窗外传来的那个声音，正是粪车的木轮碾过水泥路面时发出的响声。这使她记起自己是躺在鲍德罗斯基的床上，因为这条建业里不比萨巴罗夫住的那个茂龄别墅，这儿并没有下水道和卫生设备，因此无论盛暑隆冬，每天清晨都有这类“城市里的报晓鸡”推进弄堂来的。

在弄清了自己是睡在哪里之后，她当然马上领悟过来躺在身边的那个男人是谁，以及他俩之间发生过什么事情了。劳伦斯蜷起身子侧卧着，一条左臂压在她胸前，正发着轻微而均匀的鼾声。娜达莎轻轻地向他挪近了些，让旁边这男人的体温使自己更暖和些，同时重新闭上了眼睛。虽然她知道自己不可能一直同劳伦斯这样搂抱着睡下去，过一会他俩就得穿衣起床，并且还得去准备迎接各种危险，但在这一刻里，她宁愿把一切忧患、惊吓和危险全部忘掉，甚至连劳伦斯以后是否会离弃自己也不愿去想，就只想依偎在这个男人宽厚的胸前再睡一会儿，哪怕就此不再睁开眼睛也心甘情愿……

但她并没有就此睡去不再醒来，而只是同劳伦斯相偎着再睡了一会儿——也许只是打了个稍长的盹，就被一阵叩门声惊醒了。

这叩门声挺轻，中间的间隔也挺长。娜达莎问道："是谁？"

"是我。娜嘉。"门外是鲍德罗斯基的声音。

娜达莎问话时，劳伦斯也醒来了，他毕竟有过军校生活的锻炼，才睁开眼睛便对眼前的环境做出了相应的反应，迅速把压在枕下的左轮枪抓到了手里。听清是鲍德罗斯基的声音之后，才把手枪放下。娜达莎答应一声："请等一下。"便马上和劳伦斯动手穿起衣服来。

当娜达莎匆忙地穿好衣服，拉开房门，看到站在门前的鲍德罗斯基时，有些害羞地叫了声："彼得叔叔。"她以为鲍德罗斯基必定会向她打趣几句，但这样的情况并未发生，鲍德罗斯基闪身进房之后，马上回手把房门闩上，然后带着严肃的神情看住了娜达莎问道："昨天夜里你们到这里来的路上，开枪打过什么人没有？"

娜达莎知道昨夜那一枪的事情发作了，不便再继续隐瞒下去，只能点着头承认道："当时他是开过一枪，可那完全是为了自卫，要是不开这一枪，那我们……"

"嗐，那你当时为什么不告诉我？是不信任我吗？"鲍德罗斯基岔断了她的话，满面不愉之色，"你知道那一枪造成的后果吗？"

"这个真的不知道。"娜达莎表情真挚地回答道，"当时有好几个人扑上来搂住了他，他就开了枪，好像打中了一个人，可也弄不清是打伤还是打死了，我俩就奔进西爱咸斯别墅逃过来了。"

"那个人被打死了。"鲍德罗斯基说道，"据说那一枪正打在心脏上，是当场毙命的，尸体是天亮时候巡捕房派车来拉到台拉斯脱路的验尸所去的。”

娜达莎沉默了半晌，问道：“那死者是谁，有人知道吗？”

“已经知道了。”鲍德罗斯基坐到那张维多利亚式高背靠椅里说道，“住在六十四号楼下的那个恰巴耶夫斯基的大儿子阿廖沙，他在法捕房里当巡捕，值夜班回来告诉他爹说，他认识那个死者，名叫鲁柯夫，原来是公共租界上一个流氓，现在在一个什么俄侨协会里当打手。”

“这么说，正是那个脸上有刀疤的家伙？”娜达莎问道。

鲍德罗斯基点了点头：“就是他。那家伙死得活该。”

当得知劳伦斯打死的人正是那个刀疤脸，娜达莎不禁感到一阵快意。这时，劳伦斯走过来问道：“发生了什么事情，彼得叔叔的脸色好像挺紧张？”

娜达莎这才想起劳伦斯听不懂她和鲍德罗斯基用俄语对答的那些内容，便用英语向他转述了一遍。劳伦斯得知被自己开枪打中的那个人已经丧命时，也多少有些紧张，便对鲍德罗斯基说道：“很抱歉，昨晚我和娜嘉没把这件事情告诉你，要是这件事情会给你带来什么麻烦的话，我和娜嘉可以马上离开这里。”

“算了，那个被打死的是个坏蛋，死有余辜，别再去谈他了。”鲍德罗斯基才进门时的那股火气，似乎已消掉了大半，摆了摆手这样说。但顿了顿又接着说道，“现在就算你们想马上离开这里怕也不行了。”

“为什么？”劳伦斯问道。

鲍德罗斯基走到窗前，撩起一点窗帘朝外窥视了一会，走回来说道：“刚才我从后弄堂过来的时候，看到有两个穿大衣的人正探头探脑地在弄堂里转悠，仔细看了一下，其中有个人是见过的，便是那天跟鲁柯夫一起到马思罗夫那里去砸店堂的，只是他并没认出我。我感到情况有点不妙，又到总弄口去看了一下，那里也有两三个人在转悠，虽然都是陌生面孔，但看模样肯定跟里面那些人是一伙的，也许别处还有他们的同伙。看来这些人已经知道你现在在这条弄堂里，而且是专冲着你们来的。”

娜达莎惊讶地问道：“这怎么可能呢？昨天夜里我们肯定把他们给甩掉了，怎么可能会追踪到这里呢？”

鲍德罗斯基说道：“不管甩没甩掉，但我可以肯定那些人是冲着你们来的，而且看起来来意不善。”

娜达莎低下头想了想，说道：“那么会不会是昨天夜里打电话……”说到这里，她突然顿住不再往下说了。

“你是说我在打电话的时候被他们的人听到了吗？”鲍德罗斯基摇着头说，“刚才我也这样想过，但并没有这可能，我借打电话的时候，那店里只有一个中国伙计，是个挺忠厚的老头儿，而且根本听不懂英语。”

在娜达莎和鲍德罗斯基讨论这件事情时，劳伦斯一直默默地听着，这时突地岔进来问鲍德罗斯基道：“彼得叔叔，你还记得昨天夜里基地司令部那个接电话的人的口音吗？是不是带点南方口音？”

鲍德罗斯基笑了笑说道：“你们美国的口音我怎么搞得清？能听懂已经不错了，怎么还分得清是南方还是北方的！”

劳伦斯又问道：“那你记不记得他的声音有什么特征？比如说……”说到这里，他突然顿住不再往下说了，但目光却仍是急切地盯着鲍德罗斯基。

鲍德罗斯基惊讶地看着劳伦斯，不明白他为何要提出这些问题，但他还是低下头想了一会，忽地像想出了什么似地抬起头说道：“哦，对了，那个人的嗓音有点尖细，我刚一听还当是个女的，后来才听出是男人。”

劳伦斯点着头说：“原来我一直在奇怪，昨晚那个值班军官的态度怎么会这样反常？现在看来这个谜算是解开了。”

娜达莎问道：“你是说在基地里面也有他们的人？”

“是的。”劳伦斯点着头说，“那是迈克尔·萧，蒙索洛夫的相识，他知道我昨天晚上的行踪，也知道我随身带着手枪。很可能昨天夜里在基地里值班的也是他，要是确实是他，那么蒙索洛夫手下那些人现在出现在这里周围，也就能得到解释了。”

娜达莎想了想，说道：“看来事情正像你所说的这样，可现在我们该怎么办呢？”

劳伦斯说道：“根据这些情况，我们更得马上离开这里，要不，非但会连累彼得叔叔，在基地里也许还会发生什么问题。”

娜达莎皱着眉头说道：“可现在出去不会碰到危险吗？”

劳伦斯想了想，过去从枕头底下抽出左轮枪，打开弹仓检查了一下，把枪放进上衣口袋里说：“要是他们敢对我袭击，那我就开枪，这里面还有四颗子弹，即使不够打退他们，至少也能把附近的巡捕惊动了赶过来。”

娜达莎想了想，摇着头说：“就算这样，也还是太危险，昨天他们只是想绑架你，还不打算对你开枪，可今天的情况就不同了；根据彼得叔叔刚才讲的那副架势，很可能那伙人还准备替自己的同伙报仇。要是这样，你在明里，他们在暗里，而且那帮人都是亡命之徒，你就是带着枪也难免要吃亏。”

劳伦斯想了想，有些焦躁地说道："那该怎么办呢？我们总不能困守在这里等着他们嘛，至少我也得尽快同司令部通个电话，把情况报告给肯脱中校。"

娜达莎说道："可你没听彼得叔叔说，这条弄堂的里里外外都有他们的人守着吗？你怎么出得去呢！"

鲍德罗斯基岔进来说道："要是就只是打个电话，那还有办法的。东面弄口上那家黑白洗染店的后门开在弄堂里面，到那里去用不着出弄堂，那个中国老板挺和气，弄堂里常有人去借打电话的。"

劳伦斯拿起搭在椅背上的风衣说："那就快去吧，先和肯脱通了电话再决定下一步怎么走吧。"

鲍德罗斯基拦住他说道："那也不能这样性急，在弄堂里不也有着他们的人吗！还得想法避开他们，至少也要想法掩一下他们的耳目。"说罢，他拿过劳伦斯的风衣，从屋角那堆衣服里捡出一件挺旧的方格粗呢长大衣，又从帽盒里捡出一顶灰色的老式窄檐软胎呢帽，叫劳伦斯戴上，再找出一条挺大的围巾，捂没了劳伦斯的嘴巴和下颏，接着又教他耸起肩胛，踏着蹒跚的步履在房间里学走了两圈。按照劳伦斯此刻这副打扮和走路的姿势，只要不是迎面站住仔细打量，谁都会以为这是个老年白俄。鲍德罗斯基这才领着劳伦斯走出了门，临走时没忘了一再叮嘱娜达莎闩好房门，在任何情况下都不要给陌生人开门。

走进弄堂之后，两人一前一后相隔十来米朝前走去。这时，弄堂里已有不少人在走动了，大多是从菜场回来的中国家庭主妇，其中有不少人同鲍德罗斯基打着招呼。劳伦斯边走边留意着周围的动静，他看到在右侧那条弄堂的转角处有一个白俄模样的年轻人，身材挺魁梧，两手插在衣袋里在那里转悠。这无疑是蒙索洛夫的一名爪牙，但他对这一前一后在前面走过的那两个俄国老人，并没有特别注意，只随意地瞟了一眼，便把头转向别处了……

劳伦斯跟着鲍德罗斯基从后门走进了那家洗染店，鲍德罗斯基先向坐在柜台后面那个中国店主招呼了一声，用中国话对他说要借用一下电话，店主和气地让他请便。

这里的电话是一架墙机，劳伦斯过去取下听筒，向接线员报了号。这回他要的是基地司令官的直线电话，十多秒钟之后，便听到了肯脱的声音："喂，我是肯脱。"

"是肯脱中校吗？我是劳伦斯。"劳伦斯说道。

"劳伦斯！你现在在哪里？"肯脱在电话那头大声问道。

劳伦斯听到肯脱的声气似乎挺惊慌，便问道："请你先告诉我，发生什么事情啦？"

"你还问发生了什么事情！今天一大早，法租界巡捕房的人就把我从被窝里叫起来，说你昨天夜里喝醉了酒，在贝当路上开枪打死了一个人，现在他们正在抓你。这是刑事案件，你又没有享受外交豁免权，所以要求基地司令部协助将你缉捕归案受审。一小时之前，日本领事馆和海军武官府又送来份照会，说那个被打死的人是满洲国国民和公职人员，所以要基地把你交出来由公共租界捕房处理……"

"见鬼！"劳伦斯岔断了肯脱的话说，"那家伙是个白俄，根本没有国籍，怎么说是满洲国国民呢！"

"听着那名字，我也这样提出过，可他们却说那人早在几年前就取得了满洲国国籍……"肯脱在电话里顿了顿又问道："这么说，你真打死了个人？到底是怎么回事？"

“现在一时也说不清。”劳伦斯边说边侧过脸瞟着店外的路上，他明白这个电话也不能打得时间太久，这家洗染店的正门和橱窗都沿着马路，自己在这店堂里打电话，随时都可能被外面走过的蒙索洛夫的手下人发现。发现后，纵然他们不敢在光天化日之下对自己进行袭击，但自己后面将会粘上挺难甩脱的“尾巴”，并且还会累及鲍德罗斯基和娜达莎。因此他不想再在这电话里同肯脱多谈下去，只是说道：“事情的详细经过我以后再向你报告。总之，这是个间谍事件，直接牵涉到日本间谍机关，所以情况挺复杂。”

“什么？是间谍事件！”肯脱的声气有点吃惊，“要真是这样，你最好还是马上回来，否则出了事情我担不起干系。”

“不行。我现在还不能回来。”劳伦斯说道，“而且要是我现在回来了，情况只会更加复杂，你受到的压力也可能更大。我现在只要求你做两件事情。”

“哪两件事？”肯脱问道。

“第一件，马上逮捕军械处的迈克尔·萧上尉。把他禁闭起来，不要让他和任何人接触。”

“迈克尔！”肯脱吃惊地问，“为什么？”

“他有同日本间谍机关勾结的重大嫌疑。”

肯脱在电话里沉默了半晌，问道：“那么证据呢？有什么证据能证明这一点呢？”

“有证据，可得等我回来了才能提供。”

肯脱又沉默了一会，再说话时劳伦斯似乎看到了他那张满布难色的面孔：“在没有看到证据的情况下，我不能这么做，尤其是对一名军官——这是违反条令的……”在犹疑地顿住了几秒钟之后，他才继续说下去，“但我可以派人对他进行监视，适当地限制他的行动。”

劳伦斯对肯脱优柔寡断的性格是了解的，因此明白这已是能够要求他做到的最大限度了，于是就叹了口气说道：“那就这样吧，但一定要严密监视他的所有行动。另外，请你马上用我的名义，发一份电报给华盛顿海军情报处的弗里德曼上校，用 BCT 密码，立刻发出。”

“这个可以办到。”肯脱说道，“电报内容是什么？我这就记下来。”

劳伦斯在离开鲍德罗斯基住处之前，已拟好了给弗里德曼电报的腹稿。此刻，他又考虑了片刻，对着电话口述道：“威·弗里德曼上校：日本间谍机关对我穷追不舍，原因你明白。请转告诺克斯，并望注视日本海军动静。署名是劳伦斯·罗斯。电文记下了吗，中校？”

“记下了。哎，你说的那个诺克斯可是作战部长诺克斯少将？”

“是的。正是他。”

“我不明白，这些事情同作战部能有什么关系呢？为什么……”

“弗里德曼上校会明白的。”劳伦斯岔断了肯脱的话说，“请你务必照这样的电文发出去，事关重要，不能耽误。”

“我会照发的。”肯脱迟疑了片刻说道，“我说，劳伦斯，你还是先回基地来吧，任何事情总能讲得清楚的，你这样……”

劳伦斯知道肯脱这劝告并非出于恶意，但此刻他不愿再听这些唠叨，便再次打断了他的话说：“我会再给你打电话的，中校，也许只过几个小时，可别忘了监视迈克尔的行动。”说罢，便挂上了电话。

鲍德罗斯基虽然一直站在旁边，但一则无法听到对方的话，再则劳伦斯有些话说得挺快，使他无法听清，因此这时便问道："怎么样，他们什么时候来接你？"

"他们不来了。"劳伦斯摇着头回答。

鲍德罗斯基瞧着劳伦斯那阴沉的脸色，诧异地问道："怎么回事？不来接你怎么回去呢？"

劳伦斯把鲍德罗斯基拉到路上行人不易看到的旮旯里，把从电话里了解到的那些情况简要地讲给他听。鲍德罗斯基听后张着嘴愣了半晌，然后问道："那……那怎么办呢？你和娜嘉躲到哪里去呢？"

看着鲍德罗斯基的表情，劳伦斯知道他担心留在他家会惹出麻烦，而且事实上建业里这地方确是不宜再呆了，于是说道："彼得叔叔，我回去以后马上就带着娜嘉离开这里，可躲到哪里去比较安全，希望你能给我们出出主意。"

"去哪里比较安全？……去哪里比较安全？……"鲍德罗斯基抬起手搔着头皮低声自语着，寻思了一会，说道，"既然基地回不去，耽在这儿又不安全，那就只能想办法躲到北面——我是指公共租界上去，那里比较起来要安全一些。"

"为什么呢？"劳伦斯问道。

鲍德罗斯基朝店外的路上瞥了一眼，回过头屈着手指说道："第一，那边不比这里，就算对日本人也不敢违拗，可毕竟还是英国人在掌权，他们跟你们是盟友，在可能范围之内是会想法保护你的，至少不会像法捕房里那些人那样对日本人唯命是从；第二，那边你们的同胞多，可以躲藏的地方当然也多，即使家里没法躲，那儿地方热闹，各种各样旅馆也比较多，要找个地方躲上几天要比这里容易得多。”

劳伦斯想了想说道：“这也许是个办法，可是从这儿过去，也有检查的哨卡，能通得过吗？”

“那就得想办法了。”鲍德罗斯基说道，“只要能到得哨卡前面，总有办法能通过的，可你这回不能再和娜嘉一起走，那样目标太大，会坏事的。”

劳伦斯说道：“可我和她是……”

鲍德罗斯基拍了拍劳伦斯的肩膀说：“我知道，反正不会把你们拆散，而且她留在这边也不安全。这儿不是讲话的地方，我们回去再仔细商量吧，仍旧从原路回去，一路上多加小心。”

“你告诉诺克斯。”弗里德曼对着内线电话大声说道，“我不管他有多忙或者要找他的人正排着队，我要在一刻钟之内见到他，我有很重要的事情要找他。很重要的事情，听到了没有？”

“听到了，上校。”接电话的女秘书答应着说，“我立刻转告将军，请你在电话机边等候回音。”

弗里德曼搁下听筒，盯住桌上那份电文怔怔地出着神，他拿不准要是诺克斯对这份电报并不给予关注的话，自己是否应当向总统的国家安全事务助理哈里·霍普金斯或甚至向总统本人反映。约莫过了四五分钟，内线电话机响起来，弗里德曼拿起听筒，里面传来诺克斯的女秘书的声音：“是上校吗？将军在等着你。”

弗里德曼把电文放进衣袋，走出办公室，乘电梯上了六楼，走到那间标有“作战部长”字样的门前，推门进去，诺克斯的女秘书站起来招呼道：“将军正等着你，请进去。”

弗里德曼推门走进里面那间办公室，海军作战部长诺克斯少将正埋头在看文件，听到有人进门，头也不抬地指着办公桌对面那张空椅说道："说吧，弗里德曼，什么事情这么急，非要马上见我不行。"

弗里德曼没有坐下，只是绕过办公桌走到诺克斯身边，掏出那份电文放到桌上说道："你看一下这个。"

诺克斯拿起那份电文看了一遍，摘下老花眼镜，仰头看着弗里德曼问道："这是怎么回事？"

弗里德曼说道："发报人罗斯少校，是当时'魔法'小组的成员，现在上海基地当通讯官，我想你应该是知道他的。"

诺克斯点着头说："当然知道，他的父亲是爱德华·罗斯，一九三五年在大西洋舰队里当参谋长的时候，我是他的副手。可前些日子斯塔克①不是已经批准把你那个小组的成员全部召回美国了吗？"

"可他还没有回来，中国离得太远，而且看来他是被日本间谍机关盯上了。最早发电报告诉我有日本间谍机关在注意寻找'魔法'的也是他。"

诺克斯想了想，皱起眉头问道："要是他落进日本间谍的手里，会守口如瓶吗？"

弗里德曼说："根据我对他的了解，他是不会泄露国家军事秘密的。当然，要是被强迫服下了那种丧失意志控制的药剂，那就是另一回事了，但现在看来这种情况还没有发生。"

"是啊，这种情况并没有发生。"诺克斯点着头说，"你来

---

① 当时的美国海军部长。

找我是要我干些什么呢？难道要我命令马尼拉派一架专机把他接回来吗？这可是办不到的事情。”

“谁要求你派专机啦！”弗里德曼有点恼火地用指节叩着桌上那份电文说，“这是劳伦斯给我们发来的信息——当然他还没法在电报里讲得十分明白。他在提醒我们……不、不仅是我们，他在提醒华盛顿：在日本人越来越怀疑他们的密码已经被彻底破译的情况下，他们很可能停止使用原来的密码，甚至干脆不用电台，而用其他办法来指挥他们的军事行动。要是发生这样的情况，‘魔法’不但不能成为我们的X光透视机，反而会成为蒙住我们眼睛的黑布。”

诺克斯仰靠到椅背上，低头沉吟了一会，说道：“你认为有这样的可能吗？”

“当然。”弗里德曼说道，“我们是在应付一场战争，战争中是什么事情都可能发生的。”

“可能性确实是存在的，但还不是现在，至少不是目前，据我所知，尽管日本方面产生了怀疑——这一点我并不否认，否则也不需要把了解‘魔法’的人都召集回国了。但至少目前他们还在使用原来那套密码。”他欠身从桌上拿起刚才正在看的那份文件，扬了扬说道，“这是他们的内阁发给野村和来栖的一份密电，昨天晚上截取到的，是一份外交照会，将在后天早上由野村递交给赫尔。我相信日本大使馆此刻正在紧张地翻译这份电报，可我们破译出来的前半部分，已经送到总统办公室去了，这译好的后半部分也马上要送去。从这件事情上可以推断出：即使日本人已经怀疑我们掌握了破译他们密码的方法，但到目前为止，他们还没有放弃使用原来密码的想法。”

弗里德曼虽然并不担任情报处长的职务，但他是密码专家和“魔法”的制造者，因此在整个海军情报系统里，对他是并无什么秘密可言的。他从桌上拿起那页电文一目十行迅速地看起来，当看到快结束时，吃惊地说道：“这……不等于是战争吗？”

“是的，可以这样理解，但毕竟还只是一份口气强硬的照会，不是向我们发出的宣战书。”诺克斯说道。

“宣战书！”弗里德曼有点激动地大声说道，“为什么一定要有宣战书呢？为什么他们不可能对我们不宣而战呢？”

“不宣而战！你是说发动偷袭？”诺克斯沉默了片刻，摇着头说，“这大概还不至于吧，这样做是要受到国际舆论谴责的，而且在近代战争史上还没有过这样的先例。”

“没有过先例？”弗里德曼用带着点嘲讽的口气反驳道，“你也许太健忘了吧，不到半年前，希特勒进攻苏俄不就是用的偷袭吗？”

“这里头的情况是不同的。”诺克斯说道，“苏俄没参加国际联盟，也没在国际公法上签过字，希特勒便可以不受海牙公约的约束，可我们和日本都是国联的成员……”说着，他站起来拍了拍弗里德曼的肩膀说道，“我同意你的看法，我们和日本人之间的这场战争是不可避免的，但看来还能拖延上一些时候。”说着，他把那份电文小心地折叠起来，放进军服上衣里袋里，“我得和斯塔克一起去白宫了，总统和老哈里大概已经等急了。”

弗里德曼明白这意味着这场谈话结束了，他觉得自己似乎还有些什么话没有说清楚，但一时却又想不起应该说些什么，因此只是怔怔地站着。诺克斯已经穿上了大衣，见他这副神情，便拍了拍他的臂膀说：“别再多想了，注定要发生的事情谁也阻挡不了。还是舒舒服服过个周末，明天再痛痛快快玩上一天。真要爆发了战争，就不会再有什么假日了。”

明天是星期天，十二月七日。

对包括军队官兵在内的绝大多数美国人来说，星期天的休息权利似乎是神圣不可侵犯的。因此，根据史料记载，一九四一年十二月七日那天，美国在太平洋舰队的基地——珍珠港，以金斯曼将军为首的太平洋舰队的舰长、参谋和其他军官，正在举行盛大的周日舞会；在华盛顿，海军部长斯塔克上将在剧院里观赏歌剧，而罗斯福总统和他的挚友哈里·霍普金斯则坐在椭圆形办公室里，反锁上房门，封闭所有的电话，吸着烟，海阔天空地闲聊。这些日子以来，他们已被那些情报、照会和外交桌上的谈判弄得疲惫不堪，因此决定愉快地过一个休息日，让绷紧的神经得到一下松弛……

当然，所有的军事电台值班人员是不能休息的，他们必须严密监视着那些肉眼看不到的空中电波，以备截取有利于判断对方行动的情报。总统曾吩咐过：任何人不得打扰他的休息。只有送“魔法”破译密电去的人除外……

但在这一天里，“魔法”没有截取到任何电文，日本方面在这一天里似乎也保持着沉默。只有美国东海岸所有的电台——包括商业电台和有些民间业余爱好者自设的家庭电台，都收到了一组讯号，但并不是电文，而是一组来历和含义都不明的奇特呼号：

“Tora！ Tora！ Tora！”①

“Tora！ Tora！ Tora！”

---

① Tora是日语“虎”的英文音译。“虎！虎！虎！”是日军偷袭珍珠港时向飞机、军舰、潜艇发出的总攻讯号。

二十九

井上手边那架乳白色的电话机响了起来。在他办公桌上的三架电话机中，这架白色的是专通那些高级军事和特务机关的，从南京的派遣军司令部、梅机关直到上海的宪兵队队部，还有陆海军最高指挥官办公室等，因此从这根电话线上同井上通话的，都是军特两界的显要人物或是他们的副官、秘书。井上有些烦躁地拿起听筒，先报着姓氏："我是井上。"

"我是川本。"从听筒里传来川本显得有点苍老的声音。

听到川本的声音，井上禁不住有点慌张，惶恐地说道："阁下，那个美国军官现在还没有找到，可我保证……"

"不用再找了，他对我们已经没有作用了。"川本截断了他的话说道。

听着这话，井上有点惊讶，一时间弄不清到底是什么原因，正想询问，川本已经用直截的语气说下去了："现在有比这重要百倍的事情要做，我现在在南京，在影佐中将①阁下的办公室里。他刚

① 影佐帧昭是日本特务机关梅机关的首脑，当时任汪伪政权的首席顾问官。

接到大本营发来的密电，十二小时之后，帝国的舰队和机群将向太平洋上的美国军事基地袭击。陆战队和陆军也同时进攻从南洋群岛到香港的各个英、美属地。派遣军登部队[①]也已接到密令，要在对太平洋上英、美军事基地发起突袭的同时，占领上海的公共租界，并且把那些不肯投降的英、美军队全部收拾掉。影佐中将阁下要我命令你：让你的部下严密配合正规部队的行动，特别要负责控制巡捕房和解决掉万国商团里美国人和英国人的两支队伍。这两个方面交给你负责，倘若发生什么差池，惟你是问。明白了没有？”

“明白了……”井上略顿一下，又添上了一句，“请代为报告影佐阁下，我一定认真执行他的命令。”

“我会转告的。”川本说罢便挂断了电话。

井上把话筒放回原处，怔怔地出了十几秒钟的神，一股火气陡地升腾上来：半个月前，也是这川本，带来了大本营谍报部的命令：一定要把那个叫劳伦斯·罗斯的美国佬弄到手，撬开他的嘴来取得那件至关重要的情报，并且还作了具体规定：抓到的人必须是囫囵的，同时不能惹起外交纠纷和美国方面的特别注意。为了这项任务和这些规定，自己绞尽脑汁设计安排了整个计划的各个环节，虽然出面去执行的是蒙索洛夫和他手下的那伙人，但每个重要行动，例如劫持迈克尔和娜达莎，他除了派遣塔尾去监督执行以外，自己也守在办公室里进行遥控指挥；为这件事，对法租界当局施加压力，要他们别多加干预，也是他亲自办的，而现在却一下子改变了命令，说那个美国佬即使抓到手也是毫无用处了。既然十二小时之后便要对美国人发起总攻击，弄清美国人是否真的破译了密

① 登部队即日本陆军第十三军团，当时驻扎在江苏、浙江、安徽三省的日占区内。

码也就无关紧要了，这是可以理解的，然而像这样重大的决定必定是经过反复研究的，既然这样，那为什么直到两三天前，还不断地发电报和打来电话催促着要把那个美国军官弄到手呢？他们为什么要这样做呢？只能有两种解释，或者是大本营的那些人并没有对自己给予充分信任，或者有人故意在要弄自己，要弄这个为“日中提携，共荣共存”立下过汗马功劳的井上公馆……

但这忿懑并没有延续很久，井上毕竟干过这么些年的特务工作，虽还没有跻身于政客之列，但至少也懂得政治是怎么回事了，他很明白，倘若把这场即将开始的“大东亚圣战”比作一盘中国象棋的话，就连身为大使的野村和作为特使的来栖，也只是在棋盘上任人移动的棋子，那么，像自己和川本甚至是影佐这样地位的人物，也许连个“卒子”也算不上。另外，在战争史上，为了转移敌方的视线，故意把整师整旅的军官和士兵送往死地的事情也是不乏其例的；至于为了达到迷惑对方的目的，牺牲掉最优秀的间谍的事，更是屡见不鲜……想到这些时，井上便感到释然了，欠身抓起那只机关内线电话的听筒，大声吩咐接线员：“马上给我找到塔尾，要他立刻给我打电话！”

“到底为什么要撤销原来的命令呢？”蒙索洛夫显得有点激动地问坐在对面的塔尾，“要知道，为了抓那个美国佬，鲁柯夫把命也搭进去了，他可是我最得力的一个手下，少掉了他，我以后……”

塔尾冷冷地岔断了他的话：“伯爵先生，我记得你也当过军人，那就应当懂得：对命令是不应该询问原因的……”说罢，端起面前的杯子，把剩下的半杯咖啡一饮而尽，站起来捋起衣袖看了下手表说道："记住，现在是四点钟，四个钟头以后，就是八点钟的时候，你要把手下那些人全部集中到'万岁馆'底层大厅，你自己到公馆来听候命令。"说罢，头也不回地走出了房间，噔噔噔地朝楼下走去。

蒙索洛夫走到窗前，瞧着塔尾走出了这家咖啡馆，钻进停候在路边的黑色轿车，朝东面疾驶而去，这才朝地上重重地唾了一口，骂道："滚你的吧，日本小鬼！"

蒙索洛夫对塔尾的憎恶是可以想像的，从昨天夜里塔尾以井上公馆代表的身份，乘车到达福开森路那时候起，便一直俨然以这次行动的指挥者自居，不断地向蒙索洛夫发号施令，并且从不征询他的意见，仿佛蒙索洛夫只是日本军队里的一名下士或是曹长似的。蒙索洛夫和鲁柯夫原来制订的计划，是在威尼斯咖啡馆门前绑架劳伦斯，准备在他朝等候在那里的娜达莎走过去时，埋伏在暗处的那几个人便一拥而上，用毯子蒙住他脑袋，把他挟上汽车立刻开走。后来临时接到迈克尔送来的情报，得知劳伦斯随身带着手枪，塔尾便马上决定改变原来的计划，理由是原来选择的这个地形十分不利，倘若发生枪战，可能会导致严重后果，他坚持对劳伦斯应当在跟踪中进行突袭。结果是他所策划的行动没有能得手，反而把鲁柯夫的一条命也搭了进去。但塔尾却始终没承认这是自己计划上的失误，相反却一再流露出对蒙索洛夫的责怪情绪，认为这样的局面都是由于蒙索洛夫手下那些人的怯弱和愚钝所造成的。当追踪到了建业里而又再次失去目标时，塔尾的脸色便越发难看，一再地责怪蒙索洛夫和他手下那些人无能，并且还明白地表示：倘若让那个美国佬就此溜掉的话，主要责任者应当是蒙索洛夫。这些态度惹得蒙索洛夫心中十分恼火，好几回想豁出去同他大闹一场；后来出于对自身利益的考虑，才硬克制住了的。所以，此刻塔尾的离去，仿佛给了他从一种难受的束缚中解脱出来的轻松感觉。

使他感到那种解脱后的轻松，不仅是塔尾的离去，更主要的是原来那个任务的突然撤销。在井上向他布置这个任务的时候，他原是抱着欣然的态度接受的，他自信凭着自己周密的筹划，那个美国佬是不难弄到手的；而这个任务的顺利完成，又有利于提高自己在井上心目中的地位。然而事与愿违，由于那支手枪的突然出现和娜达莎的“背叛”，使局面变得很为复杂，直到今天上午完全失去了追踪的目标！虽然他一再向塔尾保证：那个美国佬绝对逃不出他的手掌心！但心里却很明白，这项任务恐怕要以彻底失败和自己的丢脸和失宠告终了。因此，当他听到塔尾突然宣布撤销那原来的任务时，禁不住一阵暗喜，但在表面上还不得不装出忿懑的神情来，以表示对撤销这项任务的不满。

可这到底是怎么回事呢？原来被当作头等重要的任务突然被撤销，而四小时以后却又必须集合起自己的全体部下，到“万岁馆”待命，井上的葫芦里到底在卖什么药呢？蒙索洛夫点上一支亨白雪茄，伫立在窗前思索着……

当一支两号亨白雪茄烧掉约莫一半时，蒙索洛夫已经根据自己的推理从好几种可能发生的情况中，找到了他自认为最为正确、合理的那一条。“没错，准是要接管公共租界了。”蒙索洛夫举起右拳朝自己左掌心上猛击一下，大声地自语着。日本是否会就此对英、美两国正式宣战？蒙索洛夫还无法作出肯定的推论，然而根据他此刻的推论，在接管上海的公共租界这一点上似乎已无疑义了！“这回也该轮到那些一直以天之骄子自居的英国和美国的老爷、太太们哭上一场了！”蒙索洛夫感到快意地这样想着，在他眼前仿佛出现了这样一幅图景：戴着钢盔，端着上刺的步枪的日本兵，冲进了那些花园洋房，洋房的男女主人们都排列在起居室里，完全失去了过去那种趾高气扬的神气，抖抖嗦嗦地举着双手，脸上流露出掩饰不住的惊恐；他们显然是从床上被拖起来的，男的还穿着睡衣睡裤，而女人身上的睡袍，甚至掩盖不住她们那对肥大的乳房……在枪口监押下，那些英、美侨民打开卧室里的保险柜，哆嗦着把藏在里面的地契、证券、金条以及珠宝首饰捧出来，堆到桌上交给那些闯入者们清点……

财富……珠宝……首饰……一个念头突地向他心上闯来，他眼前仿佛出现了一堆镶嵌着钻石、翡翠和其他各种宝石的首饰：项链、手镯、胸针、戒指……蒙索洛夫看了下手表，此刻是五点二十分，离规定集合的时间还有两个半小时多些，还能有挺充裕的时间去办妥刚才想到的那件事情。当然，在去办那件事情之前，先得通过自己平时编织好的那些“联络网”，把今晚集合的地点和时间通知下去，自己的那件事情固然要紧，但误了井上交付的任务也不是闹着玩的……

他坐到桌边，拿起了电话听筒……

蒙索洛夫把汽车开过“康司坦诺维奇爵邸”门前，再转弯拐进南边三四十米处一条挺宽阔的弄堂，找了个位置停好，然后下车锁好车门，回头朝“爵邸”方向走去。这是蒙索洛夫来看卡特琳娜时的惯例，虽然他平时挺喜欢显示自己是个“汽车阶级”，尤其是从他把那部海尔门换成了别克以后，更是有机会便在人前炫耀，但他到这里来却颇为谨慎，除非十分必要，是决不愿意让人家看到他的汽车停在这家妓院门前的。

他走近“爵邸”门前时，看了下手表，指针指在六时十分上。这时间对他应当是合适的，因为此刻妓院里不可能有什么客人，姑娘们都在各自的房间里梳妆打扮以便迎客，卡特琳娜这时也是较为空闲的。

蒙索洛夫走到那幢花园洋房门前，刚要抬手按铃，“咔嗒”一声，门却开了，从里面走出一个人来。虽然此时夜幕已经收拢，那个人又戴着帽子，缠着围巾，还伛偻着背脊，但蒙索洛夫还是一眼便认出此人正是萨巴罗夫——娜达莎的父亲。从他脸上那副焦虑的神情来看，显然是为了娜达莎失踪的事情来找卡特琳娜的。这时，萨巴罗夫也认出蒙索洛夫了，驻步朝他紧盯了约莫三四秒钟。蒙索洛夫从他那双睁大着的眼睛里，看到不加掩饰的憎恶和轻蔑的神情。升腾起来的怒火使蒙索洛夫攥紧拳头，准备朝对方那张挂着冷笑的嘴上揍去，但再想了一下，还是忍住了：犯不上跟这个倔老头子计较，尤其是在现在自己有正事要办的时候，更犯不上同他纠缠，反正以后有收拾他的时间，于是便松开拳头，抬手碰了一下自己的帽檐作为招呼，径自进门去了。当他回手带上铁门时，却听到身后重重地“呸”地唾了一口。

蒙索洛夫进屋之后，除了在门厅里看到中国女佣张妈正在擦拭穿衣镜以外，没再碰到其他人，他径直上了楼，走到卡特琳娜的卧室门前，刚想抬手叩门，但想了想又放下手，抓住门把手转动一下便推门走了进去。

卡特琳娜头发挽成个高髻盘在头顶上，穿件宝蓝色缎子的梳妆袍，正在拨电话，看到蒙索洛夫进来，把手里的话筒搁下，站起来说道：“亚历克赛，我正打电话找你，可电话铃响着没人接。”

“当然没人接啰，我不是在这儿吗！”蒙索洛夫笑着张开两臂，做出准备拥抱的姿势说道，“你找我有什么事吗？”

卡特琳娜并没有过去同他拥抱，只是说道：“刚才萨巴罗夫来找我……”

“我在门口碰到他了。”蒙索洛夫岔进来说道，“我们还招呼了一下呢。”

卡特琳娜没有接他的话茬，只是继续说道：“他昨天就来过了，听说娜嘉从前天夜里出去之后没回来过，十分着急，今天是再来找她的。”

“娜达莎没回来！”蒙索洛夫问道，“她到哪儿去啦？”

“别装佯了。”卡特琳娜说道，“我正要问你呢，娜嘉现在到底在什么地方？”

蒙索洛夫装出惊讶的表情反问道：“怎么问我呢？我怎么知道她在哪里呢。”

卡特琳娜退到卧榻边坐下，仰头看住了蒙索洛夫问道：“这件事情难道跟你……和你手下那些人没关系吗？她现在不在……在那伙人手里吗？”

“原来你打电话找我只是为了问我要娜达莎。”蒙索洛夫笑着走到卧榻前面，侧着身子坐到榻沿上说道，“天晓得你怎么会冒出这怪念头的？不错，我是要娜嘉办过点事情，这个你是知道的，她一直办得挺不错，我和……那方面都挺满意，我还专门给她发过奖金。在这样情况下，我们为什么要对她采取什么不友善的行动呢？”

卡特琳娜低头沉吟了一会，将信将疑地问道：“要不是你们干的，她怎么会一连两夜既不回家又不回这里呢？”

蒙索洛夫微笑着回答道：“回想一下我们年轻的时候吧，答案就不难找到了。”

“你是说……”卡特琳娜问道。

蒙索洛夫点着头说：“她不是有个美国佬男朋友吗！那些‘GI’的作风你比我要清楚得多了，娜嘉呢！也不是个不解风情的女孩子，你和老萨巴罗夫在替她担心的时候，也许他们正在哪家旅馆里双宿双飞呢……”他看到卡特琳娜脸上的神情还有点信疑参半，便轻轻拍着她的臂膊说道，“怎么，还不放心吗？要不是眼前有着这么件大事情，我倒真愿意陪你到上海那几家‘GI’常带姑娘去的旅馆里去兜上一圈，保险能找到他们，那时候就能证实你的担心是多余的了。”

经过这样的解释，卡特琳娜确是比较释然了，但蒙索洛夫的另一句话引起了她的注意，她问道：“哎，你说的是什么大事情啊？”

“这就是我特地赶来告诉你的。”蒙索洛夫说着，神情诡秘地回头朝房门方向瞥了一眼，然后压低了声音说道，“日本人就要接管租界了！”

“接管租界！”这消息并没有使卡特琳娜感到震惊，因为有关日本军方将要接管租界的谣传，在上海流传了已不下一两个月了。四个月前，英国军队从上海撤走以后，日本军方便提出由他们派军队接管公共租界防务，由于英、美两方坚决反对，才没有实现，以后不久，日方又指责租界当局“禁止反日活动不力”，声称要在租界内设立宪兵分队部，并且提出要改推日本人为工部局总董，到后来，宪兵队虽未设立，但却在工部局里增设了一名日本副总董和一名日本副总裁，日本方面的这一系列行动，都被社会上一些人看作是接管租界的前奏。卡特琳娜问道，“什么时候？”

“今天夜里。”蒙索洛夫回答。

“你这消息是从哪儿来的？”卡特琳娜又问道。

蒙索洛夫傲然地淡笑了一下，说道：“问我从哪儿得来的消息？你忘记我是干什么的了。”

瞧着蒙索洛夫这副神情，再想一下他长期以来为日本人工作的身份，卡特琳娜对这消息是深信不疑了，但在侧着头想了想之后，又现出泰然的神情说道：“那跟我有什么关系呢？这里是法租界，维希政府①跟日本人算是盟友，总不会他们连这儿也要接管吧？”

蒙索洛夫站起来，走过去把房门上的插销推上，重又走回来坐下说道：“法租界当然不会接管——至少暂时不会这样的。可我又从其他方面得到消息：英、美人这回不会像过去那样好说话，他们也已经得到了消息，知道日本人要向租界动手，这回准备狠狠地抵抗一下。”

“抵抗！”卡特琳娜这回倒真是有点吃惊了，“就凭那几个巡捕去同日本军队交手？这不是拿鸡蛋去碰石头吗！”

蒙索洛夫正色道：“要抵抗，当然不会只靠那些巡捕，英、美人不是傻瓜，除掉巡捕房里那些人，还有商团——那还是归他们指挥的；另外他们还有些海军陆战队，那可是正规军队，打仗挺有经验，黄浦江里还停着好几艘他们的军舰，上面各种口径的大炮都齐全的。还有他们的侨民中也有不少受过军训打过仗，要真干起来还是能抵挡一阵的。另外……”他把嗓音压低了些，“另外，我还听说他们准备出大钱收买中国的青红帮，要那些亡命之徒帮他们一起守卫租界。”

---

① 即纳粹德国扶植的法国傀儡政府。

“中国的青红帮！”卡特琳娜将信将疑地问道，“他们敢帮着英、美人来抵抗日本军队吗？”

蒙索洛夫一本正经地回答道：“你没听说过中国人的那句俗谚吗？‘有奶的便是娘’。只要肯花大钱，没办不到的事情，那些英、美的老爷们就算平时不肯花钱，到了这生死关头是决不会吝啬的，何况在那些青红帮里头，还夹杂着许多重庆方面的势力。这里面的政治因素很复杂，那些人的头脑又简单，要煽动起来是挺容易的。”

卡特琳娜听后沉默了片刻，忧心忡忡地说道：“要真这样，上海不就要大乱吗！”

“是会乱上几天，”蒙索洛夫说道，“可正像你说的那样，不管他们调集到多少力量，结果还是拿鸡蛋碰石头，是注定要失败的。到头来捞到好处的，还是那些青红帮和‘七十六号’那帮家伙，他们正好可以趁这机会大大地捞上一票。”

“你是说他们会趁火打劫？”卡特琳娜急切地问道。

“那还用问，这些家伙本来都是些亡命之徒，放在嘴边的肥肉还不吃吗？”

“那么……他们也会闯进这法租界里来吗？”卡特琳娜神色忧虑地问道。

“一旦动了手，就不存在什么界限，也顾不得外交纠纷了，而且在这法租界上，不也住着许多英、美侨民吗？既然他们也打算拿起武器抵抗，日本人当然也有充分的理由进来对付他们啰。”

“那么我这里不也要遭殃吗？”卡特琳娜抓住蒙索洛夫的臂膊，着急地问道。

蒙索洛夫感到自己所用的火候已差不多了，便也伸出条臂膊，搂住卡特琳娜的肩膀说道："这就是我得到消息，便马上赶来的原因。你这儿全是娘儿们，两个租界黑道上的人，对你这儿都很熟悉，要是乱了起来，你这里肯定是首当其冲，那些青红帮、'七十六号'、日本浪人，甚至连我们同胞中的一些人，都会争先恐后地拥到这里来的。"

听着这些"预言"，卡特琳娜禁不住战栗起来，向蒙索洛夫偎近了些问道："那么亲爱的，你和你的那些……朋友能到这里来保护我们这些女人吗？"

蒙索洛夫耸了耸肩膀说道："这可不比平时，有几个不识进退的流氓地痞上门来惹事，只消给巡捕房打上个招呼便撵走了。这回要是上门来，都是抢红了眼的，别说是几个人几杆枪，就是在门前架上挺机枪也挡不住……"他顿了顿，又添上了一句，"这类事情你过去在明斯克和基辅都经历过的，怎么不记得了。"

听着这些话，卡特琳娜战栗得越发厉害了，声音中带着哭腔问道："那该怎么办呢？你总得给我想想办法哟！"

"别着急，办法总会有的。"蒙索洛夫一手紧搅着卡特琳娜，另一只手从她梳妆衣的领口里伸进去，着肉地抚摩着她光滑的背脊，"你马上带上所有的姑娘到市中心区去找一家旅馆住下。可得记住，别住进那些英、美人开的大饭店，最好是那些跟日本人有关系的旅馆——这个我可以帮你想办法。在那儿一直躲到局势安定了以后再回来。这样也许可以避掉许多危险。"

在得到这么个避祸的办法之后，卡特琳娜比刚才镇定些了，环顾一下屋里那些家具和陈设，犹疑地问道："那么这儿怎么办呢，屋里还有这么些东西？"

"那就顾不得了。"蒙索洛夫说道，"同性命比较起来，任何东西都是次要的，何况这些东西他们也搬不走，最多有些损坏，回来以后想法修补一下也就行了。”

卡特琳娜毕竟是经历过战乱的，听了蒙索洛夫这番话之后，也就逐渐镇定下来了，轻轻地推开了蒙索洛夫，站起来说道：“那我先得去告诉姑娘们准备一下，这样等你找到了旅馆马上就能动身，要不临到上车时又要带这个，又要背那个，准会乱成一团。”

蒙索洛夫听卡特琳娜只字不曾提到她的那些珠宝首饰如何收藏，由此可见她对自己还并不完全信任。他原来还打算逐步地把话题引到这方面去，以免惹起卡特琳娜的疑虑，但偷觑了一下手表，离井上规定集合的时间只剩一个半小时了，而在去“万岁馆”的途中至少要花去半个小时，于是考虑了一下，决定开门见山地问道：“那么你的那些珠宝呢？打算藏在哪里？”

卡特琳娜正朝门前走去，听到这问话，站住了回过头来问道：“珠宝！你说的是什么珠宝？”

蒙索洛夫朝五斗柜方向努了努嘴说道，“我说的是你的首饰，在这样的时候随身带着是很不安全的，弄不好会招来杀身之祸。”

卡特琳娜想了片刻，警觉地看着蒙索洛夫说道：“我也没什么值钱的首饰，卖剩下来的那些大半是假货。这点事情就不劳你操心了，你还是赶快帮我们去找旅馆吧。”

听着这回答，蒙索洛夫明白在有关钱财的问题上，卡特琳娜对自己是完全不信任的，但自己既已走到了这一步，当然只有继续走下去了。于是走过去两手按住卡特琳娜的肩膀，脸色庄重地说道：“听我说，亲爱的，我不怪你不肯对我说实话，我知道那些东西是你的命根子，平时连在人前露一下眼也不肯。正因为这样，在现在这局势下，你就更应该想法保住那些东西，千万不能丢失。当然，要是最后还是丢了东西，再把命也搭了进去，那就更犯不上了。”

卡特琳娜仰脸看着蒙索洛夫，沉默了几秒钟，问道：“那你说，怎么才能保住那些东西呢？”

蒙索洛夫换了个姿势，把卡特琳娜搂进怀里说道：“在现在这情况下，最妥当的只有先交给我代你保管，等局势平定了再还给你。”

“交给你！”卡特琳娜仰起头看着他问道，“全部交给你吗？”

“全部，或者一部分，这由你决定，反正你不能把那些东西带在身上。我刚才已经说过，那会给你招来杀身之祸的。”

卡特琳娜朝蒙索洛夫定睛望了一会，大概是被他那副诚挚的神情打动了，迟疑地伸手到颈脖后面去准备解开那条白金链子的搭扣，把开启首饰箱的钥匙交给蒙索洛夫。

在这世界上，颇为不乏由于一个微末细节而影响了整个周密计划的例子。此刻，蒙索洛夫所遇到的正是这么回事，从进门以后，为了“说服”卡特琳娜把那些首饰交给他“保管”，他已经费尽了唇舌，好儿回几乎忍不住要发作起来采用强硬手段了，好容易才强忍住没有发作。此刻，见卡特琳娜终于被说动，自愿把钥匙交给自己，心上禁不住一阵欣喜，一边伸过手去帮助卡特琳娜解着项链搭扣，一边高兴地说道：“这就对了，这样就万无一失了。”

卡特琳娜一直定睛注视着蒙索洛夫，因此蒙索洛夫脸上那个瞬息即逝的喜悦表情，也没有被忽略过去，更使她心生疑虑的，便是她还从蒙索洛夫的眼神中，看到了那种仿佛是计谋得逞的得意神情。这使她蓦地一惊，拇指和食指正想捏住那根已被解开的项链，但却捏了空，那条项链连同串在上面的那把钥匙都已到了蒙索洛夫手里。

卡特琳娜望着蒙索洛夫手里的金链，一把想抓住坠在下面的那把钥匙，但蒙索洛夫却已把项链藏到了身后。卡特琳娜着急地叫道："还给我！把钥匙还给我！"

蒙索洛夫原来还想用打趣的口吻使卡特琳娜的情绪镇定下来，当看到她那副在焦急中夹杂着惊慌的表情时，便明白这办法是不会收效的了，与此同时，一股怒火也从他心头升腾起来：这娘们竟然这样缠绕不休，自己磨了这么多时间嘴皮，她连钥匙也不舍得脱手，真到自己把东西带走时，她还不知会闹成什么样呢？想到这里，他脸色沉了下来，看住了卡特琳娜问道："怎么，你是信不过我，怕我会吞没这些东西吗？"

"不，不，怎么会信不过你呢……"看着蒙索洛夫阴沉的脸色，卡特琳娜有些畏缩，"我……我只是不想再给你添麻烦，我也能有地方藏这些东西，也可以……也可以很安全的。"

蒙索洛夫的耐心已快被磨尽了，而且时间也不允许他在这里继续磨蹭下去，于是便朝五斗柜前走去，边走边说道："不管你信不信任我，反正凭我俩的关系，我总得替你把这些东西保住，要不然出了事情我一辈子都会受到良心的责备。"

卡特琳娜想要冲过去阻拦他，但刚要迈步又站住了，因为她看到那只五斗柜抽斗的钥匙并未插在锁孔里，蒙索洛夫无法开启抽斗，当然也就无法取出那只首饰箱，他手里的那把钥匙便等于一件废物。

蒙索洛夫伸手拉了下，发现抽斗是锁上的，回头正想向卡特琳娜要钥匙，但看到她脸上的表情便打消了这个念头，他朝周围看了下，回头两步跳到梳妆台前，捡起卡特琳娜用来修指甲的小剪刀，走回来插进锁舌旁边的罅缝里使劲地撬起来。卡特琳娜见他居然会这样干，惊呼着刚要冲过去阻拦，“啪”地一声，那把剪刀承受不了这样的重任，断掉了。蒙索洛夫手里只剩下一段剪刀柄。卡特琳娜这才放了点心，走过去拦到蒙索洛夫前面质问道：“你怎么这样干？这不成了抢劫了吗？”

“胡说！”蒙索洛夫恼怒地喝道，“我不是给你讲过啦？要保住这点宝贝，就只有先交给我带走，可你却偏偏不信，我不得已就只能亲自动手了！”

“你说我偏偏不信，”卡特琳娜反唇相讥，“凭什么非得信你不可？……说不定你刚才说的那个日本人要接管租界，也是假的呢。”

“假的！”蒙索洛夫瞪出眼珠问道，“那你说，我为什么要捏造出这么个消息来骗你！”

卡特琳娜也不甘示弱，身子挡在五斗柜前面，朝蒙索洛夫回瞪着说道：“问你自己吧，你自己是应该明白的！”

蒙索洛夫明白，即使再向卡特琳娜磨破嘴皮也不会有什么效果，便决定不再向她纠缠。他想起自己随身带着的那柄德国货弹簧刀，这虽是自己带着防身的，但此刻却正好用作撬锁的工具，凭那片三寸多长的刀叶和坚韧的钢质，要对付那段锁舌该是应付裕如的。想到这里，他伸手从后面的裤袋里掏出那把柄上镶嵌着象牙的弹簧刀，一按机簧，雪亮的刀叶弹将出来，他刚伸出手去打算把卡特琳娜从面前拨开，卡特琳娜却以为他准备持刀行凶，扑上来抱住蒙索洛夫的臂膊喊叫起来：“杀人啦！救命啊！要杀人啦！”

蒙索洛夫来找卡特琳娜的目的，只是想趁机把她的那些珠宝首饰哄骗到手，并没有伤害这个老相好的念头，直到他掏出那把弹簧刀时，也只是想快点撬开那只抽斗，早些带着那只首饰箱离开这里，但卡特琳娜此刻的态度和表现，却把他原已升起的怒火更加煽旺起来，陡地生出了杀机，便伸出左手叉住了卡特琳娜的喉咙，堵住了她的喊声，右手里的刀则朝妇人左肋间猛扎进去，直到刀柄碰到肋骨方才停住……

卡特琳娜喉咙里发出咯咯的响声，呆滞的目光朝蒙索洛夫注视了足有十来秒钟，一字一字地从嘴里吐出来："你……真……的……杀……我。"说罢，两缕鲜血顺着嘴角流淌出来，身体沿着背后的五斗柜泻滑下去……

在一瞬间，蒙索洛夫也被自己的行为吓怔住了，蹲下去搂住了卡特琳娜的肩膀想把她拉起来，但随即又领悟过来眼前发生的这件事情已无可挽回了，想了想，便右手抓住刀柄，左手按住卡特琳娜背部，在右手使劲拔刀时，左手便把她的身体翻侧着推去，这样从伤口里冒出的鲜血，便不致喷溅到自己身上。

蒙索洛夫把沾血的刀在自己鞋底下抹了两下，将刀叶插进抽斗罅缝，用力一撬，锁舌虽未撬断，那口柚木五斗柜的边沿却被撬裂了一大块，再使劲一拉，抽斗便开启了。他拿出那只首饰箱，原想拎了马上离开这里，但又觉得这样过于惹目，便扯过一条抽绣麻布桌布，用那把串在金链上的钥匙开了首饰箱，把里面的东西一股脑儿地倒到桌布上，再把那些租约，文契等东西挑出来扔到一边，然后卷起桌布，裹进大衣里，站起来朝门前走去。他走到门前时，站住迟疑了片刻，又走回来蹲到卡特琳娜身边，把她翻过来察看着。卡特琳娜的脸已变成了死灰色，但眼睛还睁大着，脸上凝冻着刚才那种惊恐中交织着诧异的神情。蒙索洛夫伸手探了一下她的鼻息，呼吸已停止了。看来刚才那一刀正刺中心脏，因此是即刻毕命的。

蒙索洛夫从床上扯下一条被单，打算覆盖在尸体上面，但想了想，又放弃了这念头，把那条团皱的被单扔回床上。他站在尸体旁边低声说道："别怪我，卡特琳娜，我原来根本没想伤害你，都是你自找的，可我会请神父好好地做几台弥撒来超度你的灵魂的。"

说完这些话，蒙索洛夫走出了房间，临走时拔出插在门上锁孔里的钥匙，从外面把房门反锁上。然后穿过走廊，从后面那道专供佣人上下的小楼梯下了楼，再穿过花园，径直出了大门。一路上他并没有碰到妓院里的人。虽然如此，他还是明白当日本人占领了公共租界，上海的局势重趋稳定之后，法捕房里的包探是不难查明凶手是谁的；但不管是日本人还是法国人，都不会对一个无国籍的妓院老鸨的死发生多大的兴趣。当然，这件事情也不会就此轻易地了结，要让这案件成为一桩无头案，自己还得破掉点财，也许要花掉自己怀里揣着的那些珠宝中的五分之一，也许还会是四分之一……

"是我，鲍德罗斯基。请开门。"鲍德罗斯基又叩了两下，凑近门前轻声说道。

掩在门里的劳伦斯听清了这声音，这才收起手枪，拔闩放外面的人进来。他所在的房间是一家小食品杂货店后面的贮藏室，半个小时之前鲍德罗斯基离开这里的时候，曾经叮嘱过他：倘若不是自己叫门便千万不要开。劳伦斯是遵照着这吩咐做的。

鲍德罗斯基走进屋里，后面跟着一个矮胖粗壮的男人，鲍德罗斯基为劳伦斯介绍道："他便是马思罗夫，是我和娜达莎父亲的老朋友。"

"我是伯爵大人的老部下。"马思罗夫添补了这么一句，过来同劳伦斯握着手。

“很感谢你，马思罗夫先生，彼得叔叔说你能帮我的忙，但愿这样做不会给你带来什么麻烦。”劳伦斯说道。

马思罗夫笑了笑，没有答话，只是掇过一只装伏特加酒的空木箱，在旁边坐了下来。

鲍德罗斯基和劳伦斯面对面坐到两只货箱上。鲍德罗斯基问道：“我走了之后，有人来过吗？”

“没有。”劳伦斯回答道，“没人来过。”

鲍德罗斯基说道：“我刚才出去和进来的时候都留心过了，周围不像有什么可疑的人。看起来这回确实把他们甩掉了。”

——劳伦斯是今天早晨七点半时离开建业里的，这是鲍德罗斯基选择的时间，这正是这条弄堂里的中国居民出门上班的时间，一些在白天工作的俄侨也大多在这段时间里出门，因此在这时候离开这里较为容易避开那些监视者的耳目；而且即使被他们发现了，在众目睽睽之下，那伙人也未必敢下手，至多只能远远地盯在后面等候机会下手。另外，鲍德罗斯基还帮着劳伦斯刻意地化装了一番，找出一件最旧的粗呢大衣来给他穿上，再戴上带皮护耳的“罗宋帽”，连脚下的皮鞋，也换成了张开了嘴的短统靴。这副打扮，再背上一只破旧的手风琴箱，看上去便活脱活现地成了个穷途潦倒、沿街奏乐乞讨的白俄乐师。鲍德罗斯基还同劳伦斯约定了会合地点，那是坐落在格路希路、古拔路口上的一家小食品杂货店，那里的店主是个白俄老妇人，过去是位男爵夫人，和鲍德罗斯基有挺深的交情，劳伦斯到达那里，只消提到鲍德罗斯基，她必定会帮他妥善地躲藏起来的。在临走时，鲍德罗斯基还给劳伦斯画了一幅简略的路线图。鲍德罗斯基认为，在他拟定的这条路线上，很少可能会碰到巡逻的巡捕；另外，也有利于摆脱那些可能会有的跟踪者……

虽然劳伦斯感到鲍德罗斯基的这番安排，有点像间谍影片或者是侦探小说中的情节，但他还是遵照这些嘱咐去做了，结果果然顺利地到达了古拔路口上的那家小食品店，见到了那个名叫安娜·巴甫洛夫娜的女店主，并且被安排躲进了店堂后面那间小小的贮藏室。

约莫过了一个钟头，鲍德罗斯基也来了，他告诉劳伦斯：娜达莎已安全转移到了他的一位老朋友家里，也是经过一番化装，换掉衣服，用围巾裹着头，穿上长筒靴，装扮成一个老妇人离开建业里。现在，即使蒙索洛夫那帮人带上捕房的警探闯上门来进行搜查，他也没有什么可害怕的了。但接踵而来的问题是，怎样让劳伦斯安全通过两个租界之间的检查哨卡，进入公共租界。经过一番商量，劳伦斯同意了鲍德罗斯基提出的办法。于是，鲍德罗斯基便匆匆地走了。大约过了一个钟头，他才带着马思罗夫又回到了这里……

“哨卡上情况怎么样？”劳伦斯问道，“你去看过了吗？彼得叔叔！”

“看过了。”鲍德罗斯基回答道，“海格路口上那个卡子查得比较紧，这边增加了一个法国巡长和几个安南巡捕；对面呢，除掉原来的英国巡长和印度巡捕，还有两个穿巡官制服的日本人，但都会讲英语，看到像英、美人模样的，都要拦住盘问一番才放过去。我瞧着那里不是回事，就再到东面赫德路口的那个卡子去瞧了下，却发现那里比较松，就只比平时增加了一个法国巡长和两名中国巡捕，看起来在那边还是有可能过去的，所以我就把马思罗夫带来了。而且最好马上就走，现在正是巡捕换班吃饭的时候，也许更容易混得过去。”他说着，拿过一只马思罗夫带来的帆布旅行包，从里面拿出一件油腻腻的帆布上衣、一条破旧的粗呢裤子和一顶方格呢鸭舌帽，递给劳伦斯说道，“你把这些换上，等马思罗夫装好货，就动身走吧。”

劳伦斯脱掉自己的西装上衣，正打算穿上那件帆布上衣时，忽地又停住手，迟疑地看着鲍德罗斯基说道：“这样做……妥当吗？我这样化了装，要是被他们查出来，就更说不清楚……倒还不如就这样，至少……至少不会丢脸。”

鲍德罗斯基先皱了下眉头，随即又笑了起来，说道：“你尽管放心，日本人也好，法国捕房也好，他们要找的是一个美国的绅士先生，不是个白俄肉铺里的打杂伙计。你只要不开口，不会露出马脚的。”

劳伦斯想了想，问道：“那么娜达莎怎么办呢？她的安全会有问题吗？”

鲍德罗斯基回答道：“这个你也放心，他们的目标在你身上，对娜达莎不会盯得太紧，而且她对上海的路很熟，会有办法到公共租界上来跟你会面的。”

劳伦斯又问道：“我过去以后住在那里呢？要是住旅馆的话，他们会不会……”

鲍德罗斯基岔断了他的话说：“在这方面马思罗夫会安排的，你也尽管放心就是。”

劳伦斯不再多问了，脱下自己的西装，换上鲍德罗斯基带来的衣帽。换好衣服之后，他掏出那支手枪问道：“这东西怎么办？留下还是带上它？”

鲍德罗斯基说道："带着它过卡子太危险，还是留下吧，我会想法把它扔掉的。"

劳伦斯把手枪交给鲍德罗斯基之前，托在掌心里掂了几下。他虽然是个职业军人，但历来对各种武器并无爱好，除掉在军校学习时值班站岗以外，从不曾佩带过手枪。但不知怎么的，此刻他对这支在昨夜里保障了自己和娜达莎人身安全的手枪，却生出了一种像是留恋般的心情。

鲍德罗斯基收起了手枪，说道："下面的路程我就不送你了，尼古拉·尼古拉耶维奇会照料好你的，他在战争中是个勇士，还救过我的命呢。"

这时，马思罗夫正在把一箱干酪和两箱啤酒，从贮藏室搬到停在门前的一辆脚踏三轮货车上。回进屋里时，听到了鲍德罗斯基对他的夸赞，只是腼腆地笑了笑。劳伦斯想了想，脱下腕上那只金表，塞到鲍德罗斯基手里说道："谢谢你，彼得叔叔，帮了我们大忙，这个留给你做纪念吧。"

鲍德罗斯基拿着手表细看了一下说："哦，汉弥尔登牌的，价钱很贵吧？"

"我在两年前买的，当时花了一百二十五美元。"劳伦斯回答道。

鲍德罗斯基想了想，把手表放进衣袋里说："那就谢谢你了。"

劳伦斯又掏出钱包检点了一下里面的钞票。由于发过饷才不多几天，因此钱包里的钞票不少，他留下些中国法币和五十元美钞以备需用，把剩下的那几张美钞叠到一起，刚打算递给马思罗夫，鲍德罗斯基拦住他说道："不用，马思罗夫的家境不坏，他帮忙完全是义务性质的。”

劳伦斯有点发窘地正想把钱收起来，鲍德罗斯基伸手过来抽了一张二十元面额的美钞说道：“把这个给安娜·巴甫洛夫娜吧，她一个人支撑着这家小铺子，日子过得挺艰难的。”

双方再次互道珍重之后，劳伦斯便跟随马思罗夫出发了。为了符合他这“打杂伙计”的身份，货车该由他来踏，马思罗夫则坐在放货箱的车斗里。劳伦斯虽然从没踏过这种三轮货车，但对于一个会骑脚踏车的人是不难适应的，踏出弄堂不多一段路，劳伦斯已能自如地控制住龙头了。

三轮货车沿着古拔路向北踏去，过去不到一华里便是爱多亚路了，从这里向西折过三十来米，便是赫德路口上那个哨卡，过得这哨卡便进入公共租界了。鲍德罗斯基刚才观察得细致，选择的时间也挺合适，此刻这里只有一个法国巡长和两名安南巡捕，另外在铁栅路障对面，有一个不知是什么国籍的白种巡捕和两名华捕。劳伦斯踏近路口时，那个法国巡长举手示意叫他停下。劳伦斯笨手笨脚地把车刹住，法国巡长踱过来，手中的警棍敲着车斗里的货箱，用生硬的俄语问道：“火腿，都是？”

“不，是干酪。”马思罗夫回答道。

“哦，干酪，俄罗斯的，好东西。”那法国巡长说着，示意安南巡捕把路障向旁边移开点，让货车踏过去。公共租界那边的那个白人巡捕是马思罗夫的熟人，当货车踏过时，用英语向马思罗夫招呼一声，挥挥手便让货车过去了。

当那个法国人做着手势吩咐停车时，劳伦斯心跳得似乎要蹦出来了，因为要是那人用俄语或是法语向自己问话，事情便可能露馅。却没料到两个租界的哨卡竟然这样容易闯过来了，所以他在继续向前踏车时，回想起自己刚才的紧张心情，不禁暗自觉得有些好笑。

进入了公共租界，劳伦斯的安全感就比在法租界上增强了不少，虽说在这里日本人的势力也很大，但毕竟在名义上掌权的还是英国人，英、美两国是盟国，现在工部局总董凯自威虽和自己不算太熟，但在交际场合里也见过几面，而且据说同肯脱的交情挺不错；另外，要是发生什么紧急情况，还可以找自己的领事馆出面同租界当局交涉，谅来他们也不至于一点不卖面子。因此他那根从早晨醒来时起便一直绷紧着的神经，感到松弛了些。马思罗夫指点着叫他把货车踏到了自己店铺后门口，唤出中国伙计把那些货箱搬进店堂去，自己则引着劳伦斯上楼到卧室里，找出了一套半旧的花呢西装来给他换上。这套西装是马思罗夫本人的，给劳伦斯穿着虽然又宽又短，不大合身，但要是作为一个中国市民眼里的“罗宋瘪三”，倒也并不显得过分触目。

换好衣服，马思罗夫又引着劳伦斯从后门出了店铺，七转八弯地绕过了几条小弄堂，当他们走上一条较为僻静的马路时，马思罗夫朝前扬了扬下颏说道：“喏，她已经来了，你自己过去吧。”

劳伦斯向前看去，路口上站着一个女人，背朝着自己，虽然穿着半旧的海虎绒大衣，头上裹着头巾，但从那熟悉的背影，却能认出这正是娜达莎，他快步跑过去，娜达莎一回头看到了他，也快步迎上来。劳伦斯握住她的双手，高兴地说道：“你来了！没碰到危险吗？”

“没有。”娜达莎回答道，“我路熟，他们抓不住也盯不住我。”

劳伦斯问道：“现在我们到哪里去？”

娜达莎说道："你先别问，跟着我走就行了。这儿离巡捕房挺近，呆久了不妥当。"

劳伦斯正想同马思罗夫告别，但回过头去却不见了他的身影，他已经不知道在什么时候走掉了。

娜达莎像个情人样地紧挽住劳伦斯朝北走出一段路，雇了部三轮车，那车伕按照娜达莎指点，东绕西弯地踏了好一会，到一条小路口停下。娜达莎付掉车钱，引着劳伦斯穿过那条小路，到了一条挺热闹的大马路上。

劳伦斯认识眼前这条路是静安寺路的中段，也是这条路上的繁荣商业地段，他正在诧异娜达莎为什么把他领到这里来，娜达莎却已经挽住他穿过马路，朝着斜对面一条弄堂里走去。

劳伦斯到上海之后，无论在两个租界上以及虹口、闸北那些地方，都看到不少条作为这个城市建筑特色的住宅弄堂，从里面全是精致的小花园洋房的高级弄堂，直到那些低矮简陋的旧式中国里弄，而眼前大概是他见过的最长的一条弄堂了，里面全是一式的三层红砖房屋，糅合着中西式建筑格局，一眼望去足有好几十幢，分成十多条支弄排列在挺宽阔的水泥车道两厢。他俩一路走去，还能看到有些房子的门前，挑出的漆成红红绿绿的招牌，劳伦斯不认识中国字，因此无从猜测那些地方到底是什么场所，但有两家敞开着的门前，各站着两三个浓妆艳抹的中国女郎，嘴角边叼着香烟在恣意谈笑，看到有衣服较为光鲜的单身男人走过，便停下来搔首弄姿地频送着秋波。劳伦斯虽然在上海住得还不久，但看着门前的这些女郎，不用猜测，也能知道这些门里是个什么样的场所了，他正在纳闷娜达莎为什么把他带到这样的地方来，娜达莎却已折进一条支弄，在一个门前站住了说道："我们就住在这里。"

这家门前挑出一块挺大的招牌，上面写着四个汉字。劳伦斯虽然不认识这些字，但从门外向里望去，见门廊里放着一张柜台，后面坐着一个衣着入时的中年中国妇女，便明白这里必定是一家专供情人们幽会和宿夜的“鸳鸯旅馆”。他想了想，拉住正要朝门里走的娜达沙，轻声问道：“哎，怎么找到这地方来啦？”

“怎么，这儿有什么不好吗？”娜达莎反问道。

“这儿住的人很杂……店主又大多同黑社会有关系。”劳伦斯说道。

“在这条静安别墅里，除掉少数一些住家，大多都是跟黑社会沾上点边的。”娜达莎笑了笑说道，“住这样的旅馆，目前对我们来说是最合适的，首先是登记住宿不要看证件，其次是巡捕房从来也不会来查房间，另外只要先付掉房钱，住客带不带行李也没人来过问的。”

劳伦斯朝那块店招打量了一下，也笑起来说道：“好，那就让罗斯少校和夫人进这家华尔道夫①去吧。”

---

① 华尔道夫是纽约著名的大饭店。

三十

娜达莎挽着劳伦斯的臂膊，走在行人熙攘的街上。街道两边全是高耸入云的摩天大楼。各种颜色和式样的轿车川流不息地在路上来回行驶，无论男女行人都急匆匆地走着，眼睛直视前方，脸上神情严肃，仿佛都正赶着去办什么急事似的。劳伦斯似乎受到周围那些行人的感染，也是一言不发地迈开大步朝前走着，以致娜达莎要迅速地踩着碎步才能跟上他。虽然劳伦斯并没有告诉她这是什么地方，但娜达莎凭着直觉知道这里便是被称为世界第一都市的纽约城。周围这一切：熙攘来往的行人、高耸入云的楼房、衔头接尾的车流以及那些巨幅广告牌，正和她在电影和画片中看到的纽约是完全吻合的……他俩默默地走了一段，城市便被撇到了后面，宽阔平坦的公路两边出现了翠绿的草坪，一幢幢格式各异的乡村别墅零落地分布在连成一片的草坪上……他俩继续默默地走着，不多一会，郊区的田野也消失了，他俩已走到了海边，脚下是一大片白色的沙滩，几棵棕榈树的枝叶在习习晚风中缓缓地摇曳着，一轮夕阳正向对面的水平线上沉落下去，绚丽的晚霞把原是湛蓝的海水映现得五光十色……虽然劳伦斯至今还不曾开过口，但看着面前这幅景色，娜达莎知道这必定便是那著名的“哇爱开开的落日”，这是劳伦斯向她介绍过的一处名胜，也正和自己在那些风景明信片上看到的完全一致……娜达莎正尽情观赏眼前的这幅美景，忽地感到眼前暗了下来，抬头望去，天空中乌云翻滚，面前那片大海也倏地变成了灰色。她吃惊地转过身去，却发现只有自己孤零零地站在这片荒凉的海滩上，劳伦斯已不知在什么时候不见了。她惊惶地朝陆地方向拔腿奔去，边跑边听到从头上传来隆隆的滚雷声，奔跑得越快，这滚雷的声音也越响，仿佛专在追赶着自己似的……

娜达莎惊出一身冷汗，睁开了眼睛——

她睁开眼睛，看到床头柜上那盏昏暗的台灯，以及灯光照射下那些简陋的家具，这才明白刚才的一切全属梦境，实际上自己还在静安别墅的那家“鸳鸯旅馆”里，劳伦斯应该和自己躺在同一张床上。她翻了个身，伸出臂膊想去搂抱躺在身旁的劳伦斯，但却搂了个空，旁边的被窝里没人，她吃了一惊，一骨碌撑坐起来，刚张口要唤劳伦斯，却看到劳伦斯赤裸着两腿，上身披着西装上衣，正站在窗前掀开窗帘的一角朝外面窥探着。娜达莎问道：“你在看什么哟，亲爱的？”

“我在看外面有什么动静。”劳伦斯头也不回地回答道。

娜达莎吃了一惊：难道蒙索洛夫这伙人竟有这样的神通，很快查明自己和劳伦斯的行踪并且追踪到这里？她一骨碌地从床上爬起，跑到窗前紧张地问道：“是他们追来了吗？”

“他们？……”劳伦斯愣了愣方才领悟过来，笑着安慰娜达莎道，“别紧张，跟那些人不相干，再说就是真追来了也不用怕，这里是公共租界，日本人的势力要比在法租界上差多了；另外，这时候肯脱一定已经给凯自威打过电话了，这里的捕房即使不便出面帮忙，总还不至于听从他们的调遣来跟我们为难……”说着他朝娜达莎看了一眼，推着她说道，“快穿上衣服，这样你会着凉的。”

娜达莎这才发觉自己几乎全身赤裸着，除了亵裤什么都没穿，于是便赶紧过去把临睡前脱下、扔到椅子上的衣服，一件件依次穿上，走回来问道：“既然不是他们，那你在看些什么呢？”

“还没看到什么，可这声音却已经响了好一会了，你没听到吗？”

经他这么一提醒，娜达莎屏息聆听了一下，果然听到一阵隆隆的响声，自远而近地从静谧中传来。她听了一会，说道：“好像是汽车引擎的声音。”

“是引擎声。”劳伦斯说道，“但不是普通的汽车，是装甲汽车。”

娜达莎再侧耳听了一会，那隆隆声还在响着，听起来像有一支挺庞大的车队在经过似的，而且仔细地分辨起来，这声音确实比一般汽车的引擎声要响得多，她奇怪地说道：“装甲车！租界上哪来这么多装甲车，又是在这半夜里？”

劳伦斯耸了耸肩膀，走过去拿过自己的长裤穿着说道：“这个我不知道，可这肯定是装甲车的声音，这点我是决不会弄错的。”

娜达莎坐到床沿上低头想了一会，抬起头来说道：“会不会是日本军队开进租界了？”

劳伦斯也想了一会，疑惑地说道：“会有这样的事情吗？可刚才给肯脱打电话的时候，他一点也没提到日本方面有什么动静。真要是今天夜里有行动，事前总会发现点什么迹象，而且他也不会不告诉我的。”

劳伦斯是昨天黄昏时同肯脱中校通电话的。那是他们在这家旅馆里安顿下来之后，娜达莎下楼去摸了下底，发现这家旅馆里的老板娘和两名女招待除掉常用的那几句“洋泾浜”英语以外，对其他英语是听不懂的，因此劳伦斯尽可以放心地同基地司令部通话，可以不用担心谈话内容会被人窃听了去。

肯脱中校倒很信守约定，一直留在办公室里等候着劳伦斯的电话。劳伦斯先告诉他：自己已进了公共租界，住进了一家不受人注目的旅馆，从目前情况看来，已经摆脱了日本间谍机关和那伙白俄的纠缠。肯脱也告诉劳伦斯：根据劳伦斯的意见，给弗里德曼上校的密电早已拍发了出去，迈克尔的行动也已处于严密监视之下，日本军方并没有再为劳伦斯的那件事情来找过麻烦；根据观察，原来埋伏在基地司令部周围的日方便衣人员，似乎也有所减少，但尽管这样，劳伦斯暂时还不宜回基地，还得等明天通电话时再作商量。肯脱还答应给公共租界工部局总董凯自威家里打个电话，要他通知捕房的总巡和督察长：倘若日本军方已经查明劳伦斯的行踪，要求捕房协同缉拿的话，便尽量进行拖延。在通话结束时，劳伦斯和肯脱约定：明天中午时再通一次电话，到那时便能决定自己是否该回基地了……

在这场长达一刻钟的对话中，劳伦斯曾经问过肯脱：驻扎在虹口的那些日本军队和停泊在黄浦江上的那些日军舰艇，有无什么异样动静……“要是基地司令部获得的情报是可靠的话，那么日本军队似乎并不可能突如其来地进袭公共租界，但要是这样，从马路上传来的那些装甲车队的声音又如何解释呢？”劳伦斯凝神寻思了一会，从挂衣架上取下鲍德罗斯基的那件格子呢大衣穿上。娜达莎瞧着他这些动作，问道："你要干什么，赖雷[①]？"

"我去看一下到底是怎么回事。"劳伦斯回答道。

"不行，你怎么能去呢！"娜达莎拦住他说道，"日本人也许还在找你，而且租界上的事情跟我们并不相干，去管那些闲事干吗？"

劳伦斯想了一会，脱下大衣挂回到衣架上，坐到床沿上后紧锁起眉头低声说着："你说得不错……可这到底是怎么回事呢，突然出现了这么多装甲汽车……"

娜达莎在劳伦斯旁边坐下，偎近他身边，伸出手抚摩着他的颈脖。他俩都屏息静听着，那隆隆的汽车引擎声此刻已静息了，代之而起的是一阵隐约的"哒哒哒"的响声。劳伦斯凭经验能分辨出，这是军队列队常步行进时的脚步声，而且人数还挺不少。在这样的深夜里，当然不可能有军队在进行操练，那么究竟是怎么回事呢？……劳伦斯正在寻思，忽然"砰"地响起了一声巨响，震得四壁都有点颤动。娜达莎惊惶地搂住了劳伦斯问道："这……这是什么？"

"炮声！"劳伦斯也惊奇地说道，"这时候开炮！到底是怎么回事？"

他的话音刚落，又响了一下炮声。接着，每隔三四秒钟便又响上一下。此刻，娜达莎也能听清了，这炮声是从东面传来的，响过十多下之后也就静息了。这时，这家旅馆里的其他宿客也都被惊醒了，从门外的走廊上传来嘈杂的人声。劳伦斯想了想，站起来朝门外走，娜达莎扯住他问道："你要到哪里去？"

---

① "赖雷"是劳伦斯的昵称。

“别担心。”劳伦斯说道，“我下去打个电话，问一下基地到底发生了什么事情？”

“那我陪你去。”娜达莎说着跟随劳伦斯走出了房间，下楼到了账柜前，这家旅馆里惟一的那架电话机便放在那里。睡在账柜后面那张帆布行军床上的那个女招待，这时候也已起来了，擦着惺忪的睡眼用中国话问劳伦斯，知不知道发生了什么事情？劳伦斯没答理她，只是拿起电话听筒等着女接线员问号，但等了足有两三分钟，没听到接线员的声音，他连续地按拍着键簧，又“喂、喂、喂”地对着话筒叫唤，仍旧毫无反应。他这才沮丧地搁下听筒。情况十分明显，电话线路已全部被切断，可能连电话局也已经被占领了。

劳伦斯和娜达莎回到了楼上。虽然刚才那阵炮声是哪方面发射的还无法弄清，但眼前的局势已十分明显，日本军队已经开进了租界，所有的通讯设备已被控制，广播电台也可能被占领了。从并未听到枪声这一点来推测，巡捕房和万国商团的那些人并没有进行抵抗——至少没进行过激烈的抵抗。这些似乎都已无疑义了。目前还无法弄清的是：这到底只是上海日军单独制造的军事冲突，还是日本政府对英、美两国全面宣战行动的一个部分？倘若属于后者，那么放在劳伦斯和他在基地里的同事面前的局势就非常严峻，要是不打算殊死抵抗到底，就得准备进战俘集中营……

在目前同基地完全隔绝的情况下，任何情况都无法作出判断，惟一的办法就只有等待，等到天亮之后或许能见分晓。劳伦斯和娜达莎和衣相偎在床上，在以后的那几个钟头里，他俩并没受到什么惊扰，但也没有再合过眼……

冬日苦短，接着来的又是个阴霾天气，好容易等到天色放亮时，娜达莎手表上的时针已指到六点三刻了，她对着房间里那面梳妆镜草草整理了下头和衣服，又向劳伦斯作了番千万别随便走出房间等叮嘱，便下楼走出这家旅馆去探听消息。走上弄堂时，她看到有不少人都急匆匆朝弄口方向走去，脸上大多堆着惶惑不安的神情，看来他们也都是在半夜里被炮声惊醒之后，经过半夜的困惑和各种猜测，现在急于去探明底细的。

她走上了静安寺路，平时早晨这段时间里，这段商业街上的行人是不多的，但此刻却有不少人在匆忙地来往着，从他们的穿着来看，大半是出门来探听消息的居民。娜达莎朝东走了二三十米，远远便能望见前面三岔路口那座交通岗亭前面，停着一辆土黄色的装甲汽车，车顶上插着一面太阳旗，一个戴钢盔的脑袋和一挺机枪露出在车顶上，机枪的枪口朝着南面那条慕尔鸣路，车头前面站着两个日本兵，横端着上了刺刀的步枪。另外，在马路斜对面的那家银行门前，也有个戴钢盔的日本兵，叉开两腿，拄着步枪，直挺挺地站在那里，枪刺上还缚着一面小太阳旗。在他身后不远处，那家银行的水泥墙上，贴着一张写满毛笔字的白纸，大概是日本军方的布告。起先只有两三个路人驻步观看，以后见日本兵并不干涉，看的人就多了。娜达莎虽然不识中文，但为了想了解布告的内容，便也走过去挤在人丛后面听着。

这份布告看样子是才贴上的，四角的浆糊还未干透，看布告的人虽然有人翕动嘴唇在念念有词，但大多只是默不作声地看着。娜达莎等了一会，见既没人谈论布告内容，也没人大声把其中的文字念出来，便走到一位肥胖的中年女人身后，轻声地问道："请问，这上面写了些什么哟？"

中年女人旋转头来，先是怔了一下，大概是对一个外国人能操如此流利的中国话感到惊奇，但立刻又从娜达莎那身装束上认出她是个白俄姑娘，便鄙夷地撇了下嘴说道："多管闲事，这和你们罗宋人没啥关系。"

娜达莎碰个钉子，刚想走开去向别人打听，站在那胖女人身旁的一个鬓发斑白、戴眼镜的男人叫住了她说道："小姐，我来讲给你听……"他指着布告说，"这份告示是上海方面大日本陆海军最高指挥官贴出的，上面说日本天皇已经宣布对英、美开战，为了防止坏人趁机骚乱，维持租界治安，所以日本军队进驻公共租界……"

娜达莎截断了他问道："你是说日本对英、美宣战？其中真有美国？"

那男人指着布告说道："当然是真的，这上面写得明明白白，'美英二国'，美国还放在前面呢。"

旁边有个穿花呢长袍的中年男子岔进来说道："听说停在黄浦江上的一艘英国兵舰已经被打沉了，那艘美国兵舰也扯白旗投降了。"

娜达莎已没有心绪再听下去，谢过了那个戴眼镜的男人，急匆匆地掉头便走。她回到旅馆，一口气奔上楼，才进房间便气喘吁吁地说道："开……开战了！"

"开战！"劳伦斯迎上来问道，"谁和谁开战？"

"日本人对英国……还有你们。"

虽然这是意料之中的情况，但骤然之间得到证实，不免给劳伦斯带来相当的震惊，他怔怔地退到床沿边坐下，默然了半晌才开口问道："那些装甲车装的都是日本军队？"

"大概是吧。"娜达莎回答道，"现在马路上站岗的都是日本兵，巡捕和商团一个都看不见。”

“那么那些炮声呢？是怎么回事？”

“听说是停在黄浦江里的一艘英国军舰被打沉了。”

“那是炮舰彼得烈尔号。”劳伦斯说道，“那么我们的威克号呢？它的情况听说了吗？”

“听说已经升了白旗，投降了。”

听到这消息，劳伦斯不禁有些吃惊，威克号炮舰的舰长乔治少校，虽然脾气暴躁，性格很倔，但在太平洋舰队里却是个著名勇敢能干的指挥官，想不到竟会这样容易地便下令投降了，但再细想一下，又觉得乔治舰长这样决定也是有其理由的，在受到强敌重围的情况下，任何形式的抵抗都是徒劳的，其结果只是将全舰数百名官兵的生命去进行冒险，因此下令投降也许还不失为一个明智的决定。

娜达莎看着劳伦斯低着头在出神，推了推他的肩膀问道：“投降的那些人，日本人会拿他们怎么样呢？”

劳伦斯抬起头，苦笑了一下说道：“那还用问！进集中营当战俘嘛！”

娜达莎又问道：“那么你基地里的那些同事呢？”

劳伦斯略想了想，回答道：“基地根本没有力量抵抗，看来也只有一起当战俘了。”

娜达莎沉默了半晌，用耳语般的声音问道：“那么你呢？你该怎么办呢？”

“你说我该怎么办呢？”劳伦斯苦笑着反问道，“难道我还能偷上条船开到香港或是马尼拉去吗？——而且这些地方多半也已经被他们占领了。等待我的命运也只有进集中营去当战俘。”

娜达莎蹲下来抱住劳伦斯的膝盖叫道："不，不，你不能去，你本来就没有被他们抓住，不该到那里面去。"

劳伦斯托起娜达莎的下颌，微笑着看住了她问道："不去那里，那我该到哪里去呢？"

娜达莎说道："你可以藏起来，这么大一个上海，有这么多房子，他们找不到你的。"

劳伦斯笑着说道："你在说傻话了，你以为这是在电影里看到过的情节吗？一座古堡里造着夹墙和密室，有人能在里面藏上几个月甚至几年。这种事情在真实生活里是不存在的，在这里更不可能。你也许会说我可以藏到我国的侨民家里去，他们中有些人有着挺大的住宅，可既然宣了战，过些日子恐怕连平民也都得关进集中营，他们连自身都难保，哪里还能有办法把我藏起来！"

娜达莎想了想说："那你藏到我们那里去，反正我们那里从来没有登记过户口，你的肤色又和我们一样，混在里面不会让日本人发现的。"

劳伦斯轻轻地拍着娜达莎脸腮，笑着说道："你这更是在说小孩子话了，就算日本人不发现，那么蒙索洛夫呢？或者另外那些索蒙洛夫、洛蒙索夫，又怎么来躲过他们呢？别忘了我以一个美国海军军官的身份，还遭到了他们的袭击和追捕，要是成了逃亡的战俘，那将会怎么样呢？再退一步说，即使连这样的威胁也不存在，可怎么来对付那些巡捕、侦探和替日本人办事的中国特工人员呢？在逮住一个美国战俘就能得到一笔赏金的情况下，他们一定会无孔不入地进行搜寻的。那样，我就像一个带着霍乱细菌的病人那样，不仅给你，还会给你的父亲、你的朋友和其他同胞带来灾难。所以你这想法是完全行不通的。"

听着劳伦斯用平静的语调说出的这些话，娜达莎心中也不得不承认自己刚才提出的这个办法，确实是行不通的。但她又不甘心眼看着情人束手去当战俘，她抱住劳伦斯的膝盖，把脸枕在他大腿上想了一会，突然放开手站起来，眼睛里闪出兴奋的光亮说道：“我们可以逃出上海——我跟你一起走！”

“逃出上海！”劳伦斯先是惊讶地瞪大了眼睛，随即又笑起来说道，“怎么逃法呢？是去偷一艘鱼雷艇还是去抢一架战斗机？”

“我不是在跟你开玩笑！”娜达莎满脸严肃的神情，“你没听说过吗？在这儿西南的青浦和黄浦江对面的浦东，都有反对日本人的游击队，有归重庆的中国政府管辖的，也有是中国共产党领导的，他们经常在那一带出没，有时候还同日本军队和南京汪精卫政权的军队打仗。我们只要想法逃到那里找到他们，向他们说明情况，要求他们把我们送到重庆政府或者共产党管辖的地区去，那不就逃出日本人的手掌了吗？”

听着娜达莎这些话，劳伦斯的眼睛里也闪出了兴奋的光亮，但在一瞬间这光亮便熄灭了。娜达莎的这个想法听起来似乎挺动人，但实际上仍旧是办不到的，于是摇着头说道：“不行，这是个不可能成功的办法。”

“为什么？”娜达莎问道。

“对上海的情况你应当比我更清楚。过去，一出租界，到处都是日本人的哨卡，市区外面更多，到处都是碉堡、铁丝网、狼狗和巡逻队，听说对路径很熟悉的当地农民，要贩一点米进市区也得冒着生命危险，凭我们这两个外国人，怎么闯得过去呢？另外，即使能闯过那些封锁线，我们又怎么去找你说的那些游击队呢？听说那些地方除掉游击队以外，还有大大小小各股土匪在活动，有些土匪也打着游击队旗号，而有些游击队也等于是土匪，对于这样复杂而危险的环境，你说我能带着你这么个漂亮姑娘去冒险吗？”

静听着这些话，娜达莎不得不承认劳伦斯的顾虑是正确的；若是仔细考虑起来，用这办法逃出上海的可能性几乎也是不存在的。她怔怔地站了半晌，扑到劳伦斯肩膀上哽着嗓子问道：“那我们该怎么办呢？……怎么办呢？”

劳伦斯紧搂住娜达莎，腾出一只手来轻轻抚摩她的头发，说道：“‘一天的苦难一天当也够了，何以留到明天呢’这不是《圣经》上说过的话嘛！”

娜达莎睁着一双模糊的泪眼望着劳伦斯，不解他说这话的用意。劳伦斯用手指为她擦去流到腮帮上的泪水，微笑着说道：“你下去找一下那个老板娘，要她叫厨房里做几只好菜；另外再要一瓶红酒，让我们舒舒服服地吃一顿，再在无忧无虑的情绪中愉快地度过这一天。”

……

娜达莎挽住劳伦斯的臂膊，在濛濛细雨中沿着南京路向东走去。

租界上的绝大多数居民都弄不清日本占领军当局的葫芦里到底在卖点什么药①，一夜之间，原来耀武扬威地持枪站立在各条路口上的日军岗哨全都消失了，在十字路口上维持交通秩序的又是那些“红头阿三”和中国巡捕，沿街的商店大多已恢复营业，有轨电车和双层公共汽车也已恢复行驶，除了那些英、美国旗在

① 事实上是当时日本军方接受了希特勒的特使魏特曼的建议，打算把上海公共租界弄成个脱离汪伪政权而“独立”存在的“国际都市”，于是采取了一系列暂时保持租界原状的做法。

某些楼房顶上消失，在路口上增加了一些日本军方的布告以外，这块公共租界上似乎并没有发生什么变化。但若是留心观察的话，便能发现大多数行人脸上都带着忧心忡忡的神情，虽然身旁并没有日本兵的刺刀，但大多数人都是低下头急匆匆地走着，目不旁视。他们的心情是可以理解的，“孤岛”已经陷落，这座建造在沙滩上的“天堂”已最后崩坍了……

劳伦斯和娜达莎没撑雨伞，雨丝沾湿了他俩的头发和肩膀。劳伦斯站住，解下了娜达莎脖子上的围巾，替她擦着头发，又准备用围巾给她裹没脑袋，娜达莎轻轻地把围巾夺过去说道：“不要这样，我不愿意留给你的最后一个印象像个老太婆。”

“怎么会是‘最后一个印象’呢？”劳伦斯笑着反驳道，“要不了多少时间我们又能见面的，那时候你给我的第一个印象一定是比现在更加年轻，更加漂亮。”

娜达莎的愁颜也略微展开了些，仰脸看着劳伦斯问道：“会有这一天吗？”

“当然。”劳伦斯笑着反问道，“你不信吗？”

“不，我信……我等着这一天。”娜达莎张开臂膊想要搂抱劳伦斯，但又想到这是在马路上，周围又都是中国人。这个动作必定会引起他们好奇的注目，因此只是向劳伦斯偎近了些。

劳伦斯搂住娜达莎的肩膀继续向前走去，前面已经是那幢上海著名的高层建筑——沙逊大厦了。在走上外滩马路时，劳伦斯竭力克制住不让自己朝右面看望，他知道威克号并没有遭到同英国的彼得烈尔号炮舰同样的命运，她仍旧停泊在美国总会对面的江面上，但却已经不是作为军事威力的象征，而是成为屈辱的标志留在那里供人观看了。

他俩走到了外白渡桥南堍，在这里看到了第一处日军岗哨，那是两名穿藏青色军服的海军陆战队官兵，一个拄着一杆上刺的步枪，另一个戴眼镜的佩着手枪和军刀，劳伦斯看不懂日本军队肩章上的军阶标志，但看那个戴眼镜的模样像是一名低级军官，他明白娜达莎已不便把自己送过桥了，便站住了托起娜达莎的下颌，微笑着说道："来，向我微笑一下告别吧，就像每天早晨送丈夫去上班那样。"

娜达莎朝劳伦斯怔望了几秒钟，勉强地咧了下嘴，两串泪珠却顺着腮帮滚流了下来……

劳伦斯紧搂住娜达莎，亲了下她的嘴唇，然后轻轻地将她推开，转身迈着宽阔的步子朝桥头走去。当他走到临近时，那个戴眼镜的低级军官伸出一条臂膊挡住了他，用日本话问道："到哪里去？"

"我是美国海军军官，要回自己的基地去。"劳伦斯用英语回答，同时掏出自己的军官身份证递过去。

那个军官接过证件，用疑惑的目光打量着劳伦斯的那副穿着，又打开证件看着劳伦斯的面核对了好一会，也用英语问道："你知道你们的基地已经被我们占领了吗，少校？"

"知道。"劳伦斯回答道，"可我得回基地去向自己的司令官报到。"

日本军官想了片刻，把身份证还给劳伦斯说道："我们可以派车送你去，请跟我来，少校。"说着指了指矗立在桥对面的那幢百老汇大厦。

劳伦斯跟着日本军官向前走去，一路上不曾回过头来。

他是怕回头再看到娜达莎时，自己已涌进了眼眶中的泪水会止不住流淌下来……

娜达莎目送着情人的背影消失在桥的那边，这才转身慢吞吞地沿了黄浦江踯躅着向南走去，边走边回忆着自己这三天来经历过的那些事情……从十二月六日晚间到现在的六十多个小时里，她受尽了惊吓，历尽了惊险，也享受过甜蜜和幸福，但现在所有这一切都像一幅梦境样地隐没、消失了——包括噩梦与美梦。现在放在她面前的，该是从梦境中醒来之后需要面对的那些现实：卡特琳娜夫人、蒙索洛夫、日本人……还有自己的那个老父亲。

想到了萨巴罗夫，娜达莎心上不由得升起一阵内疚，这两天多来他寻觅不到自己，准是急坏了；也许现在鲍德罗斯基已经把自己的下落告诉了他，但在日本军队突然占领了公共租界的情况下，他也一定在为自己担心焦虑，自己现在该做的第一件事情便是马上赶回家去，扑到他怀里，紧搂住他脖子，让他看一下：直到现在为止，自己心爱的女儿还是完好无损的，至于以后可能发生的那些事情，只要有足够的勇气，也都是能够担当得下的……

“没有根而生活，是需要勇气的。”记不起是在哪本书上看到这句话的，但在这句看似简单的话里，却包含着一个高深的哲理——对待生活和现实的哲理。

附录

上海市新旧路名对照

书中名	今　名
大西路	延安西路
天潼路	天潼路
巨福路	乌鲁木齐南路
贝当路	衡山路
忆定盘路	江苏路
古神父路	永福路
古拔路	富民路
廿世东路	嘉善路
北四川路	四川北路
白赛仲路	复兴西路
汉口路	汉口路
台拉斯脱路	太原路
地丰路	乌鲁木齐北路
西爱咸斯路	永嘉路
亚尔培路	陕西南路
迈尔西爱路	茂名南路
毕勋路	汾阳路

华德路	长阳路
江浦路	江浦路
麦特赫司脱路	泰兴路
杜美路	东湖路
极司非而路	万航渡路
劳利育路	泰安路
狄思威路	溧阳路
亨利路	新乐路
汶林路	宛平南路
拉都路	襄阳南路
金神父路	瑞金二路
居尔典路	湖南路
南京路	南京东路
赵主教路	五原路
姚主教路	天平路
祈齐路	岳阳路
爱多亚路	延安东路
高恩路	高安路
海格路	华山路
格路希路	延庆路
善钟路	常熟路
蓝思安路	东平路
福开森路	武康路
福履理路	建国西路
愚园路	愚园路
静安寺路	南京西路
赫德路	常德路

慕尔鸣路　　茂名北路

辣斐德路　　复兴中路

霞飞路　　淮海中路

图书在版编目(CIP)数据

末路贵族/孙树棻著.—上海:东方出版中心,2008.1
(白玉兰文学丛书/王安忆,孙颙主编)
ISBN 978-7-80186-768-1

Ⅰ.末… Ⅱ.孙… Ⅲ.长篇小说—中国—当代
Ⅳ.I247.5

中国版本图书馆CIP数据核字(2007)第187628号

白玉兰文学丛书

主　　编:王安忆　孙　颙

出 品 人:祝君波
总 策 划:新　刚
艺术总监:陶雪华
印制总监:孙东平
装帧设计:张国梁
责任编辑:杨奉社
责任印制:尚小平

末路贵族

出版发行:东方出版中心
地　　址:上海市仙霞路345号
电　　话:021-62417400
邮政编码:200336
经　　销:全国新华书店经销
印　　刷:昆山亭林印刷责任有限公司
开　　本:890×1240毫米　1/32
字　　数:254千字
印　　张:11
插　　页:2
印　　数:0,001—3,500
版　　次:2008年1月第1版第1次印刷
ISBN　978-7-80186-768-1
定　　价:28.50元
